Les enfants des morts

Dans une Allemagne vaincue et en ruine, Martin et Henri sont deux enfants dont toute la vie est tendue vers le désir de connaître le vrai visage de leurs pères, tués à la guerre. Tandis que Nella, mère de Martin, se laisse nonchalamment bercer par un rêve impossible, Vilma, la mère d'Henri, est obligée de travailler. L'argent manque, les « oncles » se succèdent, laissant chacun derrière lui son odeur, ses mots, ses objets. Mais leur univers, si éloigné qu'il soit des verts paradis de l'enfance est cependant bien gardé. Il y a l'oncle-Albert-de-Martin qui fait pendant à l'oncle-Léon-d'Henri, il y a l'extravagante et bonne grand-mère, l'étrange Glum au milieu de ses livres, Bolda deux fois veuve... Il y a l'homme qui a envoyé à la mort le père de Martin et qui courtise sa mère.

Ce n'est pas seulement le destin des orphelins et des veuves de guerre qui est évoqué ici ; derrière les détails de la vie la plus quotidienne apparaît le visage d'une Allemagne blessée et pourtant proche.

Heinrich Böll est né à Cologne le 21 décembre 1917 dans une famille bourgeoise catholique qui lui inculque la haine du nazisme. Bien qu'il se déclare réfractaire au service militaire, il est, au printemps 1939, convoqué pour une « courte période » qui s'achève en 1945. De retour dans sa ville natale, il se fait connaître par ses premières nouvelles, adhère au Groupe 47 et s'impose bientôt comme le chef de file des écrivains allemands de la génération d'après-guerre. Plusieurs recueils d'essais, une centaine de nouvelles, une douzaine de romans, marquent sa carrière littéraire, ainsi qu'un nombre important de distinctions et de prix, dont le Nobel de littérature qui lui a été décerné en 1972.

Heinrich Böll est mort le 16 juillet 1985.

Du même auteur

AUX MÊMES ÉDITIONS

Rentrez chez vous, Bogner !
roman, 1954

Les Enfants des morts
roman, 1955 ; Points Roman, 1989
Prix du meilleur livre étranger

Où étais-tu, Adam ?
roman, 1956

La Mort de Lohengrin
nouvelles, 1958

Les Deux Sacrements
roman, 1961 ; Points Roman, 1986
Prix Charles-Veillon

Le Pain des jeunes années
roman, 1962

La Grimace
roman, 1964 ; Points Roman, 1980

Loin de la troupe
nouvelles, 1966

Fin de mission
roman, 1968

Journal irlandais
1969

Portrait de groupe avec dame
roman, 1973 ; Points Roman, 1982

L'Honneur perdu de Katharina Blum
roman, 1975 ; Points Roman, 1981

Une mémoire allemande
entretiens avec René Wintzen, 1978

Protection encombrante
roman, 1981 ; Points Roman, 1983

Le Destin d'une tasse de thé
nouvelles, 1985

Femmes devant un paysage fluvial
roman, 1987 ; Points Roman, 1988

Heinrich Böll

Les enfants des morts

roman

TRADUIT DE L'ALLEMAND
PAR BLANCHE GIDON

Éditions du Seuil

TEXTE INTÉGRAL

EN COUVERTURE : peinture Yvette Cathiard.

Titre original : *Haus ohne Hüter*
Éditeur original : Kiepenheuer und Witsch, Cologne.

ISBN 2-02-010642-6
(ISBN 1re publication : 2-02-001375-4.)

I

La nuit, lorsque sa mère mettait le ventilateur en marche, il se réveillait. Pourtant les ailes en caoutchouc ne produisaient qu'un tendre murmure, un susurrement léger avec un moment d'arrêt quelquefois quand le rideau se prenait dans la mécanique. Alors sa mère se levait et le coinçait entre les portes de la bibliothèque. Elle avait une lampe de chevet dont l'abat-jour de soie vert d'eau était éclairé de jaune par-dessous, et le verre de vin rouge placé sur sa table de nuit paraissait contenir de l'encre : poison sombre, poison lent que sa mère absorbait à petits coups. Elle lisait en fumant et ne buvait qu'une gorgée de temps en temps.

Martin l'observait, les paupières mi-closes, sans bouger, pour ne pas attirer son attention, et suivait des yeux la fumée de la cigarette, dont les volutes blanches et grises se dirigeaient vers le ventilateur, puis happées, rompues par le tourbillon, étaient expulsées par les molles ailes en caoutchouc. Le ventilateur était aussi grand que ceux des magasins ; ronfleur paisible, il purifiait l'air en quelques minutes. Alors sa mère appuyait sur le bouton du mur près de son lit, à côté du portrait où son père souriait, la pipe aux lèvres, bien trop jeune pour un fils de onze ans, aussi jeune que Luigi du café-glacier, aussi jeune que l'instituteur menu et craintif, bien plus jeune que sa mère qui était aussi âgée, elle, que les mères des autres. Depuis quelques semaines, son père, ce jeune homme souriant, lui apparaissait différent dans ses rêves : corps tristement tassé, assis sur une tache d'encre ainsi que sur une nuée, sans visage, et pleurant pourtant comme quelqu'un qui attend depuis des millions d'années, dans un uniforme sans galons, sans décorations, étranger surgi soudain dans ses songes, autre qu'il le désirait.

Il importait de rester tranquille, de respirer à peine, de garder les yeux fermés et l'on pouvait deviner l'heure aux bruits de la maison. Si l'on n'entendait plus Glum : dix heures et demie ; si l'on n'entendait plus Albert : onze heures. Mais, la plupart du temps, il percevait le pas de Glum dans la pièce du haut — un pas pesant, calme — on entendait Albert siffler en travaillant dans la chambre d'à côté. Souvent Bolda descendait l'escalier pour cuisiner quelque chose : traînement de savates, commutateur timidement manœuvré. Elle se heurtait presque toujours à grand-mère dont la voix retentissait dans le vestibule : « Espèce de vieux débris, ah ! te voilà encore en train de fricoter au beau milieu de la nuit. Quelle saleté fais-tu rôtir, mijoter, bouillir ? » Et Bolda riait, et elle ripostait de sa voix stridente : « Oui, j'ai encore faim. Si le cœur t'en dit... » Nouveau rire perçant de Bolda et les *pouah* dégoûtés de grand-mère. Souvent aussi elles ne faisaient que chuchoter toutes les deux, et il n'entendait que par intervalles le rire aigu de Bolda, le rire sourd de sa grand-mère.

Quant à Glum, qui allait et venait en haut, il lisait des livres curieux : *Dogmatique, Théologie morale*. A dix heures précises, il entrait dans la salle de bains. Bruit d'eau et *pouf* de la veilleuse qui allume les becs multiples du chauffe-eau. Après quoi Glum regagnait sa chambre, éteignait l'électricité, s'agenouillait devant son lit, dans l'obscurité, pour la prière. Il percevait distinctement le choc lourd des genoux sur le plancher et, quand le silence régnait dans les autres pièces, un murmure prolongé dans le noir. Quand Glum se relevait et que les ressorts de son sommier grinçaient, il était juste dix heures et demie. Tous dans la maison, Glum et Albert exceptés, se montraient irréguliers dans leurs habitudes : Bolda pouvait descendre à la cuisine après minuit se faire une infusion soporifique avec ces feuilles de houblon qu'elle conservait dans un sac de papier brun. Et quand la pendule avait sonné une heure du matin, il arrivait que grand-mère allât encore à la cuisine se préparer une assiettée de sandwiches, puis rentrât chez elle, une bouteille de vin rouge sous le bras. Quelquefois, au beau milieu de la nuit, l'idée lui venait que sa boîte de cigarettes était vide, une jolie boîte en porcelaine bleu ciel où elle pouvait mettre deux paquets de vingt. Elle se promenait alors dans toute la maison, cherchait de quoi fumer en jurant un peu : grand-mère géante traînant les pieds, avec des cheveux d'un blond très clair et un visage rose. Elle allait d'abord trouver Albert, le seul qui eût un tabac à son goût. Glum ne fumait que la pipe, et grand-mère n'aimait pas la marque de mère — du foin pour les dames. « Le cœur me soulève rien que de voir ces trucs de paille. » Bolda, elle, ne possédait dans son armoire que quelques échantillons mi-écrasés, maculés, dont elle comblait le facteur et l'employé de l'électricité, et qui provoquaient les quolibets de grand-mère : « On dirait que tu les as pêchés dans le bénitier et fait sécher, vieille chipie ! Des cigarettes de bonne sœur, pouah ! » Quelquefois, il n'en restait pas une à la maison et, en pleine nuit, oncle Albert devait se rhabiller et prendre son auto pour aller en acheter en ville. Ou bien Albert et grand-mère se mettaient à la recherche des pièces de cinquante pfennigs et d'un mark pour s'approvisionner au distributeur automatique. Mais grand-mère ne se contentait pas de dix, de vingt cigarettes ; il lui en fallait cinquante, très longues, très blanches, très fortes, en paquets écarlates, portant l'inscription : *Tomahawk. Pur Virginie.* « Et qu'elles soient bien fraîches, mon cher garçon ! » Et quand Albert revenait, grand-mère le serrait dans ses bras, dès le vestibule en murmurant : « Oh ! sans toi, mon grand... Sans toi ! Un fils ne pourrait être meilleur. »

Enfin, elle rentrait dans sa chambre, mangeait ses sandwiches : de grandes tranches de pain blanc avec du beurre et de la viande, buvait son vin et fumait.

Albert était presque aussi régulier que Glum dans ses habitudes. A partir de onze heures, le silence régnait chez lui. Tout ce qui se produisait après dans la maison devait être mis au compte des femmes : grand-mère, Bolda, mère. Mère ne se levait que rarement mais elle lisait longtemps et fumait des cigarettes douces, toutes plates, qu'elle prenait dans un paquet jaune : *Mosquée. Pur tabac d'Orient.* De temps à autre, mais rarement, elle buvait une gorgée de vin, et toutes les heures elle branchait son ventilateur pour aspirer la fumée. Mais souvent elle s'absentait ou ramenait des visiteurs le soir, et on transportait Martin dans la chambre d'Albert où il feignait de dormir. Il détestait ces visites et pourtant il aimait être chez l'oncle Albert. La soirée se prolongeait quand on avait du monde : deux, trois, quatre heures du matin, quelquefois cinq ; alors Albert faisait la grasse matinée et il n'y avait personne pour déjeuner avec lui, avant son départ pour l'école. Glum et Bolda étaient déjà partis, sa mère dormait jusqu'à dix heures, et sa grand-mère ne se levait jamais avant onze heures.

Il se proposait toujours de rester éveillé ; malgré cela il se rendormait peu après le moment où le ventilateur s'arrêtait. Mais, lorsque sa mère continuait sa lecture, il se réveillait une deuxième, une troisième fois, surtout quand Glum avait oublié de graisser le mécanisme. Alors l'appareil grinçait aux premiers tours, atteignait sa vitesse maximale par des mouvements lents et bruyants, puis fonctionnait plus aisément, sans bruit. Mais les craquements des premiers tours le réveillaient et il voyait sa mère couchée, toujours dans la même position, le bras relevé, en train de lire, la cigarette à la main gauche, et le vin n'avait pas diminué dans le verre. Quelquefois elle lisait la Bible ou tenait dans sa main son petit paroissien relié en peau brune ; alors pour des raisons obscures il se sentait gêné, essayait de se rendormir ou toussotait pour attirer l'attention. Puis il se faisait tard et tout le monde dormait dans la maison. Quand il toussait, sa mère sautait aussitôt de son lit et arrivait près de lui. Elle lui tâtait le front, l'embrassait sur la joue, demandait tout bas :

— Tu n'es pas malade, mon petit ?

Sans ouvrir les yeux il répondait :

— Non, non.

— J'éteins tout de suite.

— Non, continue donc à lire.

— Tu n'as rien ? Vraiment ? Tu me parais fiévreux.

— Non, je n'ai rien, vraiment rien.

Elle remontait la couverture jusqu'à son menton et il s'étonnait de la légèreté de sa main ; puis elle retournait dans son lit, éteignait, faisait marcher le ventilateur dans le noir jusqu'à ce que l'air fût bien frais et, tant que l'appareil fonctionnait, elle lui parlait :

— Quand même, ne veux-tu pas la chambre d'en haut, à côté de Glum ?

— Non, laisse-moi ici.

— Ou bien le salon d'à côté ? On pourrait le débarrasser.

— Non, vraiment non.

— La chambre d'Albert peut-être ? Il en prendrait une autre.

— Non.

Et ainsi jusqu'à ce que le ventilateur ralentît et qu'il sût que sa mère avait appuyé sur le bouton, dans l'ombre. Encore quelques tours grinçants, puis silence absolu. Alors il entendait les trains siffler, très loin, dans la nuit, et un choc sec, retentissant, quand on garait les wagons de marchandises, un par un, et il voyait devant lui l'écriteau : *Gare de l'Est. Messageries.* Il y avait été une fois avec Welzkam dont l'oncle était chauffeur sur l'une des locomotives qui poussaient les wagons sur la voie de garage.

— Il faudra dire à Glum de graisser le ventilateur.

— Je vais le lui dire.

— C'est ça, dis-le-lui. Maintenant il faut que tu dormes. Bonne nuit.

— Bonne nuit.

Mais il ne pouvait pas dormir et il savait que sa mère ne dormait pas, bien qu'elle ne bougeât pas. Ténèbres et silence d'où, très lointains et presque irréels, les *boum* de la gare de marchandises parviennent de temps en temps et, de ce silence, des mots émergent, tombent en lui. Des mots qui l'inquiètent. Le mot que la mère de Brielach a dit au boulanger, le même que l'on voit continuellement sur le mur du vestibule, dans la maison où Brielach demeure, et ce mot tout neuf que Brielach a attrapé quelque part et qu'à présent il répète à tout bout de champ : *immoral.* Souvent aussi il pensait à Gaeseler, mais celui-là était bien loin ; il n'éprouvait ni crainte ni haine quand il pensait à lui, une espèce d'agacement seulement, et il avait bien plus peur de sa grand-mère qui s'acharnait à lancer ce nom en lui, à le lui extraire et à le rejeter malgré les furieux hochements de tête de Glum.

Puis il sentit que sa mère dormait, mais il ne pouvait pas s'endormir encore ; il essaya de faire sortir du noir le portrait de son père, mais ne le trouva pas. Des milliers d'images bébêtes venaient à lui, images de films, d'illustrés, de lectures : Blondi, Hoppalong Cassidy et le canard Donald, mais son père ne se présentait pas. Venait Léon, l'oncle de Brielach, venait le boulanger, venaient Grebhake et Wolkers, les deux qui avaient fait de l'obscène dans les buissons : visages tout rouges, braguettes déboutonnées, âcre odeur de verdure fraîche. *Immoral,* était-ce la même chose qu'*obscène ?...* Mais son père, lui, n'apparaissait jamais, son père, un homme qui, sur ses portraits, paraissait bien trop léger, bien trop gai, bien trop jeune pour être un vrai père. Ce qui caractérise un père, c'est *l'œuf-du-petit-déjeuner,* et son père n'avait pas l'air *œuf-du-petit-déjeuner.* Le signe distinctif des pères, c'est la *régularité,* un signe que son oncle Albert possédait à un certain degré, mais son père n'avait pas *l'aspect-régularité.* Régularité, c'est : lever, œuf-du-petit-déjeuner, travail, retour, journal, sommeil. Rien de cela ne convenait à son père enterré très loin, au bord d'un village russe. Est-ce que maintenant, dix ans après, il ressemblait déjà au squelette du musée d'hygiène ? Carcasse ricanante, soldat de première classe et poète, troublant mélange de qualités. Le père de Brielach avait été adjudant, adjudant et mécanicien dans les autos. Les pères d'autres garçons étaient commandant et directeur, sous-officier et comptable, caporal et rédacteur, pas un n'avait un père soldat de première classe, pas un n'avait un père poète. Léon, l'oncle de Brielach, avait été maréchal des logis, maréchal des logis et receveur de tramway. Photo en couleur sur le buffet de cuisine, entre le *tapioca* et la *semoule.* Tapioca, mot mystérieux, qui sent l'Amérique du Sud.

Après c'étaient des questions de catéchisme qui montaient à la surface, des chiffres titubants en liaison avec une question et une réponse.

Question II : *Comment Dieu traite-t-il le pécheur qui veut se corriger?* Puis, ce verset troublant : *Seigneur, si des péchés voulez vous souvenir, qui pourra devant vous l'épreuve soutenir?*

Personne ne le pourrait. Brielach en avait la conviction certaine : toutes les grandes personnes étaient *immorales* et tous les enfants *obscènes.* La mère de Brielach était *immorale,* et l'oncle Léon l'était, et le boulanger vraisemblablement, et sa mère aussi à laquelle on adressait tout bas des reproches dans le vestibule : « Où vadrouilles-tu donc tout le temps comme ça? »

Il y avait des exceptions que même Brielach admettait : oncle Albert, le menuisier du rez-de-chaussée, Mme Borussiak et M. Borussiak, Glum et Bolda, mais surtout Mme Borussiak à la voix si pleine et si grave et dont, audessus de la chambre de Brielach, les chansons merveilleuses s'envolaient dans la cour.

Penser dans l'obscurité à Mme Borussiak, c'était bon, consolant, sans danger. Souvent elle chantait *Le Vert Pays de mon enfance* et quand il l'entendait, il ne voyait plus que du vert, une espèce de filtre se glissait devant ses yeux et tout se colorait en vert. Même en cet instant, au lit, dans le noir, quand il pensait à Mme Borussiak, l'entendait chanter, il le voyait derrière ses paupières closes, *Le Vert Pays de mon enfance.*

Et la chanson *Vallée des larmes,* que c'était beau! *Étoile de la mer, je te salue...* Au mot *salue,* tout verdoyait aussi. Puis à un endroit quelconque de ses réflexions, il sombrait dans le sommeil, quelque part entre la voix de Mme Borussiak et le mot que la mère de Brielach avait dit au boulanger, un *mot-oncle-Léon* murmuré dans la cave de la boulangerie, dans la cave chaude, fleurant doux, de la boulangerie, un mot dont, grâce à l'aide de Brielach, la signification s'éclairait pour lui. Le mot se rapportait à l'union des hommes avec les femmes, se rattachait étroitement au sixième commandement, était *immoral* et faisait réfléchir au verset qui occupait tant sa pensée : *Seigneur, si des péchés voulez vous souvenir, qui pourra devant vous l'épreuve soutenir ?*

Il pouvait arriver aussi qu'il s'endormît à Hoppalong Cassidy, futur cavalier, avec de futures aventures un peu folles, comme les hôtes que sa mère ramenait toujours. En tout cas, c'était bon d'entendre mère respirer ; c'est que souvent son lit restait vide, même plusieurs jours d'affilée. Alors, dans l'entrée, grand-mère chuchotait d'un ton lourd de reproche : « Où vadrouilles-tu tout le temps comme ça ? » Pas de réponse.

On courait un risque le matin au réveil. Si Albert portait une chemise propre et une cravate, alors bon, on prenait un vrai petit déjeuner dans la chambre d'Albert, avec beaucoup de temps devant soi, pas besoin de se précipiter, on pouvait repasser ses leçons avec lui. Mais si Albert, encore dépeigné, en pyjama, avait la figure fripée, alors il fallait avaler son café brûlant, et il vous griffonnait en vitesse un mot d'excuse : « Cher monsieur Wiemer, veuillez excuser ce nouveau retard du petit. Sa mère a dû partir en voyage et j'ai oublié de le réveiller à l'heure. Veuillez lui pardonner. Avec ma considération la plus distinguée. »

Quand sa mère amenait des visiteurs, c'était bien ennuyeux. Rires niais qu'il entendait de la chambre d'Albert. Sommeil agité dans le grand lit. Parfois Albert, qui ne se couchait pas du tout, prenait son bain entre cinq et six heures du matin : bruit d'eau, clapotis à côté... Il se rendormait encore une fois mais était éreinté quand Albert le réveillait. Matinée somnolente à l'école, en compensation, l'après-midi, cinéma ou glaces ou départ pour la campagne chez la mère d'Albert : Bietenhahn, la clef du Biegerwald. Étang où Glum attrapait des poissons à la main, puis leur rendait la liberté, chambre au-dessus de l'étable, heures de football avec Albert et Brielach sur le gazon dur et ras. On jouait *des heures durant* jusqu'à ce que l'on fût fatigué et eût faim de ce pain que la mère d'Albert faisait elle-même. Et oncle Will répétait sans cesse : « Mettez donc plus de beurre dessus. » Hochements de tête : « Plus de beurre dessus. » Nouveaux hochements de tête : « Encore plus ! » Et là-bas, à la campagne, Brielach faisait parfois une chose rare de sa part : il riait.

Il y avait beaucoup de stations entre lesquelles on pouvait s'endormir : Bietenhahn et père, Blondi et *immoral*. Le souffle frémissant du ventilateur était un bruit agréable parce qu'il signifiait : mère est là. Pages tournées, respiration maternelle, frottement de l'allumette, et ce glouglou léger quand elle buvait une gorgée de vin, et ce remous qui s'attardait mystérieusement après l'arrêt du ventilateur, la fumée se dirigeant vers l'appareil, puis la conscience sombrait quelque part entre Gaeseler et *Seigneur, si des péchés voulez vous souvenir...*

II

C'était à Bietenhahn qu'on se sentait le mieux. A Bietenhahn où la mère d'Albert tenait un restaurant pour excursionnistes. Elle cuisinait tout elle-même, y compris le pain. Elle le faisait parce qu'elle aimait ça, et eux, lui et Brielach, ils pouvaient s'amuser à leur guise : aller à la pêche ou se promener dans la vallée de la Brer, canoter ou footballer *des heures durant,* derrière la maison. Les étangs s'étendaient loin dans la forêt, et le plus souvent Will, oncle d'Albert, un frère de sa mère, les accompagnait. Will souffrait depuis sa prime jeunesse d'une maladie désignée sous le nom de sueurs nocturnes, curieuse dénomination dont grand-mère et Glum se gaussaient ; Bolda aussi ricanait quand les mots « sueurs nocturnes » tombaient dans la conversation. Will frisait la soixantaine et, quand il avait dix ans, sa mère l'avait trouvé une fois moite de transpiration dans son lit. Les jours suivants, elle le découvrit encore tout trempé. Inquiète, elle courut avec lui chez le médecin car, selon de sombres traditions, les sueurs nocturnes constituaient le symptôme le plus certain des maladies de poitrine. Les poumons du petit garçon paraissaient pourtant parfaitement sains mais, au dire du docteur, l'enfant était un tantinet chétif, un tantinet nerveux, et le toubib — ce toubib gisant depuis quarante ans déjà dans un cimetière du faubourg — avait prescrit voici un demi-siècle : « Ménagez un peu ce petit. »

Will avait bénéficié toute sa vie de ces ménagements : « Un tantinet chétif, un tantinet nerveux. » Et ses sueurs nocturnes devinrent une rente payée par sa famille. Martin et Brielach prirent un temps l'habitude de se tâter le front le matin, après quoi, sur le chemin de l'école, ils se communiquaient le résultat de l'examen et constataient qu'eux aussi se trouvaient quelquefois le front humide. Brielach surtout transpirait parfois violemment la nuit, et cependant on ne l'avait pas ménagé un seul jour depuis qu'il était au monde.

Sa mère avait accouché pendant que les bombes arrosaient la ville, la rue et finalement la maison dans la cave de laquelle les grandes douleurs lui arrachaient des cris. Elle était étendue sur un lit d'abri crasseux, souillé par cette graisse que l'armée distribuait pour les bottes des soldats. Sa tête reposait à l'endroit où un troupier avait posé ses godasses, les relents d'huile de foie de morue contribuaient à lui donner des nausées plus que son état et, lorsque quelqu'un lui mit sous le crâne un essuie-mains usagé, l'odeur du savon de guerre, ce soupçon d'arôme de savonnette-ersatz, la soulagea au point qu'elle en pleura ; l'infime trace de douceur parfumée émanant de la serviette de toilette lui parut quelque chose d'infiniment précieux.

Quand les douleurs cessèrent, on vint à son aide, elle vomit sur les chaussures des gens qui l'entouraient, et sa meilleure infirmière, celle qui montra le plus de sang-froid, fut une gamine de quatorze ans qui fit bouillir de l'eau sur une lampe à alcool, y stérilisa des ciseaux et coupa le cordon ombilical. Elle se conformait exactement à ce qu'elle avait lu dans un bouquin qu'elle n'aurait pas dû lire. Calme et enjouée, avec un courage admirable, cette fillette mettait en pratique ce qu'elle avait découvert la nuit alors que ses parents dormaient depuis longtemps, dans son livre aux planches rouges, jaunes, blanchâtres. Elle coupa donc le cordon avec les ciseaux de sa mère qui, méfiante et néanmoins admirative, constatait la science de son enfant.

Lorsque la fin de l'alerte sonna, ils entendirent des sirènes très lointaines, ainsi que des bêtes, tapies au fond des bois, entendent sonner l'hallali. C'était l'amoncellement des décombres au-dessus d'eux qui prêtait à ce son sa douceur inquiétante, et la mère de Brielach, restée seule dans la cave avec son infirmière de quatorze ans, perçut les clameurs de ceux qui ne parvenaient pas à traverser le couloir obstrué. Elle demanda à la fillette qu'elle n'avait jamais vue auparavant : « Comment t'appelles-tu ? — Henriette Schadel », répondit la petite en tirant de sa poche un bout de savon vert tout neuf, et Mme Brielach lui dit : « Laisse-moi le sentir. » Et elle huma le savon en pleurant de joie pendant que la jeune personne tenait le nouveau-né enveloppé dans une couverture.

Elle ne possédait plus rien, à part son sac à main contenant son argent et sa carte d'alimentation, la serviette de toilette usagée que le donateur avait abandonnée sous sa tête, et quelques photographies de son mari. L'une le montrait en civil, dans sa tenue de mécano de garage, juvénile et riant, une autre en caporal de blindés, riant aussi, et une troisième en sous-officier de blindés toujours riant avec le E.K. 2 [1] et l'insigne du combattant. Quant à la plus récente, reçue il y avait huit jours, elle le présentait en adjudant de blindés, riant encore, avec les deux E.K.s [1].

Dix jours après sa délivrance, elle se trouva, sans avoir été consultée, dans un train en route vers l'Est, puis dans un village de Saxe où elle apprit deux mois après que son mari avait été tué.

A dix-huit ans, elle avait épousé un fringant caporal de blindés dont, pour l'heure, le cadavre pourrissait entre Zaporojié et Dniépropétrovsk. Et maintenant, veuve à vingt ans d'un fringant adjudant, elle avait un bébé de douze semaines, possédait deux essuie-mains, deux casseroles, un peu d'argent, et... elle était jolie.

En grandissant, l'enfant, qu'elle avait fait baptiser Henri, du nom de son père, s'aperçut que les oncles sont inséparables des mères.

Ses premières années furent placées sous le signe d'Erich, l'oncle en veste brune. Erich appartenait aussi bien à la catégorie mystérieuse des oncles qu'à une seconde catégorie, non moins mystérieuse : celle des

1. E.K.2 et E.K.s : croix de fer (*N.d.T.*).

nazis. Quelque chose ne s'accordait ni avec l'une ni avec l'autre. Henri le sentit plus ou moins à l'âge de quatre ans, sans pouvoir le tirer au clair. En tout cas il n'oublia jamais son oncle Erich. Celui-ci souffrait d'une maladie appelée *asthme* — plaintes et gémissements la nuit, puis le cri lamentable : « J'étouffe ! » Linges imbibés de vinaigre, tisane qui sentait drôlement et odeur de camphre restèrent dans le souvenir du petit, plus un objet ayant appartenu à cet oncle, et qui émigra de Saxe dans le vieux pays natal : un briquet. Erich demeura en Saxe, mais le briquet partit avec eux, et les odeurs restèrent dans la mémoire d'Henri.

Un nouvel oncle apparut, qui entra dans ses souvenirs avec deux odeurs, celle des cigarettes de Virginie *Amis* et celle du plâtre mouillé. Comme odeurs accessoires : margarine fondant dans la poêle, pommes de terre rissolées. Cet oncle, qui répondait au nom de Gert, se tenait dans un lointain moins mythique que l'Erich saxon. De son métier, Gert était carreleur, mot qui évoquait tout près de vous une odeur de plâtre humide, de ciment mouillé. A Gert se rattachait aussi un mot prononcé souvent, répété à satiété, un mot qui, après le départ du carreleur, se conserva dans le langage courant de sa mère : *merde.* L'un de ces mots que, chose bizarre, sa mère avait le droit de dire, mais lui jamais. En plus de ces odeurs et de ce mot, Gert laissa un objet en souvenir : une montre-bracelet, dont il avait fait cadeau à mère, montre militaire à dix-huit rubis..., désignation de qualité pleine de mystère.

A cette époque-là, Henri Brielach avait cinq ans et demi et il contribuait à sa nourriture et à celle de sa mère en faisant — moyennant provision transactionnelle — des courses au marché noir pour les nombreux locataires de l'immeuble. Armé d'argent et d'une bonne mémoire, le joli petit gars, qui ressemblait à son père, s'ébranlait vers midi et procurait tout ce que l'on pouvait se procurer : pain, tabac, cigarettes, café, sucre, et parfois des choses rares : margarine, beurre, ampoules électriques. Pour les objets particulièrement précieux ou volumineux, il servait de guide, car au marché il connaissait tout le monde et le trafic de chacun. Le gosse passait pour tabou parmi les mercantis, et qui se faisait prendre le trompant, boycotté sans merci, se voyait forcé d'aller rouvrir son commerce en un autre point de la ville.

Son intelligence et sa vigilance ne lui rapportaient pas seulement des pourcentages quotidiens de la valeur d'une miche, mais encore une force en calcul de laquelle, par la suite, il profita pendant longtemps à l'école, car il avait déjà résolu en pratique, avant d'aller en classe, des problèmes donnés seulement la troisième année.

Quel est le prix d'un quart de café à trente-deux marks le kilo ?

Pour lui la solution de ce genre de problèmes avait été naguère à l'ordre du jour, car on avait vu des mois néfastes où le pain s'achetait par cinquante et cent grammes, le tabac en plus petites quantités encore, le café par demi-once, portions minimes imposant la perfection dans le calcul des fractions si l'on ne voulait pas être volé.

Gert disparut très soudainement. Il laissait le souvenir de ses odeurs : plâtre mouillé, *Amis,* pommes rissolées avec oignons et margarine. Son héritage comprenait le mot *merde* entré indéracinablement dans le vocabulaire maternel, et l'objet de lui qui resta fut la montre-bracelet de l'armée. Après la disparition subite de Gert, la mère d'Henri pleura, ce qu'elle n'avait point fait lors de ses adieux à Erich et, peu de temps après, un nouvel oncle surgit. Il se nommait Karl et réclama rapidement le titre de père bien qu'il n'y pût prétendre. Karl, employé municipal, ne portait pas comme Gert un vieux blouson d'uniforme, mais un vrai complet, et il annonça d'une voix claire le début d'une « vie nouvelle ».

Dans son souvenir Henri ne l'appelait que Karl-vie-nouvelle, à cause de l'expression qui revenait plusieurs fois par jour dans les propos de Karl. L'odeur attachée à Karl était celle des soupes servies aux employés de la ville à des conditions avantageuses. Ces soupes, quelque nom qu'elles eussent, qu'elles fussent grasses ou maigres, sentaient toutes le Thermos et l'abondance. Karl rapportait quotidiennement la moitié de sa portion dans une vieille gamelle d'ordonnance, quelquefois même davantage quand c'était son tour de rabiot, une faveur dont Henri démêlait malaisément la nature. Que la soupe eût goût de farine sucrée de biscottes, ou d'arôme synthétique baptisé queue de bœuf, elle sentait toujours le Thermos, mais n'en était pas moins excellente. Le plus souvent Karl portait la gamelle à la main : on avait cousu à son intention une housse de toile et garni l'anse de coton à tricoter gris ; en effet, Karl ne pouvait pas transporter la soupe dans sa serviette, il y avait une telle bousculade dans les trams que la soupe aurait débordé et sali la serviette. Karl était cordial et sobre, mais son entrée en scène eut des conséquences fâcheuses car, aussi sévère que sobre, il interdit toute relation avec le marché noir : « En ma qualité de représentant de l'autorité, je ne saurais me le permettre. En outre, c'est saper la morale et l'économie nationale. » Cette rigueur sévit en 1947, une mauvaise année : rations plus que justes — quand on les distribuait — et la part de soupe rapportée par Karl ne compensait pas le pain qu'Henri avait gagné quotidiennement. Henri qui couchait dans la même chambre que sa mère et Karl (comme il avait couché avec sa mère et l'oncle Erich, avec sa mère et l'oncle Gert), Henri devait tourner le dos quand sa mère et Karl restaient assis, la lumière voilée, près de la radio. Il se retournait donc et son regard tombait juste sur le portrait de son père, photographié peu avant sa mort en uniforme d'adjudant de blindés : portrait resté au mur pendant les règnes des oncles successifs. Même le dos tourné, Henri entendait les chuchotements de Karl, sans en saisir les mots, et les rires étouffés de sa mère. Et quand elle se mettait à rire ainsi, il la haïssait.

Plus tard, il y eut entre sa mère et l'oncle Karl des disputes dues à un certain « le ». Et Karl ne cessait de répéter : « Non, tu ne *le* feras pas passer. » La signification de ce « le », Henri ne la comprit que par la suite. Sa mère entra à l'hôpital et Karl, fâché, bouleversé, se contenta de lui dire : « Tu n'y peux rien, mon petit. »

Couloirs d'hôpital à relents de soupe. Un tas, un tas de

femmes dans une grande salle, et sa mère, le visage jaunâtre, souriant bien qu'elle « eût mal ». Karl, debout à son chevet : « Tout est fini entre nous, tu l'as... »

Mots gros de mystère. Karl partit avant même le retour de sa mère. Henri resta cinq jours sous la garde d'une voisine qui s'empressa de le nommer à nouveau « commissionnaire au marché noir ». Il y trouva des figures nouvelles, des prix nouveaux, et personne ne s'inquiéta plus de savoir si on le trompait ou non. Bilkhager, chez qui il avait toujours acheté le pain, était en taule, et Opa, le type à cheveux blancs, une compétence en fait de tabac et de matières sucrantes, était aussi en prison pour s'être fait surprendre — tentative extravagante — en train d'abattre un cheval dans son appartement. Henri fut content quand sa mère rentra de l'hôpital, parce que la voisine se lamentait à longueur de journée sur la disparition de son bel embonpoint d'antan, tout en l'entretenant de choses bonnes à manger : histoires féeriques de chocolat, viandes, entremets et crème, où il ne se reconnaissait pas car tous ces mots n'évoquaient en lui aucune image claire.

Sa mère restait silencieuse et pensive, plus gentille qu'avant, puis elle accepta une place à la cuisine où l'on faisait les soupes municipales. Désormais on en toucha tous les jours une marmite de trois litres et l'on put troquer ce qui restait contre du pain, du tabac. Le soir, sa mère restait seule avec lui ; assise près de la radio, elle fumait sans rien dire et, quand elle parlait, c'était pour déclarer : « Tous les hommes sont des lâches. »

La voisine mourut, vestige décharné, carcasse sèche, sombre, affamée, qui dix fois par jour aimait à rappeler qu'autrefois elle pesait plus de deux quintaux : « Regarde-moi, regarde-moi bien. Moi, autrefois, moi, je faisais mes deux cent trente-quatre livres... et à présent regarde-moi avec mes cent quarante-quatre... » Mais, deux quintaux, qu'est-ce que c'était ? Une donnée en poids qui éveillait seulement l'idée de sacs de patates, de farine, de briquettes. Deux quintaux de briquettes tenaient exactement dans la petite charrette avec laquelle il avait été si souvent piquer des boulets aux trains de charbon — nuits froides où le graisseur grimpait aux mâts des signaux pour siffler si la police se montrait. Elle était lourde, la petite charrette, quand il avait chargé ses deux quintaux, et dire qu'autrefois la voisine pesait davantage !

A présent, elle était morte : asters sur une tombe, *Dies irae, dies illa.* Puis, quand sa famille vint déménager son mobilier, une photo resta là, tombée dans l'escalier : grand portrait sépia montrant la voisine devant une certaine *Villa Elisabeth.* Au fond, des vignes, une grotte en pierre ponce où des nains de faïence jouaient avec des brouettes et, au premier plan, la voisine blonde et opulente. En haut, à la fenêtre, un homme fumant la pipe et, en travers, sur le pignon : *Villa Elisabeth.* Tout naturel, puisqu'elle s'appelait Elisabeth.

La chambre une fois débarrassée, un homme du nom de Léon y emménagea. Léon portait l'uniforme des receveurs de tramway : casquette bleue à galon rouge, et ce qu'il appelait son licou, un sac pour l'argent, l'étui de bois pour les blocs de tickets, la petite éponge dans une boîte en aluminium, la poinçonneuse. Beaucoup de lanières, beaucoup de cuir, et la figure antipathique, toute rouge, toute propre de Léon. Et ces chansons qu'il n'arrêtait pas de siffler, la radio branchée sans arrêt, et toujours, riant et dansant dans la chambre de Léon, des employées du tram en uniforme, et l'on criait : « A la bonne vôtre ! »

La femme qui pesait jadis plus de deux quintaux, et dont il restait une photo de la *Villa Elisabeth* avait été une locataire tranquille. Léon, lui, était bruyant. Il devint le principal consommateur de la soupe qu'il paya en cigarettes après en avoir marchandé le juste prix. Léon était grand amateur de soupe sucrée.

Un soir que Léon venait apporter du tabac et chercher de la soupe, il posa subitement son pot, regarda la mère d'Henri en riant et dit :

— Voyez un peu ce qui se danse en ce moment. Au fait avez-vous été danser une fois seulement ces dernières années ?

Léon dansa quelque chose de tout à fait loufoque. Il lançait ses jambes en l'air, battait des bras en glapissant drôlement. Mère éclata de rire et dit :

— Non, il y a longtemps que je n'ai plus dansé.

— Mais faudrait... Amenez-vous donc !

Il fredonna un air, la prit par la main, l'enleva de sa chaise et la fit danser. Et la figure de sa mère changea beaucoup, beaucoup ; soudain elle se mit à sourire, elle souriait d'un air très aimable et cela la rajeunissait :

— Ah ! autrefois, autrefois, j'allais souvent danser.

— Alors je vous emmène un jour. Je suis dans un club de danse. Vous dansez formidablement.

Effectivement, sa mère y alla. Et Léon devint l'oncle Léon et il y eut un nouveau « le ». Henri dressa l'oreille et il remarqua que, cette fois-ci, les rôles étaient intervertis. Cette fois, c'était sa mère qui disait ce que Karl avait dit naguère : « Je *le* garde. » Et Léon disait ce que sa mère avait dit naguère : « Tu vas *le* faire passer. »

Henri, qui en était à sa deuxième année scolaire, savait depuis longtemps ce que « le » signifiait. Il tenait en effet de Martin ce que Martin, lui, tenait de son oncle Albert, à savoir que les enfants naissent de l'union des femmes et des hommes. Donc, c'était clair : « le » représentait un enfant. Il lui suffisait donc de mettre enfant à la place de « le », et sa mère disait : « Je garde l'enfant », et Léon : « Tu feras passer l'enfant. » Et sa mère avait dit à Karl : « Je fais passer l'enfant. » Et Karl avait dit : « Tu ne feras pas passer l'enfant. »

A ce moment-là déjà, il comprenait clairement que sa mère s'était unie avec Karl, bien qu'alors il y eût dans sa pensée un mot moins distingué que « unie ». Donc on pouvait « faire passer les gosses ». On avait fait passer celui à cause duquel l'oncle Karl était parti dans le temps.... Karl n'avait pas été le pire de ses oncles.

« Le », l'enfant, vint et Léon menaça : « Je le mets à l'asile, si tu ne gardes pas ta place ! » Cependant sa mère ne put la garder, sa place, car on supprima la soupe distribuée à prix de faveur aux employés municipaux, et bientôt le marché noir n'exista plus. Personne ne raffolait plus de cette soupe, on avait une monnaie nouvelle, plutôt ric-à-rac à vrai dire, et dans les boutiques on trouvait des choses qu'avant on ne trouvait même pas au marché noir. Mère pleurait et le tout petit, « le », s'appelait Vilma, du nom de sa mère ; Léon fit la tête, tant que mère n'eut pas retrouvé du travail à la boulangerie.

L'oncle Albert vint offrir de l'argent à la mère d'Henri, mais elle ne l'accepta pas, alors oncle Léon l'emballa et l'oncle-Albert-à-Martin emballa l'oncle Léon.

L'odeur spéciale à l'oncle Léon était celle de son savon à barbe. Léon avait le visage rouge, rouge à force de propreté, des cheveux noir corbeau ; il passait toujours beaucoup de temps à ses ongles et portait en permanence une écharpe jaune dans son blouson d'uniforme. Léon était radin, il ne dépensait rien du tout pour les enfants, en quoi il se distinguait de Will et d'Albert, les oncles de Martin, qui faisaient des tas de cadeaux. Will était oncle d'une autre façon que Léon, et Léon à son tour était oncle d'une autre façon qu'Albert. Peu à peu, des catégories d'oncles se formaient. Will était un oncle vrai, Léon un oncle comme l'avaient été Erich, Gert et Karl : des oncles qui s'unissaient avec sa mère. Albert à son tour était un oncle différent de Will et de Léon : pas un vrai comme Will, qui se plaçait au rang des grands-pères, mais pas non plus un oncle-union.

Son père, c'était le portrait accroché au mur : un adjudant riant sur une photo qui datait de dix ans. Si Henri l'avait tenu pour vieux naguère, maintenant il le tenait pour jeune, pour de plus en plus proche de lui. En grandissant, il rattrapait peu à peu son père, qui maintenant n'avait guère plus du double de son âge. Au commencement son père était quatre, cinq fois plus vieux que lui. Et sur une autre photo pendue à côté, sa mère, à dix-huit ans, ne ressemblait-elle pas tout à fait à une première communiante ?

Oncle Will avait presque six fois son âge et pourtant, comparé à lui, Henri se trouvait vieux, expérimenté, sage, fourbu, et il jouissait de la gentillesse de Will comme de la gentillesse d'un bébé, des tendresses de sa petite sœur qui poussait si vite. Il la soignait, lui donnait son biberon, faisait réchauffer sa bouillie, car l'après-midi sa mère n'était pas là, et Léon refusait absolument de s'occuper de l'enfant : « Je ne suis tout de même pas une nourrice ! » Plus tard, Henri baigna même Vilma, la mit sur son petit pot, l'emmena aux commissions et le soir chercher leur mère à la boulangerie.

Albert, l'oncle de Martin, différait tout à fait de Will ; c'était un homme qui savait à quoi s'en tenir sur l'argent, un homme qui, bien qu'il eût de l'argent, savait combien c'est affreux quand le pain augmente et que le prix de la margarine monte, un oncle qu'il aurait souhaité avoir, pas un oncle-union, pas un oncle-Will, bon tout au plus pour jouer avec vous, pour aller se promener. Will était bon, mais pas moyen de *parler* avec lui, tandis qu'avec l'oncle Albert on pouvait parler, *malgré son argent.*

Pour diverses raisons il aimait aller *là-bas* : principalement à cause de l'oncle Albert, Martin, lui, ne venait qu'en second lieu ; question argent, c'était tout comme l'oncle Will. Il aimait bien la mémée aussi quoiqu'elle fût toquée. Il y allait également pour le football et pour les choses du réfrigérateur, puis c'était bien commode de mettre Vilma au jardin, dans sa petite voiture, de jouer au football, et d'être délivré pendant des heures de l'oncle Léon.

Ce qui était affreux là-bas, c'était de voir la façon dont ils traitaient l'*argent.* Là-bas on lui donnait tout, on était gentil avec lui, et ce n'était pas seulement à cause de l'argent qu'un jour — il en avait le sentiment obscur — il arriverait du vilain. Mais il y avait aussi des choses sans rapport avec l'*argent* : par exemple la différence entre l'oncle Léon et l'oncle Albert, la différence entre le choc que « le mot » dit par sa mère au boulanger avait donné à Martin et sa propre frayeur, légère, en l'entendant pour la première fois de la bouche maternelle. Jusque-là, seuls Léon et une receveuse du train l'avaient prononcé devant lui. Ce mot, il le trouvait laid et n'aimait pas à l'entendre, mais il n'en était pas épouvanté comme Martin. Telles étaient les différences qui ne se rapportaient que partiellement à l'argent, différences connues seulement de l'oncle Albert qui comprenait parfaitement qu'il ne devait pas se montrer *trop* bon pour lui, Henri.

III

Depuis quelques minutes déjà, Nella avait l'impression d'un regard rivé à son dos, regard insistant d'un triomphateur sûr d'être exaucé. Il y a des nuances. On peut même sentir si l'on vous considère de dos avec des yeux dolents d'un admirateur timide. Mais nulle mélancolie dans les yeux de celui-là, et pendant une demi-minute elle chercha à se le représenter : brun, élégant, un peu snob, il avait peut-être fait un pari. « Dix contre un que dans trois semaines j'aurai roupillé avec elle. »

Elle était lasse, et ignorer totalement l'admirateur inconnu ne lui coûtait nul effort car elle se faisait une fête d'un week-end avec Albert et le petit là-bas, chez la mère d'Albert. Par ce temps déjà automnal, il n'y aurait pas beaucoup de clients. Entendre simplement Albert s'entretenir d'amorces pour le poisson avec Will et Glum, c'était épatant ; elle emporterait des bouquins et lirait pendant que Martin et son petit copain joueraient au football, et elle se laisserait peut-être entraîner à la pêche par Glum. Elle se ferait tout expliquer : appâts, techniques, les divers engins et la grande, grande patience, la patience sans mesure... Elle sentait le regard peser sur elle tout en subissant une fois de plus l'effet soporifique de la voix de Schurbigel. Partout où une conférence s'imposait, c'était Schurbigel qui s'en chargeait. Elle le détestait et regrettait la molle politesse qui l'avait amenée à accepter l'invitation. Il eût été bien plus agréable d'emmener Martin au cinéma, puis d'aller prendre des glaces avec lui ; ensuite elle aurait lu son journal en buvant du café pendant que Martin aurait choisi les disques que la servante passait toujours obligeamment pour lui. Mais quelques assistants l'avaient déjà repérée et elle allait inévitablement compter une soirée ratée, une de plus : sandwiches bâclés en toute hâte, bouteilles débouchées — à moins que vous ne préfériez du thé ? —, cigarettes, et la tête d'Albert condamné à faire la conversation aux invités, à les renseigner sur le mari de Madame...

Trop tard, Schurbigel pérorait déjà ; ensuite le père Willibrord lui présenterait des gens, et elle verrait surgir cet admirateur inconnu dont le regard restait obstinément dirigé sur sa nuque comme la lumière d'une lampe. Le mieux, c'était de somnoler de façon à emmagasiner au moins un peu de sommeil.

Elle faisait toujours ce qu'elle ne voulait pas, non par vanité, vanité d'avoir un mari célèbre, tombé au front, ou par désir de connaître des gens qui s'intéressaient si terriblement à lui. Ce qui la poussait, c'était l'impression de nager, de se laisser couler ; presque tout s'avérait plus ou moins absurde comme des bouts de mauvais films jetés au rebut lors du montage, lambeaux incohérents, mal photographiés, joués par des acteurs médiocres, dans un mauvais éclairage. Elle luttait désespérément contre la fatigue, se secouait, écoutait Schurbigel, ce qu'elle n'avait pas fait depuis longtemps. Ce regard opiniâtre sur sa nuque l'éreintait aussi parce que, décidée à ne pas se retourner, elle n'y arrivait qu'avec effort ; elle ne *voulait* pas se retourner, car elle connaissait ce type-là sans l'avoir regardé. Elle abhorrait les intellectuels coureurs de jupons. Leur vie, déterminée par des réflexes et des ressentiments, se déroulait le plus souvent conformément à des systèmes littéraires qui les faisaient balancer entre Claudel et Sartre. Ils rêvaient de chambres d'hôtel du genre de celles qu'on voyait au cinéma dans les séances tardives de salles spécialisées. Films aux éclairages crépusculaires, au dialogue raffiné, « pauvres d'action, mais sensationnels », avec accompagnement continu d'orgue existentiel. Homme pâle penché sur une femme pâle pendant que la cigarette — ô réussite d'optique — se consume sur le rebord de la table de nuit en sauvages volutes de fumée : « Ce que nous faisons est mal, mais il le faut. » La lumière s'éteint et, dans le demi-jour qui s'assombrit progressivement, on ne voit plus que la cigarette fumant toujours frénétiquement sur la table de nuit, puis c'est l'obscurité complète pendant que l'inévitable s'accomplit.

Plus elle connaissait cette espèce de cavaliers, plus elle aimait son mari et, bien qu'elle eût la réputation d'une demi-cocotte, jamais depuis dix ans elle n'avait réellement couché avec un autre. Ray, lui, était différent et ses complexes allaient de pair avec sa naïveté.

Maintenant elle se laissait bercer lentement par Schurbigel et oubliait un moment le regard de l'inconnu qui s'entêtait sur sa nuque.

Schurbigel était grand et lourd ; la mélancolie sur son visage allait en croissant de conférence en conférence, et il en prononçait beaucoup. A chacune, sa personnalité s'accusait, et aussi le volume de son corps. Il donnait toujours à Nella l'impression d'un ballon d'une intelligence, d'une tristesse monstrueuses, qui se gonflait de plus en plus, finirait par crever, ne laissant qu'une poignée de tristesse condensée et fétide.

Son sujet, un sujet-Schurbigel, traitait des *Rapports du travailleur intellectuel avec l'État au siècle de la technique.* Voix agréable, onctuosité intelligente, vibrant d'une sensibilité secrète, pleine d'une tristesse infinie. A quarante-trois ans, il comptait de nombreux partisans et peu d'ennemis. Mais ces ennemis avaient réussi à ramener au jour sa thèse de doctorat repêchée dans les profondeurs d'une obscure bibliothèque universitaire de l'Allemagne centrale. Daté de 1934, ce travail s'intitulait *Notre Führer dans la poésie lyrique moderne.* Aussi Schurbigel commençait-il chacune de ses causeries par quelques remarques sur la perfidie publicitaire exercée par de jeunes braillards sectaires, pessimistes, hérétiques redresseurs de torts, incapables de comprendre la conversation d'un esprit mûri. Toutefois, même envers ses détracteurs, son ton restait affable, il se servait contre eux d'une arme qui les rendait enragés parce qu'elle les réduisait à l'impuissance :

le pardon. Schurbigel pardonnait tout à tous. Les gestes dont il soulignait ses propos correspondaient à ceux d'un coiffeur aimable, préoccupé du seul confort de ses clients. En discourant, il paraissait appliquer des compresses chaudes sur des amis et des ennemis imaginaires, vaporiser des essences embaumées et lénifiantes. Il leur massait le cuir chevelu, les éventait, les rafraîchissait généreusement, puis il les savonnait longuement, à fond, avec une savonnette au parfum prodigieux, d'un prix prodigieux, cependant que sa voix onctueuse prononçait des choses d'une intelligence prodigieuse. Schurbigel était sombre, quoique sans excès. Des mots tels que catacombes, élite, désespérance flottaient comme des bouées lumineuses dans le courant uniformément intelligent de son exposé. En prodiguant au client imaginaire de son salon de coiffure de mystérieuses délices : traitements suaves, compresses chaudes, froides et tièdes, frictions, il paraissait combler ses auditeurs de tous les bienfaits susceptibles d'illustrer le catalogue d'un coiffeur.

C'est qu'il avait grandi dans un salon de coiffure du faubourg. L'enfant « extraordinairement doué » avait été découvert, on l'avait poussé de bonne heure, mais le gros garçon n'oublia jamais la mélancolie grisante de la petite boutique crasseuse exploitée par son père : cliquetis de ciseaux, éclairs de nickel dans la pénombre, doux ronflement de la tondeuse électrique, papotages paisibles, odeurs variées des savonnettes, fondues dans une chaleur bienfaisante, parfums vaporisés, tintements des groschens dans la caisse, petits paquets vendus avec discrétion, bouts de papier où la mousse des rasoirs se desséchait lentement et paraissait retenir prisonniers d'une écume de sucre les poils blonds, noirs, roux ; puis les deux box chauds et obscurs où sa mère travaillait : lumière artificielle, fumée de cigarettes, conversation plaintive coupée de brusques éclats de voix provoqués par des histoires de bas-ventre. Quand le salon manquait de clients, son père aimable et très mélancolique venait dans l'arrière-boutique et lui faisait réciter ses mots tout en en grillant une : ce fut là que l'oreille de Schurbigel devint sensible, son esprit triste.

Son père n'apprit jamais à prononcer convenablement les vocables latins, il s'entêtait à mettre l'accent tonique sur la première syllabe : *génus*, *ancilla*, et quand son fils conjuguait *tithèmi*, il ricanait niaisement car ses associations d'idées se déclenchaient sur un plan inférieur.

En ce moment Schurbigel faisait goûter à son auditoire les délices d'une pommade mystérieuse dont il oignait par petites touches leurs fronts, leurs oreilles, leurs visages, puis d'un geste brusque il les débarrassa de leurs peignoirs, fit une rapide courbette, rafla les feuillets de son manuscrit et quitta l'estrade avec un sourire de timide désenchantement. Les applaudissements furent unanimes et nourris, discrets toutefois, et tels que Schurbigel les aimait — il n'appréciait pas les ovations bruyantes. Il fourra la main droite dans la poche de son pantalon et joua avec une boîte de métal pleine de dragées à la glutamine : le tintement clair et rassurant des perles le calma et, souriant, il serra la main du père Willibrord qui lui disait tout bas : « Formidable, tout simplement formidable. » Schurbigel prit congé, il devait se rendre de toute urgence à l'ouverture de la « Sécession oberlandaise », en tant que spécialiste de la peinture moderne, de la musique moderne, de la poésie moderne. Il avait une prédilection pour les sujets difficiles parce qu'ils permettent de former des concepts audacieux, d'essayer des interprétations hardies. La hardiesse de Schurbigel était égale à sa bienveillance : en public, il louait tous ceux qu'il savait être ses ennemis et trouvait des défauts à ses amis. Il ne faisait que rarement l'éloge d'un ami et s'était ainsi acquis une réputation d'incorruptibilité. Schurbigel l'incorruptible avait des ennemis mais n'était l'ennemi de personne.

Après la guerre, Schurbigel (et l'on citait souvent l'exemple de Saül) découvrit les *énormes* attraits de la religion. A la surprise de ses amis, il devint chrétien et dénicheur d'artistes chrétiens. Il avait le grand avantage de pouvoir faire état d'un mérite remontant à plus de dix ans : la découverte de Raymond Bach qu'alors il avait déjà baptisé le plus grand poète lyrique de sa génération. L'ayant découvert alors qu'il était rédacteur d'un grand journal nazi, il l'avait imprimé, et — même sur ce point-là ses ennemis devaient se taire — pouvait donc commencer chacune de ses communications sur le lyrisme moderne par cette phrase :

« Lorsque, en l'année 1935, je fus le premier à imprimer un poème de feu notre poète Bach, tombé en Russie, je savais qu'une ère nouvelle d'expression lyrique débutait. »

Grâce à cette introduction, il s'était acquis le droit d'appeler Nella « ma chère Nella », et elle n'y pouvait rien, bien qu'elle sût que Ray avait haï Schurbigel comme elle le haïssait à présent. Il s'était acquis le droit de venir un soir tous les trois mois boire du vin ou du thé chez elle, en y amenant une demi-douzaine de jeunots négligemment vêtus. Ainsi la photo : « La veuve du poète avec celui qui découvrit son mari » trouvait asile quelque part, au moins une fois tous les six mois.

Nella fut soulagée en le voyant disparaître ; elle le détestait, mais s'en amusait aussi. Comme les applaudissements cessaient et qu'elle se réveillait tout à fait, elle constata que maintenant le fameux regard ne reposait plus sur sa nuque mais l'atteignait au visage. Elle leva les yeux et vit venir à elle, avec le père Willibrord, celui qui s'entêtait à la conquérir. Il était encore jeune et, en dépit de la mode, vêtu fort discrètement : complet gris foncé, nœud de cravate bien net ; vue de face, sa figure sympathique avait cet air d'intelligence ironique propre aux journalistes passés de la politique au feuilleton littéraire. L'un des traits caractéristiques du père Willibrord était de prendre parfaitement au sérieux et de lui présenter des gens comme Schurbigel et comme cet inconnu qui s'approchait d'elle lentement.

Le jeune homme, brun comme elle se l'imaginait, ne correspondait pas au type de l'intellectuel coureur de jupons qu'elle se représentait tout à l'heure. Pour le troubler davantage, elle lui sourit encore une fois. Allait-il se laisser prendre, lui aussi, à ce jeu de muscles minuscules ? Il s'y laissa prendre et, comme il s'inclinait, elle vit la raie impeccable de ses épais cheveux noirs.

Le père Willibrord dit en souriant :

— M. Gaeseler travaille à une anthologie des poètes lyriques, et il aimerait parler avec toi, ma chère Nella, des poèmes de Ray qu'il pourrait y accueillir.

— Comment ? dit-elle. Comment vous appelez-vous ?

Et elle lut sur son visage qu'il prenait sa frayeur pour de l'émotion...

L'été, en Russie, un trou dans la terre, un petit lieutenant envoie Ray à la mort. Était-ce sur cette joue brune, rasée de près, que s'était appliqué, il y a dix ans, le soufflet d'Albert ? « Je lui ai flanqué un tel coup dans le portrait que, l'espace d'un instant, j'ai vu mes cinq doigts imprimés sur sa joue brune, et j'ai payé ma gifle de six mois de prison à Odessa. » Yeux vigilants, un peu anxieux, au regard fureteur. Tranchée la vie, la vie de Ray, la mienne, et la vie du petit, tranchées par ton vaniteux entêtement, lieutenant aux cheveux noirs qui t'es obstiné à voir ton ordre exécuté. Le beau film qui ne demandait qu'à continuer jusqu'au bout était déjà tourné aux trois quarts. Coupé le film, jeté dans le cabinet de débarras d'où elle devait le retirer bribe par bribe pour le reconstituer, rêves destinés à n'être point des rêves. Flanqué à la porte l'acteur principal, et tous les autres — elle, l'enfant, Albert —, forcés de tourner à nouveau un film complètement bousillé. Le producteur avait introduit pour deux heures un petit chef, qui avait décidé d'une autre fin pour le scénario. Est-ce que sa vie ratée, celle d'Albert, celle de l'enfant et de sa grand-mère devaient être portées au compte de ce petit bousilleur qui s'obstinait à prendre son trouble pour de l'amour ? Ô petit bousilleur, joli et intelligent, au regard fureteur, éditeur d'anthologies, si c'est toi — mais tu me parais trop jeune —, si c'est toi, tu vas être l'acteur principal du troisième quart, et tu auras une fin mélodramatique : personnage mythique des pensées de mon enfant, homme noir hantant la mémoire de grand-mère, chargé de six années de haine, d'une haine tenacement entretenue, tu vas avoir le vertige, le même vertige que moi en ce moment.

— Gaeseler, dit-il en souriant.

— Depuis deux semaines, M. Gaeseler rédige le feuilleton littéraire du *Messager*... Ça ne va pas, ma chère Nella ?

— Non, je ne me sens pas bien.

— Prenons quelque chose, un café... Pourrais-je vous inviter ?

— Oui.

— Vous venez avec nous, mon père ?

— Oui.

Mais elle devait encore serrer la main de Trimborn, saluer Mme Mesewitz ; elle entendit quelqu'un murmurer : « Elle vieillit, cette bonne Nella », se demanda s'il fallait téléphoner à Albert de venir la retrouver, Albert le reconnaîtrait et lui épargnerait un interrogatoire pénible. Bien que tout le contredît, elle était sûre que c'était lui. On lui donnait vingt-cinq ans, mais il pouvait en avoir vingt-huit et, dans ce cas, il en aurait eu tout au plus dix-huit à ce moment-là.

Pendant qu'ils descendaient l'escalier, Gaeseler lui dit :

— J'allais justement vous écrire.

— Cela n'aurait pas servi à grand-chose.

Il leva les yeux vers elle et sa mine bêtement offensée excita Nella davantage encore.

— Voilà dix ans que je n'ouvre plus de lettres, elles filent au panier non décachetées.

Arrivée à la porte, elle le planta là, ne tendit la main qu'au père Willibrord en disant :

— Non, il faut que je rentre, ça ne va pas. Donnez-moi un coup de fil si vous voulez, mais ne vous nommez pas au téléphone. Vous entendez : ne vous nommez pas.

— Qu'est-ce qui se passe donc, chère Nella ?

— Rien, je n'en puis plus, je suis si fatiguée.

— Nous aimerions t'avoir à Brernich dimanche en huit ; M. Gaeseler y fera une communication.

— Téléphonez-moi si vous voulez, dit-elle.

Puis, plantant là les deux hommes, elle se sauva bien vite.

Enfin elle était sortie du quartier fortement éclairé et pouvait prendre la rue obscure où Luigi tenait son café-glacier.

Elle y avait été des centaines de fois avec Ray, et c'était l'endroit le plus propre au rapiéçage d'un film, le plus indiqué pour rattacher les bandes réduites à l'état de rêves, pour les engrener dans les dents de la manivelle. Extinction des lumières, on appuie sur le bouton et le rêve, naguère destiné à devenir réalité, passe papillotant sur votre cerveau...

Luigi lui sourit et mit aussitôt le disque qu'il mettait toujours quand elle entrait : frénésie et sentimentalité primitives, fiévreuses et émouvantes ; elle épiait le passage où la méthode se déclenchait et s'enfonçait bruyamment dans d'insondables abîmes pendant qu'elle s'entêtait à dérouler le premier quart du film, celui qui n'avait pas été rêvé.

C'était ici qu'il avait commencé, ici où peu de chose avait changé : toujours côté rue, au-dessus de la devanture, cet espace en forme de coq ménagé dans la maçonnerie et vitré en tons crus : vert comme la lande, rouge comme la grenade, jaune comme les drapeaux des trains de munitions, noir comme le charbon ; et l'enseigne que le coq tenait dans son bec, grande comme quatre briques, vitrail elle aussi, blanche comme la neige avec, en lettres rouges : « *Haehnel. 144 sortes de glaces.* » Le coq avait retrouvé depuis longtemps son aspect d'antan, et il lançait sa lumière multicolore sur les consommateurs, sur le bar jusque dans le coin le plus retiré, sur elle aussi qui, comme autrefois, voyait sa main — teinte d'un jaune meurtrier — abandonnée sur la table. La scène I pouvait commencer.

Venait à sa table un jeune homme dont l'ombre gris foncé tombait sur sa main. Avant même d'avoir pu lever les yeux sur lui, elle avait entendu : « Ôtez-moi cette petite veste brune, elle ne vous va pas. » Il était déjà derrière elle, lui levait posément les bras en l'air, lui retirait lui-même la jaquette brune des jeunesses hitlériennes, la jetait par terre, l'expédiait du pied dans un coin du salon, puis s'asseyait à son côté : « Naturellement je vous dois une explication... » Elle ne pouvait pas encore le voir ; une deuxième ombre grise lui tombait sur la main, ombre colorée en jaune par le jabot du coq : « Ne remettez jamais ce truc-là, il ne vous va pas. » Après, elle dansa avec le premier, dans le peu d'espace libre près du comptoir, et elle put le regarder à sa guise. Curieux, ces yeux bleus qui restaient graves dans le visage rieur et paraissaient regarder quelque chose au loin par-dessus son épaule. Il dansait avec elle presque comme s'il était seul, ses mains ne la touchaient qu'à peine, mains légères que souvent plus tard, quand il dormit à côté d'elle, elle prit et posa sur sa joue. Nuits gris clair où les cheveux de Ray n'étaient plus noirs mais paraissaient du même gris clair que la lumière du dehors, nuits où elle épiait anxieusement son souffle qu'on n'entendait jamais, que l'on sentait à peine en mettant la main devant ses lèvres.

Vie sans lest et qui avait commencé à l'instant où le gris de l'ombre était tombé sur sa main teintée de jaune. La veste des jeunesses hitlériennes était restée abandonnée dans un coin du salon Luigi.

Tache jaune sur sa main, du même jaune qu'il y avait vingt ans...

Les poésies, elle les trouvait belles parce que c'était lui qui les écrivait, mais bien plus important que ses vers était celui qui les lui lisait d'un ton si indifférent. Tout était si facile pour lui, si naturel ; même son appel sous les drapeaux, qu'il redoutait, put être remis, mais le souvenir demeurait des deux jours où ils l'avaient battu, là-bas, dans la casemate.

Souterrains de l'an 1872, obscurs et suintants, où maintenant un ingénieux petit Français exploitait une champignonnière : béton noirâtre et humide, maculé de sang, bière, S.A.[1] éructants, chant sourd comme s'il sortait d'une tombe, déjections contre les murs, dans les couloirs où pour l'heure prospéraient des champignons blanchâtres à l'air maladif dans du fumier de cheval. Aujourd'hui, sur le toit de la casemate, il y avait une pelouse merveilleusement verte, une roseraie où jouaient des enfants, où des mères tricotaient en leur criant : « Ne va pas au bord ! » ou « Ne sois pas si diable ! », où des

1. *S.A.*, *Sturmabteilung* : section d'assaut (*N.d.T.*).

rentiers bourraient maussadement leur pipe, à deux mètres au-dessus du tombeau étouffant où, deux jours durant, Ray et Albert avaient enduré l'angoisse de la mort. Père chantant « A dada sur mon bidet » avec des têtes de semaine anglaise, grands-papas distribuant des bonbons, et le jet d'eau, et les avertissements : « Ne va pas si près du bord ! », et le vieux gardien faisant sa ronde matinale pour effacer les traces des excès nocturnes de la jeunesse des faubourgs : mouchoirs tachés de rouge à lèvres, signes du mot amour dessinés sur le sol avec des branches au clair de lune. Rentiers du matin, vieillards tremblotants qui en été s'amènent de bonne heure pour voir le butin du gardien avant qu'il ne disparaisse dans le seau aux ordures : ricanements à propos de mouchoirs en papier de toutes les couleurs, et de la nuance criarde du rouge à lèvres. *Nous aussi on l'a eu, notre jeune temps.*

Et, là-dessous, le tombeau où maintenant poussent, pullulent des champignons blanchâtres, au-dessus du fumier brunâtre et de la paille jaune, tombeau où fut commis le premier assassinat d'un Juif de la ville : Absalon Billig, adolescent aux cheveux noirs, souriant, aux mains aussi légères que celles de Ray, et qui dessinait comme pas un, qui savait dessiner des chefs d'îlots et des S.A. : *Allemands jusqu'à la moelle des os...* et que les S.A., *allemands jusqu'à la moelle des os,* écrasèrent à coups de bottes au fond de cette tombe, là-bas.

Nouveau disque, hommage du petit barman noir à sa beauté blonde. Elle avança un peu plus le bras sur la table, et sa main se trouva dans la lumière rouge projetée par le plumage du cou : comme le jour où Ray lui annonça le meurtre d'Absalon. La mère d'Absalon, petite Juive maigre, avait téléphoné de chez Albert, à Lisbonne, à Mexico-City, à toutes les lignes de navigation sans lâcher la main du petit Guillaume Billig, ainsi nommé en l'honneur de l'empereur Guillaume. Surprise : l'Argentine ! Au fin fond de l'Argentine quelqu'un tenait le récepteur et parlait à Mme Billig : visa, devises...

Deux numéros du *Vœlkischer Beobachter* partaient pour l'Argentine, en imprimés, avec vingt billets de mille marks cachés dedans ; Ray et Albert entraient comme dessinateurs dans la fabrique de marmelade de papa.

A présent, des champignons poussaient là-bas. Des enfants jouaient, des mères criaient : « Ne sois pas si diable ! » et « Va pas si près du bord », quand le jet d'eau fonctionnait. Et les roses fleurissaient, des roses aussi rouges que sa main éclairée par le plumage rouge du cou, le cou du coq-blason-Haehnel. Le film continuait, la main de Ray s'alourdissait, son souffle s'entendait, et il ne riait plus. Il arrivait une carte de Mme Billig : « Remerciements pour votre bonjour de notre chère patrie. » Deuxième envoi d'imprimés, deux numéros du *Stuermer,* avec dix billets de mille marks. Albert partait pour Londres, et de Londres la nouvelle de son mariage arrivait bientôt : folle jeune fille, belle comme le jour, espiègle et pieuse, et Ray resta dessinateur et statisticien dans la fabrique de papa. Que pouvons-nous faire pour notre spécialité ? La gelée de fraises Holstege. Prix modique.

Plumage bleu encre du ventre tandis que le film continue, gris et calme... dramaturgie fatiguée... jusqu'à la mort à Londres de la folle jeune fille, belle comme le jour. Puis l'absence de nouvelles d'Albert pendant des mois, les lettres qu'il lui reprochait encore quelquefois d'avoir écrit : « Reviens. Depuis ton départ Ray ne rit plus... »

Le film devenait gris et sombre, lumière raffinée, prometteuse de sensationnel. Albert revint, la guerre vint : relents de cantine dans les casernes, hôtels bondés ; dans les églises, prières ardentes pour la patrie. Pas moyen de trouver un gîte, et les huit heures de permission passaient vite, avant même que l'étreinte s'accomplît : embrassades sur des canapés en peluche, sur un divan brun foncé, dans les lits malpropres de maisons de passe à vil prix dont les temps étaient venus, graisse de bottes sur les draps.

Tintements de sonnettes, mauvais petit déjeuner à l'aube, pendant que la matrone maigre remettait l'écriteau à la fenêtre : chambre libre. Carton coincé de force entre le rideau et le carreau, et la sagesse exprimée en ricanant par l'entremetteuse quand Ray s'étonnait du prix exagéré.

« C'est la guerre. Les lits deviennent rares et chers. » Dans le salon, femmes intimidées qui, pour la première fois de leur vie, avaient accompli l'inévitable ailleurs que dans le lit conjugal, et qui avaient honte de cette demi-prostitution, tout en jouissant de l'aventure : c'était ici que se procréaient les gosses de la rentrée scolaire 1946, enfants de guerre, malingres, rachitiques qui demanderont au maître d'école : « Le ciel, est-ce que c'est le marché noir où on trouve de tout ? » Tintements de sonnettes, lits de fer, matelas de varech qui, tout au long de deux mille nuits de guerre, allaient rester des objets de convoitise jusqu'à ce que fût procréée la population des maternelles de 1951.

La guerre favorise toujours la dramaturgie parce que l'événement monstrueux se dresse derrière elle, la mort, qui tire l'action à elle, la tend comme une peau de tambour vibrant au plus léger toucher du doigt.

— Encore une limonade, Luigi, bien, bien glacée et versez-y une bonne dose de votre petit flacon vert qui contient la chose amère.

Froide et amère comme les adieux aux stations des tramways, aux portes des casernes. Amère comme la poussière qui sortait des matelas dans les maisons de passe, fine poudre, sublime saleté ruisselant des fentes des tentures, crissant dans les rails de la ligne 10, de la ligne 8, de la ligne 5, quand les trams s'ébranlaient en direction des casernes où couvait la désolation. Froide comme la chambre où il fallait que j'aille récupérer ma mallette quand mon « successeur » s'y installait déjà, la femme d'un adjudant de réserve, blonde, bonne, honnête. Dialecte de Westphalie, saucisson déballé, et ce visage anxieux qui prend mon pyjama bariolé pour celui d'une cocotte, alors que, tout aussi conjugale qu'elle-même, j'accomplis la même chose. La bénédiction nuptiale, un franciscain au regard illuminé me l'a donnée par un jour ensoleillé de printemps, car Ray ne voulait pas consommer l'inéluctable avant le mariage. N'aie pas peur, petite épouse d'adjudant de réserve ! Motte de beurre dans du papier parcheminé... et cette figure rouge qui ne tardera pas à pleurer... œufs roulant sur la table crasseuse. Ô adjudant, toi qui chantais si joliment la basse, à la grand-messe, que fais-tu à ton épouse ? Patron plombier avec cochon, vache, basse-cour, chantre du *Dies irae* aux messes d'enterrements, toi pour qui, dix ans après, Verdun restait tout juste bon pour des histoires d'apéritifs, honnête procréateur de quatre gosses d'âge scolaire, toi, la basse noble de l'église, que fais-tu à ta femme qui, cette nuit, avalera l'âcre poussière du matelas et rentrera au foyer avec le sentiment d'être une cocotte, avec, dans son giron, le bleu de la rentrée scolaire 1946, destiné à être un demi-orphelin ? Car, joyeux chantre et joyeux conteur d'anecdotes sur Verdun, tu reposeras dans les sables du Sahara, des éclats d'obus dans la poitrine, vu que tu n'es pas seulement une belle basse mais encore reconnu bon pour les tropiques. Figure larmoyante, rouge, et l'œuf qui roule de la table sur le plancher — blanc gluant, jaune foncé, coquille brisée —, et la chambre si froide, si sale et si vide, et ma mallette ne contenant qu'un pyjama trop bariolé et quelques objets de toilette, pas assez pour persuader cette brave femme que je ne suis pas une grue, et par-dessus le marché le livre, sur lequel le mot *roman* se lit distinctement, qui lui fait tenir finalement mon alliance pour une fumisterie ratée. Le bleu de la rentrée 1946 résultera chez toi des œuvres d'un plombier, celui de 1947 résultera chez moi des œuvres d'un poète, mais cela ne fait pas une bien grande différence...

— Merci, Luigi, repasse encore une fois le disque... le disque que tu sais.

Luigi sait. Sauvagerie primitive qui s'arrête juste au moment voulu, mélodie qui s'enfonce en gémissant dans l'abîme, se dissout, mais pour remonter. Froide, la limonade, aussi froide que les chambres d'alors, aussi amère que leur poussière. Et le rayon de lumière bleue, projeté par la queue du coq, tombe maintenant sur ma main.

La dramaturgie continuait à se dérouler dans cette clarté obscure si favorable à créer l'ambiance. Une fois de plus, cette odeur âcre au bord du champ de manœuvres, déjà de nombreux soldats sont décorés, l'argent roule et les chambres se font de plus en plus rares : dix mille troupiers dont cinq mille reçoivent des visites, et au village, deux cents chambres en tout, en comptant les cuisines où la population scolaire 1947 se procrée sur des bancs de bois, engendrée par des pères décorés, partout où se trouve une place libre pour cette opération : dans la bruyère, sur la terre couverte d'aiguilles de sapin où l'on se jette en toute hâte malgré le froid, car on est en janvier et les logements sont plus rares que les militaires. Deux mille mères et trois mille épouses sont arrivées, et l'inéluctable doit s'accomplir trois mille fois en quelque lieu que ce soit : « la nature réclame ses droits », et les instituteurs 1947 ne veulent pas fonctionner devant des bancs vides. Regards perplexes et désespérés des femmes, des soldats. Enfin une idée lumineuse vient au doyen de la garnison : six baraquements sont là, inoccupés, avec deux cent quarante lits, plus toute la septième aile du casernement, celle de la compagnie d'artillerie dont les fantassins se trouvent justement au stand de tir ; il reste de la place dans les caves, et les écuries sont vides : « De la bonne paille bien propre... qu'il faudra payer, naturellement. » On réquisitionne des granges, des omnibus pour la petite ville sise à vingt kilomètres de là. Le doyen de la garnison outrepasse tous les règlements, toutes les conventions, car la garnison se prépare à partir pour des lieux inconnus et l'inévitable doit s'accomplir une fois encore, faute de quoi les casernes de 1961 resteront désertes. Et la rentrée scolaire de 1947 réclame son contingent : petits gars chétifs, dont le premier acte de citoyen sera de voler du charbon. Ils avaient pour cela toutes les qualifications nécessaires : maigres et lestes, ils souffraient du froid et savaient déjà apprécier la valeur des choses, escalader des wagons, expédier par terre tout ce qui peut en descendre. Ô petits voleurs, vous redeviendrez honnêtes, vous êtes déjà devenus de braves garçons, vous qui fûtes engendrés sur des canapés, des bancs de cuisine, dans des lits d'abris, à la caserne, ou dans la chambre 56 de la compagnie d'artilleurs ! Ô vous fabriqués sur la paille fraîche de l'écurie, sur la terre froide de la forêt, dans des corridors, dans l'arrière-cantine où l'honnête cantinier a transformé son local personnel en un bordel à l'heure pour ménages réguliers : « Pas de honte à ça, on est tous des hommes, hein ? »

— Luigi, des cigarettes et une autre limonade, encore plus froide si possible, et donne-moi encore de la chose amère qui est dans la bouteille verte.

Mon futur écolier 1947 fut procréé, lui aussi, en ce janvier glacial, non point dans la salle privée du cantinier, ni même dans une maison de passe. Nous avons eu de la veine, nous avons déniché un gentil petit bordel particulier, le week-end d'un industriel qui juste cette fin de semaine-là manqua de temps pour ses petites amies. Il les abandonna toutes les deux à l'ennui pendant qu'il fourbissait des canons. Petit boxon parmi les sapins, dans la verte prairie, et vous deux, jeunes personnes compréhensives partageant la même chambre pour nous laisser la jouissance de l'autre. Moquettes couleur de miel, au mur un Courbet : « Est-il authentique ? — Que pensez-vous là ? » Téléphone couleur de miel, et le petit déjeuner avec les deux jeunes personnes belles comme le jour, qui savaient servir si gentiment : toast et œuf, thé et jus de fruits, et tout et tout... et les serviettes aussi, tellement couleur de miel qu'on croyait presque humer l'odeur du miel.

Et soudain la lumière papillote... *Crac,* le film s'interrompt, grisaille papillotante, tache jaune clair, doux murmure de la manivelle continuant encore à fonctionner dans la cabine de projection. La lumière se rallume, les spectateurs sifflent, ils sifflent pour rien ; après le premier quart, fini le film qui pourtant avait été tourné jusqu'au bout.

Elle regarda autour d'elle, soupira, fuma comme elle fumait toujours au retour du cinéma ; la limonade de Luigi avait tiédi, et l'amertume de l'alcool s'était volatilisée, ne laissant que la fadeur d'une absinthe trop allongée. Le film était là, à la place de l'autre. Et aussi le coq polychrome dont le dos colorait maintenant sa main en vert, presque le même coq, avec des couleurs seulement un peu plus criardes ; derrière le comptoir un autre homme, mais de nouveau les *144 sortes de glaces* et le héros, un autre, procréé dans la maison couleur de miel... Aurait-elle fait connaissance tout à l'heure avec le responsable du *crac ?* N'es-tu pas trop jeune pour être celui qui hante la liturgie vengeresse de ma mère ?

Elle repoussa son verre, se leva, elle avait déjà passé devant Luigi quand elle se souvint qu'il fallait le payer et lui sourire. Il reçut l'argent et le sourire avec une tristesse reconnaissante et elle quitta le salon du glacier. La nostalgie lui venait soudain de cet enfant qu'elle oubliait complètement pendant des jours ; c'était bon d'entendre sa voix, de palper sa joue, de le savoir là, de sentir sa main légère, d'observer son souffle, de s'assurer de son existence.

Le taxi l'emmena rapidement par les rues obscures ; de coin, elle examinait à la dérobée la figure du chauffeur, sérieuse, calme, dans l'ombre de la casquette.

Brusquement elle lui demanda :

— Êtes-vous marié ?

La tête sombre fit oui, se tourna un instant dans sa direction, et elle découvrit un sourire surprenant dans ce visage grave.

— Vous avez des enfants ?

— Oui, dit l'homme.

Et elle l'envia.

Tout à coup elle fondit en larmes, et son visage apparut humide dans les éclairs de lumière passant devant la glace.

— Pourquoi pleurez-vous, mon Dieu ?

— Je pense à mon mari, tué il y a dix ans.

Le chauffeur, surpris, se tourna vers elle, mais ramena bien vite les yeux sur le volant ; il leva la main droite et doucement la posa une seconde sur son bras. Il ne parlait pas, elle lui en sut gré, et dit :

— Bientôt il faudra tourner à droite, puis vous suivrez la Hodlerstrasse jusqu'au bout.

Dehors, l'image apparaissait, humide, devant la glace, le compteur tictaquait et faisait monter les chiffres dans un craquement léger : infatigablement l'horloge à groschen les entassait un par un. Elle sécha ses larmes. A la lumière du phare, elle apercevait déjà l'église au coin, en songeant que ses cavaliers servants ressemblaient de moins en moins à Ray : buffles aux visages bien taillés, prononçant avec un sérieux imperturbable des mots tels que « économique », et capables même de dire sans ironie des choses comme « peuple, reconstruction, avenir ». Mains masculines, avec ou sans avenir, empoignant le goulot des bouteilles de champagne, mains dures, gâcheuses, chargées de bagages, de types qui prennent tout au sérieux, en comparaison desquels le premier petit escroc venu est presque un poète jusqu'à ce que la prison le fasse capituler.

Le chauffeur du taxi lui toucha doucement le bras, une dernière secousse fit encore grimper le compteur d'un groschen. Elle donna de l'argent à l'homme, beaucoup d'argent. Il lui sourit, sauta de sa voiture pour ouvrir la portière, mais elle était déjà descendue et constatait combien la maison était sombre : pas de lumière, même chez Glum, pas même le rayon jaune qui tombait toujours dans le jardin par la fenêtre de sa mère. Ce ne fut que lorsqu'elle eut allumé l'électricité dans le vestibule qu'elle put déchiffrer le billet fixé sur la porte : « Nous sommes tous au ciné. » Tous était quatre fois souligné.

Elle resta assise dans l'entrée sous le portrait de Ray. Il remontait à vingt ans ; on l'y avait peint jeune homme, et il riait en écrivant des vers sur un paquet de nouilles. Absalon Billig avait tracé distinctement sur l'emballage : *Pâtes Bamberger aux œufs.* Ray riait sur son portrait, et il avait l'air si léger... léger comme il l'était ; les vers du paquet de nouilles se trouvaient encore dans les archives du père Willibrord. Pâli le bleu, pâlis les caractères latins : *Pâtes Bamberger aux œufs,* gazé Bamberger qui n'avait pas pu s'enfuir, et Ray souriant comme il souriait il y a vingt ans. Dans l'ombre, il paraissait presque vivant, et elle reconnaissait le pli sérieux, presque pédant de sa bouche, ce pli qui de temps en temps, au moins trois fois par jour, lui faisait dire : « De l'ordre. » De l'ordre... l'ordre auquel il pensait quand il avait fait bénir leur union avant de coucher avec elle et arraché à son père le consentement au mariage. Liturgie nuptiale murmurée sur leurs mains unies, dans le crépuscule de la chapelle franciscaine, bourrée de navets affreux, et au fond leurs deux témoins, Absalon et Albert.

La sonnerie du téléphone la ramena sur le plan où elle aimait le moins à se mouvoir : la prétendue réalité. Elle retentit trois ou quatre fois avant que Nella se levât pour entrer dans la chambre d'Albert. Elle reconnut la voix de Gaeseler qui, sans donner son nom, s'informait timidement :

— Qui est à l'appareil ?

Elle se nomma, entendit :

— Je voulais seulement prendre de vos nouvelles. J'étais si ennuyé que vous ne vous sentiez pas bien.

— Mieux, dit-elle, ça va bien mieux. J'irai au Congrès.

— Oh chic ! Venez-y dans ma voiture, je vous invite.

— Bon.

— Dois-je vous prendre ?

— Non, non, le mieux sera de nous rencontrer en ville. Où ?

— Vendredi, midi, sur la place de la Banque de la Confiance, près de la caisse principale. A midi. Vous y serez ? Sûr ?

— D'accord, dit-elle et elle pensait : « Je te tuerai, je te mettrai en pièces, je te scierai en petits bouts, avec mon arme qui est terrible, avec mon sourire qui ne me coûte rien, rien qu'un mouvement imperceptible des muscles de la mâchoire inférieure, mécanisme plus facile à manœuvrer que tes mitrailleuses. J'ai plus de munitions que tu n'en avais pour tes mitrailleuses, et elles me coûtent aussi peu que tes balles... »

Elle dit :

— Oui, j'y serai, raccrocha et retourna dans le vestibule.

IV

Le dentiste ouvrit la porte de son cabinet :

— Veuillez vous asseoir, madame Brielach, dit-il.

Un garçon de l'âge d'Henri était au piano et tapotait sans joie. Le dentiste lui dit :

— Sors pour quelques minutes.

Le petit disparut très vite en laissant le cahier de musique ouvert au-dessus du clavier jaunâtre. Elle regarda le titre : *Études 54.* Le dentiste soupira derrière son bureau noir, chercha de ses longs doigts la fiche de sa cliente, détacha quelques papiers du carton :

— Ne vous effrayez pas, j'ai là le compte des frais.

Il la regarda avec un nouveau soupir, et elle porta les yeux sur le tableau accroché derrière lui : *Unkel dans le soleil.* Le peintre avait prodigué le jaune cru pour donner un aspect ensoleillé au Rhin, aux vignobles, et à la jolie façade de la petite ville, mais tout cela en vain : Unkel n'avait pas l'air ensoleillé du tout.

Le dentiste prit un paquet de tabac dans son tiroir, ouvrit le papier d'argent ; toujours soupirant, il se roula lentement une grosse cigarette, poussa le paquet et le papier vers elle qui fit non de la tête en disant merci. Elle aurait aimé fumer, mais la bouche lui faisait mal, le dentiste avait badigeonné ses gencives avec un produit caustique, exploré les dents en frappant dessus avec un petit marteau de nickel, massé fortement les gencives de ses doigts beaux et longs sans arrêter de hocher la tête. Il posa la fiche devant lui, tira une bouffée, dit :

— Ne vous effrayez pas. Cela fera douze cents marks.

Elle regardait fixement *Unkel dans le soleil,* trop lasse

pour s'effrayer. Elle avait compté sur cinq ou six cents marks, mais maintenant, s'il en annonçait deux mille, ce ne serait pas pis que douze cents. C'était beaucoup d'argent déjà que cinquante marks, énormément d'argent, mais toute somme dépassant cent cinquante marks était inaccessible ; de deux cents à deux mille et au-delà, l'importance du chiffre n'importait presque plus. Le docteur inhalait profondément la fumée d'un tabac frais, aromatique :

— Je pourrais peut-être exécuter le travail pour huit cents marks, pour sept cents, mais sans garantie. Pour ce prix-là, je garantis un aspect irréprochable. Vous connaissez sans doute l'ersatz bon marché qui donne des dents bleuâtres ?

Oui, elle le connaissait, et elle le trouvait horrible. Luda, la vendeuse de la confiserie, en avait de ces dents en ersatz et, quand elle souriait, leur éclat bleuté faisait nettement artificiel.

— Adressez une demande à la prévoyance sociale, au bureau de bienfaisance peut-être. Pour peu que vous ayez de la chance, le bureau de bienfaisance ajoutera quelque chose. Je vous ai établi deux autres devis supérieurs à huit cents marks, car si vous présentez le projet le plus cher on ne vous versera rien du tout. Avec de la veine vous toucherez cinq cents marks en tout, trop de gens perdent leurs dents. Combien pourriez-vous donc payer par mois ?

Elle continuait à verser pour les dépenses de la première communion d'Henri huit marks par semaine qui faisaient déjà râler Léon. A cela s'ajoutait qu'elle ne pourrait pas travailler pendant un certain temps : sans dents, elle ne quitterait pas la maison, elle s'enfermerait, s'emmailloterait la figure, se glisserait chez le dentiste à la tombée de la nuit, la tête bandée. Une femme sans dents, c'est affreux à voir. Aucun étranger n'entrerait dans sa chambre, elle ne se montrerait même pas à Henri, encore moins à Léon. Treize dents parties... On n'en avait arraché que six à Luda et elle avait l'air d'une vieillarde.

— En outre, il me faudrait au moins trois cents marks d'acompte avant de commencer, puis l'argent de la prévoyance sociale et du bureau de bienfaisance aussitôt que vous serez admise. Cela nous ferait déjà presque la moitié. Avez-vous réfléchi à vos mensualités possibles ?

De guerre lasse elle dit :

— Vingt marks peut-être.

— Mon Dieu, il vous faudrait plus d'un an pour régler le tout.

— Inutile. Je ne peux pas davantage me procurer l'acompte.

— Vous êtes forcée de faire faire le travail... et bientôt. Vous êtes une jeune et jolie femme et, si vous tardez, ce sera plus grave et plus cher.

Il n'était sûrement pas beaucoup plus âgé qu'elle et avait l'aspect de ces hommes qui ont été jolis garçons : yeux foncés et cheveux jaune clair, mais ses traits étaient fatigués, bouffis, sa chevelure déjà clairsemée sur le haut du crâne. Il jouait négligemment avec le devis en disant tout bas :

— Je ne peux pas, vraiment, je ne peux pas faire autrement. Moi, il faut que je paie tout d'avance, n'est-ce pas ? Fournitures, prothésiste. Vous, les faux frais. Pas moyen. J'aimerais vous faire cela tout de suite, je sais combien c'est affreux pour vous.

Elle le croyait : il lui avait injecté dans les gencives quelques ampoules d'échantillons sans rien lui compter du tout, et sa main était légère et sûre. Douloureuse jusqu'à l'angoisse, la piqûre dans la chair rétractée, puis le liquide de l'ampoule formait une boule dure qui ne s'aplatissait que lentement, mais une demi-heure après elle se sentait merveilleusement bien : gaie, jeune et soulagée. Comme elle le lui disait, il avait remarqué : « Naturellement, ce sont des hormones et des substances qui manquent à votre organisme... remède excellent, absolument anodin, mais qui reviendrait cher s'il vous fallait l'acheter. »

Elle se leva, reboutonna son manteau en parlant à voix basse, parce qu'elle craignait de fondre en larmes. Sa bouche restait douloureuse, et la somme globale désespérément élevée avait quelque chose d'une condamnation à mort : dans deux mois au plus tard, elle aurait perdu treize dents et ce serait la fin de sa vie. Léon ne détestait rien autant qu'une mauvaise denture, lui-même avait des dents impeccablement blanches, tout à fait saines, qu'il soignait avec zèle. Tout en boutonnant son manteau, elle répéta donc, pour elle-même, le nom de son mal, dont la résonance était aussi effrayante qu'un diagnostic de mort prononcé par un médecin : *parodontose.*

— Je vous tiendrai au courant, dit-elle.

— Emportez le devis. Voici le vrai, et voilà l'autre en trois exemplaires. Il vous en faut un pour chaque demande, le troisième est pour vous, afin que vous sachiez la somme.

Le dentiste se roula une nouvelle cigarette, son assistante entra et il lui dit :

— Bernard peut se remettre à son piano.

Elle fourra les papiers dans la poche de son manteau. Le docteur s'écria :

— Ne vous découragez pas.

Il souriait lamentablement. Sourire aussi lamentable que le soleil sur Unkel.

Léon était chez eux, et elle ne voulait pas voir Léon en ce moment. Il avait des dents si rayonnantes de santé ; depuis des mois déjà, il dénigrait les siennes et sa mauvaise haleine contre laquelle elle luttait en vain. Les mains dures et propres de l'homme examinaient son corps jour après jour, et il avait des yeux aussi durs et incorruptibles que ses mains. Il s'esclafferait si elle lui demandait de l'argent. Il ne lui faisait que rarement un cadeau, et seulement s'il se trouvait justement en fonds dans un accès de sentimentalité.

Escalier sombre, vide et silencieux. Elle s'arrêta sur le palier, essaya de se représenter les dents du boulanger. Ce n'était pas de bonnes dents, pour sûr, elle n'y avait guère prêté attention mais se rappelait vaguement leur ton gris et terne.

Par le carreau terni, elle regarda la cour, où un marchand des quatre-saisons chargeait des oranges sur une baladeuse. Il déballait ses caisses, en assortissait les fruits : les gros à droite, les petits à gauche, puis il étala les petits au fond de la voiture, disposa les gros dessus et construisit avec les plus gros de tous de menues pyramides pour orner l'édifice. Un gamin gros et court empilait les emballages à côté du seau à ordures. Là-bas, dans l'ombre du mur, un tas de citrons pourrissaient : jaune coulant dans le vert, vert coulant dans le blanc, ombre bleutée teignant en violet les joues rouges du bambin... Sa bouche lui faisait moins mal, elle avait envie d'une cigarette, d'une tasse de café, et sortit son porte-monnaie en daim gris, lustré et noirci par le frottement, présent de son mari depuis longtemps réduit en poussière entre Zaporojié et Dniépropétrovsk. Il le lui avait donné voilà treize ans, c'était un article de Paris offert par l'adjudant rieur de la photo en couleurs, par le mécano rieur, le fiancé rieur qui ne laissait pas grand-chose derrière lui : un porte-monnaie avachi, un souvenir de première communion, une brochure jaunâtre en mauvais état : *Ce que le mécanicien en automobiles doit savoir pour entrer dans les auxiliaires.* Il laissait un fils, une veuve et ce porte-monnaie en daim gris, à présent lustré et noirci par le frottement, cadeau de Paris dont elle ne se séparait jamais.

Étrange lettre que celle de son capitaine : « ... Parti avec son blindé en soutien d'une forte reconnaissance, n'est pas revenu de sa mission. Cependant nous sommes sûrs que votre époux, l'un des soldats les plus anciens et les plus fidèles de la compagnie, n'est pas prisonnier des Russes. Votre époux est mort en héros. » Pas de montre, pas de livret militaire, pas d'alliance, pas prisonnier. Alors quoi ? Carbonisé dans son blindé, réduit à rien ?

Des lettres qu'elle adressa au capitaine lui revinrent au bout de six mois : tombé pour la Grande Allemagne. Un autre officier écrivait : « J'ai le regret de vous informer qu'il n'existe plus dans ma compagnie un seul témoin de la mission de votre mari. » Momie carbonisée entre Zaporojié et Dniépropétrovsk...

En bas, dans la cour, le gros bambin écrivait sur une ardoise avec un pinceau à craie : *6 oranges géantes pour 1 mark ;* le père, aux joues aussi rouges que son fils, biffa le 6 et le remplaça par un 5.

Elle compta l'argent de son porte-monnaie. Les deux billets de vingt marks, intouchables, dix jours de ménage pour le petit. En plus, elle possédait un mark quatre-vingts. Le plus agréable serait le cinéma, il y fait sombre et chaud, et le temps y fond, tiède et indolore, le temps si dur d'ordinaire avec ses heures qui, telles des roues de moulin, tournent lentement, qui lentement, obstinément, broient le temps en menus morceaux. Elle n'était plus qu'os brisés et cerveau de plomb, assommée par la douceur du soir. Frayeur de la mauvaise haleine, des dents branlantes, des cheveux qui deviennent cassants, du teint qui inexorablement perd sa fraîcheur. Le ciné, c'est bon, c'est calme comme les impressions d'enfance à l'église : rythme bienfaisant de la musique, des paroles, des mouvements pour se lever et s'agenouiller, après la rudesse puante de la maison paternelle où l'ogre paternel tyrannisait sa bigote de mère. Juste au même âge, trente et un ans, sa mère avait des varices qu'elle tentait de dissimuler sous ses bas ; trente et un ans. Bienfaisant, tout ce qui n'était pas la maison ; bienfaisante monotonie de la manufacture de pâtes alimentaires Bamberger où elle pesait et empaquetait... Abrutissement et propreté fascinante, boîtes d'un bleu profond, bleues comme les profondeurs de la mer dans les atlas, nouilles jaunes, et les bons écarlates pour les séries d'images Bamberger, petits cartons aux impressions violentes représentant le *Trésor des légendes germaniques*. Oh ! ce Siegfried à la chevelure beurre frais, aux joues glace-à-la-pêche, cette Kriemhilde à la peau semblable à de la crème dentifrice, rose tendre, aux cheveux de margarine, à la bouche cerise. Pâtes jaunes, boîtes bleues, et bouche rouge, et les bons écarlates, bons pour *Notre série de chromos Bamberger*. Ambiance de propreté, rires clairs à la cantine de la fabrique, et le soir lumière rose du café-glacier.

Ou encore danser avec Henri qui, tous les quinze jours, avait sa permission du dimanche. Henri, caporal de blindés, qui riait et qui serait bientôt de la classe.

Un mark quatre-vingts, cela aurait suffi pour le cinéma, mais il était trop tard. La séance de onze heures du matin était commencée depuis un bon moment, et à une heure il fallait se trouver à la boulangerie. En bas, dans la cour, le gosse ouvrait la porte en tôle verte et le père poussait la baladeuse. Par l'ouverture, elle pouvait voir la rue, les pneus des autos et les jambes pédalantes des cyclistes. Elle descendit lentement l'escalier en cherchant à se figurer dans quelle mesure le boulanger allait se délecter de sa volupté mélancolique. Il était maigre de corps avec une grosse figure bouffie et des yeux tristes. Quand il se trouvait seul avec elle, il balbutiait une mélopée sur les joies de l'amour, déclamait d'une voix sombre un hymne à la gloire de l'amour physique. Il haïssait sa femme et sa femme le haïssait, elle haïssait tous les hommes, mais lui, le boulanger, il aimait les femmes, il célébrait leur corps, leur cœur, leur bouche, parfois en haussant son ton mélancolique jusqu'à la frénésie. Quant à elle, elle l'écoutait en pesant la margarine, en faisant dissoudre du chocolat, en battant la crème, en façonnant à la cuillère des fondants et des pralines avec les pâtes qu'il préparait. Pendant qu'avec son pinceau elle recouvrait de chocolat des petits gâteaux, y faisait des dessins qu'il trouvait ravissants et donnait un aspect chocolaté à de petits cochons en pâte d'amande, il n'arrêtait pas de balbutier des mots à la louange de son visage, de ses mains, de tout son tendre corps.

A la boulangerie tout était gris et blanc, depuis le noir de la tourtière en tôle, le noir du charbon jusqu'au blanc de la farine. Des centaines de gris mélangeaient leurs nuances. Peu de rouge ou de jaune : le rouge des cerises, le jaune violent d'un citron, le jaune doux d'un ananas. Presque tout entre le blanc et le gris, des gris sans nombre où s'inscrivait aussi la figure du boulanger : ronde bouche enfantine, privée de sang, yeux gris, dents grises et, quand il ouvrait la bouche, une langue rose. Il parlait tout le temps quand il se trouvait seul avec elle.

Le boulanger soupirait après une femme qui ne fût pas une grue. Depuis que son épouse le détestait, lui et tous les hommes, il ne jouissait plus que des plaisirs dispensés au bordel, plaisirs qui visiblement lui paraissaient trop dénués de poésie et qui laissaient inexaucé son désir de progéniture.

Quand elle l'éconduisait avec de durs propos contre l'amour — des propos-Léon —, il prenait peur ; elle y voyait une preuve de la tendresse de son âme.

Ces mots mi-volontaires, mi-involontaires, venaient s'opposer violemment à la douceur du boulanger. C'étaient des mots-Léon qui pénétraient en elle chaque jour depuis des années, murmurés ou vociférés, déversés sur sa tête comme des malédictions, des mots qui dormaient en elle, puis éclataient, et qu'elle lançait à la figure morne du boulanger en y causant des ravages. Il se défendait : « Non, non, ne dis pas des choses pareilles ! »

Léon dirait : « Eh bien, t'en fais une gueule ! » Elle ne voulait pas rentrer en ce moment, pour ne pas entendre ces mots-là, pour ne pas voir le blanc irréprochable de sa denture saine. Elle ne rentrerait que lorsque Léon serait à son travail. Par prudence, elle avait donné la petite en garde à Mme Borussiak, car il n'était pas bon de laisser Léon seul avec sa fille. La jolie Mme Borussiak — quatre ans de plus qu'elle — avait des dents splendides, d'un blanc de neige ; en elle s'alliaient deux qualités : l'obligeance et la piété.

Elle entra au café d'en face, s'assit près de la devanture et prit ses cigarettes dans la poche de son manteau, des *Tomahawk* très longues, blanches et fortes. « *Le soleil de la Virginie a mûri ce tabac.* » Elle n'avait pas envie de regarder des illustrés et, tout en remuant son café, elle eut l'idée qu'elle pourrait demander une avance à son patron ; il lui avancerait peut-être cent marks, et elle décida de ne plus blesser le boulanger avec les mots-Léon. Il lui accorderait peut-être l'avance ; une tendresse touchante, gourmande en serait le prix... Entre les tourtières et les cochons à moitié peints, il lui murmurerait des hymnes à l'oreille, parmi les tas de farine, au-dessus des babas au rhum poudrés de sucre glace, il lui sourirait de bonheur, et elle sentirait les baisers humides, heureux, d'un homme qui abhorrait l'amour vénal et n'avait plus part à l'amour conjugal depuis que sa femme détestait les mâles, cette beauté maigre, aux cheveux coupés court, au regard brûlant et dur, la main sans cesse posée sur le déclic de la caisse automatique, comme celle d'un capitaine de vaisseau sur le gouvernail, main petite, ornée d'un bijou « sévère » de pierres froides et précieuses, d'un vert très clair, mains assez semblables à celles de Léon ; déesse svelte, déesse éphèbe qui, dix ans auparavant, élancée, dominatrice, marchait encore au pas, à la tête des gamines à la veste brune en chantant d'une voix claire, belle, et si fière : *Sur nos bérets la plume vole...* En avant, jeune tambour, fille du cafetier « *Au chapeau rouge* », chez lequel, le vendredi, son père buvait la moitié de sa paie. A présent, elle avait l'air d'une cavalière, avec ses jambes de seize ans, sa figure de quadragénaire qui se donne trente-quatre ans, et ce refus froid, poli, opposé aux devoirs nocturnes, qui poussait le mari sombre et triste à des hymnes désespérés dans une cave.

Elle porta la tasse à ses lèvres et regarda dehors. Elle pouvait voir le dentiste travailler, fraise en main, de l'autre côté de la rue. Au-dessus du brise-bise, il manœuvrait le bras de tour de la fraise. Elle voyait sa chevelure claire sur le fond sombre de la cloison, et la nuque lasse d'un homme endetté. Le café faisait du bien et la *Tomahawk* était délicieuse. Elle savait le boulanger meilleur que Léon. Bon, travailleur, il avait aussi plus d'argent, mais rompre avec Léon et habiter à côté de lui, ce serait terrible, en particulier et surtout pour les enfants ; de plus, elle serait en procès avec lui à cause de la nourriture de Vilma qu'il payait maintenant à l'Office de la jeunesse, que l'Office de la jeunesse lui versait à elle, et qu'elle refilait à Léon : « Est-ce moi qui l'ai voulu ? Non, t'es bien obligée d'en convenir toi-même. » Le boulanger disposait d'une chambre ; le mitron avait pris la clef des champs, et il n'en voulait plus d'autre : « Tu me remplaces un garçon. »

Elle avait peur à cause du petit qui, depuis trois semaines, se montrait différent avec elle : son regard avait brusquement changé, avait perdu de sa franchise. Elle savait que cela remontait au jour où Léon l'avait accusé de détournement de fonds. Joli petit garçon qui haïssait Léon et que Léon haïssait. Le mieux serait de rester seule avec les gosses ; elle en avait marre des obligations nocturnes et enviait secrètement sa patronne qui pouvait se permettre une haine implacable des mâles. Avec le petit seul, elle s'en tirerait. Souvent, elle s'inquiétait de le voir si raisonnable : calculateur précis, rigoureux, qui s'entendait bien mieux qu'elle ne l'avait jamais pu à faire marcher le ménage, cerveau froid, visage farouche, et ce regard qui depuis huit jours l'évitait absolument. Le boulanger disposait d'une chambre...

Le mieux, ç'aurait été de retomber dans la fabrique des pâtes Bamberger : nouilles jaunes, si propres, cartons bleus, et bons écarlates, cheveux beurre frais de Siegfried, cheveux margarine de Kriemhilde, yeux de Hagen aussi noirs que la barbe mongole d'Attila, noirs comme du Rimmel, visage rond, grimaçant d'Attila, jaune comme de la moutarde douce, puis Giselher à la peau rose, Giselher et l'homme à la lyre en pourpoint rouille, si joli, bien plus joli que Siegfried... et les flammes autour du palais incendié, rouge et jaune mélangés comme du beurre et du sang.

Le soir, la lumière rose cru du café-glacier et la glace jaunâtre à l'ananas pour quinze pfennings. Ou encore, avec Henri en uniforme de blindé, à *la Guêpe* où dominait le son clair, perçant de la trompette : caporal rieur, sous-officier rieur, adjudant rieur carbonisé quelque part entre Zaporojié et Dniépropétrovsk, momie sans livret militaire, sans montre-bracelet, sans alliance... pas revenu et pourtant pas prisonnier...

Un seul avait su rire, Gert, le petit carreleur tendre, capable de rire même quand le nécessaire s'accomplissait la nuit. Il avait rapporté de Russie dix-sept montres-bracelets, et tout ce qu'il faisait, il le faisait en riant : peser le plâtre, poser les carreaux, et quand il la tenait dans ses bras, que dans l'obscurité elle apercevait son visage au-dessus d'elle, il riait, tristement quelquefois, mais il riait. Puis il décampa, partit pour Munich : « On ne peut pas toujours moisir dans le même bled... » Le meilleur ami d'Henri, le seul avec qui elle pouvait parler quelquefois de son mari sans que ce fût pénible...

En face, le dentiste ouvrait sa fenêtre, se penchait un moment au-dehors, fumait l'une des grosses cigarettes qu'il roulait lui-même. Trois cents marks d'acompte, et combien par mois ? Elle en parlerait au petit, il savait compter, calculer, c'est lui qui avait eu l'idée d'un achat à tempérament. Cent cinquante marks qu'il grattait sur l'argent du ménage, économisait sans qu'elle s'en aperçût beaucoup. Souliers et chaussettes, sac et écharpe... économie sur les pommes de terre, margarine non mangée, café non bu, viande disparue des menus.

Elle se sentit soulagée en pensant au petit, il trouverait un moyen, lui. Mais douze cents marks, ce serait écrasant pour lui aussi. Léon dirait : « Tu aurais dû te soigner les dents, boire ton jus de citron tous les jours, comme moi, et te les brosser comme il faut », et il lui montrerait comment on se brosse les dents : « Mon corps, c'est tout ce que j'ai à moi. Donc je fais quelque chose pour mon corps. » Plus de pâtes Bamberger, douze ans avaient passé. Gazé Bamberger, momie ratatinée, carbonisé lui aussi, momie sans manufacture, sans compte en banque... Boîtes bleues, nouilles jaunes, si claires, et bons écarlates pour les chromos. Comment donc s'appelait le barbu brun tellement sympa, à la figure couleur de sucre candi ? Dietrich von Bern.

Rien à craindre pour Vilma qui était chez Mme Borussiak depuis dix heures.

Elle ne pensait que rarement à Erich, cela remontait si loin... à huit ans. Visage crispé d'angoisse, la nuit, main qui se cramponnait à son bras, yeux injectés... et l'uniforme de S.A. pendu au portemanteau. Tendresses exprimées et accueillies timidement, leur prix en cacao, chocolat, et sa frayeur lorsqu'il était apparu de nuit chez elle, en chemise de nuit, son pantalon enfilé par-dessus, nu-pieds, afin que sa mère n'entende rien, les yeux à moitié égarés, et elle sachant qu'il allait arriver ce qu'elle ne voulait pas, tout juste un an après la mort d'Henri. Elle ne voulait pas, mais ne disait rien ; Erich serait parti peut-être si elle avait parlé ; Erich ne partit pas, il accepta sa docilité avec étonnement, et elle eut la certitude paralysante de l'inévitable. Quant à lui, il prit cela pour ce qu'il attendait d'elle, sans la moindre raison, pour de l'amour. Sa respiration était sifflante, dans le noir, la lumière éteinte. Bien qu'il fît sombre, elle vit sa silhouette gauche se profiler sur le bleu plus clair du ciel nocturne, au moment où, debout devant le lit, il retirait son pantalon. Il était encore temps de dire « Va-t'en », et il serait parti, car Erich n'était pas Léon. Mais elle se tut, paralysée par le sentiment qu'elle en passerait forcément par là. Alors pourquoi pas avec Erich qui se montrait si bon pour elle ?

Bon, Erich l'était, comme le boulanger était bon, et il le lui avait dit en cette nuit claire, tandis que le souffle bouillonnait dans sa poitrine, il avait dit : « Comme tu es belle ! »

Personne ne lui avait dit cela, à part le boulanger qui n'en était même pas encore récompensé.

Elle alluma sa dernière *Tomahawk*. Son café était bu, et le dentiste qui avait refermé sa fenêtre manœuvrait la potence de sa fraise. Trois cents marks d'acompte et ces piqûres épatantes, si chères, après lesquelles elle s'était sentie si bien, si jeune. Des *hormones,* un mot qui ferait faire une bien vilaine grimace à Léon.

Le café était encore vide. Un grand-père bourrait son petit-fils de crème, sans lever les yeux de son journal, il lui en tendait une pleine cuiller que le mioche happait avec sa langue.

Elle régla son café, sortit, acheta trois oranges sur l'argent de poche qu'Henri lui remettait ; la moitié représentait le prix du pain qu'il n'avait pas à payer, puisque le boulanger leur en faisait cadeau. Mais pourquoi ne venait-il plus à la boulangerie depuis huit jours, et la laissait-il porter la lourde miche ?

Elle ne prit pas le tram qui passait et partit à pied. Pas encore midi et demi, Léon était toujours là. Il vaudrait peut-être mieux lui dire de quoi il retournait. Il finirait bien par l'apprendre et peut-être que, malgré tout, il se ferait verser une avance… mais n'y avait-il pas assez de femmes jeunes et jolies, avec des dents saines, éclatantes de blancheur qu'on n'avait pas besoin de remplacer ? Des femmes avec des dents bon marché, bien soignées, fournies gratis par la nature ?

Elle passa devant la maison naguère habitée par Willy, le joli garçon sérieux qui lui avait donné son premier baiser : bleu du ciel et, très, très lointaine, musique de la guinguette ; au fond, au-dessus de la ville, feu d'artifice, cytise aux balustrades des clochers, et Willy l'embrassant maladroitement. Il disait : « Je ne sais pas si c'est un péché... Non, non, je ne crois pas... Embrasser, non... C'est l'autre chose qui est péché. »

L'autre chose, ce fut plus tard qu'elle arriva. Avec Henri : buissons mouillés dont les branches lui tombaient dans la figure, une figure pâle, mortellement grave, encadrée de vert tendre... et à l'arrière-plan la silhouette de la ville, clochers devant lesquels couraient les nuages de pluie, et l'attente anxieuse, désespérée, du plaisir tant vanté qui ne venait pas ; déception aussi sur le visage mouillé, encadré de branches vertes, le visage d'Henri. Vareuse des blindés, lancée par terre, et dont le passe-poil rose s'était sali.

Henri, carbonisé entre Zaporojié et Dniépropétrovsk, et Willy, colleur d'affiches sérieux, qui ne riait jamais, ne péchait jamais, noyé dans la mer Noire entre Odessa et Sébastopol, nageant dans la mer Noire, squelette enseveli, rongé, dépouille reposant sur le fond de la mer Noire parmi les algues, dans la vase. Bamberger, ratatiné, réduit en cendres, dans le four crématoire : cendres sans dents en or, alors que Bamberger avait des dents en or si larges, si brillantes...

Berna vivait encore, elle avait eu de la veine, s'était mariée avec le boucher, celui qui souffrait de la même maladie qu'Erich. Faudrait conseiller à toutes les femmes d'épouser des malades, des hommes qui ne sont pas tenus au service militaire. Y avait-il encore, tout prêts, sur la table de nuit de Berna, une bouteille de vinaigre, de camphre en poudre, des tisanes pectorales ? Des linges traînaient-ils encore un peu partout ? Et les râles du boucher, mélange de passion et d'asthme, étaient-ils toujours aussi forts ? Berna avait trouvé moyen de ne pas grossir. Là-bas, debout derrière son comptoir, avec sang-froid, d'une main sûre, elle taillait des escalopes de veau dans le gîte à la noix. Ses joues roses se veinaient légèrement de bleu, mais ses menottes fermes maniaient adroitement le couteau mince. Brun léger du saucisson de foie, rose tendre du jambon succulent. Avant, quand tout était encore tellement juste, Berna lui donnait quelquefois un bout de suif, grand comme une boîte à cigarettes, un tout petit paquet dur, du temps où, Karl régnant, la route du marché noir était barrée. Mais il y avait belle lurette que Berna ne la saluait plus, la mère de Willy la croisait muette et aveugle, et quand sa belle-mère venait la voir, elle l'entendait dire tout haut ce que les autres pensaient tout bas : « Ta conduite... Il y a limite à tout... »

Léon était déjà parti. Elle se sentit soulagée, pas de casquette, pas de courroies au portemanteau. Debout à la porte, Mme Borussiak sourit, un doigt sur les lèvres, la petite dormait sur le canapé de M. Borussiak. Elle paraissait si jolie quand elle dormait avec ses cheveux bruns à reflets dorés, et sa bouche, d'ordinaire pleurnicheuse, qui souriait dans le sommeil. Sur la table, le pot de miel, la cuiller à côté. Le bébé ne tenait de Léon que son front curieusement anguleux. Amicale et bonne, Mme Borussiak ne lançait que rarement à voix basse une remarque telle que : « Mieux vaut mettre de l'ordre dans sa vie, vous devriez trouver un bon mari. Vous auriez dû le garder. » Mme Borussiak pensait à Karl, mais c'était justement lui qu'elle avait le moins aimé avec sa voix pathétique, enrouée, sa « vie nouvelle » : bla-bla-bla, apparences anxieusement préservées pour les autres, pédantisme et bigoterie, tout cela était contredit, lui semblait-il, par la sombre concupiscence de ses mains, les tendres murmures où vibrait quelque chose de répugnant, quelque chose qui faisait peur. Voix d'hypocrite, qui maintenant chantait à l'église. Le jour où Henri faisait sa première communion, elle avait entendu la voix « vie nouvelle » descendre de la tribune des orgues...

Avec précaution, Mme Borussiak lui passa le bébé enveloppé dans une couverture. La voisine soupira puis tout à coup se secoua et dit :

— Finissez-en donc avec cet individu-là.

Son joli visage rose se revêtit de courage, s'assombrit, se rembrunit :

— L'amour n'a rien à voir là-dedans.

Mais elle n'en dit pas plus long. Reprise par la crainte et la timidité, elle se contenta de chuchoter :

— Ne m'en veuillez pas, mais les enfants...

Elle ne lui en voulait jamais de rien, elle la remercia, sourit, descendit avec Vilma dans ses bras.

Adjudant de blindé, riant entre la porte et la glace, de douze ans plus jeune qu'elle. L'idée d'avoir couché avec lui déclencha en elle une bizarre impression d'inconvenance, comme si elle avait fait l'amour avec un gosse. Sur son portrait, il avait l'âge du garçon boulanger. Un gamin, un blanc-bec avec lequel elle aurait honte d'avoir des relations. Il était loin d'ici, mort, et les permissions trop courtes, juste suffisantes pour faire un enfant, avaient été trop brèves pour laisser le souvenir de la régularité conjugale. Lettres, numéros de trains de permissionnaires, étreintes hâtives au bord des champs de manœuvres : landes, sable, baraquements camouflés, odeur de goudron, et cet effrayant indéterminé, indéterminable qui « était dans l'air », dans l'air et dans le visage d'Henri, toujours pâle, toujours grave, au-dessus d'elle. Bizarre, mais dans la réalité il ne riait pas tellement. Mais il souriait sur toutes ses photos, si bien qu'en souvenir il restait souriant... et plus loin encore une compagnie de soldats en marche : « *Au bord du Rhin marchons, marchons, chons, chons* » et plus tard Henri disait ce que Gert, lui aussi, avait coutume de dire : « De la merde. »

Le soir, la deuxième embrassade, dans la chambre, sous la belle gravure en couleurs : la bonne Vierge Marie montant au ciel sur un nuage, le petit Jésus dans ses bras ; à droite saint Pierre, comme saint Pierre avait le devoir d'être : barbu et affable, grave et humble, la tiare pontificale à côté de lui... et l'indéfini, l'indescriptible qui faisait que nul n'ignorait que c'était bien saint Pierre. Dans le bas, des angelots mignons appuyés sur leurs bras, avec des ailes comme en ont les chauves-souris et des bras si potelés, si ronds... Plus tard elle s'était payé la même gravure, en plus petit, et l'on lisait dessous *Raphaël pinx.*, mais l'image avait été soufflée, réduite en poussière, la nuit où, dans la cave, sur la tache de graisse à bottes, elle avait mis au monde l'enfant procréé sous l'image de la Vierge. Elle la voyait quand son regard évitait celui d'Henri : visage sérieux de sous-officier, visage qui n'était plus inquiet de la venue du plaisir. Très loin, là-bas, au-delà de la lande, on sonnait la retraite : permission jusqu'au réveil, et ce quelque chose qui « était dans l'air » se reflétait aussi sur le visage d'Henri qui, plein de haine, prêtait l'oreille au bruit des blindés roulant dans la nuit.

Momie ratatinée, calcinée quelque part entre Zaporojié et Dniépropétrovsk, char blindé victorieux, four crématoire victorieux pour M. Bamberger... pas de livret militaire, pas d'alliance, pas d'argent, pas même la montre dans le boîtier de laquelle sa pieuse mère avait fait graver : *Souvenir de ma première communion.* Caporal, sous-officier, adjudant riant sur ses photos, mais si grave en réalité.

Le catafalque, nommé *tumba,* cierges dans la petite chapelle saxonne de la diaspora, figure sèche, acrimonieuse de la belle-mère : « Respecte la mémoire de mon fils. »

Elle, veuve de vingt et un ans, et douze mois plus tard Erich lui offrait de l'asthme, du cœur, du cacao, Erich, petit nazi débonnaire et craintif, et son spasme bronchique, camphre, bouteille de vinaigre, chiffons de toile déchirés à des chemises, gémissements patients, étouffés, la nuit... Rien à faire, impossible de ne pas se regarder dans le miroir accroché à côté du portrait d'Henri : ses dents restaient blanches, paraissaient solides, elle y porta la main : mobilité inquiétante. Ses lèvres restaient pleines, elles n'étaient ni rétrécies ni minces et aiguës comme celles de Berna, elle restait jolie, la petite épouse pimpante de

tellement joli, il recommença deux fois, trois fois, à faire surgir de la lumière vert clair, qui luisait derrière lui, son ombre menue et à projeter, animal étroit, noir et vif, toujours au même endroit sur la porte de la cave, sa tête et la légère oscillation grise du cordon. Ainsi jusqu'au moment où il perçut en haut le pas de Bolda. Elle traversait le couloir en traînant la savate ; bruit d'eau dans la salle de bains. Il pensa que c'était le moment où elle descendait à la cuisine préparer son bouillon.

L'important, c'était d'entrer assez silencieusement pour que grand-mère ne vous entendît pas ; il introduisit délicatement la clef dans la serrure, la manœuvra doucement, en utilisant la main gauche afin d'ouvrir la porte d'un seul coup. Il fit une grande enjambée pour éviter l'endroit qui craquait puis, les pieds enfin sur le tapis, se pencha pour refermer sans bruit.

Il retint sa respiration, attentif aux bruits venant de chez sa grand-mère. Elle n'avait rien entendu, continuait ses allées et venues, les verres vibraient toujours dans la vitrine, et son murmure ressemblait au monologue enragé d'une prisonnière. L'heure du « sang dans les urines » n'avait pas encore sonné, heure de l'habitude terrible, périodique, où elle promenait triomphalement le machin jaune dans le corridor, de chambre en chambre, répandant des gouttes sans souci, comme elle répandait sans souci ses grosses larmes. Et alors mère disait : « Ce n'est pas bien grave, bonne mémée, je téléphone à Hurweber. »

Et l'oncle Albert disait : « Ce n'est pas bien grave, mémée, nous téléphonons à Hurweber. »

Et Bolda disait : « Ce n'est pas bien grave, chère Betty, appelle donc le médecin et ne fais pas cette tête-là ! »

Et Glum, accueilli le matin à son retour de l'église ou du travail par le pot d'urine que brandissait grand-mère, disait : « Ce n'est pas bien grave, bonne mémée, le docteur va venir. »

Et lui-même avait le devoir de dire : « Ce n'est pas bien grave, grand-maman, nous faisons venir le médecin. »

Tous les trois mois, la comédie se jouait pendant une semaine, et la dernière représentation remontait déjà loin, assez loin pour qu'il en pressentît l'échéance prochaine, pour ce soir, pour cette heure...

Il retenait toujours sa respiration, heureux d'entendre sa grand-mère continuer sa ronde et son murmure, et le concert de cristal se prolonger dans la vitrine.

Il se glissa dans la cuisine et, dans l'obscurité, prit le billet qui, écrit par sa mère, se trouvait toujours au bord de la table parmi les dessins bleus de la toile cirée. Il était content d'entendre Bolda marcher. Bolda, elle, ne signifiait pas le danger de grand-mère surgissant de sa chambre et criant : « Du sang dans mes urines ! » Bolda et mémée étaient de trop vieilles connaissances pour que grand-mère se contentât de Bolda comme unique spectatrice.

Bolda en savates descendit l'escalier, elle éclaira le vestibule — elle seule ne redoutait pas grand-mère — et quand, entrée dans la cuisine, elle tourna le bouton et le découvrit, il s'empressa de mettre le doigt sur les lèvres pour l'avertir. La bouche de Bolda n'émit donc qu'un gloussement rapide, elle s'approcha de lui, le chatouilla dans le cou et, roulant les r dans son lourd dialecte, murmura :

— Brave garçon, pauvre garçon, tu as sûrement faim.

— Oui, fit-il tout bas.

— As-tu envie de bouillon ?

— Oui.

Il admirait les cheveux de Bolda, longs, parfaitement lisses. Il considéra sa figure, blanche comme du papier, toute chiffonnée, entendit le *pouf* du gaz et resta debout à côté d'elle pendant qu'elle prenait dans sa boîte trois ou quatre cubes de bouillon.

— Et d'un petit pain tout frais, avec du beurre dessus, hein ?

— Oh, oui !

Elle lui enleva son cartable, sa casquette, fit rentrer sous sa chemise, contre sa poitrine, la clef qui glissa de nouveau, toute froide, jusqu'à proximité du nombril en chatouillant un peu. Il sortit de sa poche le billet de sa mère, le lut : « *Il faut que je reparte.* » *Faut,* trois fois souligné. Bolda lui prit le papier de la main, l'étudia en fronçant les sourcils, puis le jeta dans la boîte aux ordures, sous la bassine à vaisselle.

L'odeur du bouillon se répandait lentement, une odeur que l'oncle Albert trouvait « ordinaire », mère « horrible », grand-mère « absolument vulgaire », mais qui faisait se plisser de ravissement le nez de Bolda et que lui-même trouvait agréable. Il aimait le bouillon de Bolda pour une raison tout à fait différente et que nul n'avait encore devinée : c'était le même bouillon que l'on sentait aussi chez les Brielach, oignons, suif, poireaux, et cette chose indéfinissable que l'oncle Albert appelait « relent de caserne ».

Là-derrière, à l'endroit où le tuyau de chauffage longeait le réchaud à gaz, on voyait constamment la terre verte, sans anse, où Bolda mettait son breuvage particulier à verdir, à épaissir et s'évaporer jusqu'à en obtenir un condensé presque limoneux : infusion d'absinthe, amertume tiédasse qui faisait saliver la bouche, dont l'âcreté augmentait, augmentait indéfiniment dans le gosier, puis produisait dans l'estomac une chaleur confortable. Ensuite il vous restait dans la bouche une amertume infinie qui se mélangeait goutte à goutte à tout ce que vous mangiez : au pain pétri à l'absinthe, à la soupe aromatisée à l'absinthe et, longtemps encore, quand vous étiez au lit, elle vous remontait au palais de coins secrets de la bouche, de réserves cachées, et se mêlait à la salive sur votre langue.

« Toutes les semaines une gorgée d'infusion d'absinthe », tel était le mot d'ordre de Bolda ; celui qui se sentait le cœur sur les lèvres, qui avait mal à l'estomac, était autorisé à se servir de la tasse sans queue de Bolda. Même grand-mère, qui abhorrait tout ce que Bolda mangeait et buvait, même grand-mère prenait en cachette des gorgées de cette amertume infiniment condensée. Chaque semaine, Bolda extrayait des feuilles sèches, gris-vert, d'un sac en papier déchiré et préparait une nouvelle décoction. « Meilleur que du cognac, murmurait-elle, meilleur que les toubibs, meilleur que toute votre saloperie de boustifaille, de vinaille, de fumaille, rien au monde ne vaut une infusion d'absinthe et un bon choral. » Elle chantait souvent malgré une voix à faire peur : tâtonnement criard pour attraper les rythmes et les airs qu'elle croyait attraper, mais sans le moindre succès. Son oreille paraissait aussi peu musicale que sa voix, car sa voix discordante devait parvenir harmonieusement à son oreille, et elle acquittait d'un ricanement triomphal chacun des versets qu'elle chantait. Glum lui-même, Glum qui perdait rarement son calme, qui faisait preuve d'une patience illimitée envers tout et tous, Glum capable de supporter sans murmurer une semaine de « sang dans les urines », Glum lui-même pouvait, ce qui ne lui arrivait jamais, se sentir à bout de nerfs : « Oh ! Bolda, ce que tu peux me donner sur les nerfs ! »

Cependant le bouillon de Bolda était fait, les petits pains tartinés ; sa grande tasse bleue à la main, il montait, déchaussé, dans la chambre de Bolda, en passant devant l'énorme portrait à l'huile de son aïeul : homme maigre, triste, au visage d'un rouge frappant, et qui appuyait sa main armée d'un cigare sur une table verte. Au bas du tableau, sur une petite plaque de cuivre jaune, on lisait : *A notre chef vénéré, en l'honneur de ses vingt-cinq ans dans la maison.* 1938. *Le personnel reconnaissant.*

On s'attendait toujours à ce que la longue cendre grisâtre du cigare, si étonnamment fignolée, tombât à l'instant même sur la table miroitante, et il lui arrivait quelquefois de rêver qu'elle était tombée. Le matin, au sortir de son cauchemar, il courait vers l'escalier pour vérifier, mais elle était toujours là, bien trop longue, grisâtre, peinte avec une précision extraordinaire et le fait de la voir encore là lui causait à la fois du soulagement et un nouveau cauchemar, car si elle était tombée à jamais, tout eût été pour le mieux. La chaîne de montre aussi paraissait palpable à force de netteté comme la jolie cravate argent avec sa perle bleu ciel, et chaque fois Bolda disait : « C'était un homme bon, Holstege Karl. » Ce qui voulait sans doute insinuer que grand-mère n'était pas aussi bonne personne que grand-père.

En tout temps, la jupe bleue de Bolda fleurait la lessive, et des éclaboussures de savon la maculaient bien plus haut que l'ourlet. C'est que Bolda s'occupait principalement à nettoyer — à titre honorifique — diverses églises. A titre honorifique, et non pour l'argent, elle récurait trois églises, la paroisse où, deux fois la semaine, elle pataugeait triomphalement du porche au banc de communion dans des mares de lessive énormes et mousseuses, puis roulait respectueusement les tapis de l'autel, planait alentour, tel un ange tombé du ciel, dans une flaque encore plus mousseuse et couronnée de blanc. En outre, elle nettoyait l'église provisoire, là-bas, au parc, et celle des sœurs, chez lesquelles l'oncle Albert se rendait souvent : chapelle obscure où, sur la droite, en arrière du banc de communion, une grille noire devant un rideau bleu fermait l'église, et où — toujours, toujours — derrière ce double barrage, les nonnes, de leurs voix plus agréables que celle de Bolda, chantaient ces chorals que Bolda s'imaginait chanter. Elle avait quatre jours de nettoyage par semaine, quatre jours durant lesquels elle planait — ange maigre, au visage de neige tout fripé — dans les nuages de mousse descendus sur terre dans le sein des églises. Quand il allait l'y retrouver, il avait l'impression que la brosse de Bolda était une rame, sa jupe bleue une voile, au moyen desquelles elle pensait reconduire au ciel le nuage tombé sur la terre. Mais le nuage collait au sol, il ne se déplaçait que lentement sur le plan terrestre, du portail au banc de communion, puis, avec une lenteur respectueuse, et couvert de mousse plus blanche encore, autour du maître-autel.

Il faisait bon dans la chambre de Bolda, bien que tout y sentît le savon, la purée de navets et le bouillon commun. Son canapé — au dire de mère — exhalait une odeur de parloir conventuel, et ces mots contenaient une allusion qu'il comprenait bien, allusion à la phase nonne de la vie de Bolda. Son lit — toujours au dire de mère — ressemblait à la couche de Tarzan dans la forêt, mais les becs de gaz de la rue éclairaient le parquet et jetaient sur toute chose des lueurs d'un jaune verdâtre. Quand il eut avalé son bouillon et mangé ses deux petits pains, Bolda ouvrit un tiroir et en sortit l'*inévitable,* que pour l'amour d'elle il accepta en souriant : des bonbons à l'orge, agglomérés en une masse grumeleuse.

Quand il eut fini de manger, il s'étendit sur le canapé, se fourra une pastille à l'orge dans la bouche et, les yeux mi-clos, contempla le jaune-vert du gaz. Lorsqu'il était là, Bolda n'allumait pas, elle restait assise près de la fenêtre, dominant sa toute petite étagère à livres, qui ne contenait que deux sortes de lecture : livres de prières et programmes de cinéma. Chaque fois qu'elle allait au ciné, elle se procurait le programme moyennant un groschen, et plus tard, elle le reprenait, regardait attentivement les photos, reconstituait le film tout en le lui racontant. Pour se recueillir, elle fermait les paupières, ne les rouvrait qu'occasionnellement afin de réveiller sa mémoire au moyen des images et lui contait des scénarios entiers, scène par scène, en altérant légèrement la réalité. Quand un des personnages principaux faisait son apparition, les doigts de Bolda tapotaient le programme, et tout devenait sombre, criard, effroyable comme dans un musée des horreurs : grossièreté, scélératesse, prostitution... mais noblesse d'âme aussi, et innocence. Des hommes d'une beauté prodigieuse, trompés par des femmes d'une beauté prodigieuse... Des femmes d'une beauté prodigieuse trompées par des hommes d'une beauté prodigieuse... et saint Paul sur le chemin de Damas, barbu et plein de feu... et sainte Maria Goretti sournoisement massacrée par un pourceau lubrique... Un pourceau lubrique, qu'est-ce que ça pouvait bien être ? Quelque chose à voir, pour sûr, avec *immoral* et *obscène.* Mais le plus souvent il s'agissait de films où des femmes d'une beauté prodigieuse entraient au couvent. On donnait apparemment beaucoup de ces films à nonnes dont il ne pouvait voir aucun, car lorsqu'une nonne était sur l'affiche, on n'y voyait jamais, collée en travers, la bande blanche portant la mention « *Permis à la jeunesse* ».

Toutefois aujourd'hui Bolda ne semblait pas avoir envie de raconter un film ; blottie contre la fenêtre dans la lumière du gaz, elle feuilleta son paroissien, jusqu'au moment où elle parut avoir trouvé ce qu'il fallait. Par chance, ce n'était pas un truc à musique, autrement elle aurait chanté pendant une heure ; il s'agissait d'un passage sans air et, psalmodiée tranquillement, la prière était agréable. En la voyant de dos, si mince, avec sa chevelure noire, on eût presque pris Bolda pour la mère de Brielach. L'obscurité qui s'accentuait rendait la lumière plus verte et faisait chatoyer les meubles foncés de Bolda comme des élytres de coléoptère. Bien plus tôt qu'il ne s'y attendait, il entendit sa mère, elle parlait en bas, des autos s'arrêtaient, et le rire maternel éclatait, entouré de rires d'autres gens, d'inconnus. Il les haïssait, ces rieurs étrangers, il avait leurs têtes en horreur avant même de les avoir vues, il détestait le chocolat qu'ils apportaient, les cadeaux qu'ils allaient déballer, les mots qu'ils allaient dire, les questions qu'ils allaient poser.

Il dit tout bas à Bolda :

— Raconte-leur que je ne suis pas encore là et n'allume pas.

Bolda interrompit sa prière :

— Ta mère va avoir une belle peur si tu n'es pas rentré.

— Pas besoin de l'avoir entendue.

— Pas de mensonge, mon fiston.

— Mais je peux bien rester encore un quart d'heure.

— Soit. Mais pas une minute de plus.

Si sa mère était revenue seule, il aurait descendu l'escalier quatre à quatre, même au risque que « le sang dans les urines » éclatât aussitôt, mais il haïssait tous ces gens qui venaient chez elle, le gros bonhomme surtout qui parlait tout le temps de son père. Mains molles et délicieuses friandises. La lumière verdissait encore, Bolda noircissait, et ses cheveux encore plus : ténèbres épaisses, teintées d'encre que ces cheveux où ne tombait plus qu'une moucheture, un souffle de lueur verte, cheveux secs, longs, tout lisses, et le murmure de Bolda, et dans l'obscurité ce qui apparaissait toujours dans l'obscurité : Gaeseler... et *immoral*... et *obscène*... et *le mot* que la mère de Brielach avait dit au boulanger... et les phrases du catéchisme sortant follement de l'ombre : « *Pourquoi sommes-nous sur terre ?* »

Immoral, tout l'était, et *obscène* un tas de choses, et Brielach n'avait pas d'argent, et il passait des heures et des heures à calculer comment faire des économies.

Murmure de Bolda — l'Indienne sombre — contre la fenêtre, et la chambre qu'emplissent les jeux de lumière jaune verdâtre, et le réveil sur la tablette au-dessus du lit, le réveil au tic-tac léger et lent, pendant qu'au-dessous le bruit s'accentue, le bruit qui détruit tout inexorablement : rires étouffés des femmes, rire bruyant des hommes, et les pas de sa mère, et le moulin à café mal graissé, « Ne préféreriez-vous pas du thé ? » jusqu'au moment où, dans le vestibule, les hurlements se déchaînent : « J'ai du sang dans mes urines... du sang dans mes urines... »

En bas, silence de mort. Mais lui, la brutalité de sa grand-mère le satisfait presque, Bolda ferme son paroissien, se tourne vers lui, hausse les épaules, rit tout bas, d'un rire cordial et très généreux, et chuchote :

— Hein, c'était joliment bien. Oh ! tu aurais dû la connaître autrefois. Elle n'est pas si mauvaise que ça !

— Du sang dans les urines !

Ce n'était apparemment pas la musique coutumière aux hôtes de sa mère ; ils en demeurèrent un moment comme ensorcelés, puis leur murmure recommença en sourdine. Il entendit venir de la chambre d'Albert la voix de sa mère qui téléphonait au médecin, et sa grand-mère se tut car, après le coup de fil au docteur, elle était sûre de ce qui allait venir : *la seringue.* Instrument singulier, mystérieux, en nickel et verre, minuscule et net, par trop net, animal ressemblant à une libellule avec un bec de colibri, colibri transparent qui s'emplissait le ventre dans la petite ampoule, puis enfonçait son bec pointu dans le bras de sa grand-mère.

La voix de sa grand-mère, voix grave et riche, capable de se déchaîner en rugissements comme un orgue, retentissait en ce moment dans la chambre de sa mère. Elle parlait aux invités.

Bolda donna de la lumière. Finies la magie verte, la magie noire, fini le bonheur de rester blotti sur le canapé de Bolda, son canapé de parloir de couvent et de l'entendre psalmodier.

— Plus rien à faire, mon fiston, à présent faut descendre ; tu pourras te mettre au lit tout de suite, pas de crainte à avoir, tu coucheras sûrement chez tonton Albert.

Elle sourit car elle avait trouvé la vraie formule magique : coucher chez tonton Albert.

Il sourit à Bolda, elle lui sourit, puis il descendit lentement, tout seul. Telle l'ombre d'un énorme animal sauvage, sa grand-mère se dressait sur le seuil, la porte était ouverte, et il l'entendit prononcer de sa voix grave, de sa voix d'orgue :

— Mesdames et messieurs, veuillez réfléchir que j'ai du sang dans mes urines.

A l'intérieur de la chambre, quelque benêt dit :

— Madame, le médecin est déjà au courant.

Elle avait entendu Martin, faisait brusquement demi-tour, se précipitait chez elle, en rapportait le vase d'urine comme un tribut précieux que, debout sur la troisième marche, il était tenu de recevoir :

— Mon petit cœur, figure-toi que ça recommence.

Et il dit ce qu'il avait l'obligation de dire en cet instant solennel :

— Ce n'est pas bien grave, grand-maman, le médecin va venir.

Alors, reprenant le vase, maintenant qu'elle pouvait admettre qu'il avait rendu l'hommage de rigueur au liquide jaune, elle dit à son tour ce qu'elle avait coutume de dire en cet instant solennel :

— Tu es bon, mon petit cœur, tu penses à ta mémée.

Et il se sentit tout honteux, car il n'en pensait pas de bien du tout, de sa mémée.

Elle rentra dans sa chambre avec l'allure d'une reine. Sa mère, sortie précipitamment de la cuisine, l'embrassa, et il vit à ses yeux qu'à un moment quelconque de cette soirée elle allait pleurer. Il aimait bien sa mère, et ses cheveux sentaient si bon ; il l'aimait quoiqu'elle pût se montrer aussi toquée que les gens qu'elle amenait perpétuellement.

— Idiot qu'Albert ait été forcé de sortir aussi, il désirait dîner avec toi.

— Bolda s'en est chargée.

Hochements de tête et rire, selon l'usage, quand il avait mangé le fricot de Bolda, et une deuxième femme, blonde comme sa mère, affublée du tablier marron et sale de Bolda — une femme blonde, en train de couper des œufs durs sur la table de cuisine, lui décocha un sourire niais, et sa mère dit ce qu'elle avait l'habitude de dire en l'occurrence, une phrase qui lui inspirait de la haine :

— Imaginez-vous qu'il raffole des choses ordinaires, margarine, etc.

Et la visiteuse prononça le mot qu'il fallait forcément dire : « Adorable ». « Adorable », répétèrent aussitôt d'autres toquées qui sortaient de la chambre de sa mère et deux hommes ne jugèrent pas trop crétin de le crier aussi. Il les trouvait loufoques, tous ceux qui venaient voir sa mère le soir, et ces loufoques qui avaient découvert une variante masculine pour « adorable » s'exclamèrent : « Ravissant ! » Et il fut bien obligé d'aller avec eux, d'accepter leur chocolat, leurs autos mécaniques, et quand il put se défiler enfin, il dut les entendre encore se dire à l'oreille : « Un enfant fantastique ! »

Ô verte obscurité là-haut chez Bolda, sur le canapé de Bolda, canapé de parloir de couvent, ou encore dans la chambre de Glum, avec sa grande carte murale !

Il retourna à la cuisine où la toquée était en train de couper des tomates en disant :

— J'adore ces repas improvisés.

Sa mère débouchait des bouteilles, l'eau du thé bouillait. Tranches de jambon rose sur la table, poule-au-pot — cette viande blanche qui a facilement des reflets verts — et l'étrangère blonde déclarant :

— De la salade de volaille, tout simplement fantastique, chère Nella.

Il s'effraya : les gens qui appelaient sa mère « chère Nella » venaient plus souvent que ceux qui l'appelaient seulement « madame Bach ».

— Maintenant puis-je aller chez tonton Albert ?

— Oui, va, je t'apporterai de quoi manger.

— J'ai plus envie de manger du tout.

— Rien du tout, vraiment ?

— Non, dit-il.

Et soudain, comme sa mère lui faisait peine, qu'elle n'avait pas l'air bien heureuse, il ajouta tout bas :

— Merci, rien, vraiment.

— Ah ! dit l'étrangère occupée à racler les os de la poule, j'ai déjà entendu dire que vous abritez Albert Muchov, chère Nella, je meurs d'envie de connaître tout le cercle qui a connu votre mari. C'est divin de pénétrer au cœur de la vie intellectuelle.

On était bien dans la chambre d'Albert. Odeur de tabac et de linge propre, dont il avait toujours des piles dans son armoire : chemises fraîchement lavées, toutes blanches à rayures vertes, à rayures bleues et qui sentaient merveilleusement bon. Elles sentaient aussi bon que la jeune fille qui les rapportait de la blanchisserie, une jeune fille aux cheveux si clairs qu'ils avaient presque la couleur de sa peau. Même en pleine lumière, elle lui paraissait belle, et elle lui plaisait parce qu'elle était aimable, jamais bizarre. Et, presque toujours, elle lui apportait ces ballons publicitaires que l'on gonfle soi-même, et avec lesquels lui et Brielach pouvaient jouer durant des heures sans crainte de rien démolir, des ballons géants, tendus, très délicats où l'on voyait écrit à la craie liquide : *Buffa lave tout pour vous*. En permanence sur la table d'Albert, des montagnes de papier à dessin et dans un angle, contre le pot de tabac, la boîte à couleurs.

Mais à côté, dans la chambre de sa mère, on riait et lui, il enrageait, il aurait désiré avoir un vase d'urine à brandir en criant par toute la maison : « J'ai du sang dans mes urines. »

Encore une soirée de fichue, puisque forcément Albert devait y aller aussi. Autrement, quand personne ne venait et que sa mère ne sortait pas, ils passaient la veillée dans sa chambre, et quelquefois Glum venait pour une demi-heure, et il racontait quelque chose, ou bien Albert se mettait au piano, et mère lisait, mais le plus chic c'était quand sur le tard Albert lui faisait faire un tour en auto, l'emmenait prendre une glace. Il aimait la lumière bigarrée, violente, projetée dans toute la salle par le grand coq, il aimait les airs rudes des disques, la glace froide, la limonade âpre d'un vert criard où nageaient de minuscules glaçons, et il abhorrait les loufoques mâles et femelles qui le traitaient d'adorable et de ravissant, et lui gâtaient ses soirées. Il fit la moue, leva le couvercle de la boîte à couleurs, prit le gros pinceau, le trempa dans l'eau et le roula, longtemps, abondamment dans du noir. Dehors, une voiture s'arrêtait, il entendit tout de suite que ce n'était pas l'auto d'Albert mais celle du médecin, il posa le pinceau, attendit le coup de sonnette, courut dans le vestibule car ce qui se préparait l'excitait chaque fois. Grand-mère sortait en trombe de sa chambre, hurlait : « Docteur, mon bon docteur, encore du sang dans mes urines ! » Et le petit toubib aux cheveux noirs souriait, poussait grand-mère chez elle avec une douce énergie, sortait de son veston la petite trousse de cuir, juste grande comme l'étui à cigarettes du menuisier qui demeurait dans la maison de Brielach. Grand-mère s'était assise dans son fauteuil. Avec précaution, le médecin déboutonnait sa manche au niveau du poignet, la remontait et chaque fois, en remuant la tête, il admirait le bras blanc et charnu, vraiment aussi blanc que les chemises d'oncle Albert, et chaque fois il murmurait : « Un bras de jeune fille, un vrai bras de jeune fille ! » Et grand-mère souriait en jetant un regard triomphal sur son pot d'urine qui trônait soit au beau milieu de son bureau, soit sur la table à thé.

Toutes les fois c'était Martin qui tenait l'ampoule, sa mère n'y arrivait pas : « Rien que la vue me rend malade. » Et quand le médecin avait limé le col de l'ampoule, Martin la tenait fort sagement, si bien que le toubib pouvait dire ce qu'il fallait dire en l'occurrence : « Vaillant petit bonhomme. » Et Martin observait attentivement l'entrée du bec de colibri dans le liquide pâle, puis comment le docteur remontait le piston, comment la seringue se remplissait, aspirait le rien blanchâtre dont l'effet était si extraordinaire. Bonheur infini, douceur et beauté sur le visage de grand-mère.

Et il n'éprouvait ni mal de cœur ni frayeur, pas même quand le toubib poussait brusquement le bec du colibri dans le bras de sa grand-mère — on dirait presque une morsure — et que la peau blanche et tendue avançait un petit peu comme lorsqu'un oiseau pique dans une pelure, et sa grand-mère regardait fixement de côté, les yeux sur le plateau inférieur de la table roulante où se trouvait le « sang dans l'urine » tandis que, doucement, le docteur faisait descendre le piston et lui injectait le bonheur infini. Nouveau mouvement brusque pour retirer le bec du bras de grand-mère qui poussait un soupir de satisfaction si étrange, si fantomatique, si inquiétant. Le docteur parti, il restait à son côté malgré sa peur, sa curiosité étant encore plus grande que sa peur. Il se passait ici quelque chose de terrible, aussi terrible que ce que Grebhake et Wolkers avaient fait dans les buissons, aussi terrible que le *mot* dit par la mère de Brielach dans le sous-sol de la boulangerie. Terrible, mais beau quand même et plein de mystère. D'habitude, jamais il ne restait volontairement près de sa grand-mère, mais quand on lui faisait une piqûre, il demeurait là. Elle était étendue sur son lit et soudain d'en dedans quelque chose affleurait, une vague soudaine, claire, qui la rendait jeune, heureuse en même temps que malheureuse, car elle soupirait profondément tout en pleurant, et son visage s'épanouissait, devenait presque aussi lisse et beau que celui de sa mère ; elle se déridait, ses yeux brillaient, le bonheur et la paix l'envahissaient cependant que ses larmes continuaient à couler. Alors, tout à coup, il aimait sa grand-mère, il aimait son visage large, grand, si florissant, ce visage qui d'habitude lui inspirait un tel effroi. Et il savait ce qu'il ferait quand il serait grand et malheureux : il se ferait piquer au bras par le petit colibri qui injectait du bonheur à sa grand-mère — un soupçon de cette bagatelle incolore. Rien ne le dégoûtait plus, pas même le pot de chambre trônant sur le plateau inférieur de la table à thé.

Alors il mettait la main sur le visage de sa grand-mère,

la laissait reposer sur sa joue gauche, puis sur la droite, sur le front, la tenant longtemps sous sa bouche afin de sentir son haleine chaude et paisible ; il l'abandonnait enfin sur sa joue, et à ce moment-là il ne détestait plus son aïeule au merveilleux visage métamorphosé par un demi-dé à coudre d'un rien incolore.

Quelquefois grand-mère ne dormait pas encore et, les yeux fermés, elle disait doucement : « Mon brave petit. » Alors il avait honte parce que *d'habitude* il la haïssait. Quand elle s'était endormie, il pouvait examiner sa chambre en toute tranquillité, tandis qu'habituellement il n'en trouvait pas le loisir à force de crainte et de dégoût. La vitrine d'abord, noire, grande, ancienne, précieuse, bourrée de verres de toute grandeur et de toute grosseur : coupes de cristal, verres à liqueur fins et menus, statuettes de verre, chevreuil en verre à jaspures laiteuses, aux yeux bleus, chopes... puis, la main toujours sur la joue de sa grand-mère, il dirigeait son regard sur le portrait de son père. Il était plus grand que la photo qui se trouvait au-dessus du lit de sa mère, et son père y paraissait encore plus jeune, très jeune ; il riait la pipe aux lèvres, sa chevelure très sombre se détachait dure et drue sur un ciel clair, avec de petits nuages blancs comme des petits bouts de coton roulés. Le portrait était si précis qu'on pouvait distinguer les fleurs sur les boutons en métal du gilet tricoté. Et les yeux étroits et sombres le regardaient, comme si son père était là en chair et en os, dans l'angle crépusculaire où la photographie était accrochée entre la vitrine et la table à thé... Dire que jamais, jamais il ne saurait si son père était triste ou gai sur ce portrait ! Il avait l'air très jeune, presque aussi jeune que les garçons de la classe supérieure à l'école. En tout cas il n'avait rien d'un père. Les pères ont l'air plus vieux que ça, plus puissants, plus sérieux, ils ont l'air *œuf-du-petit-déjeuner,* l'air *journal,* l'air *veste-enlevée-d'un-geste-tout-spécial.* Son père ressemblait aussi peu aux paternels des autres garçons que l'oncle Albert à leurs oncles. Avoir un père tellement juvénile le rendait fier, mais cela lui était pénible aussi car il n'avait pas plus la mine d'un vrai père que sa mère ne lui paraissait une vraie mère ; elle n'avait pas l'odeur des mères de ses copains, elle était plus légère, moins vieille, elle ne parlait jamais de cette chose qui apparemment donnait sa forme décisive à la vie des autres mères, elle ne parlait jamais de *l'argent*.

Son père qui ne paraissait pas heureux — Martin aboutissait toujours à cette conclusion — n'évoquait pas non plus ce mot, qui prédominait en général chez d'autres pères, le mot *soucis*. Des soucis, tous les pères en avaient, tous étaient plus vieux et, d'une autre manière, n'avaient pas l'air plus heureux que le sien.

Sur la carte murale qui couvrait tout un mur, là-haut, chez Glum, il y avait trois gros points noirs : le premier marquait l'endroit où Glum était né, le deuxième celui où ils habitaient, et le troisième celui où son père avait été tué : Kalinovka.

Il oubliait sa grand-mère bien que sa main reposât toujours sur la joue de la dormeuse, il oubliait sa mère et ses loufoques, il oubliait Bolda, Glum et même son oncle Albert, et contemplait paisiblement le portrait de son père, dans son coin crépusculaire entre la vitrine et la table à thé.

Il était encore là au moment où, Albert étant rentré depuis longtemps, sa mère vint le chercher. Il la suivit docilement, se coucha dans le lit d'Albert, fit sa prière du soir : *Seigneur, si des péchés voulez vous souvenir, qui pourra devant vous l'épreuve soutenir ?* Et comme Albert lui demandait s'il était fatigué, il répondit oui parce qu'il désirait rester seul. L'électricité éteinte, les rires niais d'à côté ne le gênèrent même plus, il ferma les yeux, vit le portrait de son père devant lui, espéra le retrouver tel quel en rêve, jeune et insouciant, riant peut-être, aussi jeune que sur la photo et bien plus que l'oncle Albert. Il partait en promenade avec ce père-là, allait au zoo, faisait de la luge, de longs trajets sur l'autostrade, lui allumait ses cigarettes, sa pipe, l'aidait à laver sa voiture, à chercher ce qui clochait, faisait de longues randonnées à cheval à côté de lui en galopant dans des plaines immenses, et il se délectait à murmurer tout bas, pour lui-même : « Nous chevauchons vers l'horizon. » *Horizon,* il répétait ce mot avec lenteur, avec solennité, et il espérait qu'en le répétant, en priant, il amènerait son père à paraître à cheval, en auto, dans son rêve.

Tant qu'il restait éveillé, l'image ne l'abandonnait pas et il voyait tous les objets qui avaient appartenu à son père : montre-bracelet et veste de tricot et le calepin avec des commencements de poèmes. Mais sa lutte désespérée pour le voir en rêve restait vaine. Son père ne venait jamais. Obscurité dans la chambre, et lui, couché là, tout seul, et quand son oncle Albert entrait voir ce qu'il devenait, il feignait de dormir pour demeurer seul et tranquille, et pendant tout le temps où Albert était là, il gardait opiniâtrement l'image de son père derrière ses yeux fermés : jeune homme riant, la pipe aux lèvres, sans rien de paternel.

Il parcourait les pays en murmurant leurs noms : France, Allemagne, Pologne, Russie, Ukraine, Kalinovka, et après il pleurait dans le noir et priait pour obtenir un rêve qui ne lui était jamais accordé. Oncle Albert se trouvait là quand son père était tombé, et parfois il en parlait, et il parlait de Gaeseler, et du village, et de la guerre qu'il traitait de « guerre de merde » mais tout ça ne servait à rien... Même ainsi son père n'apparaissait pas tel qu'il le désirait dans ses rêves.

La terre où son père gisait, il se la représentait comme les cheveux de Bolda. Ténèbres d'encre qui engloutissaient le corps de son père, le retenaient comme de l'asphalte frais, gluant, le tenaient si ferme qu'il ne pouvait pas venir dans les rêves. Tout ce qu'il pouvait obtenir, c'était un visage baigné de larmes; toutefois, même en larmes, son père n'entrait pas dans son rêve.

Et il ne pouvait voir son image près de lui, dans le noir, qu'après avoir contemplé posément le portrait dans la chambre de sa grand-mère, ce qui n'avait lieu que lorsque se jouait le drame du « sang dans l'urine » et que l'on faisait venir le docteur pour injecter du bonheur dans les veines de sa grand-mère.

Il récitait tout ce qu'il savait de prières et faisait suivre chacune de ce vœu : « Envoyez-moi mon père en rêve... »

Mais quand son père vint réellement, il ne correspondait pas du tout à ses souhaits : assis sous un grand arbre, il tenait ses mains devant son visage et, bien qu'il cachât son visage, Martin savait que c'était lui. Son père paraissait attendre depuis un temps infini ; on eût dit qu'assis en cet endroit depuis des millions d'années il dissimulait son visage à cause de sa grande tristesse ; toutes les fois que son père retirait ses mains, Martin savait ce qui allait arriver : son père *n'avait pas* de visage, et pourtant il semblait dire : « A présent, tu le sais. » C'était son visage peut-être qu'il attendait sous l'arbre. Terre noire comme les cheveux de Bolda, père solitaire, privé de visage, et qui malgré cela avait une expression de détresse et de fatigue immenses, et toutes les fois que son père commençait à parler, Martin s'attendait à ce qu'il dit : « Gaeseler », mais il ne prononçait jamais ce nom, ni un seul mot sur Gaeseler.

Le fou rire bruyant d'une toquée dans la pièce voisine le réveilla et, la tête enfouie dans son oreiller, il pleura sa fureur, sa haine et sa déception parce que le rêve paternel se trouvait brusquement coupé. Qui sait si tout à coup un visage, une voix ne lui auraient pas été rendus ?

Il pleura abondamment, longtemps, jusqu'à ce que le rire s'éloignât, devînt de plus en plus lointain, et dans le rêve suivant, il vit la femme blonde de la cuisine. Au lieu d'œufs et de tomates, elle sciait des ampoules énormes, des ballons de verre dont en souriant le docteur aspirait le contenu dans des seringues géantes.

Bolda s'approchait en glissant, avec son visage de neige et ses cheveux de charbon, elle ramait sur un nuage de savon, la figure toute lisse, aussi lisse que celle de grand-mère après sa piqûre, et Bolda chantait bien, merveilleusement bien, mieux encore que Mme Borussiak. Elle ramait ainsi vers le ciel, et tenait entre ses dents quelque chose qui ressemblait à un ticket d'entrée au paradis : le programme du ciné avec le portrait de Maria Goretti.

Mais ce père que Martin continuait d'attendre en rêve ne revint pas, définitivement chassé par le rire stupide d'à côté, et la coupeuse d'œufs chassa Bolda, elle nagea à travers les airs comme à travers de l'eau en criant : « Adorable ! Adorable ! », jusqu'à ce que la voix grave, la voix d'orgue de grand-mère arrivât du fond en un hurlement farouche et sombre : « Du sang dans mes urines ! »

VI

Petit à petit, Henri prenait conscience de ce qui se passait : il avait le sentiment de marcher sur de la glace, une glace mince, à la surface d'une eau dont on ignore la profondeur. La glace ne se rompait jamais et le secours était à proximité, ils se tenaient tous là, sur le côté, prêts à intervenir en cas de rupture, mais cela ne changeait rien au fait que la glace casserait et que la profondeur de l'eau était inconnue. La première fente, un craquement encore anodin, était apparue quand il avait vu l'effroi inspiré à Martin par le mot que sa mère disait au boulanger. C'était un vilain mot pour désigner l'union des hommes avec les femmes mais, d'une façon générale, Henri trouvait le mot « union » bien trop beau pour un acte qu'il ne trouvait pas beau : figures toutes rouges, gémissements. Alors que Léon n'était pas encore son oncle, il l'avait surpris en compagnie de la receveuse, comme il entrait chez lui sans frapper avec la soupe : hurlement épouvantable de la femme, et Léon, avec sa tête de singe : « Maudit galopin... ferme ta porte ! » Et quelques jours après, Léon lui assenait sur la tête des coups de poinçonneuse durs et précipités : « Mon petit ami, je vais t'apprendre, moi, ce que c'est que les *convenances*. Ne sais-tu pas frapper aux portes ? » Plus tard, Léon ferma toujours à clef, mais probable qu'il se passait juste la même chose quand sa mère était chez lui. *Union :* beau mot pour une chose qu'il trouvait laide... mais peut-être que chez les gens galetteux cela se passait autrement. Le mot que l'on tenait de l'oncle Léon était laid mais convenait mieux.

La frayeur de Martin montrait combien l'eau était

profonde sous la couche de glace. Elle avait l'air infiniment profonde et froide, et personne ne pouvait vous protéger de l'effondrement. Ce n'était pas seulement l'argent, ni la différence entre ce que le réfrigérateur de Martin tenait toujours à votre disposition et ce que lui, Henri, devait acheter au jour le jour en veillant à ses pfennigs : pain, margarine, pommes de terre, l'œuf de ce salaud de Léon, rarement un œuf pour Vilma, pour lui ou pour sa mère, non, c'était surtout la différence entre l'oncle Albert et Léon, la différence entre le sursaut que la peur du mot avait fait faire à Martin et son léger tressaillement à lui, signifiant seulement son dégoût parce que le mot avait déjà pénétré en sa mère.

A vrai dire, il n'y avait pas une telle différence entre la mère de Martin et la sienne ; il était prêt à admettre que seul l'argent les différenciait. Et peut-être, peut-être que la glace ne s'effondrerait pas.

A l'école aussi il se mouvait sur cette glace. Un exemple : l'aumônier avait failli tomber du confessionnal quand, à confesse, Martin lui avait parlé du mot que sa mère disait au boulanger, et Martin avait dû réciter cinq *pater* et cinq *ave* spécialement pour ce mot-là, que pourtant il n'avait qu'entendu. Voix douce et amicale de l'aumônier parlant de l'Immaculée Conception, voix de l'oncle Will qui parlait de la grâce sanctifiante, de la pureté du cœur et d'une âme chaste, voix superbe, et bonne figure de l'aumônier qui avait obtenu que, pour sa première communion, on donnât de l'argent à sa mère, bien qu'elle fût *immorale*. Mais l'aumônier connaissait-il la figure simiesque de Léon, sa figure propre, rouge, sentant le savon à barbe, nullement le visage d'une âme chaste ?

Il marchait sur de la glace, au-dessus d'une eau dont on ne saurait la profondeur que lorsque la surface craquerait. Sa mère aussi avait changé, elle avait prononcé le mot, mais auparavant elle changeait déjà. Dans son souvenir elle était douce, avenante, calme quand elle soignait patiemment, la nuit, la poitrine de l'oncle Erich avec des compresses vinaigrées, quand elle souriait à Gert ou causait avec Karl avant la suppression de « le ». C'était à l'hôpital que ses traits avaient durci.

La glace avait déjà craqué par places, près du bord, à des endroits sans danger, sans profondeur où elle regèlerait facilement. Par exemple, l'histoire des sueurs nocturnes de Will le faisait rire. Il en souriait comme des bavardages de Will à propos de bouquins et de films. Murmures de rêve, petites bulles d'eau montant vers lui de la bouche d'un esprit ensorcelé, ainsi que du fond des eaux, et se frayant un chemin jusqu'à la croûte de glace, avec des jeux de lumière comme ceux du jet d'eau chez Luigi...

Proche de lui, le prix de la margarine, en hausse pour le moment, proches les comptes à établir pour sa mère, forcément puisqu'elle ne savait pas compter, pas économiser et que tout le budget de la maison retombait sur lui. Proche de lui, le visage nu d'oncle Léon usant du vocabulaire *oncle-Léon*, en comparaison duquel le « merde » de Gert était bénin et suave. Proche la photo de son père auquel, en grandissant, il se sentait ressembler ; proche le visage de sa mère — visage qui durcissait et dont la bouche s'amincissait —, de sa mère qui de plus en plus souvent employait le vocabulaire *oncle-Léon*, et qui de plus en plus souvent allait danser avec oncle Léon, chantait les couplets *oncle-Léon*, ce que des femmes d'un genre tout spécial faisaient dans des films, les femmes des affiches barrées en travers par la bande rouge : *Interdit à la jeunesse.*

Agréable, le ciné, il y fait bon, chaud. Personne ne vous voit, personne ne peut vous parler et vous est possible ce qui ne vous est possible nulle part ailleurs : oublier.

Ce que disait le maître et ce que disait l'aumônier, c'était tout pareil : cela montait en perles étrangères et joyeuses vers la couche de glace, mais ne réussissait pas à la traverser. Les œufs renchérissaient, le kilo de pain augmentait de cinq pfennigs, et ce cochon de Léon ronchonnait parce que son petit déjeuner empirait, que son œuf rapetissait, et il l'accusait de *détournement.* Ça, c'était du tout proche. *Haine* de ce singe, qui en outre était *bête,* et que l'on convainquait en lui mettant les comptes sous le nez, mais le mot n'en restait pas moins : *détournement.* Et sa mère, il l'avait attentivement observée, sa mère qui, un instant, avait cru Léon, un instant seulement, mais un instant, c'est beaucoup. Lui, il devait économiser parce que, eux, ils sortaient tout le temps. On n'achetait pas de robe à Vilma. *Détournement.* Pas moyen d'en toucher mot à qui que ce fût, Martin n'y comprendrait goutte, et s'en ouvrir à l'oncle Albert l'intimidait encore. Il le ferait plus tard, car l'oncle Albert était le seul qui comprendrait ce que signifiait cette accusation de *détournement de fonds.* Il en avait tiré une dure vengeance : pas de commissions, pas d'emplettes pendant quinze jours, sa mère n'avait qu'à s'en charger, Léon à s'en soucier ; au bout d'une semaine déjà, plus rien à bouffer, mauvaise administration, et sans remède, lamentations maternelles, grincements de dents côté Léon, jusqu'à ce qu'ils se fussent décidés à le supplier... à le *supplier* de recommencer. Il l'avait fait, mais il n'oubliait pas *l'instant* où sa mère l'avait soupçonné.

Chez Martin, il ne pouvait causer de ces choses-là qu'avec Albert. Alors ce serait pour plus tard, quand ils iraient en vacances chez la mère d'Albert, où Will prendrait soin de Vilma. Là-bas, il se présenterait bien une occasion de parler avec Albert de ce mot monstrueux : *détournement.* Cette folle de Bolda était bonne mais avec elle non plus, pas mèche de parler argent ; la mère de Martin se distinguait bien de la sienne par la galette, mais autre chose s'y ajoutait, elle était belle, plus belle que sa mère ; dans son genre, elle ressemblait aux femmes des films ; quant à l'argent, elle n'y connaissait rien. Parler fric à la grand-mère, c'était pénible, elle brandissait aussitôt son carnet de chèques. Tous lui donneraient de l'argent : Albert, la grand-mère, Will, la mère de Martin, mais l'argent non plus ne rendrait pas plus stable la couche de glace, ni moins problématique la profondeur de l'eau. Bien sûr, il pourrait acheter quelque chose à sa mère : un sac de cuir rouge, avec des gants assortis, comme il en avait vu à une star, dans un film ; il pourrait acheter quelque chose à Vilma, aller au ciné, prendre une glace, pourvoir de réserves la caisse du ménage, et il pourrait *ostensiblement ne rien* acheter à Léon, *ostensiblement* ne pas le faire participer à l'amélioration du ménage. Mais, d'autre part, il n'aurait pas assez pour acheter la maison et tout ce qui s'y rattachait, pour acheter la certitude de ne plus marcher sur de la glace, et surtout pour acheter la différence entre l'oncle Albert et Léon.

Ce que le maître et l'aumônier vous disaient à l'école correspondait à ce qu'avait dit Karl-vie-nouvelle, belle parole à laquelle il associait même une idée, mais une idée qu'il savait irréalisable. Le visage de sa mère engraissait et, malgré cela, durcissait ; en prenant de l'âge, elle s'éloignait de son père, devenait plus vieille que son père, bien plus vieille, alors que lui, en grandissant, il s'en rapprochait. Elle était vieille à présent, elle lui paraissait archivieille et pourtant elle lui paraissait encore jeune quand on avait supprimé « le » à l'hôpital, et quand Léon avait dansé avec elle pour la première fois. Sa main s'était alourdie, cette main que le soir furtivement elle lui mettait sur le front avant de passer s'unir chez Léon.

A lui, Henri, il restait l'enfant que l'on n'avait pas supprimé. Vilma, qui allait sur ses deux ans, était toujours sale pour quelque raison mystérieuse. Léon détestait la saleté conformément aux odeurs de son blason : encaustique, savon à barbe. La brosse lui rougissait les mains, il se polissait les ongles, et son arme — à côté de la poinçonneuse — était sa lime à ongles, un bout de fer drôlement long, rayé, râpeux, dont il donnait des coups sur les doigts de la petite Vilma. Tous les matins, Henri faisait chauffer de l'eau pour la toilette de sa sœur, il la changeait de linge aussi souvent que possible mais, pour une raison obscure, Vilma avait toujours l'air malpropre, barbouillée, bien qu'elle fût si jolie et si intelligente. Il y avait de quoi désespérer.

Quand il était de l'équipe du soir, Léon restait une heure seul avec Vilma parce qu'à présent maman partait pour la boulangerie dès midi et demi, et depuis le jour où la petite avait été seule avec lui pour la première fois, elle criait dès qu'elle l'apercevait. Pour peu qu'il levât son outil de nickel afin de l'intimider, elle poussait des hurlements épouvantables, rampait vers Henri, se cramponnait à lui et il parvenait seulement à la calmer lorsque, Léon une fois parti, il lui chuchotait sans arrêt : « Parti Léon, parti Léon... » Cependant, même à ce moment, elle pleurait encore et lui mouillait les mains de ses larmes. Il passait la plupart des après-midi tout seul avec elle, alors elle restait tranquille et ne pleurait jamais. Le plus beau, c'étaient les soirées où leur mère et Léon allaient au bal ; il avertissait alors Martin qui ne voulait venir qu'en l'absence de Léon dont il avait aussi peur que Vilma ; tous les deux baignaient la petite, la faisaient manger et jouaient avec elle. Ou encore ils pouvaient mettre Vilma dans le jardin de Martin, et faire une partie de football. Le soir, Henri prenait Vilma dans son lit, murmurait ses prières, puis pensait aux oncles. Vilma, toute proprette, dormait à côté de lui en suçant son pouce, et il ne la portait dans son petit lit que lorsqu'il sentait venir le sommeil. A côté, mère s'amusait avec Léon, il n'entendait rien, mais savait ce qui se passait.

Quand il se demandait lequel de ses oncles il avait préféré, Henri balançait entre oncle Karl et Gert. Karl, cordial et pédant, était ce Karl-vie-nouvelle, ce Karl-rabiot, qui avait la soupe des employés municipaux pour odeur-blason, ce Karl parti en abandonnant la housse en toile de sa gamelle, sac à jouets actuel de Vilma.

Mais Karl faisait quelquefois des cadeaux, de même que Gert, qui rentrait le soir en riant et baladait ses outils dans un seau à confiture : truelles et spatules, un ciseau, un niveau d'eau, et sa paie de la journée qu'il se faisait verser en nature ; il posait généreusement sur la table margarine et pain, tabac, viande et farine et, plusieurs fois même, une chose précieuse, rare à ce moment-là, une petite chose blanche, d'un goût épatant : un œuf. C'était du temps de Gert que sa mère riait le plus. Gert, jeune, noir de cheveux, ne dédaignait pas de jouer à *T'en fais pas* et à *Attrape mon chapeau.* Il arrivait même que, dans l'obscurité, Henri entendît sa mère pouffer de rire dans le lit qu'elle partageait avec Gert, et ces éclats de rire ne lui rendaient pas sa mère antipathique comme ses rires étouffés avec Karl. Dans le souvenir d'Henri, Gert était si bon que même l'idée qu'il s'unissait avec sa mère ne le rendait pas repoussant. Gert avait encore sur sa tunique militaire une marque plus foncée, la place du chevron de caporal-chef ; le soir il faisait en plus un petit commerce de plâtre et de ciment, il puisait ce plâtre et ce ciment dans des sacs en papier, comme on s'y prenait maintenant pour la farine, par livre, avec la louche.

Karl, tout différent, le seul oncle qui fréquentât l'église, était gentil aussi. Il emmenait Henri à la messe, lui expliquait la liturgie, les prières, et le soir, après le dîner, rajustant ses lunettes, il entamait le chapitre de la vie nouvelle. Bien qu'il n'allât jamais à confesse, jamais communier, il fréquentait l'église, était au courant de tout. Réfléchi, pédant mais amical, il savait donner bonbons et joujoux, et quand il déclarait : « Nous allons commencer une vie nouvelle », il ajoutait : « Je vais remettre de l'ordre dans notre existence, de l'ordre, Vilma. » Cet ordre comportait qu'Henri ne l'appellerait plus son oncle mais papa... Erich : bizarre odeur de tisane, compresses tièdes trempées de vinaigre, et son briquet qui marchait encore. Erich était resté en Saxe, et un beau soir Gert n'était pas revenu et l'on resta des mois sans nouvelles, jusqu'au jour où il écrivit de Munich : « Il fallait que je m'en aille, je ne reviendrai pas. Il faisait bon là-bas. Je te donne ma montre-bracelet. » Il laissait de plus en souvenir l'odeur du plâtre mouillé et le mot « merde » dans le vocabulaire maternel. Karl s'en fut à cause de ce « le » qu'on avait supprimé et il arrivait à Henri de l'apercevoir quelquefois à l'église. Karl avait une femme et un enfant ; le dimanche il allait se promener en donnant la main au petit garçon qui avait l'âge de Vilma. Mais Karl paraissait ne plus se souvenir de lui, ne plus se souvenir de sa mère, car il ne saluait pas. A présent Karl communiait et, depuis quelque temps, il chantait à l'église. Henri entendait descendre de la tribune d'orgue la voix qui parlait naguère de vie nouvelle, de rabiot, d'ordre, et il n'arrivait pas à comprendre pourquoi sa mère avait supprimé « le ». Autrement Karl serait devenu son père.

Un habitant de la maison écrivait tout le temps au crayon sur le mur du vestibule en bas ce mot que mère avait dit au boulanger. Mais nul ne savait qui c'était. Parfois le mot restait là toute la journée, jamais davantage, en effet le menuisier qui exploitait le petit atelier du rez-de-chaussée l'effaçait avec un clou et il restait une poussière blanchâtre de plâtre sur le carrelage, et un endroit gratté sur le mur. L'inconnu recommençait sans cesse, et le mur du vestibule comptait déjà vingt grattages. Lutte muette, obstinée de part et d'autre. Toujours le mot se retrouvait là soudain, toujours le menuisier, qui sentait le camphre comme Erich, sortait de l'atelier avec son clou et l'effaçait. Le menuisier était gentil. Particulièrement gentil pour Vilma. Le samedi, quand l'apprenti balayait l'atelier, il devait sortir tous les bouts de bois des balayures, les laver et les monter à Vilma, de même que les copeaux particulièrement longs ou tirebouchonnés, et le patron en personne apportait des bonbons à la petite quand il venait toucher le loyer.

Si Léon se trouvait justement là, l'artisan lui disait : « Vous, je vous ferai mettre les pouces. » Et Léon disait : « Et moi à vous. » Ils en restaient là.

Plus tard seulement, et Henri s'étonna lui-même de n'y avoir pas pensé plus tôt, il lui vint à l'idée que ce pouvait être Léon qui écrivait le mot sur le mur. Cela lui ressemblait et c'était un mot-Léon. Il le surveilla lors de son départ pour le travail et de son retour. Alors Léon n'inscrivait rien, ces jours-là pas de mot sur le mur. Le mot ne s'y trouvait que lorsqu'il n'avait pas pu observer Léon. Ce fut long, tout le mur était déjà gratté, raclé. Un jour, alors que, rentrant de l'école, il avait découvert le mot en bas dans le vestibule, il examina pendant le repas le crayon que Léon portait derrière l'oreille. La mine en était aplatie, grossière, et un soupçon de couronne blanche entourait le bout émoussé : c'était bien la figure d'un crayon qui écrit sur les murs. Par conséquent le coupable, c'était bien Léon.

Sa mère aussi s'indignait, elle disait : « Les enfants n'ont vraiment pas besoin de lire ces choses-là. » Et d'habitude elle ajoutait d'une voix plus sombre : « Ce que c'est que ces saletés-là, ils ne l'apprendront que trop tôt. »

Et pourtant sa mère elle-même avait dit le mot à son patron, à la boulangerie, dans la cave obscure et chaude qui sentait la pâte douceâtre.

Et Léon continuait ses inscriptions, et le menuisier les grattait avec son clou, et Henri ne trouvait pas le courage d'informer le menuisier de sa découverte.

Il la dirait plus tard, en causant de chose et d'autre avec l'oncle Albert.

Le soir, couché dans l'obscurité, il pouvait encore contempler le portrait de son père éclairé par le réverbère de la rue, photographie tremblante, tremblotante qui oscillait au passage des autos, se balançait avec une vigueur toute particulière quand passaient le 34 ou des poids lourds.

De son père, il n'existait plus grand-chose : juste ce portrait-là, sur la cloison, et un fascicule que sa mère conservait obstinément entre des livraisons de romans et des illustrés. Petite brochure encrassée, mince, jaunâtre : *Ce que le mécanicien en automobiles doit savoir pour entrer dans les auxiliaires.* Entre les pages, plié, usé sur les bords, mais bien reconnaissable, un chromo représentait le Christ et ses apôtres pendant la Cène, la même image qu'on lui avait donnée à lui aussi et presque avec la même inscription : *Henri Brielach a reçu le sacrement de la Sainte Communion pour la première fois en l'église paroissiale Sainte-Anne, le dimanche de Quasimodo 1930.* Seulement, pour lui, il y avait *église paroissiale Saint-Paul, dimanche de Quasimodo 1952.*

Le père de sa mère était resté en Saxe. Ses lettres parlaient d'une mince pension et sur les cartes postales la même phrase revenait toujours : « N'avez-vous donc pas de chambre pour moi, que je puisse retourner dans mon vieux pays natal ? » Mère lui envoyait du tabac, de la margarine et répondait : « C'est terrible, on ne trouve pas de chambres, et elles sont hors de prix. » La mère de sa mère était décédée en Saxe et le père de son père reposait au cimetière d'ici : croix de bois pourrie au pied de laquelle, le dimanche des morts, on allait déposer des fleurs et allumer une bougie de couleur. La mère de père — la mémée — était brouillée avec mère, elle venait seulement le lendemain de Noël apporter des cadeaux à son petit-fils et *ostensiblement* ne donnait *rien* à Vilma, et elle s'exprimait presque comme Karl : ordre, vie nouvelle, tout ça finira mal. Et l'une de ses phrases était : « Ah ! s'il avait fallu que mon pauvre garçon voie ça ! »

Mais elle venait rarement et n'était pas bonne parce qu'elle ne regardait pas Vilma et ne lui apportait rien. Chaque fois, elle lui disait à lui : « Viens donc me voir un jour. » Mais il n'avait été qu'une fois chez elle, c'était propre, aussi propre que Léon, cela sentait l'encaustique, elle lui donna des gâteaux, du caco, de l'argent pour son tram, mais après elle essaya de lui tirer les vers du nez ; il ne dit rien et n'y retourna jamais car, elle aussi, elle s'exprimait comme les gens qui parlaient sous la glace : « Ame chaste et cœur pur. » Et entre-temps elle lui posait des questions sur Léon, sur Karl, sur Gert, hochait la tête et murmurait : « Pas d'ordre. Ah ! s'il avait fallu que mon pauvre garçon, ton père, voie ça ! » Et elle lui montra des portraits où son père avait le même âge que lui, son père en premier communiant, son père en salopette de mécano, mais il ne retourna plus la voir parce qu'il ne pouvait pas amener Vilma.

VII

Lorsque Nella ramenait des visiteurs, elle appelait Albert pour l'aider à transporter Martin endormi dans sa chambre. L'enfant était lourd quand il dormait, il murmurait en rêve, et ils craignaient de le réveiller, mais le plus souvent il se blottissait vite dans le lit d'Albert et continuait son somme. Nella recevait fréquemment et Albert devait accueillir Martin en général deux fois par semaine. Il lui fallait alors abandonner son travail, il ne voulait ni travailler ni fumer quand l'enfant était là, et il en arrivait tout naturellement à s'installer avec les invités de Nella. Il avait essayé plusieurs fois d'émigrer dans la pièce vide, à côté de la chambre de Glum, mais elle lui était étrangère, et son travail nécessitait mille bricoles que, sans grande réflexion, il prenait en un tournemain dans les tiroirs de son bureau, ciseaux et colles variés, crayons et pinceaux ; il ne valait pas la peine, à son avis, d'organiser un atelier dans la pièce vide. Quant au salon d'en bas, il ne convenait pas non plus au travail, avec son divan orange, ses fauteuils et tapis du même ton, aux murs les tableaux d'un artiste patronné par le père de Nella, œuvres de précision, sans charme, et le triste remugle d'un lieu inhabité depuis des années et rarement nettoyé. Le petit s'entêtait à refuser l'une des pièces inoccupées, il ne restait donc d'autres ressource à l'oncle Albert que de se joindre aux hôtes de Nella. Cela le mettait toujours de mauvaise humeur et il s'embêtait. Alors il lui arrivait d'aller boire quelque part et il s'apitoyait sur Nella, lorsqu'à son retour il la trouvait seule et triste, assise entre des cendriers pleins, des bouteilles vides et des assiettes pleines des restes de sandwiches.

Le plus souvent elle ramenait des snobs quelconques dont elle faisait connaissance en voyage, à des réunions, ou qui se présentaient à l'occasion de conférences ; les écouter pérorer sur l'art pendant des heures l'écœurait. Il ne se mêlait jamais à la conversation, buvait du vin et du thé et toujours il se sentait mal à l'aise lorsque l'on commençait à citer les vers de Ray. Après quoi, stimulé par le sourire de Nella, il donnait de mauvaise grâce quelques tuyaux sur son ami.

Pour oublier l'ennui de ce temps perdu, il buvait beaucoup de vin. La plupart du temps on trouvait là quelques jolies filles, et il aimait à regarder les jolies filles, même quand il s'agissait de snobinettes. Attentif à tout, il se levait de temps à autre pour déboucher une bouteille ou, quand on s'attardait par trop, prenait sa voiture pour aller chercher vin, gâteaux ou cigarettes. Ce qui le retenait, c'était le gamin, endormi dans son propre lit. Quelquefois Martin se réveillait et s'effrayait quand il voyait des visages inconnus penchés sur lui. Il arrivait aussi que sur le tard la mère de Nella fit une scène. Si ce n'était pas le tour du « sang dans les urines », elle inventait une chose hors série. Elle pouvait s'incruster tranquillement dans sa chambre pendant des semaines entières avec sa bouteille de vin rouge, son assiettée de sandwiches et ses paquets rouges de *Tomahawk*, à fouiller dans de vieilles lettres, examiner l'état de sa fortune, ou bien elle feuilletait ses vieux livres de classe, des livres de lecture datant des années 1896 à 1900, et sa Bible pour enfants où se voyaient les coloriages d'une petite campagnarde de dix ans : manteau taché de sang de Joseph l'Égyptien, peinturluré plus d'un demi-siècle auparavant avec un crayon carmin, ou bien les lions moutarde qui épargnaient Daniel et s'allongeaient endormis autour de lui.

Elle restait calme pendant des semaines, puis soudain le désir d'une scène s'emparait d'elle. A une heure du matin, elle avait subitement envie d'une salade ; alors, dans sa robe de chambre noire à fleurs bleues, elle faisait irruption chez Nella, la bouteille de vinaigre vide à la main, et dès la porte elle vociférait : « Saloperie de saloperie... La bouteille de vinaigre est encore vide, et il me faut, il me faut absolument une salade ! » Se procurer du vinaigre en pleine nuit n'était pas des plus faciles, mais pour parer à toute éventualité Albert avait conclu un arrangement amical avec la buffetière de la gare qui, en cas de nécessité, lui fournissait les choses les plus inattendues. Si Bolda descendait la nuit, et que la mère de Nella, encore éveillée, fût en humeur de scène, elle lui cherchait une mauvaise querelle : « Espèce de défroquée ! Espèce de double veuve ! » Et elle racontait les méfaits du père de Bolda, de toute évidence braconnier et contrebandier, qui gisait depuis cinquante-cinq ans dans un petit cimetière de l'Eifel. Quand elle n'était pas en humeur de scène, elle laissait Bolda passer sans opposition ou commençait à lui tailler une bavette. Mais elle pouvait tout aussi bien se précipiter chez Nella en criant : « La fornication recommence-t-elle son train ? Et ton pauvre mari qui dort en terre russe ! »

Puis elle se laissait apaiser par Albert ou par Glum. Mieux valait donc rester au logis, car Nella avait peur de sa mère. Ainsi, deux jours sur sept, Albert s'installait chez Nella, veillait sur le sommeil de Martin et, comme une sorte de pompier de service, se tenait prêt à intervenir pour calmer la grand-mère en cas de besoin.

Il ne se frappait pas si, au moment du départ général, on l'exploitait comme chauffeur de taxi, il voiturait les visiteurs de Nella jusqu'à la halte du tramway, voire, quand il était très tard, jusqu'au dépôt d'où, même la nuit, une voiture partait toutes les heures. Quand le cœur lui en disait, il les ramenait chez eux individuellement. Il restait volontier longtemps dehors, dans l'espoir que Nella serait couchée à son retour. Agréable de rouler seul la nuit : les rues étaient désertes, les jardins dans une obscurité profonde, et il regardait les effets magiques produits par son phare, les ombres violentes, dures, très noires, et la lumière du gaz, cette lumière jaune-vert des réverbères, lueur glaciale qu'il aimait, qui même en été évoquait les grands froids, pailletait de reflets jaune-vert les jardins et les parcs, prêtait aux arbres en pleine floraison la rigidité et le froid de la mort. Souvent aussi il faisait quelques kilomètres en dehors de la ville, traversait des villages endormis, jusqu'à l'entrée de l'autostrade dont il parcourait un petit bout à toute allure, utilisant le premier embranchement pour rentrer en ville. Tout piéton émergeant dans le pinceau lumineux de son projecteur lui causait un choc, c'étaient pour la plupart des prostituées qui se postaient juste à l'endroit où la lumière tombait au moment où, après les virages, les automobilistes allument leurs phares : poupées solitaires, sans vie, en toilette de couleur vive, qui ne souriaient même pas quand on passait près d'elles, jambes claires se détachant sur fond sombre, éclairées par la lumière crue. Elles rappelaient toujours à Albert des figures de proue dressées à l'avant de galions submergés. Son phare les arrachait à l'ombre aussitôt qu'il l'allumait ; il admirait le choix judicieux de l'endroit où elles stationnaient, mais n'avait jamais vu d'auto s'arrêter pour en faire monter une seule.

Au bout du pont, un petit bistrot, bâti dans la rampe même, restait ouvert toute la nuit. Albert y prenait un demi et un petit verre afin de retarder son retour. La patronne le connaissait bien, car Nella recevait souvent et il remmenait ses invités pour éviter le tête-à-tête avec elle.

Il s'éternisait dans le petit café, et songeait aux choses que les hôtes de Nella lui avaient involontairement rappelées. Aux tables, le plus souvent, quelques matelots, bateliers du Rhin, jouaient aux dés, des voix étrangères sortaient en sourdine de la radio, et la patronne, petite et noiraude, tricotait près du poêle. Elle lui disait toujours pour qui elle travaillait au moment : pull vert d'eau pour son gendre, gants marron pour sa fille, mais la plupart du temps elle confectionnait pour ses petits-enfants de jolies culottes dont elle inventait les modèles. Elle demandait souvent conseil à Albert, et il lui avait déjà donné plus d'une idée. En dernier, il lui avait conseillé de tricoter dans une jupe jaune clair, destinée à sa petite-fille de quatorze ans, des bouteilles vert foncé à étiquettes de teintes variées. Avec des crayons de couleur qu'il avait toujours dans ses poches, il lui dessinait le modèle sur le papier blanc dont elle enveloppait des côtelettes et des boulettes froides pour les matelots. Et quand lui revenaient ses souvenirs réveillés par les visiteurs de Nella, il lui arrivait de rester là jusqu'à trois ou quatre heures du matin.

Avant la guerre, il était correspondant londonien d'un petit journal allemand, mais ce journal l'avait débarqué ; après la mort de Leen, il était rentré en Allemagne sur les instances de Nella, et le père de Nella lui avait donné une place dans sa fabrique de confitures pour qu'il pût disparaître de la circulation. Là, jusqu'aux hostilités, il avait organisé avec Ray une section de statistique, et ils touchaient des appointements pour des bagatelles plus utiles à leur servir d'alibi qu'aux intérêts de l'usine. Ils pouvaient en effet prouver à tout moment qu'ils s'adonnaient à une besogne raisonnable, non politique, qu'ils étaient en quelque sorte incorporés dans un prétendu processus du travail, et leur bureau offrait en tout temps le spectacle d'un désordre qui suffisait à donner l'impression d'une activité acharnée. Croquis piqués avec des punaises sur leurs planches à dessin, tubes de peinture et pinceaux traînant un peu partout, flacons d'encre de Chine débouchés sur des rayons et, arrivant chaque semaine de la section commerciale, des rapports chiffrés à représenter en graphiques : colonnes de chiffres établies par différentes provinces qui, sur des cartes géographiques, se transformaient en petits seaux de confiture.

Plus tard ils inventèrent des noms nouveaux pour de nouvelles marmelades et firent preuve d'un tel zèle dans l'ordonnance de leur matériel chiffré qu'à tout instant ils pouvaient renseigner sur les quantités consommées dans le présent ou dans le passé. Le comble de leur cynisme fut la rédaction d'un mémoire intitulé : *Développement et expansion des confitures aromatiques Holstege,* mémoire édité en 1938 pour les vingt-cinq ans de la firme, brochure imprimée sur papier à la cuve, ornée de nombreuses gravures et envoyée aux clients à titre gracieux. Albert dessinait de nouvelles affiches, Ray rédigeait de nouveaux slogans et ils passaient leurs soirées avec Nella et les quelques amis qu'ils pouvaient encore avoir en 1938. Ils ne se sentaient jamais tout à fait à l'aise en ce temps-là, et le soir leur irritation refoulée se donnait souvent libre cours, surtout quand le père Willibrord venait les voir. Ray haïssait ce Willibrord, le même qui en ce moment favorisait le culte de Ray. La plupart du temps ils finissaient par scandaliser le père à tel point qu'il prenait la porte et, lorsqu'il était parti, ils se saoulaient, se concertaient sur la possibilité d'émigrer. Le lendemain matin, ils arrivaient au bureau en retard, avec mal au crâne et, pris d'une fureur subite, déchiraient souvent tous leurs dessins et tableaux récapitulatifs.

Mais au bout de quelques jours ils se remettaient à dessiner, à inventer pour les consommateurs de marmelade des symboles inédits, des catégories, des teintes nouvelles pour caractériser graphiquement les différentes qualités ; leur dernière œuvre d'art, avant de partir pour la guerre, fut un mémoire historique où Ray entreprenait de prouver que les hommes de l'âge de pierre, les Romains, les Grecs, les Phéniciens, les Juifs, les Incas et les Germains bénéficiaient déjà des bienfaits de la confiture. Pour ce mémoire, Ray dépensa toute son imagination, et Albert tout son génie de dessinateur ; il en sortit un chef-d'œuvre qui valut de nombreux clients à l'entreprise. Mais l'affaire s'avéra superflue, car un nouvel amateur de marmelade se présenta sans qu'on eût brigué sa clientèle : la guerre.

Par la suite, sur les différents fronts, partout, en bordure des routes où des transports allemands avaient stationné, ils virent des seaux de marmelade, issus de la fabrique pour laquelle ils avaient travaillé : seaux de fer-blanc, ornés des étiquettes dessinées par Albert et des slogans rédigés par Ray. Des enfants français jouaient au football avec ces récipients et pour les femmes russes ils représentaient des trésors. Quand leurs étiquettes étaient décollées depuis longtemps, quand les seaux étaient rouillés, cabossés, Albert et Ray les reconnaissaient encore au monogramme du beau-père de Ray : E.H. (Edmond Holstege), gravé dans le fer-blanc. Même lorsqu'en se déplaçant dans des cantonnements moisis ils butaient dans le noir contre des seaux sonores, la rencontre ne leur était pas épargnée : près de l'attache de l'anse, on les sentait, les palpait, ces sublimes E.H., flanqués de la cerise stylisée, création d'Albert.

Ce n'était pas seulement des cartouches, des maisons bombardées, du bétail crevé qui jalonnaient les voies triomphales de l'armée, mais aussi des seaux à confiture. En Pologne et en France, au Danemark, en Norvège et dans les Balkans, on pouvait lire sur les seaux un slogan confectionné par Ray : « *Sot qui fait encore sa confiture chez soi, Holstege la fait pour toi.* » Les mots *sot, fait, chez soi* étaient imprimés en grosses lettres rouges, le reste se lisait moins distinctement. Ce slogan résultait d'une longue conférence avec la direction, conférence suivie d'une campagne contre la fabrication domestique. Mais cette campagne avait été enrayée par l'intervention des sections du parti favorables, elles, aux vertus ménagères de la femme allemande. Toutefois les étiquettes étaient déjà imprimées, et comme ces choses-là n'avaient plus grande importance en temps de guerre, on les colla malgré tout et on les traîna plus tard jusqu'au fin fond de la Russie.

Albert et Ray passèrent séparés la première année des hostilités, dans des unités différentes, sur des théâtres de guerre différents mais, malgré leur séparation, le même spectacle leur fut offert : des seaux allemands de marmelade épars dans les faubourgs de Varsovie aussi bien qu'à la cathédrale d'Amiens.

En outre ils recevaient des petits colis de la mère de Nella, petits colis de ravissants seaux miniatures, en métal chromé, échantillons publicitaires donnés en prime pour un achat de trois seaux... Dans ses lettres, la mère de Nella leur disait — détail superflu — comme le commerce marchait bien.

Il n'y avait plus personne dans le bistrot, il trempa les lèvres dans la bière dont la fadeur lui fit repousser son verre. Puis il passa en revue les bouteilles alignées sur l'étagère et dit :

— Un kirsch de la Forêt-Noire, s'il vous plaît.

Mais les doigts de la patronne ne bougeaient plus; peloton de laine et aiguilles avaient glissé à terre et, en relevant les yeux, Albert constata qu'elle dormait. Une femme chantait doucement à la radio un air sud-américain. Il alla derrière le zinc, se servit son kirsch lui-même, ramassa la laine et les aiguilles, regarda l'heure : trois heures du matin. Il sirota son kirsch presque goutte à goutte, en l'accompagnant d'une pipe. Nella ne serait pas au lit, elle n'était jamais au lit à son retour, et elle accepterait tout ce qu'il lui dirait : la haine de Ray pour Willibrord, le cynisme de Ray, son snobisme, le fait que pendant les cinq années précédant sa mort il n'avait plus écrit un seul poème mais seulement des slogans et qu'elle se rendait coupable d'une légende mensongère.

Il finit son verre, donna une petite tape sur l'épaule de la patronne qui, réveillée aussitôt, sourit et dit :

— Ah ben! Qu'une chose pareille m'arrive, à moi! Sans vous, on aurait pu me dévaliser.

Elle se leva, débrancha la radio, Albert mit son argent sur le comptoir, sortit, puis, à la porte, attendit la femme qui fermait la grille-accordéon :

— Montez, dit-il, je vous ramène chez vous.

— Chic!

On était lundi, peu de monde dans les rues à cette heure matinale; seuls de grands camions à remorques voituraient leur chargement de légumes vers les halles.

Il fit un petit détour à cause de la patronne, la déposa, et toujours lentement regagna le logis.

Nella n'était pas couchée, elle n'avait même pas rangé sa chambre, des verres traînaient, des tasses, et des assiettes pleines de restes de sandwiches, des gâteaux à peine entamés dans des soucoupes de verre, des boîtes de cigarettes vides, jusqu'aux cendriers qui n'étaient pas vidés, des bouteilles sur la table et des bouchons un peu partout.

Nella fumait dans son fauteuil, le regard fixe. Souvent il semblait à Albert qu'elle était assise là de toute éternité, qu'elle resterait éternellement ainsi, et il donnait au mot éternel la plénitude de sa force et de sa signification. Elle était là, dans le fauteuil vert ; renversée contre le dossier, elle fumait, le regard dans le vide. Elle avait fait du café et le gardait au chaud sous le couvre-cafetière. Quand elle le souleva, le vert frais et clair frappa les yeux d'Albert, c'était la seule chose fraîche de la pièce car les fleurs elles-mêmes, apportées par les visiteurs, se noyaient dans la fumée ou gisaient en désordre, encore dans leur papier, sur la table du vestibule. Autrefois, la négligence de Nella lui paraissait pleine de charme, mais depuis leur cohabitation il la prenait en horreur. Puisque le café l'attendait, il savait que la veillée serait longue. Il haïssait le café ; il haïssait Nella et ses invités et les nuits passées en bavardages stupides, mais aussitôt que Nella lui souriait il oubliait sa haine. Quel pouvoir habitait donc ce muscle unique, capable de réussir ce glissement inimitable ? Et bien qu'il sût qu'elle se servait automatiquement de ce sourire, il donnait chaque fois dans le panneau parce qu'il croyait chaque fois que le sourire lui était vraiment réservé. Il s'assit et, machinalement, débita des phrases dites mille fois à cette heure, en cette occurrence. Nella aimait à réciter à ce moment de la nuit de longs monologues sur sa vie mal engagée, elle aimait à lui faire des confidences ou à lui décrire comment tout aurait pu tourner si Ray n'avait pas été tué. Elle essayait de forcer le retour du temps, d'écarter tout ce qui était arrivé depuis dix ans et de l'incorporer, lui Albert, à son rêve.

Sur les trois heures et demie, elle quitta son fauteuil pour aller faire un deuxième café. Alors, afin de ne pas rester seul dans cette chambre qu'il connaissait depuis vingt ans, dans cette chambre pleine de la fumée des cigarettes et des souvenirs de Ray, il rassembla les verres et les assiettes sales, vida les cendriers, tira le double rideau vert, ouvrit la fenêtre. Puis il se réfugia dans la cuisine, près de Nella, prit des vases dans les armoires à glissière, les remplit d'eau, y mit les fleurs, et resta auprès de Nella qui attendait devant le réchaud à gaz que l'eau fût en ébullition, mangea de la viande froide, une tartine et l'une de ces salades savoureuses qu'elle tenait toujours prêtes dans le réfrigérateur.

C'était le moment auquel elle aspirait, pour l'amour duquel elle avait sans doute organisé tout ce chahut, parce que les choses se passaient ainsi vingt ans plus tôt, c'était là qu'il se tenait alors à côté d'elle, qu'il la regardait préparer le café, qu'il goûtait à ses salades, sur les trois ou quatre heures du matin, en considérant la devise des carreaux de faïence noirs parmi les carreaux blancs : *L'amour passe par l'estomac.* Ray somnolait dans la chambre de Nella, et en ce temps-là aussi, les gens restaient jusqu'à une heure avancée de la nuit, s'éternisaient en bavardages politiques, en discussions avec Schurbigel qui les invitait à entrer tous dans les S.A., à christianiser les S.A. : mots tels que ferment, levain, phrases telles que « pénétrer le national-socialisme des bienfaits de la pensée chrétienne ». En ce temps-là ils s'excitaient là-dessus, en ce temps-là aussi de jolies filles étaient présentes. Mais la plupart de ces gens étaient morts ou partis pour des villes, des contrées étrangères, et deux des jolies filles avaient épousé des nazis et fait célébrer leur mariage sous le chêne.

Plus tard, Ray et lui se querellèrent avec tout ce monde, passèrent des nuits penchés sur des cartes qu'ils apportaient de leur bureau, mais ils veillaient toujours fort tard et à deux heures c'était le tour de la première cafetière, à trois heures celui de la seconde.

Par bonheur, au moins la cafetière dont Nella se servait en ce moment différait de l'ancienne, et bien d'autres choses encore rappelaient impitoyablement que les temps avaient changé.

Le cœur d'Albert battait violemment quand en pleine nuit il entrait dans sa chambre et voyait Martin endormi. L'enfant avait grandi, vite et pour toujours, lui semblait-il, et voir dans son propre lit ce grand gamin de onze ans avait quelque chose d'angoissant : blond, joli, ressemblant fort à Nella, il reposait tout à fait détendu. Déjà les bruits du matin pénétraient par la fenêtre ouverte, cahots lointains des tramways, gazouillis d'oiseaux, la nuit d'encre bleue se mouillait derrière la rangée de peupliers à la limite du jardin, et dans le haut de la maison, habité maintenant par Glum, on n'entendait plus depuis longtemps les pas pesants et réguliers du père de Nella, ces pas d'un paysan qui avait marché trop longtemps derrière la charrue pour changer d'allure.

Passé et présent glissaient encore l'un sur l'autre comme des disques cherchant leur point d'interférence, l'un tournait nettement avec son point de rotation bien au centre, passé qu'il croyait embrasser exactement du regard ; quant au présent, il se mouvait plus violemment que le passé, disque ovale divaguant autour d'un autre centre ; il n'était d'aucune utilité pour lui, Albert, qu'il y eût ce visage de petit garçon, et ce souffle sur sa main, et la bonne face ronde de Glum. Il n'était d'aucune utilité pour lui de voir sur le visage de Nella les marques des vingt ans écoulés, de les voir nettement : petites rides autour des yeux, traces de graisse blanchâtre au cou, lèvres gercées par l'abus d'innombrables cigarettes, plis plus durs, plus marqués du visage... Tout cela ne lui servait à rien. Il donnait dans le panneau de son sourire, magie automatiquement déclenchée qui abolissait le temps, donnait à ce petit, là dans son lit, l'apparence d'un fantôme ; et entre le présent envahissant et le passé tournant avec précision, un troisième disque s'insinuait, un disque jaune cru lancé à toute vitesse : le temps qui n'avait jamais été, la vie qui n'avait jamais été vécue, le rêve de Nella. Elle l'y introduisait de force, ne fût-ce que pour ces quelques minutes de nuit à la cuisine, quand elle passait le café, rangeait les tartines qui auraient séché dans l'assiette : cafetière, tartines, sourire, et la lumière laiteuse de l'aube, simples accessoires et décor du rêve torturant de Nella, du rêve de vivre une vie jamais vécue et qui jamais ne serait à vivre... la vie avec Ray.

— Oh ! murmura-t-il, tu réussiras à me rendre fou.

Il ferma les yeux pour ne plus voir cette rotation troublante, les chatoiements insensés des trois plaques tournantes qui ne se superposaient jamais, incongruence mortelle et sans fin.

Café que nul ne boirait, sandwiches que nul ne mangerait... accessoires d'un drame meurtrier dans lequel on le faisait entrer comme figurant unique et important, mais petite consolation quand même de se dire que Bolda se ferait réchauffer le café, que Glum envelopperait les sandwiches pour les emporter à son travail.

— Pars donc, dit-elle de guerre lasse, en mettant le couvercle vert sur la cafetière.

Il secoua la tête :

— Pourquoi ne pas essayer de nous faciliter les choses ?

— Nous marier ? Nous deux ? Crois-tu que ce serait plus facile après ?

— Pourquoi pas ?

— Va dormir, je ne veux pas te tourmenter.

Il sortit sans parler, traversa silencieusement le vestibule, entra dans la salle de bains. Il alluma le gaz, fit couler l'eau, disposa la douche de manière à faire tomber le jet dans la baignoire sans qu'on l'entendît.

Il resta longtemps immobile à regarder bêtement l'eau sortir de la douche en légers tourbillons bleutés, puis s'élever au fond de la baignoire. En même temps il prêtait l'oreille aux bruits extérieurs. Il entendit Nella entrer dans sa chambre et peu après pleurer. Elle avait laissé la porte ouverte pour qu'il le sût. La maison silencieuse se refroidissait, et déjà le jour se levait. Perdu dans ses pensées, il jeta le bout de sa cigarette dans l'eau du bain puis, à moitié abruti de fatigue, il resta là, considérant la manière dont le mégot se défaisait, comment une saleté noire — de la cendre durcie — descendait vers le fond, comment les brins de tabac jaune clair nageaient à la surface, d'abord en colonie serrée, puis se dispersaient de plus en plus vite. Il les vit se décolorer, abandonner derrière eux un petit nuage ocré. Le papier à cigarette devenait plus foncé et sur ce fond gris sombre il pouvait lire distinctement : *Tomahawk.* Pour simplifier, quand il fumait, il prenait la marque de la grand-mère afin d'être paré en cas d'assaut. Le nuage aquatique teinté de jaune avait déjà pris les dimensions d'une éponge, et l'eau de la douche en rejaillissant vers le haut écartait d'elle la colonie des brins de tabac qui se désagrégeait et se décolorait de plus en plus, jusqu'à ce que, sur le fond propre et bleu de la baignoire, les particules noires et durcies de la cendre se dirigent doucement vers l'écoulement dans un remous mystérieux.

Nella pleurait toujours, la porte ouverte. Il coupa soudain le gaz, arrêta l'eau, tira sur le bouchon nickelé de la baignoire et vit le nuage de tabac jaune disparaître en tourbillonnant.

Il éteignit l'électricité et alla chez Nella. Elle fumait en sanglotant. Il s'arrêta sur le seuil, et s'écria, étonné lui-même de la dureté de sa voix :

— Que veux-tu au juste ?

— Assieds-toi près de moi, viens.

Le sourire de Nella rata, il en fut ému, car il n'avait vu cela que rarement. Il s'assit, prit une cigarette dans le paquet qu'elle lui présentait. Elle retrouva son sourire et le laissa mourir — on aurait dit qu'en cachette quelqu'un appuyait sur un bouton. Elle se servait de son sourire comme un photographe du magnésium, elle était connue pour son sourire, mais en ce moment il fatiguait Albert, de même que la vue de ses mains fines et blanches aussi fameuses que le sourire. Elle ne reculait pas devant les trucs bon marché, croisait les jambes et, par un redressement du buste, mettait ses beaux seins en valeur.

Dans la baignoire le reste de l'eau gargouillait encore ; un bref renvoi et le bruit tranquillisant de l'eau se tut.

Nella parlait bas :

— Me marier, je ne le veux pas. Si tu le désires, je deviens immédiatement ta maîtresse, tu le sais, et comme amante je te serai plus fidèle que je ne saurais l'être comme épouse, mais je ne me marierai plus. Depuis que j'ai compris que Ray est mort, je me dis souvent que mieux vaudrait ne pas se marier du tout. A quoi bon cette comédie, tout ce tralala, la gravité mortelle du conjugo et l'horreur du veuvage, mariage civil, mariage religieux, puis un petit bousilleur s'amène et descend votre mari. Trois, quatre millions de ces contrats solennels réduits à néant par une guerre : des veuves. Moi, je n'ai aucune disposition pour être veuve, c'est simple, je n'aimerais pas être la femme d'un autre que Ray, et je ne voudrais plus avoir d'enfants... voilà mes conditions.

— Les miennes, tu les connais.

— Bien sûr. Tu veux m'épouser, adopter le petit et tu désires probablement des gosses à toi.

— Bonne nuit.

Il allait se lever, elle dit posément :

— Non, reste ici. Pour une fois que ça devient amusant, tu veux t'en aller. Pourquoi s'en tenir, de manière si correcte, si méticuleuse, si stricte, aux prescriptions ? Moi, je n'en vois pas la nécessité, c'est simple.

— A cause de l'enfant. Comparés à la vie de Martin, tes rêves n'importent presque pas. Cela ne te suffit-il pas ? Après tout, tu auras bientôt quarante ans.

— Avec Ray, tout aurait été bien, je lui serais restée fidèle, et nous aurions eu d'autres enfants, mais sa mort m'a brisée — si tu veux appeler cela ainsi — et je ne désire pas être à nouveau la femme de quelqu'un. Pratiquement tu es le père de Martin, cela ne te suffit-il pas ?

— C'est que j'ai peur que tu en épouses un autre qui aurait l'enfant.

— Tu l'aimes plus que moi.

— Non, dit-il tout bas, lui je l'aime ; toi, je ne t'aime pas. Entre les deux, nulle question de plus ou de moins. Je te connais trop pour tomber amoureux, mais tu es assez belle pour que, par-ci par-là, j'aie envie de coucher avec toi. Pourtant cela non plus je ne le pourrais pas maintenant, parce que je pense à Ray, et que Martin tourne toujours autour de moi. Voilà exactement, je crois, de quoi il s'agit.

— Oh ! dit-elle. Et moi je sais exactement pourquoi je ne t'épouse pas : c'est parce que tu ne m'aimes pas.

— Toi, depuis peu tu te persuades que tu m'aimes. Cela fait bien dans tes rêves.

— Non, je ne me le persuade pas, et je sais qu'il n'en est pas ainsi. Mais il en va de moi avec toi comme de toi avec moi. Naguère on parlait de franche explication réciproque, mais nos paroles ne sont pas assez franches. Sois franc si tu veux.

Ce qu'Albert voulait, c'était se lever, aller et venir, ou parler de la fenêtre, mais il avait trop souvent vu, au cinéma, les hommes qui veulent s'expliquer avec une femme se lever, marcher de long en large, il resta donc dans son fauteuil inconfortable et prit une cigarette dans la boîte que Nella lui tendit.

— Mon Dieu, dit-il, le seul fait de parler d'amour est une stupidité, bien sûr ; est-ce que nous n'éclaterions pas de rire tous les deux, si je te disais un jour : « Je t'aime » ?

— Je crois bien que oui.

— Naturellement coucher avec la veuve d'un ami, c'est autre chose que l'épouser. De plus épouser une femme qui se dope avec du rêve comme on prend de la morphine, consciemment, avidement, je ne le ferais qu'à cause de Martin bien que, me semble-t-il, on ne doive pas épouser une femme uniquement pour l'amour d'un enfant. Je ne m'en rends compte clairement qu'aujourd'hui.

Nella pleurait, il quitta quand même son fauteuil et se mit à arpenter la chambre, perplexe, inquiet, bien qu'il eût souvent vu cette scène dans les films.

— Il y a une seule chose que moi et les autres puissions attendre de toi, pour l'amour du petit, c'est que tu sois un peu plus prudente.

— Tu te trompes sur moi, comme vous vous trompez sur moi, vous tous qui me tenez à moitié pour une grue. Eh bien, depuis la mort de Ray je n'ai jamais vraiment eu un homme.

— Il est d'autant plus grave alors de les remonter avec ton sourire, comme on remonte les joujoux mécaniques avec une clef. Tiens, nous devrions nous marier malgré tout, nous pourrions mener une vie paisible et raisonnable avec Martin ; nous n'aurions plus besoin de nous soucier de tous ces crétins complets qui nous chipent notre temps. Partir pour un autre pays, sortir de cet embrouillamini, de ce raffut, et il se peut qu'un jour ce que l'on a nommé jusqu'ici amour nous tombe dessus comme une averse subite, comme un orage. Ray est mort, dit-il, et plus haut, plus durement, il répéta : Ray est mort.

— A t'entendre on pourrait presque t'en croire content.

— Tu sais bien que sa perte n'a pas été moins grave pour moi que pour toi... mais elle a été grave d'une autre manière. Je crois qu'il existe plus de femmes avec qui l'on pourrait se marier que d'hommes avec qui l'on pourrait se lier d'amitié. Quant à celles avec qui l'on pourrait coucher par-ci par-là, le nombre en est infini. Quoi qu'il en soit, Ray est mort, et peu de possibilités s'offrent à toi : veuve ou épouse d'un autre, mais tu essaies de vivre dans un stade intermédiaire, dans une catégorie qui n'existe pas.

— Mais qui se prépare peut-être, répliqua-t-elle violemment, catégorie qui n'a pas encore de nom, mais qui peut-être en aura un. Oh ! je vous déteste tous parce vous tolérez que la vie continue, parce que vous semez de l'oubli sur le meurtre comme on répand de la cendre sur le verglas. « Pour l'amour des enfants, pour l'amour des enfants », que c'est beau à entendre dire et quel alibi épatant ! Élever de nouvelles veuves, de nouveaux hommes à mitrailler et qui pourront faire des veuves de leurs épouses. Fonder de nouveaux ménages, ô bousilleurs, ne vous vient-il pas de meilleures idées ? Oh ! je sais, je sais...

Elle se leva, s'assit dans un autre fauteuil, regarda le portrait de Ray suspendu au-dessus de son lit :

— Je sais. (Elle parlait avec véhémence, en imitant le ton du père Willibrord.) « Prendre soin de votre enfant et de l'œuvre de votre mari. » Et encore : « Le mariage est un mystère, les unions se scellent au ciel. » Et ils vous débitent ça, en souriant comme sourient les augures. Et dans leurs églises ils prient pour que les hommes partent en guerre, vaillamment et *frisch — fromm — fröhlich — frei*[1], afin que la fabrique de veuves continue à tourner. Des facteurs, il en reste assez pour porter le message chez vous, des prêtres aussi il en reste assez pour vous transmettre la nouvelle avec ménagement. Oh oui ! si quelqu'un sait que Ray est mort, c'est bien moi. Je sais qu'il n'est plus auprès de moi, qu'il ne reviendra pas, qu'il ne reviendra plus sur cette terre, je le sais assez... et je commence à te haïr parce que tu m'as tout l'air de caresser sérieusement l'idée de faire pour la deuxième fois de moi

1. Allégrement, pieusement, gaiement, librement (*N.d.T.*).

une veuve en puissance. En s'y prenant assez tôt, à seize ans si tu veux, on peut être veuve cinq ou six fois pour le moins, et finalement sans être plus vieille que moi. Serments solennels, promesses solennelles, et le mystère énoncé avec mansuétude, avec le sourire : « Les unions se scellent au ciel. » Bon, alors j'aspire au ciel où mon union va se sceller réellement. Dis-moi donc que je ne peux pas évincer la mort de ce monde, dis-le.

— J'allais justement te le dire.

— Je n'attendais pas autre chose. Belle formule, cher ami, et il y a de quoi te rengorger. N'allais-tu pas dire aussi qu'il est possible de commencer une nouvelle vie ?

— J'allais peut-être le dire.

— Oh ! en voilà assez ! L'ancienne a été trop belle. Nouvelle vie pour toi cela signifie mon remariage... avec toi.

— Nom d'un chien, ne va pas t'imaginer que je tiens dur comme fer à t'épouser, je ne le ferais que pour des raisons raisonnables.

— Agréable à entendre. Très joliment tourné. Tu as oublié d'être flatteur.

— Pardonne-moi, je ne l'entendais pas ainsi.

Il sourit.

— T'épouser ne serait pas tellement désagréable.

— Encore plus joli ! Tu n'en mourrais pas, autant dire.

— Folle ! Tu sais que je t'aime bien et que tu es belle femme.

— Mais pas ton type, hein ?

— Sornettes ! Mais je n'en démords pas, on pourrait commencer une nouvelle vie.

— Va-t'en maintenant, va.

Le jour s'était tout à fait levé. Albert alla refermer les doubles rideaux :

— Bon, dit-il, je m'en vais.

— Dans le secret de ton âme, tu te dis que je filerai doux et que tu m'épouseras, mais tu te trompes.

— As-tu besoin de la salle de bains ?

— Non, je me laverai à la cuisine. Vas-y, si tu veux.

Il y alla, tourna le robinet d'eau et alluma le gaz. Il

disposa de nouveau la douche de manière à faire couler l'eau sans bruit, accrocha sa montre-bracelet au clou où pendait habituellement la douche à main, puis alla retrouver Nella qui se brossait les dents à la cuisine :

— Tu oublies qu'une fois déjà nous avons essayé de vivre comme tu le désirerais. D'ailleurs tu oublies bien des choses.

Elle se rinça la bouche, posa son verre, passa machinalement les doigts sur le mur aux carreaux de faïence :

— Oui, alors je ne voulais pas, à cause de Martin... il était encore si petit... je ne pouvais pas. Pardonne-moi, je n'y pensais plus du tout.

A ce moment-là, tout juste revenu de la guerre, il l'avait ardemment désirée. Elle était la première femme sous le toit de laquelle il couchait après cinq ans de cohabitation avec des hommes, et elle était belle. Peu de jours après son retour, il avait tout bonnement enfilé son gilet et son pantalon par-dessus sa chemise de nuit, puis était entré pieds nus dans la chambre de Nella. La lumière encore allumée, elle lisait assise dans son lit, un châle de laine noire sur les épaules. A côté d'elle un grand radiateur électrique en mauvais état bourdonnait légèrement. Elle aperçut Albert, sourit, regarda ses pieds nus et s'écria : « Mais tu vas t'enrhumer, mon Dieu ! Assieds-toi là. » Dehors il faisait froid, la pièce sentait les pommes de terre dont des sacs s'entassaient dans l'armoire parce qu'on en avait chapardé plusieurs fois à la cave.

Nella ferma son livre, lui montra du doigt la descente de lit en peau d'agneau, et lui jeta un gros gilet en tricot rouge : « Enveloppe-toi les pieds là-dedans. » Il ne dit rien, s'assit, s'emmitoufla les pieds et prit une cigarette dans le paquet posé sur la table de nuit. Il se redressa un peu et sentit la chaleur bienfaisante du radiateur rougeoyant. Nella ne parlait pas, ne souriait plus. L'enfant, couché à côté de la bibliothèque, dans son petit lit à roulettes, avait un rhume et ronflait régulièrement. Sans maquillage, Nella faisait plus vieux que dans la journée, elle était pâle aussi, lasse, et son haleine, qui parvenait jusqu'à lui, sentait très fort la mauvaise eau-de-vie. Dans son embarras, il considérait le livre qu'elle avait posé sur la table de chevet, *Thérèse Desqueyroux*. En bas, dans le tiroir de la table, le linge de Nella, jeté en désordre. Il lui était pénible d'avoir fait irruption chez elle ainsi, sans frapper ; son regard, évitant la jeune femme, s'accrochait obstinément à la photo de Ray, sur le mur. Toutefois, même lorsque ses yeux fixaient le pied du lit, il voyait encore nettement la figure de Ray, un visage non plus paisible mais irrité, visage d'un homme furieux de sa mort fortuite, absurde.

« Un petit verre ? » demanda Nella. Et il lui sut gré du sourire qu'elle parvenait à esquisser.

« Oui, s'il te plaît. »

Dans la ruelle de son lit, elle pêcha un verre et un flacon de schnaps trouble, brunâtre. Elle lui versa à boire. Elle ne disait rien, ni pour le stimuler ni pour le refroidir, elle attendait, guettait un peu. Il dit alors : « Bois donc avec moi. » Elle fit oui de la tête, pêcha une tasse à café dans la ruelle, envoya promener d'une secousse le fond du liquide et du marc sur le parquet, lui tendit la tasse. Il la remplit et tous deux burent et fumèrent tandis que, dans le dos d'Albert, le radiateur ronronnait comme un gros chat familier. Avant même d'avoir fini de boire, Albert coupa la lumière, et à la lueur rouge du radiateur, il déclara : « Si tu n'en as pas envie, dis-moi de m'en aller. — Non », fit-elle avec un sourire angoissé et il n'élucida jamais si, à ce moment-là, ce non signifiait oui ou non. Il débrancha aussi le radiateur, attendit que les filaments ne fussent plus rouges, puis se pencha au-dessus du lit. Dans le noir, elle attira sa tête à elle comme avec un lacet, l'embrassa sur la joue, murmura dans l'ombre : « Il vaut mieux que tu t'en ailles. » Albert resta étrangement déçu, la bouche le décevait qui sur sa joue lui avait paru grande et molle, et le baiser tout différent des baisers qu'il imaginait de Nella. Il redonna la lumière, ralluma le radiateur. Il se sentait soulagé parce qu'il n'aurait pas honte de lui, parce que Nella se montrait bonne fille, et parce que l'échec de son plan ne le décevait pas. La lumière revenue, Nella se mit à rire, elle le tira une fois encore vers elle, le bras comme un lacet autour de son cou, l'embrassa sur l'autre joue, en le désenchantant de nouveau. Elle dit : « On ne peut pas. » Il retourna dans sa chambre et ils n'en parlèrent jamais. Il n'y avait plus pensé jusqu'au moment où, tout à l'heure, dans la salle de bains, le souvenir lui en était revenu.

Nella posa le verre à dents sur la tablette et le regarda pensivement :

— Oui, à ce moment-là, je ne voulais pas, à cause du petit...

— Et moi, aujourd'hui, c'est à cause du petit que je ne peux pas.

— Bizarre que j'aie pu oublier ça, dit-elle en souriant.

Il sourit à son tour :

— On oublie bien des choses parce que c'est comme si ce n'était jamais arrivé. Mais peut-être n'es-tu plus froissée de ce que je viens de dire ?

— Nous avons pris neuf ans depuis.

— Bonne nuit.

Il retourna dans la salle de bains. Peu après il entendit Nella rentrer dans sa chambre et fermer sa porte. Il se déshabilla, se plongea dans la baignoire, mécontent d'avance de la fatigue qui lui tomberait dessus vers neuf heures. Il aimait à se coucher tôt, à dormir profondément et longuement, à se lever de bonne heure, à déjeuner avec Martin, à lui faciliter le départ pour l'école. Il savait, en effet, combien c'est affreux pour un gosse d'être le seul à se lever tôt dans la maison, d'être forcé de s'occuper soi-même de son petit déjeuner, puis de courir à l'école avec l'idée que toute la maisonnée est encore au lit. Ses parents tenaient un café, ils ne se couchaient jamais avant trois, quatre heures du matin, et pendant son enfance entière, il avait traversé tous les matins la salle enfumée pour se rendre à la grande cuisine. Là, dans les relents de graillon refroidi, de salades fanées, ses tartines l'attendaient sur un plateau, et son café sur le gaz dans une casserole d'aluminium. Sifflement de la flamme dans cette cuisine glaciale, empestée, café bouillant sentant le réchauffé, avalé en vitesse, et tartines chargées de morceaux de viande bien trop gros, taillés en toute hâte comme à coups de sabre, et qu'il n'aimait pas. Depuis son départ de la maison paternelle, il désirait ardemment se coucher et se lever tôt, mais il vivait toujours avec des gens qui lui interdisaient ce rythme de vie. Il se rinça sous une douche froide, se sécha et s'en fut à la cuisine sans bruit. Pendant qu'il se baignait, Glum était déjà passé par là, son petit pot de café vide voisinait avec le couvre-cafetière. Bolda aussi devait être partie, des miettes de son pain noir aigrelet traînaient par là.

Il alla dans sa chambre pour réveiller Martin, mais l'enfant, déjà éveillé, lui sourit, apparemment heureux de le voir, de déjeuner tous les deux. Albert lui dit :

— Pardonne-moi d'avoir été absent hier soir, à ton retour de l'école, j'ai été forcé de sortir. Un coup de téléphone. Viens, il faut te lever.

Quand Martin, ayant sauté du lit, fut debout devant lui, Albert s'effraya. L'enfant était grand, grand comme tout ce que Nella fuyait en rêve. Il le laissa seul pour aller à la cuisine faire cuire les œufs et préparer le pain. Chez Nella, silence, et pendant un instant il la comprit, car lui aussi, il avait peur : peur de voir l'enfant si grand déjà et de constater qu'apparemment Martin habitait un univers différent du leur.

VIII

La maison se délabrait de plus en plus, bien qu'il y eût assez d'argent pour l'entretenir. Mais nul ne s'en souciait. La toiture était en mauvais état, et Glum déplorait souvent de voir s'élargir la grande tache foncée du plafond. Pendant les grandes pluies, il tombait des gouttes d'eau jusque dans sa chambre. Alors, pris d'une activité subite, on grimpait au grenier mettre un plat sous l'endroit détérioré. Ensuite Glum était tranquille pendant quelque temps. La durée de sa tranquillité dépendait de la taille du récipient, de la violence et de la fréquence des averses. Si le plat était peu profond, la pluie drue et prolongée, c'en était bientôt fait de la tranquillité de Glum, car l'eau débordait et la tache du plafond s'étendait. Alors on mettait un récipient plus grand sous l'endroit endommagé. Mais bientôt des taches se montrèrent aussi dans la chambre de Bolda, et au plafond de l'ancienne chambre, vide à présent, du grand-père. Un jour, un bout d'enduit tomba dans la salle de bains. Bolda ramassa les débris, et avec du plâtre, du sable, de la chaux, Glum fit un drôle de mélange dont il recouvrit les lattes.

Quant à Nella, elle se vantait d'avoir été en ville acheter dix grandes bassines de zinc qui, réparties dans les combles, recouvrirent presque entièrement le sol : « A présent, dit-elle, il ne pourra plus rien arriver. » Et elle dépensa pour ses bassines à peu près ce qu'aurait coûté une réparation raisonnable de la toiture. Pendant les averses, la mélodie étrange des gouttes de pluie dans les grandes bassines vides leur arriva d'en haut tel un sombre avertissement. Mais Glum n'en dut pas moins replâtrer de plus en plus souvent les plafonds avec sa mixture, en salissant escaliers et vêtements ; Martin, qui lui prêtait la main, se barbouillait de haut en bas, et il fallait envoyer ses affaires au nettoyage.

De temps en temps, grand-mère montait au grenier examiner les dégâts, elle se frayait un passage entre les bassines en galvanisé, et ses lourdes jupes de soie provoquaient au bord des récipients un bruit de râpe, clair et retentissant. Alors elle chaussait ses lunettes, et toute sa personne rayonnait de prudence et du sentiment de sa responsabilité. Chaque fois, elle décidait à nouveau de rechercher dans de vieux classeurs l'adresse de leur couvreur d'autrefois ; et réellement, pendant des jours entiers, on la vit dans sa chambre, entourée de classeurs et de relieurs, feuilleter de vieux papiers d'affaires et se perdre dans l'étude d'extraits de comptes. Mais l'adresse du couvreur ne se retrouva jamais, bien que la grand-mère se fît apporter de la fabrique l'un après l'autre tous les dossiers des archives. La voiturette de livraison rouge les véhicula année par année, tant et si bien que sa chambre s'en trouva tout encombrée. Mais elle n'eut de repos avant d'être remontée jusqu'à la première année et d'avoir trouvé les copies de lettres moisies datant de 1913.

Alors elle alla chercher Martin et, pendant des heures, le gamin dut l'écouter, se faire initier aux secrets des confitures aromatiques inventées puis vendues dans le monde entier par son grand-père. La Première Guerre mondiale donna un essor énorme à la jeune entreprise ; en conclusion de sa leçon, la grand-mère avait coutume de montrer au petit garçon les graphiques des chiffres de production : lignes proprement tracées à l'encre de Chine, qui ressemblaient à des coupes longitudinales de montagnes et prouvaient clairement que les temps de famine sont favorables aux fabriques de marmelade. L'année 1917 — l'année où ta mère est née, mon cher enfant —, l'année 1917 se dressait, sommet isolé à une altitude qui resta inaccessible jusqu'en 1941. Toutefois Martin, qui contraint et forcé considérait les tableaux statistiques, fut frappé par le fait qu'une ascension rapide s'était amorcée dès 1933. Il s'enquit de la cause auprès de sa grand-mère, car il avait peur d'elle et feignait l'intérêt. Alors elle se lança dans une explication enthousiaste et de longue haleine, parla villages de toile, rassemblements de masses, organisations, congrès du Parti et, pour finir, son long index un tantinet nicotinisé braqué triomphalement sur l'an 1939 signalé par un nouveau boum, elle déclama : « Toutes les fois que l'Allemagne fait des guerres, elles s'accompagnent de la montée du chiffre de production dans l'industrie confiturière. »

Après avoir fouiné dans les papiers d'affaires jusqu'à l'année 1913, et donné au petit garçon les explications indispensables, elle téléphona au directeur commercial, et la voiturette rouge dut faire plusieurs navettes pour récupérer les quarante ans de gestion.

Dans l'intervalle, le couvreur avait été oublié depuis longtemps, les bassines restèrent au grenier, et chaque averse devint un concert grandiose et monotone. Mais les fenêtres aussi se détérioraient, et pendant des mois le sous-sol s'inonda parce que la pompe était en mauvais état. Quand Bolda faisait une grande lessive, l'eau montait dans la cave du chauffage par un petit boyau décimenté, le savon et la crasse formaient un sédiment glissant qui couvrait tout le sol d'une sorte de moisissure vert-de-gris : odeur de pourriture, et aussi de pommes de terre qui, germant dans leurs caissettes à claire-voie, attiraient les rats.

Albert n'en savait rien, et il ne découvrit les rats que le jour où il descendit à la cave après un bon bout de temps. Il s'était longuement querellé avec Nella et voulait chercher, dans la grande caisse, les lettres que Ray lui envoyait à Londres ; il tenait à prouver qu'il n'était pas revenu d'Angleterre à la demande de Ray mais de Nella. Habituellement il n'allait jamais à la cave, et il fut effrayé en découvrant la saleté de toute chose : caisses poussiéreuses un peu partout, chiffons dans les coins et, près de l'entrée de la buanderie, la moitié d'un sac de farine moisie d'où quelques rats décampèrent quand il alluma l'électricité.

Depuis son séjour à la prison d'Odessa, il avait peur des rats et il eut la gorge serrée en voyant les ombres noires se glisser à travers la cave. Il leur lança quelques morceaux de coke, et se fit violence pour se frayer lentement un chemin jusqu'à la grande caisse brune reléguée sous le compteur à gaz.

Ray ne lui avait écrit que peu de lettres, peut-être dix en tout, mais il les avait nouées avec une ficelle de chanvre et cachées dans cette caisse. Le paquet qui contenait celles de Nella était plus volumineux, et celles de Leen remplissaient deux cartons à chaussures. Sur toutes ces paperasses, de la poussière noire et des crottes de souris. Il n'entendait aucun bruit, terrifié seulement par les rats. La nuit, à la prison militaire d'Odessa, ces rongeurs lui trottaient sur la figure, il sentait leur ventre mou et velu, et s'épouvantait de ses propres cris. Il arracha à leur caisse les paquets souillés en pestant tout bas contre le laisser-aller de Nella et de sa mère.

Dans le petit caveau du coin, où l'on garait des caisses et des seaux de confiture, il entendit soudain un branle-bas précipité, une avalanche de ferraille. Il entra dans l'encoignure sombre, ouvrit la porte à claire-voie et, plein de haine et de fureur, lança dans le noir tout ce qui lui tombait sous la main : un manche à balai, un pot de fleurs ébréché, les patins de la luge de Martin, et quand le boucan qu'il faisait lui-même eut cessé, le silence revint.

La caisse contenait aussi ses propres missives, celles qu'avant et pendant la guerre il écrivait à Nella et, en y fouillant pour la première fois depuis dix ans, il décida de relire tout cela. Des vers de Ray, des lettres d'Absalon Billig se trouvaient certainement là-dedans et, ce qu'il cherchait surtout, des lettres de Schurbigel, sûrement annotées par Ray. Lettres de 1940 où Schurbigel célébrait la victoire sur la France à une époque où, dans les journaux, il invitait la jeunesse allemande à liquider la décadence française. Il trouverait également encore des proses de Ray et de nombreux billets de lui, datés d'avant-guerre.

Pour le moment, il ne prendrait que les lettres de Ray — un tout petit paquet —, celles de Nella, mais il demeura saisi en apercevant un grand carton portant le mot *Sunlight* imprimé en caractères rougeâtres, et qui couvrait à moitié le fond de la caisse. Il le tapa contre le mur pour en faire tomber la saleté, prit les deux liasses de lettres, le carton, et remonta. Nella pleurait, assise dans sa chambre. Elle avait laissé sa porte ouverte pour le voir revenir, mais il traversa le vestibule et passa devant chez elle sans entrer. Il se sentait honteux de cette stupide querelle qui, depuis des années, éclatait périodiquement entre eux et qui, menée sans cesse avec les mêmes arguments, finissait toujours par la réconciliation.

Il déposa le carton *Sunlight* dans sa chambre, les deux paquets de lettres dessus, puis alla se nettoyer à fond dans la salle de bains. L'idée des rats fourrageant là-dessous, dans la cave, l'horrifiait et dans un sursaut de dégoût il décida de changer de linge.

Quand il revint de la salle de bains, Nella était toujours assise dans sa chambre, la porte ouverte. Elle lui cria :

— Ne viendras-tu pas prendre le café ?

— Tout de suite, dit-il.

Il copia dans l'annuaire des téléphones les numéros d'un maçon, d'un couvreur, d'un installateur, d'un dératiseur, les appela tous les quatre et leur demanda de passer le voir. Ce fut l'affaire de huit minutes, après quoi il alla chez Nella, s'installa dans le fauteuil en face d'elle.

— Est-ce que tu savais que nous avons des rats dans la cave ?

Elle haussa les épaules :

— Bolda s'en est plainte une fois.

Furieux, il éclata :

— Les pommes de terre germent, les provisions pourrissent un peu partout, il y a un demi-sac, de farine moisie près de la buanderie. Toutes vos sales réserves sont en train de se gâter là-dessous, et les rats font du traîneau dans les seaux de confiture que vous ne videz jamais complètement. Une vraie dégoûtation !

Nella se contenta de froncer les sourcils.

— Depuis que je suis tombé dans cette maudite famille, j'essaie d'intervenir contre la malpropreté et le laisser-aller, mais depuis la mort de ton père, impossible de rivaliser avec vous. Bientôt faudra un revolver pour aller à la cave et tu pourrais y tourner un film existentialiste privé, absolument fabuleux... presque sans mise de fonds.

— Prends ton café.

Il tira la tasse vers lui, remua le lait.

— Je vais faire réparer la toiture et les plafonds, enfumer la cave et vérifier les pompes. Crois-tu que c'est bon pour le gamin de participer à ce laisser-aller, et d'y assister ?

— J'ignorais totalement que tu tiennes tellement à l'ordre et sois capable de t'enivrer tellement d'activité.

— Tu ignores bien des choses... Tu ignores, par exemple, que Ray était un bon poète, en dépit de tout le tintamarre dégueulasse que ces gens-là font autour de son nom... et moi, je vais faire quelque chose, rechercher les lettres de Schurbigel, en bas, dans la caisse, avant que les rats n'aient dévoré ces inestimables documents.

— Ray était mon mari, je l'aimais, j'aimais tout en lui, mais ses vers étaient ce que j'aimais le moins, je ne les ai jamais compris. Je ne désirerais qu'une chose, qu'il n'ait pas été poète et soit toujours vivant. As-tu enfin trouvé ces lettres que tu cherchais ?

— Oui, je les ai trouvées. Je regrette d'en être venu à me disputer avec toi à cause de cette vieille histoire dont nous ne devrions plus parler.

— Non, c'est bien. Je désirerais relire ces lettres, bien que ce soit superflu, car je sais, bien sûr, que tu as raison et que c'est par ma faute que tu es revenu de Londres. Mais j'aimerais les relire de toute façon. Cela me fera beaucoup de bien.

— Lis-les, garde-les, brûle-les, je m'en fiche. Je ne tiens pas à démontrer que j'avais raison, seulement on s'imagine toujours que tout aurait mieux tourné si l'on avait fait telle ou telle chose. C'est stupide, bien sûr.

— Avant tout, je relirai les lettres de Ray parce que je

voudrais démêler si ce que je pense est juste... s'il voulait mourir.

— Quand tu examineras les lettres, n'en jette pas une seule de Schurbigel, s'il te plaît, pas une de celles que d'autres écrivaient à Ray.

— Non, non, je ne jetterai rien, je voudrais seulement savoir à quoi m'en tenir sur Ray. Tu sais que père aurait pu le faire dispenser du service militaire. Il aurait même pu lui éviter d'aller au front, j'en suis certaine. Père avait des relations dans les hautes sphères de l'armée, — mais Ray n'a pas voulu. Il ne voulait pas émigrer, il ne voulait pas être exempt du service militaire, bien que rien sur terre ne lui fût plus odieux que les militaires... alors je me dis parfois qu'il voulait mourir. Il m'arrive souvent de le penser, voilà pourquoi je ne puis attiser qu'artificiellement ma haine de ce Gaeseler.

Albert surprit le regard guetteur de Nella, il demanda :

— Comment en viens-tu à Gaeseler ?

— Oh ! rien. Je pensais seulement à... Toi, tu ne parles jamais de Ray. Tu devrais le savoir, mais tu ne parles jamais de cela.

Albert garda le silence. Pendant les quelques semaines qui avaient précédé sa mort, Ray se montrait presque amorphe. Il se traînait avec lassitude, et leur amitié ne se manifestait que par le partage de leurs cigarettes, leur aide mutuelle quand ils s'installaient au cantonnement, fourbissaient leurs armes. Ray était fatigué comme la plupart des fantassins dont il ne se distinguait que peu. Seuls certains supérieurs allumaient sa haine.

— Il y a encore quelque chose, dit Nella, dont tu n'as jamais parlé.

Albert la regarda en lui tendant sa tasse vide. Elle lui versa du café et il put gagner du temps en remuant son lait, en écrasant son sucre :

— Il n'y a pas beaucoup à dire ; Ray était fourbu, moulu, et si je n'ai jamais parlé de cela, c'est que je n'en sais rien. Peu de chose en tout cas.

Il se surprit en train de penser au grand carton *Sunlight,* à la petite marchande grognon qui le lui avait donné jadis ;

il faisait déjà sombre et il n'avait nulle envie de rentrer dans sa chambre dont le poêle tirait mal, où la fumée grasse, âcre, du charbon collait aux meubles, aux vêtements, aux draps de lit, où la lampe à alcool de Leen restait abandonnée sur l'escabeau, souillée par les potages qu'elle laissait déborder...

Comme Nella le regardait, il dit :

— Ray était amorphe, passif. Mais il était déjà comme ça quand je suis revenu d'Angleterre. Ébranlé, comme piétiné, et depuis quatre ans il n'avait plus rien écrit qui lui fît plaisir.

Albert pensa au silence de mort qui avait accueilli la déclaration de guerre. Pendant un instant le monde entier avait gardé le silence lorsque la roue dentée avait mordu dans le mécanisme fin prêt ; quand elle fut prise dans l'engrenage, le mécanisme fonctionna et son action fut d'augmenter l'apathie, de renforcer la résignation.

Comme Nella lui tendait une cigarette, il secoua négativement la tête, mais fouilla automatiquement dans sa poche et lui donna du feu en essayant d'éviter son regard à l'affût.

— Réellement, dit-il, il n'y a pas de secret là-dedans. Seulement il n'est guère agréable pour un poète de rencontrer partout les slogans qu'il a rédigés lui-même : des slogans sur de la marmelade. Un jour Ray m'a dit : « Voilà donc ma contribution à la guerre, *contre* la guerre. Et il envoya un coup de pied hargneux à un seau de confiture sorti de la fabrique de ton père. Cela se passait dans le bazar de Vinnitsa où une vieille marchande offrait ses gâteaux dans ce seau bien propre : des carrés aux noix que c'était, et le seau culbuta, et les carrés aux noix tombèrent par terre. Ray et moi avons aidé la bonne femme à les ramasser, nous les lui avons payés et nous sommes excusés.

— Et après ? dit Nella.

Il vit qu'elle écoutait passionnément comme si elle s'attendait à une révélation sensationnelle.

— Après ? Rien. Quinze jours plus tard, il était mort. Mais le chemin de sa mort aussi fut bordé de seaux à confiture. Bien sûr, nous deux, cela nous donnait un choc de voir ces machins-là partout, nous en étions malades. Les autres n'y prêtaient pas attention, seulement... Si je te le dis, tu vas me détester, me garder rancune.

— Tiens-tu réellement à ce que je ne te déteste pas ?

— Certes. J'y tiens certes beaucoup.

Il n'avait pas quitté Nella des yeux pendant tout ce temps-là, ni cessé d'observer son visage. Mais son visage ne changea pas, elle attrapa seulement son paquet de cigarettes, en prit une, l'alluma bien que la précédente ne fût qu'à moitié fumée et se consumât dans le cendrier.

Albert dit à voix basse :

— Nella, je ne voudrais plus parler de tout cela. Ray est mort, nous le savons, nous savons comment il est mort ; rechercher des motifs est insensé.

— Est-il vrai qu'il ne t'a plus parlé, comme tu l'as toujours dit ?

— Non, il ne pouvait pas parler, sa trachée était atteinte. Il me regardait et, comme je le connaissais, je pouvais lire certaines choses dans ses yeux, les deviner à la pression de sa main : sa colère contre la guerre mais probablement aussi contre lui-même, et qu'il t'aimait, et qu'il me demandait de m'occuper de son enfant... Tu lui avais écrit que tu étais enceinte.

— Il n'a pas prié ? Pourtant tu m'as toujours dit...

— Il a prié, si, et il a fait le signe de la croix, mais cela je ne le raconterai à personne, et si tu le racontes à l'un de ces salauds, je te tue. Vraiment, pour eux, ce serait un plat de choix, le couronnement de la légende.

Nella s'aperçut alors de la seconde cigarette, et l'écrasa en souriant :

— Je te promets de ne le dire à personne.

— Ce qui serait bien, c'est que tu laisses tomber tous ces numéros-là.

— Diras-tu cela au petit ?

— Plus tard. Un jour.

— Et Gaeseler ?

— Que se passe-t-il avec lui ?

— Rien. Je me reproche quelquefois de ne pas éprouver contre lui une haine brûlante, grosse de vengeance.

— Au fond, lui et Schurbigel seraient bien assortis. Qu'y a-t-il ? Qu'est-ce que tu as ? Pourquoi rougis-tu ?

— Laisse-moi, dit-elle, laisse-moi quelques jours tranquille. Il faut qu'en toute tranquillité je me fasse mes idées sur différentes choses. Donne-moi les lettres, s'il te plaît.

Il finit son café, alla prendre les deux paquets de lettres dans sa chambre et les posa devant Nella sur la table.

Elle n'y toucha pas et, pendant plusieurs semaines, il vit les paquets abandonnés, non dénoués, sur la table de Nella.

Durant des journées entières, il eut à s'occuper des ouvriers, dut s'entendre avec eux, aller chercher les devis. On répara la pompe de la cave, le toit ; les plafonds du dernier étage furent remis à neuf. Après sa lessive, Bolda pouvait à présent pomper l'eau et l'envoyer dans l'égout, le sous-sol fut nettoyé, fumigé. Des provisions moisies apparurent et les patates aux germes longs comme des asperges.

Albert fit déposer les vitres vertes, opaques du vestibule, et la lumière put y entrer. La grand-mère hochait la tête devant cette activité ; maintenant elle sortait souvent de sa chambre, regardait travailler les ouvriers, et à la surprise générale elle annonça qu'elle prenait les réparations à sa charge. Nella supposa que cette décision provenait de sa prédilection pour le carnet de chèques dont elle se servait avec une fierté puérile. Elle aimait à le prendre dans le tiroir de son secrétaire, elle l'ouvrait, remplissait le chèque bleu, de l'air d'une vieille « fondée-de-pouvoir », puis le détachait du pointillé d'un geste élégant. Le bruissement clair de la déchirure, au moment où le chèque se séparait du talon, faisait naître un sourire heureux sur son grand visage rose. Depuis le moment où, jeune femme de vingt-trois ans — il y avait quarante ans de cela —, elle avait possédé un carnet de chèques, sa joie enfantine de pouvoir *faire de l'argent* n'avait jamais diminué, elle consommait une énorme quantité de carnets, car elle payait tout par chèque, la moindre vétille, l'addition au restaurant ; il lui arrivait même d'envoyer Martin acheter un paquet de quarante *Tomahawk* avec un chèque de quatre marks. S'il n'y avait rien à payer, que sa provision de cigarettes fût complète, le réfrigérateur garni, elle errait dans la maison en offrant de l'argent à chacun, pour l'unique plaisir de détacher un chèque et d'entendre la musique de scie dont s'accompagnait l'opération. Alors, une *Tomahawk* aux lèvres, elle allait de chambre en chambre, son carnet voltigeant dans sa main — comme lorsqu'elle promenait son vase les jours du « sang dans l'urine » — et elle proposait : « Si tu as besoin d'argent, je pourrais te tirer d'embarras. » Assise sur une chaise, elle dévissait son stylo, dont elle se servait avec la même fierté puérile et s'informait : « De combien s'agit-il ? »

Le plus gentil en cette occurrence, c'était Glum ; il lui disait une très grosse somme, se mettait à côté d'elle, marchandait à tort et à travers jusqu'à ce qu'elle pût libeller et arracher son chèque. Aussitôt qu'elle avait tourné les talons, Glum — comme d'ailleurs tous les autres — déchirait le papier et en jetait les morceaux aux ordures.

Mais, la plupart du temps, grand-mère restait dans sa chambre, et personne ne savait au juste ce qu'elle faisait à longueur de journée. Elle ne répondait pas au téléphone, n'allait pas ouvrir quand on sonnait. Souvent elle ne sortait de chez elle que vers midi et, vêtue de sa grosse robe d'intérieur à ramages, allait à la cuisine chercher son petit déjeuner. On n'entendait que sa toux, car elle fumait sans arrêt, et sa chambre s'emplissait de l'épaisse fumée de ses cigarettes dont les écheveaux gris s'élevaient dans le vestibule. Ces jours-là, elle n'avait envie de voir personne, à part Martin qu'elle faisait venir chez elle.

Pour peu que ce fût possible, l'enfant se sauvait dès que sa grand-mère l'appelait, mais presque toujours elle l'attrapait, l'emmenait et il devait supporter patiemment des heures de leçons, enregistrer des explications confuses sur la vie et la mort, et faire la preuve de ses connaissances en catéchisme. A vrai dire, Bolda, qui avait été à l'école avec elle, racontait en riant malicieusement que grand-mère n'avait jamais su son catéchisme.

Suffoquant un peu à cause de la fumée, Martin, assis dans le fauteuil, face au bureau, considérait le lit défait, la table à thé encombrée de la vaisselle sale du petit déjeuner, et il remarquait les nuances diverses des couches de fumée : bleu, d'un bleu presque rayonnant, tels étaient les petits ronds que sa grand-mère renvoyait avant d'aspirer le reste dans ses poumons. Fière de fumer depuis trente ans, elle inhalait énergiquement, puis expulsait la bouffée gris clair, à peine bleutée, filtrée dans sa poitrine ; le jet violemment exhalé restait quelques secondes suspendu dans la masse gris ardoise, opaque dont la pièce était pleine : gris terne, âcre, et en quelques endroits — au plafond, sous le lit, devant la glace — aggloméré en pelotes denses, en nuages blanchâtres qui ressemblaient à de la ouate étirée.

— Ton père est tombé, n'est-ce pas ?

— Oui.

— Que veut dire tombé ?

— Mort à la guerre, tué.

— Où ?

— A Kalinovka.

— Quand ?

— Le 7 juillet 1942.

— Et quand es-tu né ?

— Le 8 septembre 1942.

— Comment s'appelle l'homme qui a causé la mort de ton père ?

— Gaeseler.

— Répète ce nom.

— Gaeseler.

— Pourquoi sommes-nous sur la terre ?

— *Pour servir Dieu, l'aimer et ainsi gagner le ciel.*

— Prendre son père à un enfant, sais-tu ce que cela veut dire ?

— Oui.

Il le savait. D'autres enfants avaient des pères. Grobschik, par exemple, avait un père grand et blond, Weber en avait un, petit et noiraud. Les garçons en possession de pères menaient à l'école une vie plus difficile que ceux qui n'en avaient pas. Une loi mystérieuse en décidait. Quand Weber ne savait pas bien sa leçon on l'attrapait plus rudement que Brielach lorsqu'il travaillait mal. Le maître, vieux, grisonnant, avait « perdu un fils à la guerre ». Des garçons sans pères on disait : « Il a perdu son père à la guerre. » On le chuchotait à l'oreille des inspecteurs, lorsqu'un élève restait coi les jours d'inspection, et l'instituteur l'annonçait à propos de nouveaux qui entraient dans sa classe : « Il a perdu son père à la guerre. » A l'entendre on aurait dit qu'il l'avait oublié, comme lorsqu'on perd son parapluie ou un groschen. Dans la classe de Martin, sept garçons n'avaient plus de père : Brielach et Welzkam, Niggemeyer et Poske, Behrendt et lui, et aussi Grebhake, mais Grebhake avait un nouveau père et la loi mystérieuse de l'indulgence ne régnait pas aussi sûrement sur lui que sur ses six copains. Il existait des nuances dans le ménagement. Trois seulement en jouissaient dans toute sa plénitude : Niggemeyer, Poske et lui, et ceci pour des raisons que Martin avait découvertes petit à petit, au cours de plusieurs années d'observation et d'expérience. Grebhake avait un nouveau père, la mère de Brielach et celle de Behrendt avaient des enfants qui n'étaient pas de leur père décédé mais d'un autre homme. Il savait comment on vient au monde, son oncle Albert le lui avait expliqué : par l'union des hommes avec les femmes. Les mères de Brielach et de Behrendt s'étaient unies avec des hommes qui n'étaient pas des pères mais des oncles, et ce fait-là s'expliquait par cet autre mot à moitié mystérieux : *immoral.* Mais la mère de Welzkam aussi était immorale bien que sans enfant de l'oncle de Welzkam, c'était là une notion et une expérience de plus : des hommes et des femmes pouvaient s'unir sans qu'il y eût des enfants, de plus l'union d'une femme avec un oncle était *immorale.* Chose bizarre, les garçons ayant une mère immorale ne jouissaient pas d'autant de ménagements que ceux dont la mère n'était pas immorale, toutefois les plus mal lotis, les moins bien traités, c'était ceux dont les mères avaient eu des enfants avec des oncles : douloureux et inexplicable que des mères *immorales* fissent baisser le niveau de l'indulgence. Néanmoins pour les garçons ayant un père, tout était clairement réglé ; rien d'*immoral* dans leur cas.

— Fais donc attention, dit la grand-mère. *Question trente-cinq : Pourquoi Jésus reviendra-t-il à la fin du monde ?*

— *Jésus reviendra à la fin du monde pour juger les hommes.*

Le jugement tournerait-il contre *immoral ?* De légers doutes l'assaillaient.

— Ne t'endors pas ! *Question quatre-vingt : Qui commet un péché ?*

— *Commet un péché celui qui transgresse volontairement un commandement de Dieu.*

La grand-mère posait volontiers les questions du catéchisme en désordre, mais jusqu'à présent elle n'avait jamais découvert une lacune chez Martin.

Elle ferma le livre, alluma une cigarette, en aspira profondément la fumée.

— Plus tard, quand tu seras plus grand, tu comprendras pourquoi...

Dès cet instant il n'écoutait plus. Venait un long laïus final, qui ne comportait pas de questions donc ne requérait pas la moindre attention. Pour l'heure, elle parlait devoirs moraux, argent, confiture aromatique grand-paternelle, poésies paternelles. Elle lui lisait des coupures de presse soigneusement collées sur du carton rougeâtre, elle tournait en formules obscures autour du sixième commandement...

Niggemeyer et Poske eux-mêmes, dont les mères n'étaient pas *immorales*, ne bénéficiaient pas des ménagements dont il jouissait, et depuis longtemps il savait pourquoi. Leurs pères aussi étaient « tombés », leurs mères non plus *ne* s'unissaient *pas* avec d'autres hommes, mais lui, le nom de son père paraissait dans le journal, et sa mère avait de *l'argent.* Ces deux points importants faisaient défaut à Niggemeyer et à Poske, leurs pères n'étaient jamais dans le journal et leurs mères n'avaient point d'argent.

Il arrivait parfois à Martin de souhaiter que ces deux choses lui fissent défaut à lui aussi, car il ne voulait pas profiter de cette indulgence excessive. Il n'en parlait à personne pas même à son oncle Albert et, pendant des jours, il s'astreignit à se montrer mauvais élève, afin d'inciter le maître à le traiter aussi mal que Weber qui recevait sans cesse des raclées, Weber dont le père n'était pas « tombé », dont la mère n'avait pas d'argent.

Mais l'instituteur continuait à le ménager. Il était vieux, grisonnant, fatigué et avait « perdu un fils à la guerre »... Il regardait Martin si tristement quand il prétendait ne pas savoir la réponse que, vaincu par la pitié et l'émotion, l'enfant finissait par la donner.

Pendant que sa grand-mère débitait son laïus final, Martin constatait que la fumée se mettait en pelotes de plus en plus serrées. Il suffisait de jeter de temps à autre un regard à grand-mère pour donner l'impression de l'écouter ; il était alors possible de songer à des choses qui le concernaient : à ce terrible mot que la mère de Brielach avait dit au boulanger, ce mot toujours écrit sur le mur dans le vestibule de la maison Brielach, et à la partie de football qui, dans trois ou quatre minutes, cinq tout au plus, commencerait sur la pelouse, devant la maison. Encore deux minutes et grand-mère en arriverait à la confiture aromatique qui se rapportait en quelque manière à ses devoirs moraux. Croyait-elle vraiment qu'il reprendrait la fabrique ? Non, sa vie durant il ne ferait que du football, et il éprouvait du plaisir, un plaisir d'ailleurs mêlé d'un peu de crainte, à l'idée qu'il jouerait au football pendant *vingt* ans, pendant *trente* ans même. Une minute encore. Il dressa l'oreille au bruit clair et léger du chèque que sa grand-mère détachait du carnet. Elle récompensait toujours par un chèque son savoir en catéchisme et son attention sans défaillance.

Elle était juste en train de plier le papier bleuté, il le prit et sut qu'on l'autorisait à s'en aller. Encore la courbette, le « merci, grand-mère ». Il ouvrit la porte et un nuage de fumée l'accompagna dans le vestibule.

IX

Albert laissa le carton *Sunlight* deux jours sans l'ouvrir. Il craignait de connaître son contenu et, d'autre part, en attendait beaucoup, sachant qu'il y trouverait de nombreux dessins exécutés jadis à Londres avant et après la mort de Leen. Il avait peur que ces dessins fussent horribles tout en voulant les croire bons, car on l'avait chargé de fournir une série humoristique à *Week-end au foyer* et il se mettait souvent l'esprit à la torture pendant les jours entiers sans rien trouver. Il ouvrit le carton un jour où il était seul dans la maison avec Glum.

La mère de Nella était partie en ville avec le petit, et il se rappelait la mine anxieuse et consternée de Martin au moment où il montait en taxi avec sa grand-mère. Nella était au cinéma. Elle avait changé, sa nervosité frappait les yeux, il la soupçonnait de lui cacher quelque chose. Tout en dénouant la ficelle, il décida de lui parler. L'adresse qu'il avait collée sur le carton à Londres : *Monsieur Raymond Bach* restait lisible, et il croyait sentir l'odeur fadasse de la colle de pâte qu'il avait fabriquée lui-même avec un reste de farine et un peu d'eau.

Il défit les nœuds, enleva la ficelle, mais laissa la boîte fermée. Il regarda dans le jardin où des amis de Martin faisaient une partie de football. Henri et Walter, qui s'étaient fabriqué des buts avec des boîtes à lait, se bombardaient, muets et rageurs, mais apparemment avec grand enthousiasme. En les observant, il pensait à son année londonienne avec Leen, une belle année de bonheur, bien qu'un an encore après leur mariage la jeune femme eût gardé ses habitudes de célibataire.

Elle détestait les armoires comme tous les meubles en général, et à longueur de journée envoyait promener sur le lit tout son saint-frusquin : livres et brochures, journaux et bâton de rouge, restants de fruits dans des sacs en papier, parapluie et chapeau, béret, manteau, et les cahiers de ses élèves qu'elle corrigeait le soir, accroupie à côté de la table de nuit, les rédactions sur la végétation de l'Angleterre méridionale ou la faune de l'Inde. Pendant la journée, tout s'entassait sur le lit et, dans la soirée, voire l'après-midi quand elle s'y étendait pour lire les journaux, elle se contentait d'en extraire soigneusement les morceaux de pain et d'une secousse énergique expédiait par terre le reste du barda. Cahiers, parapluie, fruits roulaient sous le sommier ou dans la chambre. Le matin, elle les ramassait et les lançait de nouveau sur le lit. Elle ne porta qu'une fois une robe bien repassée : le jour de ses noces. Chapelle dans la salle à manger d'une vieille villa de faubourg, où le décor était si tocard qu'il en paraissait grandiose, relents de lard grillé du petit déjeuner dans le froc du délicieux franciscain, résonance étrange de son latin et plus singulière encore de son anglais : « *Jusqu'à ce que la mort vous sépare...* »

Mais le jour où il lui fallut mettre la robe si bien repassée à l'hôtel par sa mère arrivée d'Irlande, ce jour-là justement, Leen était affreuse à voir. Les fers à repasser ne faisaient pas partie de ses accessoires, ils étaient trop lourds pour elle, et les robes qu'il faut repasser ne lui seyaient pas.

Les premiers mois qui suivirent leurs noces, Albert partagea le lit de Leen, et il ne put trouver le sommeil une seule fois car, tel un jeune poulain, elle s'agitait, ruait en toutes directions, débordait la couverture par le bout, et l'envoyait promener. Elle ne cessait pas de tourner dans son lit, il recevait des coups de pied et des horions, tout en prêtant l'oreille au son bizarre et sec de sa voix. Alors il allumait la lampe, la camouflait avec un journal et lisait. A quoi bon, en effet, attendre le sommeil ? Il se contentait de remonter patiemment la couverture en donnant de temps en temps une bourrade à Leen. Quand elle restait quelques minutes tranquille, il la contemplait couchée là dans ses longs cheveux bruns avec son étroit visage bistré, son profil de pouliche de race. Après il éteignait, restait étendu à son côté dans le noir, se sentait heureux. Parfois aussi une chose, qui s'était glissée entre les matelas, ou avait résisté à l'énergique secousse vespérale de Leen, tombait du lit, délivrée par sa gesticulation effrénée : petite cuiller ou crayon ou banane ; une nuit, ce fut un œuf qui roula sur le tapis déchiré et s'arrêta au pied du lit. Il se leva, le ramassa, le décortiqua et le mangea au beau milieu de la nuit parce que, en ce temps-là, il avait toujours faim.

Le matin, Leen une fois levée — elle était institutrice dans un établissement religieux du faubourg —, il trouvait souvent un peu de sommeil, ensuite il l'aidait à rassembler son matériel de classe et fourrait tout dans son sac de cuir. Il se chargeait de surveiller le grand réveil bosselé qui, comme tous les objets qu'elle possédait, tombait journellement du lit sur le plancher, volait du plancher sur le lit, mais n'en marchait pas moins épatamment. Il gardait donc l'œil dessus pour avertir Leen quand il fallait quitter la maison. Assis sur le lit, en chemise de nuit, il lisait le journal du matin pendant qu'elle faisait le thé ou la soupe sur la lampe à alcool. Aussitôt que la grande aiguille approchait du onze — donc à huit heures moins cinq —, Leen empoignait son sac, embrassait Albert en toute hâte et dégringolait vivement l'escalier pour attraper son bus. Quelquefois la soupe restait sur le réchaud, il avalait d'un trait la bouillie d'avoine fade, se recouchait et dormait jusqu'à onze heures.

Ce n'est qu'au bout d'un mois qu'ils eurent assez d'argent pour mettre un deuxième lit dans leur chambre et qu'Albert put dormir la nuit. De temps en temps pourtant, un objet tombant du lit de Leen, bouquin, demi-tablette de chocolat ou l'un de ses lourds bracelets d'argent, l'arrachait brusquement à son rêve profond.

Il essaya de lui inculquer ce qu'il entendait par « de l'ordre ». Armoires rangées méticuleusement, réchaud propre. En cachette, il acheta une armoire chez un brocanteur, la fit apporter pendant que Leen était à son école et y rangea méthodiquement tout le bric-à-brac de la jeune femme : ses robes sur des cintres, en un ordre parfait, un ordre allemand, comme il l'avait vu chez sa mère. Mais Leen prit l'armoire en horreur, et pour l'amour d'elle, il la revendit à perte à un autre marchand de vieilleries. La seule chose tolérée par elle fut une petite étagère pour le réchaud, la bassine et les deux casseroles, les viandes et les légumes en conserve, ses épices multiples et ses paquets de potages tout préparés. Elle cuisinait excellemment, et il aimait son thé très foncé, avec des reflets dorés montant du fond ; l'après-midi, lorsque Leen était rentrée de l'école, ils lisaient ou fumaient sur leurs lits, la théière sur un tabouret entre eux deux. Ce qu'alors il appelait encore du désordre ne le fit souffrir légèrement que deux mois. Il déplora aussi le peu de goût de Leen pour les provisions, pour se procurer, par exemple, deux draps de plus. Mais elle avait les provisions en horreur, de même que les armoires, et Albert devina que Leen détestait les armoires parce qu'elles sont le plus souvent des réceptacles à provisions. Elle aimait les ballons de baudruche, les cinémas, elle était fort dévote malgré sa sauvagerie. Elle raffolait des églises du genre « pompier » des pères franciscains auxquels elle se confessait. Le dimanche, elle le traînait presque toujours à la messe du couvent où elle enseignait, et il se fâchait contre les religieuses qui s'entêtaient à l'appeler *Miss Cunigan's husband* et qui, au petit déjeuner, lui bourraient son assiette parce qu'elles avaient découvert qu'il avait toujours faim. Mais ce ne fut qu'au début ; après, il trouva les sœurs bien gentilles et dévora huit toasts pour leur donner le plaisir de rire de son appétit légendaire. Le dimanche, Leen s'entraînait avec les jeunes filles en vue de quelque match de hockey, il souriait de leur fanatisme et admirait la légèreté de leur jeu pourtant singulièrement sec et ferme. Il faisait plutôt un drôle d'effet, le *husband* de *Miss Cunigan,* planté au bord du terrain de jeux. L'entraînement terminé, il devait exécuter trois fois le tour de la piste, au pas de course, avec Leen et la jeune équipe de hockey. D'autres élèves formaient le cercle, elles l'encourageaient et poussaient des exclamations joyeuses quand il l'emportait sur Leen, et c'était presque toujours le cas, vu qu'autrefois il était bon coureur.

Ensuite, ils partaient en promenade vers le sud, s'enfonçaient des heures durant dans le Surrey, par les prés, entre les haies, puis jouissaient en quelque lieu de ce dont Leen jouissait carrément et qu'elle appelait les joies du mariage. Alors Albert avait vingt-cinq ans et Leen tout juste vingt : elle était l'institutrice la plus populaire de son école.

Les jours ouvrables, il faisait souvent la grasse matinée jusqu'à onze heures, parce que ceux avec qui il avait affaire n'étaient jamais visibles avant midi et parce que ses nuits mouvementées le fatiguaient. Il recherchait sans plaisir des politicards laconiques de quatrième ordre auxquels, pendant le déjeuner, il arrachait de menues informations. La plupart des renseignements ainsi obtenus ne provenaient même pas de ces politicards mais de quatrième ou cinquième main, de piètres journalistes comme lui ; après quoi il se mettait à pondre un vague fatras de son invention, bien convaincu d'ailleurs que cela ne pourrait pas durer longtemps. Puis, attablé dans de petits bistrots, il buvait du whisky très faible en attendant Leen, avec toujours devant lui des tas de papier où il crayonnait tout ce qui lui passait par la tête. Il illustrait des bons mots qu'il inventait lui-même ou trouvait dans les journaux. Les dessins s'empilaient dans le carton *Sunlight*, il devait y en avoir des centaines qu'après la mort de Leen il adressa tout simplement à Ray.

Il devait y en avoir des centaines, mais il n'ouvrit pas encore la boîte. Il regardait les gamins bombarder inlassablement leurs buts. Ces dessins étaient peut-être bons, et alors il serait délivré du poids d'extraire chaque semaine quelque chose de ses doigts et de sa cervelle.

Tout en regardant les gosses, il griffonnait le portrait de Bolda sur un bout de papier, puis il jeta son crayon...

Les informations qu'on lui donnait allaient diminuant et le vague fatras qu'il inventait à l'intention de l'Allemagne tombait de moins en moins juste. Cela dura jusqu'au jour où la feuille de chou nazie pour laquelle il séjournait à Londres lui supprima son maigre fixe ; un mois après on le flanqua définitivement à la porte. Il vécut alors sur les appointements de Leen en se félicitant des dimanches où il pouvait se rassasier chez les religieuses. Pendant que Leen s'entraînait avec ses élèves, il entrait parfois dans la chapelle de l'école et assistait aux offices des nonnes en admirant leurs horreurs artistiques. Jamais lui, semblait-il, il n'avait vu un saint Antoine aussi parfaitement pompier et nulle part une petite sœur Thérèse de Lisieux aussi laide.

En semaine il flânait, vendait ses livres deux shillings le kilo à un bouquiniste, ce qui ne suffisait même pas pour ses cigarettes. Il essaya de donner des leçons, mais à Londres peu d'Anglais avaient envie d'apprendre l'allemand, et les réfugiés ne manquaient pas. Leen le consolait, et il se sentait heureux malgré tout. Elle écrivit chez elle que cela allait mal pour eux, et son père les engagea à venir en Irlande. Albert pourrait aider au travail de la ferme et il n'aurait plus besoin, s'il ne le voulait pas, de retourner chez ces maudits nazis.

Actuellement, quinze ans après, il ne comprenait pas encore pourquoi il n'avait point accepté l'offre du père de Leen, et il donna dans la maladie de Nella : pratiquer le troisième plan, rêver d'une vie jamais vécue et qui ne pourrait jamais être vécue parce que le temps qui lui était départi se trouvait révolu à jamais. Mais se voir quelques minutes dans un paysage, parmi des gens et dans des conditions de vie inconnus ne manquait pas de charme.

Même à présent, quinze ans après, il ne pouvait comprendre encore que Leen fût morte, parce qu'elle était morte subitement en un temps plein d'espoir pour lui. Il gagnait davantage, avait commencé à dessiner des emballages pour une savonnerie, des affiches, et réussissait à changer sa manière, à l'adapter au goût anglais. Depuis qu'il touchait plus d'argent, il ne traînait plus dans les bistrots en l'absence de Leen mais restait dans leur chambre, buvait du thé froid et travaillait toute la journée. Le matin, il se levait en même temps que Leen, préparait le déjeuner et la conduisait à son bus.

Dehors les gamins étaient fourbus, échauffés. Henri, assis sur la pelouse, s'appuyait contre un arbre et mâchonnait un brin d'herbe. Albert leur cria par la fenêtre :

— Allez donc prendre du cola dans la glacière.

Comme les deux garçons se retournaient et le regardaient avec surprise, il ajouta :

— Allez vous servir. Tu es au courant, Henri, hein?

Il les entendit tourner au coin de la maison en poussant des cris, puis ils entrèrent, chuchotèrent, allèrent à la cuisine sur la pointe des pieds. Albert ferma la fenêtre, bourra sa pipe, l'abandonna sans l'allumer, enleva résolument le couvercle du carton *Sunlight,* découvrit un paquet enveloppé dans du papier très mince et s'aperçut qu'il avait ouvert la boîte du mauvais côté, car tous les dessins se présentaient à l'envers. Il prit le premier, le retourna, s'étonna de le trouver bon. C'était une figuration humoristique d'animaux, genre dont la mode revenait en ce moment. Après la guerre il n'avait plus dessiné aussi bien. Le dessin, au crayon tendre, très noir, conservait sa fraîcheur. Albert se sentit soulagé, il savait en effet que Bresgote lui prendrait ces amusettes. Chacune de ces feuilles minces, crayonnées voici quinze ans dans de petits cafés londoniens, allait lui rapporter cinquante marks. Il suffirait de les retailler un peu, de les coller; certains dessins étaient sans légende. Il ne les avait jamais montrés à Leen parce qu'il les trouvait stupides, mais aujourd'hui il les savait bons, meilleurs, en tout cas, que presque tout ce qu'il avait donné jusqu'ici à *Week-end au foyer.* Il fouilla quelques minutes dans le carton, tira les feuilles du milieu de la pile, puis du bas, fut surpris de leur qualité. Dans le vestibule, un des gamins l'appelait :

— Oncle Albert, oncle Albert!

Il ouvrit sa porte, s'informa :

— Qu'y a-t-il donc ?

C'était Henri Brielach qui l'appelait.

— Peut-on aussi se faire des tartines ? On voudrait attendre Martin.

— Ça va être long.

— On attendra.

— Comme vous voudrez... Bien sûr que vous pouvez vous faire des tartines.

— Oh ! merci, merci beaucoup.

Albert referma sa porte, replaça les feuillets épars les uns sur les autres et les remit dans le carton.

Comme d'habitude, Leen était partie de bonne heure pour l'école. Il passa toute la matinée dans leur chambre parce qu'il travaillait à des affiches, il dessinait un lion occupé à recouvrir de moutarde un gigot de mouton. A son avis, cela ferait une bonne publicité, et celui pour lequel il besognait lui avait promis des honoraires confortables. C'était un parent éloigné d'Absalon Billig, un émigré juif dont il avait fait la connaissance au café fréquenté par les journalistes. L'homme se montra d'abord très méfiant parce qu'il le prenait pour un mouchard, mais à leur cinquième rencontre il lui donna la commande. Il avait trouvé refuge dans le département de publicité d'une fabrique de condiments. Albert travaillait avec tant d'acharnement qu'il ne sentait pas l'heure tourner et que l'arrivée de Leen le surprit.

— Mon Dieu, déjà trois heures ?

Mais comme il l'embrassait, elle le regarda avec un sourire las ; il sut que trois heures étaient encore loin et qu'elle rentrait parce qu'elle ne se sentait pas bien. Elle avait les mains brûlantes et le ventre lui faisait mal à se tordre de douleur.

— Il y a longtemps que cela me tient. J'ai cru à une grossesse. Seulement aujourd'hui il apparaît que je ne suis pas enceinte, et je souffre toujours.

Il ne l'avait jamais vue perdre courage. Elle se jetait sur

son lit, gémissait, ne pouvait parler qu'à grand-peine et, lorsqu'il se pencha sur elle, elle murmura :

— Va chercher un taxi... Dans le bus, c'était déjà intenable, mais à présent ça va de mal en pis, emmène-moi à l'hôpital.

Il prit le sac de Leen sur le lit, compta l'argent tout en courant à la station des taxis. La bourse contenait encore quatre livres et un tas de menue monnaie. En plein désarroi, il monta dans une voiture qu'il fit arrêter devant leur maison, grimpa quatre à quatre. En entrant, il vit que Leen avait vomi ; lorsqu'il la prit dans ses bras, pour la descendre, elle poussa des gémissements puis des cris, eut une nouvelle nausée dans l'escalier. Les voisines, debout devant leur porte, le regardaient en hochant la tête ; il cria à l'une d'elles de bien vouloir jeter un coup d'œil sur leur chambre restée grande ouverte. Elle fit signe que oui ; il revoyait en ce moment sa figure nonchalante, pâle, ravagée par l'alcool, tout en entendant les deux gamins retourner au jardin où, tartines en main, ils se remettaient à leur partie de football.

Dans le taxi, il garda Leen sur ses genoux pour lui éviter les cahots, mais elle continuait à se plaindre tout haut et rendit sur les coussins bruns, déchirés, pendant qu'il réfléchissait à ce qu'il allait dire aux médecins. Il ne trouva pas le mot anglais pour appendicite, mais quand le taxi eut stoppé, il monta les marches en courant, Leen dans ses bras et poussa du pied la porte du bureau en s'écriant : « Appendice, appendice ! »

Elle poussa des cris affreux lorsqu'il voulut l'étendre sur le divan du vestibule, elle s'était recroquevillée contre lui et paraissait avoir trouvé une position plus tenable. Bien qu'il eût peine à la porter encore, il la garda sur son bras, s'appuya contre un pilier en carreaux de faïence rouges, essaya de saisir ce que murmurait la bouche convulsée. Le visage de Leen était tout jaune, marbré, il lisait dans ses yeux qu'elle souffrait atrocement et ce qu'elle balbutiait lui parut insensé : « Pars pour l'Irlande... l'Ir-lan-de. » A ce moment-là, il ne saisit pas sa pensée, il essayait de comprendre en même temps les questions de l'infirmière, debout à côté de lui, près du pilier rouge. Hébété, il ne cessait de répéter : « Appendice, appendice » et en l'entendant l'infirmière hochait la tête. Leen faisait des efforts, mais ne pouvait plus vomir, il ne sortait plus de sa bouche qu'une mucosité jaunâtre et fétide. Quand il la déposa sur la civière roulante, elle le prit encore par le cou, l'embrassa en répétant tout bas ce qu'elle n'avait pas cessé de murmurer : « Pars pour l'Irlande, mon chéri... mon chéri... mon chéri. » Mais le médecin qui s'était approché l'éloigna de la civière qui franchit une porte battante en verre. Un dernier cri de Leen lui parvint. Vingt-cinq minutes plus tard, elle était opérée... et morte, sans qu'il eût pu lui dire un mot. On avait trouvé toute la cavité abdominale pleine de pus.

Albert se souvenait toujours du jeune visage gris cendre du chirurgien venu le retrouver dans la salle d'attente. « *Sorry* », lui dit-il. Puis avec lenteur, avec calme le docteur lui parla raison, et Albert comprit qu'il était déjà trop tard quand il avait pris le taxi.

Il dut patienter pour voir Leen une dernière fois. Pendant qu'il attendait près de la fenêtre, il se rappela le chauffeur de taxi et sortit pour le payer. La cigarette aux lèvres, l'homme lui montra en ronchonnant les vomissements qui souillaient sa voiture, Albert lui donna une livre de supplément et vit avec satisfaction la figure grincheuse se dérider. Il retourna dans la salle d'attente. Elle était tapissée de brun verdâtre, les chaises couvertes de tissu brun et la table tendue de drap de la même teinte. Cela se passait au moment où Chamberlain volait vers l'Allemagne négocier avec Hitler. Plus tard, une jeune femme en vêtements miteux entra dans la salle, elle se plaça près de lui, à la fenêtre, la cigarette qu'elle tenait à la main, toute noire de larmes ; elle la jeta par terre, et resta là, sanglotante. Dans la rue des porteurs de pancartes passaient : *Peace for the world.* Sur d'autres écriteaux, on lisait : *Montrez à Hitler que nous n'avons pas peur de lui.* La femme en vêtements miteux retira ses lunettes et les essuya avec un pan de son manteau. Le manteau sentait le bouillon gras et le tabac, elle n'arrêtait pas de murmurer :

« Mon garçon, mon garçon, mon garçon », mais un médecin entrait, elle se précipita sur lui et, d'après sa mine, Albert déduisit que tout s'était bien passé. La femme sortit avec le docteur. Puis une infirmière vint le chercher, il parcourut à côté d'elle un long corridor au carrelage jaune. On y sentait la graisse de mouton refroidie, le beurre chauffé ; de grandes cruches d'aluminium pleines de thé fumaient devant les portes. Une jolie brunette traversa le palier avec un plateau chargé de tartines de beurre et par une fenêtre un garçon, le bras en écharpe, criait dans la rue : « Maudit chien, je t'apprendrai de quel bois je me chauffe ! » L'infirmière s'approcha de lui, le prit par son bras valide, mit un doigt sur ses lèvres, et le gars suivit d'un pas nonchalant la jeune brune aux tartines.

La pièce où l'infirmière introduisit Albert avait des murs gris et nus, deux fenêtres étroites, à vitres bleuâtres avec, peints en jaune, un *alpha* sur celle de droite, un *oméga* sur celle de gauche.

Leen, seule dans cette affreuse lumière bleuâtre, reposait sur un brancard, il alla près d'elle et revit son ancien visage. Il n'y découvrit qu'une seule chose nouvelle : le calme. La sérénité de cette figure mince et juvénile étonnait. La disparition des marbrures, la régularité du teint tenait peut-être à la lumière, la bouche crispée s'était détendue. Il alluma les deux bougies placées derrière le brancard dans des chandeliers en laiton, récita un *pater* et un *ave*. Il ne comprenait pas qu'il eût vécu avec elle tout un an, il avait le sentiment de ne la connaître que depuis peu. Il comprenait qu'elle était morte, mais qu'elle eût vécu lui paraissait un rêve, et tous les petits détails dont il se souvenait n'y faisaient rien. Il lui semblait qu'un seul jour avait passé depuis son arrivée à Londres. Tout se tassait en un unique après-midi : la bénédiction nuptiale dans la robe fraîche repassée qui ne lui seyait pas, le froc du franciscain, le hockey, les toasts des religieuses et dans une prairie du Surrey... les joies du mariage, le cri : « Pars pour l'Irlande », les vomissements dans le taxi et lui-même hébété, répétant : « Appendice, appendice. » Chapelle bleue avec l'*alpha* jaune, l'*oméga* jaune, ballons de baudruche que Leen distribuait à des enfants, bulles de savon que, de la fenêtre de sa chambre, elle soufflait dans la grande cour grise... horreur des armoires... et ces deux bougies-là, en train de se consumer paisiblement ainsi qu'il convient dans une chapelle mortuaire. Il n'était pas triste, il n'éprouvait qu'une rude et sombre pitié de Leen, à cause des souffrances qu'elle avait endurées, Leen, disparue en criant dans la salle d'opération, puis reposant si paisiblement dans cette chapelle. Il laissa les bougies brûler et se dirigea vers la porte, revint sur ses pas, pleura. Tout s'estompait devant ses yeux embués, devenait crépusculaire, diffus : *oméga* flottant, *alpha* flottant, brancard flottant... et le visage serein de Leen. Dans la chapelle, on avait l'impression que dehors la pluie tombait perpétuellement, mais en sortant Albert vit le soleil briller. L'infirmière n'était plus là ; il s'égara dans les corridors, fit irruption dans des salles de malades, en sortit, arriva jusqu'à l'entrée des cuisines, ne reconnut qu'après le couloir au carrelage jaune, et la jolie brune passa de nouveau avec son plateau de tartines ; par une porte ouverte une voix cria : « De la moutarde ! » et il pensa à son lion qui tartinait un gigot avec de la moutarde.

A son retour, il était juste une heure. Quelqu'un avait nettoyé les vomissements dans l'escalier, la chambre aussi était propre. Il ne découvrit jamais qui s'en était occupé ; il en fut surpris, car il s'imaginait que les gens de la maison ne l'aimaient pas, et il passait toujours hâtivement à côté d'eux avec un bref salut. Pourtant on avait essuyé le palier et la chambre.

Il prit l'affiche au lion sur la table pour la déchirer, mais il se ravisa, la roula, la jeta dans un coin. Il s'étendit sur son lit, les yeux sur le petit crucifix de Leen, suspendu au-dessus de la porte. Il ne doutait pas de sa mort, mais ce qu'il ne pouvait croire, c'était qu'il avait vécu avec elle une année entière. Rien ne restait de Leen qu'un lit couvert de bric-à-brac, le pot de soupe desséché sur la lampe à alcool, une tasse ébréchée où elle faisait sa mixture pour les bulles de savon, et un paquet de cahiers non corrigés avec des rédactions sur les mines d'étain de l'Angleterre méridionale.

Plus tard il s'endormit. L'arrivée de la petite collègue de Leen le réveilla. Alors il sentit des douleurs dans le bras qui avait porté Leen si longtemps. L'après-midi, il allait souvent au cinéma avec cette jeune fille — elle se nommait Bly Grother —, c'était une jolie blondine que Leen avait entrepris de convertir.

Il la regarda fixement tout en s'apercevant de la crampe douloureuse de ses muscles. Puis il tenta d'expliquer à Bly que Leen était morte. Il s'effraya lui-même en s'entendant prononcer, d'un ton froid et naturel, le mot « morte » dont il ne comprit ce qu'il signifiait qu'en se l'entendant dire et que Leen s'en était allée réellement. Bly avait eu du mal à se procurer des billets pour l'après-midi. Il l'avait lui-même relancée parce qu'il s'agissait d'un film de Charlot qu'il n'aurait jamais pu voir en Allemagne. Bly apportait à Leen de petites galettes aux noix recouvertes d'une vague chose à l'œuf, elle tenait les tickets verts à la main et commença par rire lorsqu'il lui dit que Leen était morte. Ne pouvant concevoir qu'il se permît une blague d'aussi mauvais goût, elle riait d'un rire singulier, haché, à moitié irrité. Puis elle comprit qu'il ne s'agissait pas d'une blague et fondit en larmes ; les tickets verts tombèrent par terre, et les tartelettes aux noix, badigeonnées à l'œuf, se retrouvèrent sur le lit entre le parapluie et le béret rouge de Leen, parmi le tas de choses détériorées.

Sans bouger de son lit, Albert regardait fixement Bly. Elle pleurait assise sur le tabouret et ce ne fut qu'en la considérant, en voyant ses larmes, en l'entendant sangloter qu'il se remémora tout ce qui venait d'arriver : Leen était morte. Bly se leva, se promena dans la chambre, ramassa le rouleau de papier jeté dans le coin, à côté du réchaud à alcool et regarda en pleurant la grimace de satisfaction du lion occupé à tartiner son gigot avec la moutarde Hitchhumer. Il savait que tout à l'heure il prendrait Bly par les épaules, essaierait de la consoler et qu'il leur faudrait parler des dispositions pratiques : inhumation, formalités administratives inévitables, mais il restait étendu sur le lit sans bouger, il pensait à Leen, à sa vie fugitive qui laissait à peine une trace sur la terre. On accrocherait peut-être la photo de Leen dans le vestibule de l'école et plus tard, aux réunions d'anciennes élèves, des jeunes filles, des femmes, des femmes de plus en plus vieilles, diraient : « C'est notre ancien professeur de culture physique, elle nous faisait aussi l'histoire naturelle. » Et un jour on décrocherait le portrait et le remplacerait par celui d'un cardinal ou d'un pape ; pendant un temps déterminé, les corrections griffonnées par Leen dans des cahiers d'écolières resteraient aux archives... et Leen dans une tombe au grand cimetière. Avant même qu'il se fût levé, Bly se calma. Elle pensait aux choses à faire et s'y cramponnait, contente de pouvoir le « décharger de tout » : prévenir l'école, les parents de Leen et son frère, ingénieur à Manchester.

L'endroit mouillé du plancher où la locataire inconnue avait essuyé les vomissements de Leen séchait lentement ; seules quelques traces d'un savon caustique tachaient encore un parquet rarement frotté. Lorsque, quatre semaines après, Albert déménagea pour rentrer en Allemagne à la demande de Nella, il retrouva la tasse sans anse où Leen préparait toujours sa « lessive » pour bulles de savon : sédiment de calcaire et de savon desséchés. Il s'avisa seulement plus tard d'une chose étrange : l'avis de décès du journal et la petite croix tombale de Leen portaient son nom de jeune fille, et les sœurs avec lesquelles il déjeuna après l'enterrement s'obstinaient à l'appeler *Miss Cunigan's husband*.

Le frère de Leen s'offrit à lui trouver du travail. Les parents de Leen — il s'entendait bien avec eux — l'invitèrent dans leur ferme d'Irlande : « Il y aura toujours de quoi faire, de quoi manger. » Ils étaient tous persuadés qu'on aurait la guerre, que mieux vaudrait pour lui ne pas retourner en Allemagne. Il ne dit à personne que Leen lui avait murmuré : « Pars pour l'Irlande. » Il hésita longtemps, resta dans leur chambre de Londres, vendit plus tard un bon prix son lion tartinant de la moutarde, et les traces du savon caustique continuèrent de marquer l'endroit où Leen avait rendu. Il balançait toujours, malgré les lettres de plus en plus pressantes de Nella, et un jour, pendant cette période d'attente, il expédia en Allemagne, à l'adresse de Ray, ses dessins dans le carton *Sunlight*. Il le fit un après-midi où, au cimetière, il s'était longuement demandé s'il devait suivre l'invitation de Leen.

Une fois dans le bus, il décida de rentrer en Allemagne ; quand il fallut déménager la chambre, au moment où l'on démontait le lit de Leen, deux objets tombèrent encore du matelas : une lime à ongles et une petite boîte métallique de pastilles contre la toux.

Albert entendit les gamins parler dehors avec quelqu'un, il ouvrit la fenêtre. D'en bas Henri criait à Bolda.

— On fait bien attention !

D'en haut Bolda répondait :

— Vous m'avez cassé deux pensées. Je vous ai vus.

Il se pencha par la fenêtre et d'en dessous dit à Bolda :

— Ils ne recommenceront pas.

Les garçons éclatèrent de rire, Bolda fit chorus mais répliqua :

— S'il n'y avait que toi, ils pourraient bien tout saccager.

Il laissa la fenêtre ouverte pendant qu'il rangeait ses dessins, plusieurs centaines de feuilles minces. Et il songea subitement qu'il devrait bien écrire aux parents de Leen. Ceux-ci lui avaient souvent adressé des colis de jambon, thé, tabac, et il n'avait jamais trouvé le courage de leur envoyer une vraie lettre. Il ne répondait que par un bref remerciement et quelques bouquins.

X

Le terrible, c'était quand sa grand-mère l'emmenait manger en ville. Elle ne sortait que rarement, mais était renommée dans certains restaurants et son entrée provoquait parmi le personnel un sourire singulier dont Martin ne savait jamais s'il était de moquerie ou de respect. Elle aimait une chère lourde et copieuse, des potages gras, des machins brunâtres, épais, dont l'odeur suffisait à lui soulever le cœur, et elle se faisait servir la mayonnaise sur de la glace pour passer du plaisir de la graisse brûlante à celui du grand froid. Elle commandait des portions de rôti énormes qu'elle reniflait et dont elle éprouvait la consistance au couteau, à la fourchette, puis elle les renvoyait brutalement quand la viande n'était pas à son idée. Cinq sortes de salades qu'elle corsait en maniant épices et flacons — mystérieuses burettes d'argent, compte-gouttes en cuivre, poudreuses — non sans de longs entretiens avec le maître d'hôtel à propos des condiments. Le salut, pour Martin, c'était l'assiettée de grandes tranches de pain tout blanc, se dressant au milieu de la table comme une tour ; il attendait vainement la seule chose qu'il aimât à part le pain, les pommes de terre. Il les aimait d'un blanc un peu jaune, fumantes, avec du beurre et du sel, mais sa grand-mère les dédaignait.

Elle buvait du vin et voulait absolument qu'il prît de la limonade de pommes, une boisson qu'enfant elle avait tant aimée. Elle se sentait malheureuse quand il ne la buvait pas, et ne comprendrait jamais comment ce qui lui paraissait si délicieux quand elle était petite ne paraissait pas aussi bon à Martin. Il mangeait peu : de la salade, du potage, du pain et elle, qui engloutissait comme une sauvage, constatait son manque d'appétit avec des hochements de tête. Avant le repas, elle faisait ostensiblement le signe de la croix en agitant les bras comme des ailes de moulin et en se frappant le front, la poitrine, le ventre de la paume de la main. Mais c'était sa toilette aussi qui attirait l'attention : lourde soie noire avec un corsage rouge vif qui seyait à son visage florissant. Le garçon, le gérant et la jeune fille du buffet la tenaient pour une émigrée russe, et pourtant elle était née dans un village de l'Eifel où elle avait eu une enfance des plus sordides. Chaque fois qu'elle faisait un bon repas, elle racontait comme elle mangeait mal quand elle était gamine, et cela à si haute voix qu'aux tables voisines les gens prêtaient l'oreille ; elle décrivait la fadeur douceâtre des navets réduits en bouillie, l'amertume des soupes au lait écrémé brûlé ; elle décrivait en détail la salade d'ortie et le pain noir aigrelet de son enfance, en émiettant triomphalement un morceau de pain blanc. Pour les pommes de terre, elle tenait prête une litanie d'anathèmes : farineux étouffant, pain prussien, puis toute une série d'expressions patoises qu'elle débitait furieusement en série, et auxquelles il ne comprenait goutte. Elle prenait une autre tranche de pain blanc pour ramasser sa sauce et, pendant cette opération, ses yeux d'un bleu lumineux exprimaient une frénésie qui faisait peur à Martin. Il comprenait alors pourquoi elle l'effrayait quand elle entreprenait de décrire comment on tuait les lapins dans son pays. Il entendait craquer les os des pauvres bestioles, voyait leurs yeux se vitrifier, leur sang couler, et les gosses se bagarrer pour les viscères : rouge mélange de poumons, de foie et de cœur, dont elle, la plus petite, se trouvait toujours frustrée par ses frères et sœurs affamés. A présent encore, cinquante ans après, elle hurlait de fureur contre Mathieu, son frère toujours habile à s'approprier le cœur des lapins ; elle traitait de coquin, de scélérat celui qui depuis vingt ans déjà reposait au cimetière de son village natal. Martin entendait les gloussements stupides, égarés des poulets qui s'égaillaient dans la basse-cour misérable quand le père y entrait, la hache à la main : volaille étique, mûre pour la soupe, comme disait sa grand-mère. Elle racontait d'un ton éploré ses visites chez les grands fermiers qui tuaient le cochon pour mendier du sang qu'elle remportait chez elle — espèce de jus de saucisse gras et grumeleux — dans l'écuelle à laver. Quand elle en arrivait à ce point de son récit, le dessert était proche et aussi le moment où il aurait inévitablement envie de vomir, car elle prenait comme dernier plat de viande un steak d'agneau sanglant et tendre, qu'elle coupait et mangeait en vantant sa tendreté ; mais lui, cette chair rouge le faisait penser aux petits enfants massacrés, coupés en morceaux, et tout en essayant de se représenter la glace, le café, les gâteaux, il savait qu'il allait rendre et ne pourrait plus rien avaler. Tous les mets qui avaient figuré sur la table défilaient de nouveau dans sa mémoire, le potage goulasch gras et bouillant, les salades, le rôti, les sauces d'un incarnat suspect ; horrifié, il regardait l'assiette de sa grand-mère où un mélange de sang et de graisse se coagulait, du sang à yeux de bouillon. Pendant tout le repas une cigarette brûlait à côté d'elle dans le cendrier et, entre deux bouchées, elle en tirait une bouffée en lançant de tous côtés des regards triomphants.

Il se disait qu'en ce même moment Brielach et Behrendt jouaient au football dans le jardin, qu'on leur donnait de la limonade glacée et des tartines de confiture, et qu'après Albert les emmènerait dans sa voiture, qu'ils prendraient des glaces quelque part, peut-être au café du pont, près du Rhin, où de sa table on peut jeter des cailloux dans le fleuve et regarder les hommes repêcher des épaves rouillées. Quelle scie d'être là entre ces goinfres pendant que grand-mère, satisfaite, pompe du sang et de la graisse avec des bouts de pain !

Toutes les fois, il se demandait sans fin s'il ne serait pas temps d'aller vomir aux lavabos, mais sa grand-mère s'installait toujours dans le coin le plus reculé de la salle et, pour se rendre là-bas, il fallait passer devant cinq, six, sept grandes tables. Il les comptait anxieusement et le passage couleur de rouille paraissait s'enfoncer dans un tas infini de gens en train de se gaver. Il les haïssait comme il haïssait sa grand-mère : faces rubicondes que le blanc des serviettes faisait paraître plus rouges encore. Plats fumants, bris d'os, d'os d'enfants, sang avec des yeux de bouillon gras, yeux froids et avides des mangeurs maigres, yeux de braise, rougis, bonasses des obèses ; les garçons traînaient, traînaient des enfants massacrés, *brisés,* qu'ils prenaient au buffet sous les yeux de ceux qui, n'ayant pas encore de plat devant le ventre, observaient avidement le chemin des serveurs.

Long chemin jusqu'à la toilette. Un jour, il avait réussi à y arriver. Plus angoissé à chaque pas, il était passé en titubant entre les haies de goinfres et il avait réussi à atteindre les vécés : carreaux de faïence blancs, odeur d'urine chaude, de citron synthétique et de savon, table du gardien garnie de paquets multicolores, peignes, essuie-mains. Grognements des bâfreurs dont il voyait les figures rouges en double, dans la glace et en original ; double rangée de cannibales qui se curaient les dents, tâtaient leurs joues grasses pour vérifier l'état de leur barbe ou promenaient la langue dans leur bouche ; bouts de chemise blancs dans des braguettes déboutonnées... Enfin une place libre... Il s'était penché sur la cuvette, et en pénétrant en lui l'odeur âcre de l'urine de ces carnassiers augmenta encore son mal de cœur, il aspirait au soulagement de la nausée. Juste à côté de lui, le masque tout jeune, rond et rouge d'un craqueur d'os lui disait : « Fourre-toi le doigt dans la bouche. Fourre-toi le doigt dans la bouche. » Il détesta l'insistance obligeante de cet assassin à face colorée, désira la présence de son oncle Albert, de sa mère, la figure simple, anguleuse de Glum, les cheveux noirs et lisses qui encadraient le visage de Bolda ; il aspira à une partie de football avec Brielach et Behrendt... Mais il se sentait prisonnier, perdu entre ces craqueurs d'os, rotant et pissant, enfermé dans ce cachot d'une propreté, d'une blancheur mortelles, condamné à perpétuité aux odeurs d'urine chaude et de citron synthétique. La patte molle et chaude du gardien, debout derrière lui, se posa sur son cou et la bonne tête empâtée de l'homme sur son épaule : « Qu'est-ce qui t'arrive, mon petit bonhomme ? » Juste à ce moment-là, sa grand-mère fit irruption côté Messieurs, les yeux du gardien mollasse et chaud s'écarquillèrent d'horreur, et les pisseurs tripotèrent pudiquement leurs pantalons. « Que se passe-t-il donc, mon petit ? Qu'est-ce que tu as ? » Les mains de mémée étaient légères mais fermes, elle lui courba le cou et, en dépit de ses cris d'épouvante, lui enfonça dans la bouche son long index jauni. Malgré cela, il ne rendit pas ; le dégoût lui pesait durement sur l'estomac, barre de fer, spasme effroyable, tenace, et sa grand-mère le ramena de force entre les haies de bâfreurs. Ce fut là seulement que la chose arriva... au beau milieu du restaurant. Comme il longeait la table de l'un de ces tueurs qui, l'œil satisfait, d'un coup sec de son couteau, tranchait dans la viande rose d'un petit enfant, il sentit l'horrible chose se détacher, remonter. Il n'en éprouva ni honte ni remords, mais uniquement un sentiment de triomphe paisible et, l'estomac débarrassé, il sourit.

L'ogre rougit, puis une vague jaune monta de son cou et injecta son visage ; tout alentour des cris, des cliquetis ; des garçons arrivaient en trombe, tandis que grand-mère riait et promettait la réparation des dommages en agitant son carnet de chèques. Le costume de Martin n'avait pas souffert, son visage n'était pas souillé, il lui suffisait de s'essuyer un peu la bouche avec son mouchoir ; il sortait indemne de la bataille, vide et libre, vainqueur. Il ne s'était pas sali les mains, n'avait pas souillé son âme et avait restitué un repas ingurgité de force. Sa grand-mère elle-même en eut l'appétit coupé, elle laissa là gâteaux à la crème fouettée, glace et café ; elle détacha un chèque, un second pour le costume de l'ogre, un encore pour la tranquillité du garçon. Quant à lui, l'estomac vide, il se dirigea vers la sortie, par le passage couleur de rouille, sans peur ni honte, la main dans la main de sa grand-mère.

Suivit le retour en taxi où, en ronchonnant, la grand-mère ne tarit pas de commentaires sur les estomacs « ratés » de la jeunesse actuelle : « Personne ne sait plus manger raisonnablement, personne ne sait plus boire raisonnablement, personne ne sait plus fumer une cigarette ordinaire : génération chétive, condamnée à la mort. »

Les sorties de ce genre n'avaient lieu que deux fois par an environ. Quand l'une d'elles arrivait à échéance, Martin la sentait venir, comme il sentait venir le « sang dans l'urine ». Il les évitait le plus possible en disparaissant dès avant le déjeuner, ou en priant l'oncle Albert de l'emmener dans sa voiture, mais ce n'était que partie remise, et sa grand-mère le repinçait. Ces sorties faisaient partie du mode d'éducation qu'elle jugeait nécessaire. Un jour — il avait alors cinq ans — elle lui avait dit : « Bon, maintenant je vais te faire voir ce que c'est que bien manger. » Et, pour la première fois, elle l'avait emmené au restaurant de luxe *Vohwinkel.* Ce fut alors que l'idée lui vint des marmots massacrés, transportés du buffet dans la salle où les tueurs impatients attendaient les plats fumants de chair fraîche. A partir de sa cinquième année, il observa attentivement la manière dont les grandes personnes mangent, ce qu'elles mangent, puis par une saute d'idée hardie il en vint à cette conclusion que ce qui se passait là-bas était forcément *immoral.* Néanmoins sa grand-mère ne renonçait pas à l'y traîner ; le gérant le connaissait depuis longtemps ainsi que la demoiselle du buffet et les garçons, et il avait happé au passage ce qu'ils chuchotaient : « La grande duchesse avec son vomisseur. » Elle ne cédait pas, il lui importait d'habituer son petit-fils à une forte nourriture. Des carcasses d'oies devaient être cassées et sucées sous ses yeux, de la viande engloutie, des steaks sanguinolents découpés... Il haïssait tout ce monde-là. On y dépensait un tas de cette chose mystérieuse nommée *argent,* billets et pièces de monnaie ; qu'est-ce qui pouvait coûter si cher, sinon des enfants ?

Quand il avait été forcé de sortir avec sa grand-mère, il restait des mois sans toucher à la viande, il ne mangeait plus que du pain et des œufs, du fromage et du lait, des fruits ou de ces soupes délicieuses que Glum se fricotait dans la cuisine du rez-de-chaussée. Glum s'en faisait pour huit jours, un bouillon dont tous les ingrédients devaient mijoter jusqu'à être réduits en bouillie : légumes et os, poissons et pommes. Soupes confectionnées en grand secret et savoureuses, que Glum préparait par cinq litres pour avoir sa tranquillité. Glum vivait de pain, d'œufs, de concombres où il mordait comme dans des pommes, il apportait des citrouilles énormes, puis restait près du feu durant des heures à fumer sa pipe et à méditer sur sa marmitée ; il y goûtait, y ajoutait encore un petit quelque chose, un oignon ou du Maggi, des herbes séchées qu'il pulvérisait entre ses doigts. Il humait, goûtait, grimaçait jusqu'au moment où il ôtait du feu le grand pot de fer et le mettait dans le réfrigérateur : une semaine de tranquillité. Quand il partait pour son travail, il remplissait son *Henkelmann,* le vissait, fourrait dans sa poche une moitié de concombre, un quignon de pain, un morceau de saucisson et un livre. Glum lisait de drôles de livres ; sur un gros bouquin on voyait écrit *Dogmatique;* sur un autre *Théologie morale.* Il griffonnait au crayon dans ces volumes dont les titres ne se déchiffraient que difficilement. Théologie morale, cela avait sûrement quelque chose à voir avec *immoral.* Glum savait parfaitement ce qu'*immoral* signifiait ; d'après ses renseignements, les tueurs de chez *Vohwinkel* ne mangeaient pas d'enfants et d'une façon générale ce qu'ils faisaient n'avait rien d'*immoral,* mais le bouquin de Glum était peut-être trop vieux — car c'était un vieux bouquin — et il ne parlait peut-être pas encore de ces assassins-là.

Glum fumait la pipe presque sans interruption, quelquefois il la prenait dans son lit. Il faisait de la soupe, lisait de gros livres et partait de bon matin pour son travail à la fabrique de grand-mère.

Glum était bizarre, mais bon ; Martin l'aimait bien et pourtant son manque de dents et de cheveux lui faisait un peu peur, mais il y avait une raison : K.Z. [1] Glum avait été en camp de concentration. Il n'en parlait jamais, cependant l'oncle Albert racontait de quoi il s'agissait : mort et meurtre, violence et terreur, millions de gens... et c'était pour avoir vu tout cela que Glum paraissait plus vieux que

1. K.Z. = *Konzentrationslager :* camp de concentration (*N.d.T.*).

son âge. Martin avait toujours l'impression que Glum devait être plus âgé que sa grand-mère et pourtant il comptait quinze ans de moins qu'elle. Glum parlait d'étrange façon ; on aurait dit qu'il faisait sortir chaque mot de sa bouche en le roulant comme une boule. Il ouvrait la bouche toute grande — caverne nue et rose —, sa langue exécutait une drôle de gymnastique devant un fond d'un rouge plus sombre, et l'on s'attendait à voir apparaître une chose épaisse et ronde ; mais il n'apparaissait qu'un tout petit mot : « *Die*[1] ». Le mot suivant devenait plus grand, plus gros, presque comme une petite courge, modelée avec lenteur, extériorisée avec grande patience ; mais ce n'était encore qu'un mot, un mot considérable cette fois : « *Muttergottes*[2] ». Dans la bouche de Glum, le mot « *Muttergottes* » prenait des proportions énormes, plutôt un ballon qu'une petite courge. Les yeux de Glum brillaient, son nez frémissait, et il venait quelque chose de la taille d'une assez grosse pomme : « *Gewaltig*[3] ». C'était son vocable préféré, la syllabe du milieu le « *wal* » sortait de sa bouche avec une rondeur, une douceur singulières.

Glum était dévot, affable, mais pas facile à suivre dans ses propos parce que les intervalles entre les différents mots s'allongeaient tant qu'on avait oublié le premier quand le second se présentait. Il était difficile de garder le fil dans ces conditions. Lentement, avec une solennité imposante, avec patience — patience aussi était un de ses mots préférés —, avec une *grande* patience, il s'entendait à conter. Si vous écoutiez bien attentivement vous pouviez apprendre des choses merveilleuses.

Tout un mur de la chambre de Glum était couvert par une carte du monde dessinée de sa main. Il avait collé, feuille par feuille, un papier très solide, calculé les échelles pendant des mois, en les adaptant aux dimensions de la cloison, puis avec application, méticulosité, patience, il

1. La.
2. Mère de Dieu.
3. Puissant.

avait esquissé les montagnes, cours d'eau, lacs et mers ; il avait énormément effacé, hachuré prudemment et, après des mois de préparation, commencé à y porter en couleur, avec soin, la nature du terrain : du vert pour l'immensité des plaines, de l'ocre pour les hauteurs, du bleu pour les mers.

Glum avait déjà beaucoup vu, quand il s'installa dans la maison à une époque qui devait remonter loin puisqu'il y était depuis que Martin pensait. Il avait vu bien des choses le long du chemin menant de son pays natal au-delà du Rhin, mais il ne connaissait pas un certain objet qu'Albert lui montra : une boîte de couleurs, et cette boîte l'enthousiasma plus que les cathédrales, plus que les avions. Il avait imité exactement le mouvement des mains de l'oncle sur le papier et, en voyant le papier se colorer en rouge, en rouge clair, il avait ri de bonheur. A partir de ce jour-là, il posséda lui-même une boîte de couleurs.

Avec lenteur, avec exactitude, avec une grande patience, Glum se peignait le monde. Il avait commencé quelque part au loin, là-bas où tout était si vert, en Sibérie, C'était là aussi qu'il avait placé le tout premier point de sa carte, le plus noir de tous, et il disait : « C'est en cet endroit que je suis né, à quinze mille kilomètres d'ici. » Il lui fallait presque une minute pour prononcer quinze mille kilomètres : pomme, courge, pomme, pomme, bille, bille, pomme, courge. On aurait dit qu'il faisait frire les mots au fond du palais avant de les mettre en liberté, mais il les dégustait encore, s'activait à leur donner le coup de fion avec sa langue, avant de les faire rouler dehors, syllabe à syllabe, avec précaution, avec amour.

Glum était né à quinze mille kilomètres ; en fait il s'appelait Glumbich Cholokusteban ; l'entendre prononcer et expliquer son nom suffisait à vous procurer une jouissance toute spéciale. Son nom signifiait « soleil-qui-fait-mûrir-nos-baies ».

Quand ils en avaient envie, Martin et Henri Brielach montaient chez Glum, simplement pour lui faire prononcer et expliquer son nom ; c'était beau comme du cinéma.

Malheureusement Martin ne pouvait y monter que

rarement, car tous les matins Glum se rendait très tôt à la messe, puis à la fabrique de confitures dont il ne revenait que tard dans la soirée. Avant de se coucher, Bolda lui préparait toujours son petit déjeuner : café, concombres, pain et boudin. Bien que rouge, le boudin de Glum n'évoquait en rien les enfants massacrés ; il était farineux, doux au palais et, au dire de Bolda, se composait exclusivement de farine et de margarine avec un soupçon de sang de bœuf.

Le dimanche, Glum dormait jusqu'à midi. Repas : soupe et potiron, puis, s'il restait un peu de café du petit déjeuner, il se le faisait chauffer et l'emportait dans sa chambre. Là il étudiait jusqu'à quatre heures dans ses drôles de bouquins et, une fois par mois, recevait la visite du vieux petit prêtre qui demeurait chez les bonnes sœurs et restait en haut avec lui tout l'après-midi. Ils s'entretenaient de ce que Glum avait lu dans ses livres. Ensuite le prêtre et Glum, oncle Albert et Martin prenaient presque toujours le café chez mère, et souvent ils discutaient : mère avec le curé, l'oncle Albert avec le curé ; Glum donnait toujours raison au prêtre, finalement il extrayait patiemment cette phrase de sa bouche : « Viens, petit curé, on va boire un schnaps... ils sont tous tellement bêtes, hein ? » Alors tout le monde pouffait de rire, et Glum allait effectivement boire la goutte avec le petit prêtre.

Le dimanche, de quatre à six et demie, Glum travaillait à sa carte de géographie et, pendant ce temps-là, Martin pouvait parfois monter chez lui. En cinq ans, il n'avait pas encore fini de peindre la moitié de la terre. Transportant avec soin sur sa carte, l'une après l'autre, les nuances de l'atlas d'Albert, il fignolait son œuvre au pinceau. Pour la mer de Glace, il lui avait fallu rester tout le temps perché sur un escabeau. Quant à l'escabeau, relégué pour le moment à la cave, on le remonterait seulement lorsque Glum aurait atteint sur la gauche l'endroit où il s'attaquerait au Spitzberg, au Groenland et au pôle Nord. Il usait à pleins tubes le vert, le brun, le bleu, et beaucoup de blanc pour éclaircir les vert, brun et bleu, les rendre aussi froids que la mer de Glace, aussi frais que de la salade fraîche, d'un brun aussi clair que le sable des bords du Rhin.

Oncle Albert, qui s'y connaissait en peinture, prétendait que Glum était un peintre magnifique. Il était capable de mettre directement sur du papier, avec son pinceau, des animaux, des personnes, des maisons et des arbres et, quand il était bien luné, il faisait des vaches rouges, un cheval jaune et, sur le cheval, un gros homme tout noir : « Les vaches de mon père étaient rouges, toutes rouges ; oui, ris donc, toi, elles étaient aussi rouges que les tomates bien mûres, et mon père avait un cheval tout jaune, une barbe noire, des cheveux noirs, mais des yeux bleus, tout bleus... comme la mer de Glace, là-haut. Moi, fallait que je garde les vaches dans les clairières des forêts où il ne poussait qu'une herbe maigre, et parfois je devais les mener à travers bois jusqu'à la rivière où il y avait une bande d'herbe verte et grasse. La rivière se nommait Schechtischechna-schechticho, ce qui veut dire " celle qui apporte de l'eau, des poissons, de la glace et de l'or ". »

La bouche de Glum émettait des sons violents qui figuraient la rivière large, rapide, sauvage et froide. Elle venait du grand massif montagneux derrière lequel on trouve l'Inde.

Et Glum montrait de nouveau, dans l'immensité verte, le point noir où il était né : « Mon père était chef de village, plus tard il eut le titre de commissaire, mais il resta chef de village, même quand on le nomma commissaire et, chaque printemps, quand Schechtischechna-schechticho dégelait, quand les arbustes à baies commençaient à fleurir dans les forêts, quand l'herbe verdissait, mon père, même une fois commissaire, faisait ce que tous les chefs de villages faisaient depuis bon nombre d'années : il tirait au sort, parmi les garçons de son village, celui qu'on allait jeter à l'eau afin que la rivière n'inondât pas le pays et qu'elle charriât beaucoup, beaucoup d'or. Cela se passait en grand mystère et les gens qui avaient nommé mon père commissaire devaient l'ignorer, mais personne ne bavardait, et on ne s'apercevait de rien, car nul ne comptait les garçons du village... il y en avait des tas au pays ! »

Pour en dire si long, il fallait plusieurs jours à Glum et ainsi, petit à petit, en le questionnant, en le taraudant pendant des années, Martin finit par lui arracher son histoire.

Les riverains orpaillaient dans la rivière, et leur or tombait en partie aux mains des hommes qui avaient fait un commissaire du père de Glum, mais celui qui en recevait la plus grande part, c'était Fritz. Quand il parlait de ce Fritz, Glum peignait des arbustes, la forêt, des baies et la Schechtischechna froide comme la glace. Fritz connaissait un passage de la rivière, et il s'amenait avec des cigarettes, « les tiges blanches qui mettent le bonheur sec dans le cerveau », et Fritz apportait autre chose encore, une chose blanche dans des petits tubes de verre, et d'après la description présise de Glum, Martin reconnut que c'était des ampoules comme celles que le médecin pompait avec la seringue, et mettait dans le bras de sa grand-mère.

— Qu'est-ce que ton père en faisait, Glum ?

— Je ne l'ai compris que plus tard. Tous les printemps, dans la cabane de la forêt, on célébrait une fête et les jeunes filles devaient y participer, les jeunes filles seulement, pas les femmes d'un certain âge, et aussi mon père, et deux autres hommes qu'on appelait chamans ; quand les jeunes filles refusaient de prendre part à la fête, le chaman les maudissait, et elles tombaient tout à fait malades...

Là, Glum se tut un moment, il s'empourpra, et le rouge, un rouge sombre lui monta du cou au visage. Martin comprit que là-bas, dans la hutte de la forêt, à quinze mille kilomètres de distance, il se commettait aussi de l'*obscène,* de l'*immoral* peut-être.

Ensuite, quand les jeunes filles étaient prêtes à participer aux réjouissances, elles recouvraient la santé et c'étaient ces deux choses, maladie et bonne santé, que Fritz apportait dans ses petits tubes de verre.

Plus tard Glum s'était enfui parce que son père l'avait choisi pour être jeté dans la Schechtischechna, et Fritz l'avait aidé à se sauver.

Glum racontait lentement, quelques phrases seulement,

puis plus rien pendant des semaines. Quand on approchait de six heures et demie, il s'interrompait brusquement, lavait ses pinceaux, les essuyait avec soin, rallumait sa pipe, s'asseyait au bord du lit pour retirer ses pantoufles et renfiler ses souliers. Les couleurs de sa carte de géographie brillaient derrière lui d'un bel éclat, mais la partie encore blanche de la terre paraissait sans fin à Martin : des mers blanches, simplement séparées de la terre ferme par de fins traits au crayon, contours d'îles, rivières, qui s'ordonnaient tous autour du tout petit point noir qui marquait le pays natal de Glum. Plus loin, en descendant vers la gauche, on voyait un deuxième point noir du nom de Kalinovka, endroit où le père de Martin était tombé. Ensuite, en remontant loin sur la gauche, presque au bord de la mer, un troisième rond noir, le lieu où ils habitaient, triangle perdu sur une surface immense. Tout en s'habillant, Glum coupait des petits morceaux de la courge posée sur sa table de nuit, emballait la *Théologie morale* et la *Dogmatique* dans son sac de toile, puis il descendait à la cuisine emplir son *Henkelmann* et allait prendre le tramway.

Souvent de longues pauses s'intercalaient entre les dimanches où Glum se sentait d'humeur à parler ; pendant des semaines Martin ne lui tirait que deux ou trois phrases et pourtant il reprenait toujours son récit à l'endroit précis où il s'était arrêté la dernière fois. Il habitait loin de son pays depuis trente ans. Grâce à l'aide de Fritz, il avait gagné la ville où demeuraient ceux qui avaient fait un commissaire de son père. Le nom de cette ville était Atchinsk. Glum y construisit des routes, y devint soldat, et on le fit « rouler » de plus en plus vers l'ouest. Pour montrer comment cela se passait, Glum remuait habituellement les mains comme pour rouler un bonhomme de neige. D'autres villes apparurent dans son récit : Omsk — Magnitogorsk, et plus loin, bien plus loin vers l'occident, une autre localité : Tambov. Là, Glum n'était plus au régiment mais au chemin de fer, il déchargeait des wagons : bois, bois et charbon, charbon et pommes de terre. Il fréquentait l'école du soir, apprenait à lire, à écrire ; il demeurait dans une vraie maison et il avait une vraie femme. Elle s'appelait Tata. Il la décrivait, il la peignait : blonde, rondelette, souriante. Il l'avait connue aux cours du soir où on lui enseignait à lire et à écrire. Tata aussi travaillait au chemin de fer, elle ne faisait encore qu'y porter des paquets mais, dès qu'elle saurait lire, dès qu'elle saurait écrire, elle serait davantage, quelque chose de mieux, et dans son portrait par Glum, le rire de la blonde et rose Tata s'élargissait, à l'idée qu'elle devait avoir un poste à la gare de Tambov, contrôler et poinçonner les billets : Tata, la casquette d'employée sur sa grosse tête blonde, Tata, la poinçonneuse à la main...

Mais le grand moment pour Glum n'arriva qu'un an après son mariage avec Tata, alors qu'elle était employée depuis longtemps à la gare de Tambov, avec casquette et poinçonneuse. Elle ne lui montra qu'au bout d'un an ce qu'elle cachait dans sa cuisine, au fond du coffre à bois : un crucifix et une médaille de la Sainte Vierge. La nuit, quand il était au lit avec Tata, elle lui racontait tout, et Glum fut saisi par la flamme. Il peignit une flamme : beaucoup de rouge avec beaucoup de jaune. Mais une fois de plus on l'emmenait vers l'ouest, le bonhomme de neige grossissait de plus en plus ; on le faisait rouler inopinément loin de Tata : c'était la guerre. Il fut blessé, roulé de nouveau en direction de Tambov, Tata était partie, personne ne savait où. Partie un matin avec la casquette et la poinçonneuse de la gare, elle n'était pas revenue. Glum resta à Tambov, il rechercha Tata, ne retrouva pas sa trace. On le roula vers l'ouest une fois de plus, il rentra dans la guerre parce qu'il était guéri... rouler, rouler jusqu'à la nouvelle station, que Glum n'appelait pas K.Z., mais camp. C'est là qu'il perdit ses dents, ses cheveux, non seulement de faim mais d'horreur. Et quand Glum disait « horreur », c'était terrible ; il crachait des couteaux, non des pommes, non des ballons, et son visage s'altérait de telle manière que Martin avait peur de Glum, comme d'ailleurs il avait peur de son rire. Glum riait quand Bolda venait dans sa chambre pour chanter des chorals avec lui. Glum chantait bien, avec un timbre de voix clair et violent.

Mais quand Bolda s'y mettait, il riait d'un rire qui sonnait comme si cent petits couteaux sifflaient en fendant l'air. Et si Bolda s'entêtait même après ses éclats de rire, Glum se fâchait presque, puis la suppliait : « Oh ! Bolda, ce que tu m'énerves ! »

C'était l'oncle Albert qui avait amené Glum. Il avait cueilli ce monstre chauve, édenté, quémandant du travail à l'entrée de la fabrique de confiture, dont le concierge l'éconduisait. Albert l'avait donc amené et grand-mère se montrait bonne pour lui : un grand « plus » à l'actif de grand-mère qui, malgré tout, était bonne aussi pour Bolda.

Le mot *ratée,* que la mère de Martin employait si souvent en se l'appliquant à elle-même, s'appliquait également à Bolda. Ratée, Bolda l'était, elle avait le même âge que grand-mère et, chaque fois qu'elle parlait de sa vie, elle paraissait parler d'une personne différente. D'abord religieuse, elle se maria ; son mari décédé, elle en épousa un second, et dans ses disputes avec elle grand-mère la traitait de défroquée, de double veuve, et Bolda en riait. Bolda était ratée mais bonne, Glum étrange, un peu inquiétant mais bon quand même. Quand Bolda parlait de sa vie, tout venait en vrac : couvent, mariage et veuvage, premier et deuxième veuvage. Par exemple, elle commençait ainsi : « Quand j'étais au couvent... », puis deux phrases après : « Quand j'avais ma boutique à Coblence, des trucs électriques, tu sais, fers à repasser, radiateurs... » Dans la phrase suivante, on la retrouvait au couvent, et elle décrivait son trousseau. « Quand je suis devenue veuve pour la première fois... » mais elle glissait rapidement sur un autre plan : « C'était un bon mari.

— Lequel ?

— Ben, le second, et heureusement il n'avait pas de boutique, il était fonctionnaire de la Sipo [1].

— Qu'est-ce que c'est que ça ?

— Tu ne comprendrais pas, mais c'est grâce à ça que je touche une pension. »

1. *Sipo :* police des mœurs. (*N.d.T.*).

De vagues allusions aux activités de la Sipo donnaient à penser qu'elle avait quelque rapport avec *obscène* et *immoral*. Donc Bolda touchait une pension de la Sipo. Certains buissons jouaient un rôle dans ses allusions, des buissons qu'apparemment son mari contrôlait et Martin pensait à ce que Grebhake et Wolkers avaient fait dans un buisson : figures toutes rouges, braguettes déboutonnées, âcre odeur de verdure fraîche... « Des cochonneries », disait Bolda qui venait parfois quand il était chez Glum. Et, à ses récits, Glum hochait la tête de façon si continue, si patiente que Bolda entrait en fureur et criait : « Qu'est-ce que tu comprends à la civilisation, espèce de vieux... de vieux... » Elle cherchait un mot et ne trouvait que « espèce de vieux Turc ! ». Sur quoi Glum s'esclaffait et l'on aurait dit cent petits couteaux sifflant à travers l'air. Mais pourquoi venait-elle chez Glum si elle s'irritait tant contre lui ? Souvent c'était pour parler du petit déjeuner, quoiqu'il n'y eût rien à en dire. Dans la maison, chacun prenait toujours le même, c'est-à-dire son déjeuner particulier, différent de celui des autres, mais tous les jours le même. Mère buvait du café très fort, le même qu'Albert ; lui et Glum de l'ersatz, Bolda du lait chaud où elle versait quelques gouttes de miel. Chacun avait son petit pot personnel avec un petit couvre-pot, son pain tout coupé, du beurre, du saucisson ou de la confiture préparés dans une assiette, ce qui entrait dans les attributions de Bolda ; mais quelle que fût l'heure de son lever, chacun devait aller chercher son déjeuner à la cuisine.

Bolda était une ratée, mais elle était bonne, sa mère une ratée aussi, et Martin ne savait pas encore au juste si malgré tout elle n'était pas immorale. Sourds murmures dans le vestibule. « Où peux-tu bien vadrouiller tout le temps comme ça ? » Glum n'était pas un raté, il était étrange et bon. Albert n'était ni étrange ni raté, mais bon tout de même, il ressemblait aux pères des autres garçons. Le mot raté ne convenait pas non plus à grand-mère, ni le mot étrange et, Martin le savait : *à proprement parler*, grand-mère était bonne, pas bonne *d'une manière générale*, mais *à proprement parler*. Et Martin ne comprenait pas pourquoi des expressions telles que d'*une manière générale, à proprement parler, de toute façon* étaient prohibées à l'école. Grâce à elles vous pouviez exprimer ce qui n'était pas exprimable *d'une autre façon.* Ce point restait à élucider, et il se doutait que l'explication n'aboutirait à rien de satisfaisant.

Bolda et grand-mère s'étaient connues enfants, et chacune tenait l'autre pour folle ; toutefois quand l'air du temps était à l'émotion, à Noël et comme ça, elles s'embrassaient et disaient : « Nous avons gardé les vaches ensemble... Te rappelles-tu quand... » Elles parlaient du vert vif de l'Eifel, des cabanes en branches, paille et pierres, des feux de plein air où elles faisaient leur café et leur soupe ; alors, elles chantaient des choses que personne ne comprenait, et Glum aussi chantait des choses que personne ne comprenait : des chansons de couteaux. Mais quand grand-mère et Bolda se rencontraient, en dehors des jours où il y avait de l'émotion dans l'air, elles se disputaient le plus souvent ; alors grand-mère se frappait le front du doigt en disant : « Tu as toujours été toquée. » Et Bolda aussi se frappait le front de son index et disait : « Tu as toujours été toquée, à part ça... » Et grand-mère criait : « A part ça, quoi ? » mais Bolda ne répondait jamais. L'occasion de ces attrapades, c'était presque toujours le menu particulier de Bolda : navets réduits en une bouillie douceâtre mélangés avec des pommes de terre écrasées, le tout arrosé de lait écrémé et de margarine fondue, soupes au lait écrémé qu'au dire de grand-mère Bolda « laissait attacher exprès ».

« Dire qu'elle les laisse attacher exprès, la salope, pour me rappeler la misère de mon enfance ! Je la flanquerai à la porte. La maison m'appartient, je peux choisir ses habitants et je la flanquerai à la porte ! » Mais elle ne chassait pas Bolda de la maison, Bolda y demeurait depuis aussi longtemps que Glum et d'ailleurs grand-mère se faufilait parfois humblement dans la cuisine pour goûter au fricot de Bolda, à sa purée de navets, à sa soupe au lait écrémé et au pain noir, aigrelet, que Bolda dénichait quelque part en ville. Alors du visage florissant de grand-mère des larmes tombaient dans l'assiette dans laquelle elle mangeait, debout, et un sourire d'une singulière bonté venait rajeunir la figure étroite et blanche de Bolda.

Chacun devait s'occuper lui-même du repas de midi. Glum avait sa soupe et, dans la glacière sur les rayons de la cuisine, ses concombres, melons, pommes de terre, et les ronds violacés de son boudin qui, à *proprement parler,* n'était pas du boudin du tout. Bolda aussi cuisinait d'avance des trucs incolores dans des casseroles en émail bleu. Grand-mère avait son compartiment personnel dans le réfrigérateur, le plus grand compartiment de tous : saucisses et steaks, un tas de gros œufs frais, fruits, légumes, et quelquefois, sur les quatre heures du soir, cigarette aux lèvres devant le gaz, elle faisait rôtir quelque chose en fredonnant des *lieder* pendant que la vapeur lui tourbillonnait autour du nez. Souvent aussi elle téléphonait à un restaurant et commandait des plats à domicile : vaisselle d'argent brûlante, hautes coupes de glace couronnée de crème fouettée, vin rouge ; elle trouvait même moyen de se faire apporter son café du restaurant. Souvent elle ne prenait rien du tout en dehors du petit déjeuner ; ou encore, en robe de chambre, sa *Tomahawk* à la bouche, les mains gantées, elle sortait au jardin pour cueillir ces orties dont des colonies entières poussaient le long des murs moussus et autour de la tonnelle. Elle choisissait avec soin de jeunes plants d'un beau vert, les rassemblait dans du papier journal, puis les accommodait en salade dans la cuisine ; elle accompagnait cette salade de pain noir pris sur la provision de Bolda. Il arrivait à mère d'oublier de préparer un déjeuner pour lui, Martin, et pour Albert. De toute façon, quand elle se trouvait là, l'idée du repas de midi ne lui venait guère que sur les trois ou quatre heures. Alors vite un potage de conserve, de petits plats de salades variées ; elle allait jusqu'à emprunter aux provisions de Glum la soupe qu'elle faisait chauffer dare-dare. En ce cas, elle déposait à l'intention de Glum un rond de saucisson ou un petit paquet de tabac et, le soir, en faisant la grimace, il versait dans sa marmite autant d'eau que mère avait soustrait de potage. Le plus souvent, la mère de Martin sortait brusquement en oubliant leur déjeuner, alors oncle Albert cuisinait quelque chose ; il prenait à Bolda de la purée de navets, l'améliorait un peu avec du beurre et du lait et faisait rapidement un œuf sur le plat ou une omelette. Mais il arrivait aussi qu'il n'y eût personne, ni mère, ni Albert, ni Bolda, ni Glum, alors l'unique ressource était de chiper de la soupe à Glum et de la réchauffer, ou de se mettre à la recherche de chocolat et de gâteaux dans la chambre de mère, car il n'avait nulle envie d'aller trouver grand-mère qui lui ferait griller de la viande ou l'emmènerait en ville jouer avec elle « la grande-duchesse et son vomisseur ».

Il était rare qu'on lui donnât ce qu'il aimait réellement : des pommes de terre fraîches bouillies, fraîches pelées, encore fumantes et toutes jaunes, avec du beurre et du sel. Il aimait ça, et personne ne savait combien, même pas Albert ni l'oncle Will. Parfois il pouvait persuader Bolda de lui en faire une pleine platée, avec au milieu un bon morceau de beurre qui fondait lentement, et du sel fin, bien sec, blanc comme la neige dont il les saupoudrait lentement avec les mains. D'autres gens mangeaient quotidiennement des pommes de terre, et il les enviait. Brielach devait en faire cuire chaque soir pour le dîner. De temps en temps Martin l'aidait et, en récompense, il avait la permission d'en manger quelques-unes. Chez les autres, il l'avait observé, les choses se passaient autrement que chez lui ; on y faisait la cuisine régulièrement, et la même pour tous : légumes, pommes de terre, sauce. Tous mangeaient la même chose : grand-mères, mères, pères et oncles. Pas de réfrigérateur où chacun conservait ses drôles de spécialités et pas de grandes cuisines où chacun pouvait se fabriquer ce qui lui passait par la tête. Là-bas, le matin, on voyait sur la table une grande cafetière, de la margarine, du pain, de la marmelade ; ils déjeunaient tous ensemble et on leur faisait des tartines pour les emporter à l'école, au bureau ou à la fabrique ; il y avait rarement des œufs et presque exclusivement pour les pères et les oncles. C'était là le signe caractéristique de la plupart des oncles et des pères, le seul qui les distinguât des autres membres de la famille : *un-œuf-au-petit-déjeuner.*

D'autres garçons avaient des mères qui cuisinaient, cousaient, beurraient les tartines, même les *immorales.* Mais sa mère à lui ne cuisinait que rarement, ne cousait jamais, ne beurrait pas de tartines. C'était presque toujours l'oncle Albert qui se rappelait que l'on emporte des tartines à l'école.

Quelquefois Bolda, prise de pitié, lui en préparait. Heureusement grand-mère dormait encore quand il partait, car elle avait à cœur de le transformer en carnivore ; elle lui coupait des tranches à reflets roses sur des rôtis de porc déchiquetés : morceaux de muscles froids, mal cuits.

Par chance, elle s'absentait pendant des mois. Alors c'était épatant. On transportait à la gare de grandes malles d'osier, des valises et des paquets ; deux taxis s'arrêtaient devant le portail et la colonne de tête conduisait grand-mère à son train. Un mois complet, en hiver et en été. On recevait des cartes illustrées : montagnes, lacs, rivières... et des baisers. « *Bons baisers, mille baisers au petit... et aux autres, même à la défroquée.* » Alors Bolda ricanait et disait : « Tout de même on lui a pas chanté au berceau qu'elle fréquenterait les villes d'eau. » Cartes couvertes de griffonnages dont chaque lettre était aussi grande que celles des boîtes de cigares. Grand-mère expédiait aussi de petits colis : confiserie collante, insolite, écrabouillée à la poste, jouets et souvenirs de voyage avec « *mille et mille baisers de ta mémée* ».

Quand elle était partie, il pouvait penser avec une certaine tendresse, avec émotion, à sa mémée lointaine, parce qu'il ne se sentait pas immédiatement menacé ; certains jours, il souhaitait même sa présence car, sans grand-mère, la maison paraissait déserte, silencieuse. Elle fermait sa chambre à clef et il ne pouvait plus contempler la grande photo de son père. Plus de spectacles « sang dans l'urine ». Bolda restait toute triste et silencieuse. Ce qui le frappait, c'était que les nombreux invités de sa mère ne remplissaient pas la maison autant que la présence de sa mémée.

Mais, quand le retour approchait, il souhaitait qu'elle restât au loin. Il ne désirait jamais sa mort : « Qu'elle vive, mais loin d'ici ! » Ses attaques brusquées le terrorisaient. Une fois rentrée, elle se rattrapait. D'abord, à la maison grand festin qu'elle commandait par téléphone. Des garçons pâles et humbles, en veste blanche, traversaient le vestibule, chargés de vaisselle plate, et grand-mère les attendait, les yeux allumés par la gourmandise. Un chef tenait au chaud les mets pendant que les serveurs naviguaient entre la cuisine et la chambre de grand-mère. Des steaks sanguinolents faisaient la navette ainsi que légumes, salades et rôtis ; quand le repas se terminait, le chef donnait un coup de fil au restaurant et une petite auto crème s'empressait d'apporter moka et glace, fruits et gâteaux décorés de crème fouettée. Après, le bruit des os sanguinolents dans la caisse aux ordures et la musique fougueuse des chèques détachés sonnaient la fin des agapes et le début des tourments de Martin, car sa grand-mère armée de nouvelles forces et tétant une nouvelle *Tomahawk* l'appelait chez elle pour rattraper le temps perdu.

— *Question quinze : Quand les corps des morts ressusciteront-ils ?*

— *Les corps des morts ressusciteront le jour du Jugement dernier.*

— Ton père est tombé, n'est-ce pas ?

— Oui.

— Que signifie tombé ?

— Tombé à la guerre, tué.

— Où ?

— A Kalinovka.

— Quand ?

— Le 27 juillet 1942.

— Quand es-tu né ?

— Le 8 septembre 1942.

— Comment s'appelait l'homme qui a causé la mort de ton père ?

— Gaeseler.

— Répète.

— Gaeseler.

— Sais-tu ce que veut dire prendre son père à un enfant ?

— Oui.

Il le savait. Il arrivait à grand-mère de le faire venir trois jours d'affilée pour lui poser les mêmes questions.

— Qu'est-ce que Dieu nous ordonne dans le sixième et le neuvième commandement ?

— Dans le sixième et le neuvième commandement, Dieu nous ordonne d'être pudiques et chastes.

— Dans l'examen de conscience, quelles sont les questions sur le péché de concupiscence ?

Alors gentiment et en vitesse Martin claironnait :

— *Ai-je assisté volontiers à des actes impudiques ?*

— *Ai-je prêté volontiers l'oreille à des paroles impudiques ?*

— *Ai-je volontiers pensé à des choses impudiques ?*

— *Ai-je souhaité des choses impudiques ?*

— *Ai-je volontiers parlé de choses impudiques ?*

— *Ai-je commis des actes impudiques (seul ou avec autrui) ?* Il précisait : *Entre parenthèses : seul ou avec autrui ?*

Suivait la péroraison grand-maternelle : « Quand tu seras plus grand, tu comprendras pourquoi... »

Grebhake et Wolkers avaient commis des actes impudiques dans les buissons : figures toutes rouges, braguettes déboutonnées, âcre odeur de verdure fraîche. Leur air embarrassé, et l'effroyable lâcheté visible sur leurs figures l'avaient interloqué, et fait penser à des agissements ténébreux. Il ignorait ce que Grebhake et Wolkers avaient fait, mais savait que c'était *impudique.* A la dernière question sur le sixième commandement, il leur faudrait non seulement répondre « oui » mais encore « avec autrui ». Depuis qu'il savait ce que Grebhake et Wolkers avaient commis, Martin scrutait la mine de l'aumônier au cours d'instruction religieuse, car il les confessait tous les deux. Mais l'aumônier ne sourcillait pas quand il s'adressait à eux. Grebhake et Wolkers ne s'étaient-ils donc pas confessés ? Ou bien auraient-ils été communier malgré cela ? Martin sentit sa respiration s'arrêter quand il envisagea cette possibilité ; sa figure s'empourpra si bien que sa grand-mère lui demanda ce qu'il avait :

— Rien, répondit-il, c'est la fumée.

Alors elle précipita sa péroraison, détacha son chèque, il courut chez oncle Albert, et n'avait pas franchi la porte qu'il éclata :

— Grebhake et Wolkers ont commis un acte impudique !

Nul doute, oncle Albert changeait de visage. Il se mordait les lèvres, pâlissait un peu. Il demanda :

— Où ? Qu'est-ce que tu as vu ? D'où le tiens-tu ?

Ce fut difficile mais Martin continua :

— Dans le buisson.

Puis il balbutia :

— Pantalons déboutonnés, figures toutes rouges...

Oncle Albert bourra tranquillement sa pipe, l'alluma, parla longuement, un peu trop longuement : union des sexes, beauté des femmes, sexe. Adam et Ève apparurent, et la voix d'Albert donna dans un enthousiasme qui parut légèrement ridicule à Martin quand il recommença à célébrer la beauté des femmes et le désir qui pousse les hommes à s'unir avec elles : enthousiasme doux et sombre de la voix d'oncle Albert. Puis il cogna sa pipe pour la vider, sans nécessité puisque le tabac était encore rouge, alluma une cigarette contrairement à ses habitudes et reprit :

— Du reste, tu le sais aussi, bien sûr, c'est ainsi que les enfants viennent au monde : par l'union des hommes et des femmes, veux-je dire.

Réapparition d'Adam et d'Ève, mention de fleurs, d'animaux, la vache de la mère d'Albert... et encore Adam et Ève. Ce qu'oncle Albert débitait là rendait un son raisonnable, calme, lumineux bien que n'expliquant pas du tout ce que Grebhake et Wolkers faisaient dans le buisson, cet acte que lui, Martin, n'avait pas pu observer exactement et dont il ne se doutait même pas : braguettes déboutonnées, figures toutes rouges, âcre odeur de verdure fraîche...

Oncle Albert s'étendit longuement sur certains secrets « auxquels je ne peux que faire allusion », sur d'obscurs désirs instinctifs, sur la difficulté pour tout jeune homme en formation d'attendre le moment où il est mûr pour l'union. Nouvelle apparition de la flore et de la lune : « Ainsi une toute jeune génisse ne s'unit pas avec le taureau, car elle ne peut pas encore avoir des petits ; et pourtant elle a déjà un sexe, n'est-ce pas ? » Un sexe, tous les animaux, tous les êtres humains en ont un. En parlant, oncle Albert fumait des tas de cigarettes et, par moments, il bredouillait un peu.

Immoral, oncles, mariage, trottaient dans la tête de Martin :

— Tu étais bien marié quand tu vivais en Angleterre ?

— Oui.

— Et tu t'es uni avec ta femme ?

— Oui.

Martin avait beau regarder, il ne voyait pas l'oncle Albert trembler ni changer de visage.

— Alors pourquoi n'as-tu pas d'enfants ?

— C'est qu'il n'en résulte pas de chaque union.

Réapparitions des fleurs, des bêtes, rien d'Adam ni d'Ève. Martin interrompit oncle Albert :

— Alors ce que je pensais est vrai quand même.

— Qu'est-ce que tu pensais ?

— Une femme peut être immorale même si elle n'a pas d'enfants de l'homme avec qui elle s'unit… comme la mère de Welzkam.

— Nom d'une pipe, comment en viens-tu là ?

— Parce que la mère de Brielach est immorale, elle a un enfant et s'est unie avec un homme qui n'est pas son mari.

— Qui donc t'a dit que la mère de Brielach est immorale ?

— Brielach a entendu le directeur dire à l'inspecteur : « Il vit dans des conditions abominables, sa mère est immorale. »

— Ah ! fit Albert.

Et Martin, voyant qu'il était furieux, ajouta, moins sûr de lui :

— Vrai de vrai, Brielach l'a entendu, et il le sait bien que sa mère est immorale.

— Ah ? Et après ?

— Après ? Eh bien oui, la mère de Welzkam aussi est immorale, bien qu'elle n'ait pas d'enfants. Je le sais, moi.

Oncle Albert se contenta de le regarder d'un air surpris et amical.

Soudain Martin dit une chose qui lui venait tout juste à l'esprit :

— Obscène, c'est ce que font les enfants ; immoral, c'est ce que font les grandes personnes... mais est-ce que Grebhake et Wolkers se seraient unis, par hasard ?

— Non, non. (Cette fois Albert rougissait visiblement.) C'est le trouble, tu comprends, ils étaient troublés, ils sont troublés... N'y pense plus et toutes les fois que tu entends des choses comme ça, des choses que tu ne comprends pas, viens me trouver.

La voix d'Albert devenait insistante et grave, mais restait bien cordiale.

— Tu entends, demande-le-moi toujours. Mieux vaut en parler. Je ne sais pas tout, mais ce que je sais, je te le dirai. D'accord, hein ? N'oublie pas de m'interroger.

Restait le mot que la mère de Brielach avait dit au boulanger, Martin y songea et rougit, mais jamais il ne pourrait prononcer ce mot-là. Albert s'enquit :

— Qu'as-tu ? Y a-t-il encore quelque chose ?

— Non.

Il avait honte de l'interroger là-dessus. Cette question, il ne la poserait que plus tard, bien plus tard.

Désormais Albert s'inquiéta davantage de Martin. Il l'emmena souvent en auto. Et mère aussi, lui sembla-t-il, se montra différente. Elle était autre. Sûr qu'oncle Albert lui avait parlé. Ils sortirent souvent à trois, et Brielach put venir tant qu'il voulut ; ils l'emmenaient avec eux en voiture, au bois, aux lacs, prendre des glaces ou au cinéma.

Tous les jours, conformément à leur entente, l'un d'eux

regarda ses devoirs, lui fit réciter ses leçons ; ils l'aidaient tous les deux, mère et Albert, et étaient très gentils avec lui. Mère se montra patiente, elle était là plus souvent et il eut chaque jour son repas de midi ; pendant quelque temps on lui fit même des pommes de terre, mais seulement pendant quelque temps. La patience de mère durait peu. Ensuite elle ne fut là qu'irrégulièrement et il n'eut pas tous les jours un vrai déjeuner. En un certain sens, il ne pouvait pas compter sur mère comme sur Glum, Albert et Bolda.

XI

Debout, derrière le double rideau vert, Nella fumait. Elle soufflait la fumée grise dans l'espace vide entre le tissu et la fenêtre et regardait s'effilocher les volutes qui s'élevaient en mèches ténues : mélange incolore de poussière et de fumée. La rue était déserte. Devant le portail, l'auto d'Albert stationnait, le toit restait humide de la pluie nocturne qui n'avait pas laissé de marque sur la chaussée. Vingt ans plus tôt, Nella se tenait déjà là, dans cette chambre, derrière ce rideau vert, attendant de jeunes cavaliers servants qui dévalaient l'avenue au pas de course, leur raquette de tennis à la main : héros farfelus et touchants qui, ne se sachant pas observés, s'arrêtaient en face, à l'ombre de l'église, se donnaient un coup de peigne en vitesse, s'examinaient les ongles, comptaient subrepticement l'argent qu'ils sortaient de leur porte-monnaie pour le mettre en liberté dans leur poche, gaminerie qui à leur avis donnait l'air déluré. Avoir l'air déluré, pour ces jeunes héros, c'était capital. Ils arrivaient légèrement essoufflés, foulaient aux pieds les fleurs roses des marronniers qui jonchaient le jardin, abattues par la première pluie, et un instant après Nella entendait leur coup de sonnette. Mais les plus à la page eux-mêmes parlaient, pensaient, agissaient comme les jeunes tennismen à la page agissent, pensent et parlent au cinéma. Ils se savaient farfelus, mais le savoir faisait partie du tableau et ne changeait rien au fait qu'ils l'étaient en réalité. Et voilà qu'un jeune héros dévalait l'avenue, sa raquette à la main, se recoiffait en vitesse à l'ombre de l'église, s'examinait les ongles, faisait passer son argent de sa bourse dans sa poche... Était-ce un revenant qui foulait le tapis de pétales roses ou assistait-elle à un film ? Parfois les films lui paraissaient être la vie, une vie à laquelle elle se condamnait, moyennant un mark quatre-vingts, tandis que la vie lui paraissait être du mauvais cinéma. Nul doute : des stries noirâtres se projettent devant ses yeux — c'est la douce grisaille caractéristique des anciens films —, en ce moment où le jeune héros, sa raquette à la main, débouche de l'ombre de l'église dans la rue pour aller retrouver une jeune personne du voisinage.

Sans se retourner, elle demande :

— Joue-t-on déjà au tennis à cette heure-ci ?

— Naturellement, mère, il y en a qui commencent même plus tôt, répondit Martin.

Mais oui, bien sûr, comme autrefois ; seulement elle n'en usait pas, elle aimait à faire la grasse matinée, et d'ailleurs ne raffolait pas du tennis. Elle n'en aimait guère que le terrain sablé rouge, les bouteilles de limonade vert cru sur les tables blanches, l'odeur piquante de l'air, odeur saumâtre des nuages montant du Rhin, amère quand passait un bateau récemment goudronné, et les pavillons des navires, flottant doucement au-dessus des arbres, tels ces accessoires de théâtre dont quelqu'un tire la ficelle dans la coulisse. Nuages de fumée noire comme la poix, sirènes, choc des balles sur les raquettes, tam-tam léger s'accusant par instants, appels brefs, aigus des joueurs.

Le jeune héros passait devant la porte en courant. Nella le connaissait ; les Nadolte étaient seuls à avoir cette peau jaunâtre et ces cheveux clairs, étrange anomalie pigmentaire qui déjà prêtait à Wilfried Nadolte, père du jeune héros, ce même charme dont l'éphèbe bénéficiait. Sans doute avait-il aussi cette sueur à l'odeur violente qui prenait des reflets verts sur la peau jaune des Nadolte en leur donnant l'aspect de cadavres aspergés de vitriol. Le père, aviateur tombé dans l'Atlantique, n'avait jamais été retrouvé, mais cette fin hautement poétique, « Icare tué par de perfides persécuteurs », avait dit le prêtre à l'époque, n'empêchait pas le fils de jouer en ce moment dans un mauvais film : figurant qui prend tout au sérieux mais tient bien son rôle, il avait exactement la mine qu'ont nécessairement dans les mauvais films de mauvais tennismen.

Nella écrasa le bout de sa cigarette dans l'étroite rigole de marbre où restait une trace de pluie, puis elle passa son bras droit libéré dans l'embrasse de brocart doré qui avec les doubles rideaux avait survécu à la guerre. Petite fille, elle avait désiré grandir suffisamment pour y enfiler sa main. Elle avait assez grandi, car elle pouvait le faire depuis vingt-cinq ans déjà.

Elle entendait Martin prendre son petit déjeuner derrière elle, elle l'entendait remuer un peu la cafetière en retirant le cosy, beurrer son pain, tapoter la cuiller à confiture, mordre à belles dents dans le toast et assener le coup traditionnel sur la coquille d'œuf retournée dans le coquetier : boum ! Elle entendait grésiller le grille-pain électrique. Lorsqu'elle se levait assez tôt pour déjeuner avec le petit, une odeur de pain légèrement brûlé flottait dans sa chambre, et l'on entendait Albert dans la salle de bains. Mais aujourd'hui aucun bruit n'en parvenait ; apparemment Albert n'était pas à sa toilette.

— Albert n'est pas encore levé ?

— Si, mère, tu ne l'entends pas ?

Elle ne l'entendait pas. Elle se levait tôt depuis trois jours et avait déjà une impression de durée, de régularité : toast, œuf, café et figure heureuse du fils qui déjeune avec sa mère, la regarde dresser le couvert, observe ses gestes quand elle verse le café. Dehors, Nadolte junior s'en revenait avec une jeune fille. Jeune et jolie, elle découvrait obligatoirement sa denture éblouissante et, docile aux instructions du metteur en scène, tendait à la brise du sud un petit nez retroussé et impatient. Elle souriait, secouait la tête, figurante bien exercée en attente d'un rôle. Aurait-elle l'occasion, elle aussi, de sentir la sueur particulière aux Nadolte, cette sueur qui, lorsqu'on échangeait des baisers avec l'un d'eux dans les buissons, prêtait à son visage un aspect de salade fanée.

Alors seulement Nella perçut les bruits de la salle de bains et sut qu'Albert se lavait. Elle le connaissait depuis vingt ans ; il s'imaginait sans doute la connaître, mais, en ce long laps de temps, il n'avait jamais compris quelle magie érotique les objets de toilette masculins recelaient pour elle, ni combien la torturait la nécessité de partager la salle de bains avec lui.

Chaque matin, quand elle se lavait, elle s'éprenait du rasoir dont l'indifférence semblait répandre un parfum de sympathie, ses doigts caressaient tendrement les tubes de crème à raser mal écrasés et la boîte métallique bleue, toujours la même depuis cinq ans, qui contenait un produit pour la peau. La brosse à dents d'Albert, son peigne, son savon, son flacon poussiéreux d'eau de lavande dont le contenu ne paraissait jamais diminuer... Il semblait à Nella que depuis des années, le niveau de l'eau de lavande se trouvait juste au-dessus de la bouche de la femme rose qui ornait l'étiquette. Elle avait vieilli, la femme, sur son étiquette, beauté fugitive souriant avec mélancolie à travers sa propre fragilité, de même que naguère — quand elle était neuve — ses yeux pleins d'espoir regardaient au loin. A présent, visage vieilli, atours gâchés, beauté endommagée, pas accoutumée à de si mauvais traitements... Le flacon trônait là depuis fort longtemps... Évidemment Albert ne comprenait pas quel supplice lui imposait la cohabitation avec un homme qu'elle aimait bien. A quoi rimait la mortelle austérité qui le faisait tenir dur comme fer au mariage ?

Elle reconnaissait un homme à sa manière d'aller au téléphone. La plupart des hommes y vont, comme cela se voit dans les films médiocres, avec une figure qui doit forcément afficher à la fois l'importance et le détachement, à très grands pas, avec une expression qui signifie tout autant : « Fiche-moi donc la paix ! » que : « Ils ont donc besoin de moi ! » Après quoi, même dans une conversation sans importance — et quelle conversation en a ? —, ils s'ingéniaient à introduire des propos tels que : « Changer nos dispositions » ou « Réservons notre décision ». Enfin, l'instant décisif, celui où ils raccrochaient. Qui donc savait poser le récepteur autrement qu'un mauvais acteur ? Albert le savait... Ray aussi, autrefois...

Qui pouvait réprimer l'envie de mêler à ses coups de fil des échantillons d'intelligence empruntés à des lieux communs, comme l'on pique des fleurs artificielles dans une couronne de sapin ? Fumer aussi, à peine si un homme savait le faire autrement que dans les films. Le monde ne se composait que d'imitateurs. Albert, lui, ne se montrait peut-être si naturel que parce qu'il allait peu au cinéma. Souvent elle aspirait à son indifférence et, quand elle était de sortie avec des ânes bâtés, regrettait de perdre son temps et de gaspiller ses sourires pour lui.

Sa valise faite, elle allait s'ennuyer trois jours à Brernich pendant qu'Albert partirait en voiture avec le petit. L'idée d'entendre Schurbigel, c'était comme l'idée de la damnation éternelle dans un salon de coiffure : chaleur fade, à la fois bienfaisante et répugnante... Penser à « toutes ces personnes charmantes » que le père Willibrord allait lui présenter : « Vous ne vous connaissiez pas encore ? Alors il est grand temps de faire connaissance ! » Oh ! être condamnée à ces propos doucereux ! Albert était-il vraiment étonné qu'elle tombât tout de suite dans le piège, dès que quelqu'un était un peu gentil ou le paraissait ?

Elle tourna le dos à la fenêtre, alla lentement vers la table, en approcha le fauteuil vert.

— Reste-t-il un peu de café ?

— Oui, mère.

Martin se leva, retira le cosy et la servit. Il faillit renverser le confiturier. D'ordinaire il se mouvait avec calme, presque avec lenteur, mais quand il parlait à sa mère, quand il faisait quelque chose pour elle, il prenait feu dans son désir d'avoir l'air dégagé. Sa mine respirait la sollicitude, l'inquiétude, semblable à celle des adultes qui s'occupent d'enfants sans défense, et il lui arrivait de soupirer comme un gosse qui a le cœur gros. Il rebrancha le grille-pain, plaça les tranches dans les rabats, puis patiemment les regarda se dorer ; enfin il sortit les toasts et les empila dans la corbeille.

— Tu en veux encore ?

— Non, c'est pour Albert.

— Et son œuf ?

— Voici.

Il se leva en souriant, alla à son lit, souleva son oreiller, l'œuf y était, beige et propre.

— Pour qu'il reste bien chaud, Albert n'aime pas les œufs froids. Voilà encore du café pour lui.

Le soin qu'il prenait d'Albert différait de celui qu'il prenait d'elle. Peut-être parce que Albert lui parlait davantage de son père et entrait ainsi dans le rôle d'ami indispensable. Quoi qu'il en fût, il restait toujours parfaitement calme lorsqu'il s'occupait d'Albert.

Elle lui racontait peu de chose de Ray. Elle ne tirait que rarement un poème de la serviette où elle conservait ses vers, les coupures de presse, ses manuscrits, et la petite brochure de vingt-cinq pages à couverture bleutée, citée dans tous les articles sur le lyrisme moderne. Pendant quelque temps, elle s'était sentie fière de voir le nom de Ray à la table des matières des anthologies, d'entendre parler de ses œuvres à la radio et de toucher des honoraires. Des hommes qu'elle n'avait jamais connus, dont elle n'aurait jamais voulu faire la connaissance, venaient la voir : jeunes gens vêtus avec un débraillé recherché, qui dégustaient comme du cognac cette négligence voulue et dont l'émotion ne dépassait jamais la juste mesure. Lorsque l'espèce lui faisait visite, elle savait qu'une fois de plus l'heure d'un article sur la poésie lyrique sonnait quelque part. Pendant un certain temps, sa maison avait été un lieu de pèlerinage ; les articles poussaient dans les revues comme des champignons après une pluie d'été, les honoraires affluaient, il parut deux nouvelles éditions des poésies de Ray. Puis les jeunes nonchalants, en costume recherché, découvrirent de nouvelles victimes, et elle jouit d'une paix momentanée. Ray remonterait à la surface au prochain calme plat, car le sujet restait d'actualité : poète tombé sur le front russe, adversaire du *système*... N'était-il pas le symbole d'une jeunesse stupidement sacrifiée ? N'était-il pas, d'un point de vue un rien renversé, le symbole d'une jeunesse judicieusement sacrifiée ? Les discours de Schurbigel et de Willibrord n'avaient-ils pas de singulières résonances ? En tout cas

Ray devenait inexorablement un sujet d'études favori, et il y avait des compagnies entières de ces jeunes nonchalants, en costume recherché, qui écrivaient des essais et ne se lassaient pas de créer des symboles. Avec assiduité, netteté, diligence, avec ni trop ni trop peu de passion, ils tissaient les Gobelins de la culture, bluffeurs aux mains agiles qui, lors de leurs mutuelles rencontres, se regardaient en souriant comme des augures. On leur livrait des entrailles et, à force de subtilité, ils arrachaient une prophétie à ces pauvres tripes. Ils entonnaient des hymnes tièdes sur un cœur chaud encore et, dans des laboratoires secrets, débarrassaient de leurs excréments les viscères brûlés de l'holocauste ; après quoi ils en bazardaient secrètement le foie. Équarrisseurs déguisés, ils fabriquaient avec la bête morte non point du savon, mais de la culture ; écorcheurs et devins, ils fouinaient dans les boîtes à ordures et chantaient leurs trouvailles sous forme de cantilènes. Quand ils se rencontraient, ils se souriaient comme des augures et Schurbigel, pêcheur en eau trouble à horizon humain, coiffeur à supradimensions, était leur pontife.

La haine emplissait Nella. Angoissée, elle sentait qu'elle donnait dans les idées d'Albert, prête à se laisser prendre à leurs tours et détours.

Tant que Ray avait vécu, elle avait attendu le courrier avec constance, avec avidité, comme un fauve en cage attend sa pitance ; la main droite dans l'embrasse de brocart, elle restait à l'affût derrière le rideau vert, ne perdait pas le facteur des yeux, et quand il tournait le coin du presbytère, le premier pas qu'il faisait décidait de sa journée. S'il traversait la chaussée en piquant droit sur la maison comme calculant exactement un angle droit, elle savait qu'il lui apportait quelque chose ; mais s'il tournait tout de suite et prenait la diagonale invisible aboutissant à l'immeuble voisin, tout l'espoir d'un jour s'évanouissait. Alors les doigts de Nella s'enfonçaient dans le tissu vert et l'effilochaient ; elle restait encore là dans le fol espoir que le facteur allait se raviser, revenir sur ses pas ; mais il ne se trompait jamais, ne faisait jamais demi-tour une fois qu'il était passé. Des idées insensées lui passaient quelquefois par la tête quand elle le voyait disparaître... Interceptait-il des lettres ? Participait-il à une conjuration contre elle, contre Ray, ce sadique en uniforme bleu marine brodé du cor, emblème de la poste, cet hypocrite à masque d'honnête homme ? Mais le facteur n'était ni sadique ni perfide, il était honnête et sincèrement dévoué à sa personne, et elle le sentait bien quand il lui remettait une lettre.

A présent et depuis des années, elle ignorait la mine du facteur, son nom et l'heure de sa tournée. A un moment quelconque, quelqu'un jetait des imprimés et des lettres dans la boîte, à un moment quelconque, quelqu'un les en retirait : offres de soutien-gorge, de Riesling, de cacao. Cela ne l'intéressait pas. Depuis dix ans, Nella ne lisait plus de lettres, pas même celles qui lui étaient adressées. Plus d'un jeunot nonchalant — contemplateur de trichine culturelle, découvreur de symboles dans les entrailles des trépassés — s'en était plaint au père Willibrord, mais elle ne lisait absolument aucune lettre, son unique ami habitait la pièce à côté, et s'il partait pour quelques jours, il y avait le téléphone. Surtout ne plus lire de lettres. Il en arriva encore plusieurs de Ray après la nouvelle de sa mort. Ô poste de tout repos, travail précis et digne d'éloge, organisation innocente apportant des réponses à des questions qu'on ne posait plus !

Plus de lettres surtout. Les cavaliers servants pouvaient téléphoner ; s'ils écrivaient, inutile pour eux de compter sur une réponse, toutes les épîtres prenaient, non lues, le chemin de la boîte à ordures que les boueux vidaient ponctuellement.

Elle avait lu sa dernière lettre voici dix ans, un billet d'Albert : « *Ray mort. Il est mort hier, victime d'une chicane. Note bien le nom du coupable : Gaeseler. Je t'écrirai plus longuement.* »

Elle avait retenu le nom de Gaeseler, mais ne décacheta pas non plus les lettres d'Albert. Elle n'apprit pas qu'il purgeait six mois de prison, rançon trop élevée pour une paire de gifles sur une jolie figure d'homme moyen. Elle n'ouvrit pas non plus le faire-part officiel. Un prêtre le lui apporta qu'elle refusa de recevoir — voix pathétique aux sombres vibrations, priant pour la patrie, sollicitant la victoire, répandant l'esprit patriotique. Debout, devant la porte avec sa mère, il cria : « Ouvrez donc ! » et elle l'entendit murmurer : « Espérons que la pauvre enfant n'attentera pas à ses jours. » Non, elle ne songeait pas à attenter à ses jours. Ignorait-il qu'elle était enceinte ?

Elle ne désirait pas entendre le prêtre : emphase, réthorique factice de séminaire qui, à des mots déterminés, fait exécuter à la voix des vibrations connues, houle de sentiments simulés, mensonge détectable comme un séisme, roulements à effet, puis coup de tonnerre vocal quand vient le tour du mot enfer. A quoi bon ces clameurs ? A quoi bon tant de bruit, ce faux pathos qu'au séminaire les professeurs de réthorique avaient inculqué à deux générations d'ecclésiastiques qui le déversaient à leur tour sur les multitudes ?

« Chère Nella, ouvrez, voyons. »

A quoi bon ? J'ai besoin de toi parce que j'ai besoin de Dieu et Dieu de moi. Et quand tu me seras nécessaire, j'irai te trouver. Continue à rouler les *r* de *Vaterland* et de *Führer,* agite l'*l* de *Volk* et prête l'oreille au vain écho que ton éloquence artificielle renvoie de la chapelle baptismale : *ührer, olk, aterland.*

« Espérons qu'elle n'attentera pas à ses jours... »

Je n'attenterai pas à mes jours et je n'ouvrirai pas ma porte. Des millions de veuves, des millions d'orphelins pour *aterland, olk, ührer.* Ô écho incorruptible, tu ne me ramèneras pas Ray...

Elle entendait le prêtre haleter de désespoir dans le vestibule, elle l'entendait chuchoter avec sa mère, elle en eut pitié un instant, mais l'écho pathétique recommença à lui tinter aux oreilles.

Le cercle se fermait-il autour de Gaeseler ? Lettre d'Albert, dix ans auparavant, et maintenant le père Willibrord avec son sourire affable : « Veux-tu me permettre de te présenter M. Gaeseler ? » Invitation à Brernich, valise prête à côté de la bibliothèque.

Dehors, personne dans la rue. Tôt encore, la voiture du laitier n'était pas venue jusque-là, les sacs à pain en toile restaient suspendus aux portes des jardins ; à côté, Martin riait avec Albert, et Albert lui faisait réciter ses leçons : *Si de nos péchés voulez vous souvenir, Seigneur...* Nouveaux éclats de rire. Film où elle refusait de jouer son rôle : bonheur familial, enfant rieur, futur père rieur, mère rieuse... équilibre et bonheur... et l'avenir. Tout cela lui paraissait tellement rebattu, si suspect en sa proximité, si connu : enfant rieur, mère rieuse et, par-dessus le marché, Albert en père rieur ? Non. Elle alluma une cigarette et regarda la fumée monter en volutes, toute bleue, toute neuve, de sa main où elle la gardait sans penser à tirer. La femme d'Albert n'avait-elle pas préféré les ballons de baudruche aux meubles, le provisoire au durable, les bulles de savon à une réserve de linge ? « Ô blanche toile de la maîtresse de maison ! » Père rieur, fils rieur ? Non, elle ne fournirait pas la mère rieuse pour un mensonge, pour du pathos répercuté par les murs d'une chapelle baptismale.

La cigarette se consumait lentement dans sa main ; une fumée claire, bleutée, s'élevait en dessins qui fondaient dans l'air ; à côté, voix de l'enfant récitant ses leçons à son oncle Albert : « *Du fond des abîmes, ma voix monte vers vous, ô Seigneur...* »

Elle avait passé des années à se représenter comment sa vie aurait pu se dérouler : de nombreux enfants, la maison et, pour Ray, l'occupation dont il rêvait — image d'un bonheur porté en soi de la puberté à l'âge d'homme, rêve conservé à travers l'ère nazie, rêve dont il parlait toujours dans ses lettres —, éditer une revue, le rêve de tous les hommes de lettres.

Elle en connaissait au moins vingt qui projetaient de publier une revue. Albert lui-même, depuis des années, était en pourparlers avec le patron d'une imprimerie qu'il conseillait au point de vue graphique : Albert voulait aussi fonder une publication humoristique.

Malgré ses moqueries — moqueries d'ailleurs cordiales —, ce projet lui faisait plaisir. Habiter avec Ray une pièce qui serait en même temps un bureau de rédaction avec des livres s'entassant sur les tables, des placards s'étalant un peu partout, des conversations téléphoniques interminables sur les dernières nouveautés, tout cela avec la conscience du départ des nazis et de la fin des hostilités, tout cela la grisait. Même durant la guerre, elle voyait encore ce film. Elle l'avait vue, cette vie, vue avec précision, elle avait respiré l'odeur amère de l'encre d'imprimerie toute fraîche sur du papier grossier, elle l'avait respirée. Elle se voyait roulant la table à thé, prenant le café avec les visiteurs, offrant des cigarettes dans de grandes boîtes de métal bleu pendant que les enfants chahutaient au jardin. Image empruntée à une revue consacrée à l'art de l'habitation : des enfants sautent autour d'un jet d'eau, les persiennes sont fermées ; sur le bureau, des épreuves sabrées de corrections de Ray, au crayon, un crayon très tendre et très noir. Vivante illustration de la revue *Culture et Habitation* : intérieur d'écrivain. Lumière douce, verte, impression générale de bonheur. Quelqu'un au téléphone, c'est Albert : « Vieux, as-tu le dernier Hemingway ? — Non, non, le compte rendu est déjà en main. » Rires, Ray heureux ainsi qu'il pouvait encore l'être en 1933. Elle poussait le tableau jusque dans le détail : elle voyait Ray, ses propres robes, les tableaux sur les murs, elle se voyait peler des oranges au-dessus de grandes assiettes « du meilleur goût », empiler des montagnes de noix et, dans ses rêveries, elle inventait les rafraîchissements qu'elle offrirait aux grandes chaleurs : de formidables jus rouges, verts, bleus où nageaient des morceaux de glace et où pétillait le gaz carbonique... Les enfants rentraient tout échauffés du jardin, Ray leur faisait gicler de l'eau de Seltz dans la figure ; Albert au téléphone : « Fameusement doué, ce jeune Bosulke... »

Le film était prêt, mais on n'avait jamais pu le présenter : un petit bousilleur l'avait coupé.

...Qui devant vous pourra se justifier, récitait l'enfant dans la pièce voisine.

Coup de poing d'Albert dans la cloison :

— Nella, on te demande au téléphone.

Elle répondit :

— Oui, merci, j'arrive.

Puis elle passa de l'autre côté sans se presser. Albert jouait un rôle dans ses rêves, c'était l'ami indispensable, pour lequel avec une cordialité particulière elle préparait des mélanges de liquides particulièrement rafraîchissants. Il s'attardait après le départ des autres. En l'apercevant en ce moment, assis sur son lit, la moitié d'un petit pain à la confiture dans la main, elle s'effraya : il paraissait vieilli, la mine fatiguée, les cheveux clairsemés. Impossible de le transporter tel quel dans un film si merveilleusement pompier.

Elle le regarda, lui dit bonjour et vit à sa figure que Gaeseler ne s'était pas nommé. Debout à côté du lit, Martin tenait un livre et récitait :

— *Que votre oreille miséricordieuse se penche...*

Elle lui dit :

— Une minute de silence, s'il te plaît.

Elle prit le récepteur, fit :

— Allô.

Plate, proche, la voix sortait du film où elle n'avait pas envie de jouer, et elle se trouva brusquement projetée dans ce qui lui était odieux : la réalité, le présent.

— C'est vous, Nella ?

— Oui.

— Ici Gaeseler.

— J'espère que vous...

— Non, je n'ai pas donné de nom. Je vous appelle seulement pour m'assurer que notre rendez-vous tient toujours.

— Bien sûr.

— On vous réserve une chambre, et le père Willibrord se félicite de votre acceptation. Ça va être formidable.

— Naturellement j'irai.

Elle le dit avec humeur, mauvaise humeur due au fait qu'elle était venue sans cigarettes. Idiot, d'être obligée de parler au téléphone sans fumer.

Gaeseler se tut durant une demi-seconde, puis :

— Bon, donc je vous attends comme convenu devant la Banque de la Confiance.

Et plus timidement, il ajouta :

— J'en suis heureux, Nella, au revoir.

D'un ton bref, elle répondit :

— Au revoir.

Elle raccrocha. Parce qu'elle gardait les yeux sur l'appareil, l'idée lui vint qu'au cinéma, après un coup de fil décisif, les femmes contemplent le téléphone d'un œil lointain, tout juste comme elle en ce moment. Ce sont celles qui viennent de prendre rendez-vous avec leurs soupirants en présence de leurs maris, après quoi elles contemplent avec mélancolie maris, enfants, logis, en « sachant ce qu'elles abandonnent mais aussi qu'il faut répondre à l'appel de l'amour ».

Elle arracha violemment son regard de l'appareil noir, soupira, se tourna vers Albert :

— Je désirerais te parler quand Martin sera parti. N'es-tu pas obligé de sortir ?

Oh ! cette douceur dans la voix de mère, voix maternelle. Martin regarda le réveil sur la table de nuit :

— Seigneur, mais il est temps !

— Viens, dit-elle, dépêche-toi.

Toujours la même chose. Jusqu'à la dernière seconde, ils oubliaient l'heure, puis en toute hâte on bourrait le cartable, préparait une tartine.

Ils aidèrent Martin à fourrer ses livres dans son sac. Albert, qui avait sauté à bas du lit, beurrait le pain, Nella embrassait le petit sur le front, disait :

— Veux-tu un mot d'excuse ? Il est bientôt neuf heures, tu vas être en retard.

Martin résigné répondait :

— Ça ne servirait à rien. Le maître ne regarde plus mes excuses. Quand il m'arrive par hasard d'être à l'heure, toute la classe se roule.

— Tu sais qu'on part ce soir, à présent va-t'en. Demain vous avez congé.

Avec la mine du coupable conscient de sa faute, Albert se tenait debout près du lit :

— Désolé, Martin... Oui, ce soir, nous prenons la voiture.

Nella rappela son fils déjà près de la porte, l'embrassa encore une fois :

— Il faut que j'aille en voyage. Albert s'occupera de toi.

— Quand reviens-tu ?

Albert intervint :

— Laisse-le partir. C'est affreux pour lui d'arriver toujours en retard.

— Aucune importance, puisque je le suis déjà.

— Je ne sais pas, dit Nella, peut-être dans quelques jours. Dès demain soir, il se peut.

— Alors bon.

Elle attendit en vain un mot de regret, mit une orange dans sa poche et il partit sans se presser.

La porte d'Albert restait ouverte, elle hésita, puis la ferma et rentra chez elle. Sur le rebord de marbre, la cigarette avait presque brûlé jusqu'au bout ; des nuages épais, bleu clair, en montaient. Elle l'écrasa, la jeta dans le cendrier, remarqua que les taches brunes se multipliaient sur la banquette de la fenêtre. Martin traversait très lentement la chaussée, il disparut au coin du presbytère. La rue s'animait un peu, le laitier discutait avec des domestiques, un homme maigre passait en tirant péniblement sa baladeuse, avec une mélopée mélancolique il offrait ses salades : verdure criarde, violente, comme le vert des bouteilles de limonade. Le laitier et le marchand des quatre-saisons s'éloignèrent. Des femmes apparurent avec leur filet à provisions, et un colporteur s'engagea sur la ligne invisible suivie naguère par le facteur quand il lui apportait du courrier. Valise crevée, ficelée, de l'homme qui, la tête basse, l'air désespéré, ouvrait la porte du jardin. Elle le voyait comme dans un film et son coup de sonnette la fit sursauter. N'était-ce pas là l'ombre obscure qu'il convenait d'introduire dans la composition d'un film ensoleillé, dans son rêve du bureau de rédaction aux épreuves d'imprimerie, aux boissons glacées ? L'homme souriait avec douceur et timidité. Elle attendit qu'Albert allât le recevoir, mais comme il ne bougeait pas, elle sortit dans le vestibule et ouvrit la porte. La valise montrait déjà son contenu : petites cartes d'élastique et de boutons en piles soignées, et la blondinette au sourire suave, la même que sur la lavande d'Albert, mais toute neuve, toute fraîche, aimable courtisane en costume rococo, faisant un signe d'adieu à la diligence qui partait. Fichu de soie, arbres à la Fragonard, impression fortement rehaussée par des effets vaporeux et au fond, tout au fond, le mouchoir du bien-aimé agité par la portière de la chaise de poste qui s'éloigne sans rapetisser. Papier légèrement poudré d'or, vert des arbres à la Fragonard, menotte délicate tenant le mouchoir, menotte rosée, experte aux caresses. Le colporteur regardait Nella d'un air singulier, il n'osait pas encore espérer qu'elle allait lui acheter quelque chose, cette bouteille-là justement, sa plus chère. Il savait qu'elle la prendrait, mais n'osait pas y penser vraiment, n'osait croire que la grande pièce d'argent ronde allait réellement atterrir dans sa poche. Son espoir s'avérait plus faible, sa croyance moins riche que son savoir. Lassitude mortelle d'un visage ravagé.

Elle prit le flacon, demanda tout bas :

— Combien ?

— Trois marks.

Il pâlit de peur, parce que la chose se réalisait contrairement à l'espérance, à la foi. Il poussa un soupir en voyant Nella choisir encore la suave beauté, cette fois en train de se laver les mains dans une cuvette de porcelaine. Doigts menus, roses, experts aux caresses qui se lavaient ici dans une quantité imposante d'eau exagérément propre ; jardin à la Fragonard visible par la fenêtre ouverte, et seins d'albâtre de la belle sur l'emballage d'une savonnette.

— Combien ? demanda-t-elle en prenant le savon.

— Un mark.

La figure de l'homme montrait presque de la fureur, fureur de tant d'espoir réalisé dont il lui faudrait se nourrir quinze jours, acompte sur le bonheur escompté, vague pressentiment que « ça ne pouvait pas bien tourner ».

— Donc quatre marks, dit Nella.

Soulagé, il fit oui de la tête. Elle lui donna les quatre marks, quatre pièces en argent, et mit trois cigarettes sur le couvercle de la valise.

Effaré, l'homme n'osa pas dire merci ; il la regarda fixement et reçut le sourire sans frais, sans peine, de son visage. Le sourire produisit un effet immédiat, le désir farouche de tous les charmes qu'il ne voyait d'ordinaire que sur le papier de ses savonnettes, beauté de cinéma, sourire dévastateur dans le demi-jour d'un vestibule. Nella, effrayée, ferma la porte. Elle cria :

— Viens-tu, Albert ? Il faut que je parte tout de suite.

De sa chambre il répondit :

— Oui, j'arrive.

Elle rentra chez elle, laissa ouvert. Albert était déjà tout prêt quand il se présenta, son journal dans sa poche, ses clefs d'auto à la main, sa pipe à la bouche :

— Qu'est-ce qui se passe ? demanda-t-il de la porte.

— Entre donc, ou n'as-tu pas le temps ?

— Guère, dit-il.

Mais il entra en laissant la porte ouverte. Il s'assit sur le bord d'une chaise :

— Tu vas en voyage ?

— Oui.

— Pour plusieurs jours ?

— Je ne sais pas encore. Je reviendrai peut-être dès demain. C'est un congrès.

— De quoi, de qui ?

— Poésie et Société. Poésie et Église.

— Ah ! bon.

— Il faut bien, soupira-t-elle, il faut bien finir par faire quelque chose. Ce que je préférerais ce serait du vrai travail.

« La voilà qui recommence », se dit-il, puis tout haut :

— Bien sûr, il faut que tu aies quelque chose à faire, mais travailler serait stupide. La plupart des gens travaillent pour la simple raison qu'il faut nourrir la famille, avoir un toit et tout le tremblement. S'occuper, c'est autre chose que travailler, et t'occuper, tu pourrais le faire toute la journée.

Elle soupira :

— Je sais, l'enfant...

Puis retombant dans le ton du père Willibrord :

— Soyez la fidèle gardienne de votre enfant et de l'œuvre de votre mari...

— Naturellement. Fais-le donc, fouille dans la caisse de la cave, cherche les lettres de Willibrord, de Schurbigel, fais le compte de leurs bénédictions au Führer, voilà une jolie occupation.

De la fenêtre, elle répliqua :

— Zut ! Faut-il vraiment passer toute une vie en fidèle gardienne de trente-sept poèmes ? Pour ce qui est du gamin, tu t'en tires bien mieux que moi. Et je ne veux pas me remarier, je ne veux pas être « le sourire d'une mère », sur une photo d'illustré, je ne veux plus être l'épouse d'un homme. Jamais il ne viendra quelqu'un comme Ray... Et Ray, lui, ne reviendra pas. On me l'a tué, on a fait de moi une veuve pour l'amour d'*aterland, olk, ührer.*

Elle imitait l'écho se répercutant du baptistère dans l'église, avec son contenu de mensonge, de menace : pathos de séminaristes.

— Crois-tu réellement que j'aie plaisir à me rendre à des congrès avec des crétins ?

— Alors reste ici, Nella. Je suis devenu un richard, du jour au lendemain, pour ainsi dire. (Il rit tristement et pensa au contenu du carton, *Sunlight.*) Nous allons nous offrir un gentil week-end avec le petit, et tu pourras parler cinéma avec Will. Si tu veux (elle leva soudain les yeux sur Albert dont la voix s'altérait), si tu veux, on va faire une grande randonnée.

— Nous deux ?

— Avec le gamin et même, si tu peux le supporter, avec les deux ; on emmènerait l'ami de Martin, s'il en avait envie.

— Pourquoi pas nous deux tout seuls, pourquoi jouer à la famille heureuse alors que le bonheur est une imposture ? Père souriant, fils souriant, mère souriante...

— Impossible. Sois donc raisonnable, ce serait affreux pour Martin, pour lui ce serait le dernier choc, et plus encore pour son copain. Je n'y peux rien, mais pour ces gosses je suis quelque chose comme le dernier appui. Pour eux, ce serait un coup, un coup dont ils ne se remettraient jamais si, moi aussi... moi aussi, je passais de la catégorie des oncles dans celle des autres.

— Et pour toi-même ?

— Pour moi-même, mon Dieu... Es-tu folle ? Tiens-tu vraiment à me pousser dans une situation en dehors de laquelle je ne me maintiens qu'avec peine ? Viens, il faut que je parte, Bresgote m'attend.

— Qu'avec peine, répéta-t-elle sans bouger de la fenêtre, sans se retourner.

— Oui, dit-il, avec peine, si tu tiens essentiellement à le savoir. Ou voudrais-tu que, dans cette maison qui pue les souvenirs, nous jouions clandestinement à la maîtresse et à son amant, et ouvertement au bon oncle et à la bonne mère. En outre, cela ne servirait à rien, les enfants s'en apercevraient.

— Les enfants... Tant de chichis à cause des enfants !

— Appelle ça des chichis si tu veux, je n'y vois pas d'inconvénient. Tu n'échapperas pas au mariage, Nella.

— J'y échapperai, je ne me remarierai pas, j'aime mieux être une folle veuve, qu'une souriante épouse, cellule nourricière d'*aterland, olk.*

— Maintenant, partons, ou décide-toi à rester ici. Tu vas mourir d'ennui.

— Non, aujourd'hui il faut absolument que j'aille là-bas. Si j'ai jamais eu une raison, c'est cette fois. Cette fois, *il faut* y aller.

Elle se demanda quel effet le nom de Gaeseler produirait sur Albert.

— Allons, dit-elle.

Il prit la mallette de Nella, qui lui déclara en sortant, comme s'il s'agissait d'une chose tout à fait secondaire :

— Tu ne peux en faire plus pour moi que tu n'en fais déjà, il est bon que tu t'occupes du petit. Sache que je n'en éprouve pas la moindre jalousie.

Le temps s'était réchauffé. Il retira ses gants, sa casquette, s'assit à côté d'elle.

Avant qu'il eût mis la voiture en marche, elle lui dit :

— Je souhaiterais avoir une occupation comme toi. Tu dois être bien heureux.

— Je ne le suis pas.

Ce qui suivit se perdit dans le bruit du moteur, elle n'en perçut que la fin :

— Non, vraiment pas. Et toi aussi, tu pourrais t'occuper.

— Je sais, je pourrais aider les sœurs à repasser et autres choses de ce genre, tenir leur comptabilité, tricoter des culottes, etc. Et la supérieure dirait : « Nous avons en ce moment une aide bien charmante, la veuve du poète Untel. »

— Ne dis pas de bêtises !

A sa façon de changer de vitesse, Nella vit qu'il était furieux.

— Tes sottises ne me gâteront pas le plaisir que je prends en ce moment. Injurie les religieuses tant qu'il te plaira, elles ne mènent pas une vie déraisonnable, leur occupation m'a toujours paru des plus sages bien que je n'aie pu m'y livrer pour ma part ; elles prient... et afin qu'il leur reste encore plus de temps pour la prière, je les soulage volontiers d'une partie de leur fourbi.

— Merveilleux d'entendre dire que d'autres ont bien organisé leur vie.

Elle versa quelques larmes, mais se ressaisit.

— Il ne te manque plus qu'une femme pour que ta vie soit complète.

— Pourquoi pas ?

Et comme il devait stopper devant le feu rouge de la rue Pépin-le-Bref, il lui prit la main, dit :

— Nella, tu te fourvoies dans le snobisme.

Elle répondit à la pression de sa main :

— Non, je ne me fourvoie pas, il s'agit de bien autre chose ; je ne peux pas leur pardonner d'avoir tué mon mari. Impossible de prendre le dessus, je ne puis ni pardonner ni oublier, et je ne voudrais pas *leur* faire le plaisir de fournir une épouse souriante pour la deuxième fois.

— A qui ?

— A eux. A toi de deviner à qui je peux bien penser. C'est au vert, démarre.

Il démarra :

— Rien de ce que tu entreprends, tu ne le mènes jusqu'au bout. Tu n'es pas mère, pas veuve, pas putain, tu n'es réellement la maîtresse de personne... Moi, je suis jaloux, jaloux du temps que tu gâches, pas des imbéciles avec qui tu le gâches. Et jamais un homme ne pourra faire plus pour une femme que lui demander de le prendre pour mari.

— Non, être l'amant d'une femme peut parfois signifier davantage. Bizarre : autrefois les femmes étaient contentes d'être demandées en mariage, aujourd'hui on dirait le contraire. Quoi qu'il en soit, je n'y tiens pas, moi.

— Parce que tu donnes dans le snobisme à force d'écouter à longueur d'année tes écervelés. Bien sûr, cela finit par agir. Où veux-tu que je te descende ?

— A la Caisse d'épargne.

Il attendit que l'agent lui donnât la voie libre, fit le tour de la place Charlemagne, stoppa devant la Caisse d'épargne. Il descendit, aida Nella, tira sa mallette de l'arrière de la voiture.

Elle sourit :

— Cette fois, je ne vais certes pas gâcher mon temps.

Il haussa les épaules :

— Bon, jouons le jeu à l'envers. Jadis les femmes fidèles attendaient d'être épousées, maintenant, moi, en tant qu'homme, en tant qu'homme fidèle, je le crois, j'attends que l'infidèle se laisse épouser.

— Fidèle, tu l'es, et je sais que c'est bon.

Il lui serra la main, et fit le tour de la place pour la deuxième fois.

Elle attendit qu'il eût disparu, prit la rue des Mérovingiens, appela l'un des taxis en station sous la vieille porte de la ville, dit au chauffeur :

— Place de la Banque de la Confiance.

XII

D'habitude, à la sortie de l'école, il ne se pressait pas de rentrer. Il se joignait aux copains réputés flâneurs, toutefois il était le moins flâneur de tous. Certains partaient en courant, ils avaient faim ou devaient faire quelque chose, des commissions, réchauffer le manger de leurs frères et sœurs plus jeunes. Brielach, lui, avait à cuisiner pour sa petite sœur ; en classe, il était toujours fatigué et, dès le coup de cloche, il se trottait en vitesse parce que sa mère quittait la maison vingt minutes avant. Alors Vilma restait seule avec Léon, et Brielach était toujours inquiet quand il la savait seule avec Léon. Pendant la dernière leçon, il répétait souvent à l'oreille de Martin : « Je commence à être inquiet. »

Et c'était vrai, Brielach perdait sa tranquillité. Il avait tant à faire ! Il expédiait l'école accessoirement, comme une chose à la fois assommante et d'une irréalité agréable. Petites bulles d'air sous la couche de glace, douces bagatelles, jolies bagatelles, dont le plaisir signifiait perdre son temps, mais qui pouvaient aussi suer l'ennui. Quand l'inquiétude de Vilma ne le tenait pas éveillé, Brielach s'endormait pendant le dernier cours.

Martin bien éveillé, lui, épiait le coup de cloche. Le temps restait en suspens, il empêchait l'air de souffler sur la grande aiguille, de l'envoyer d'une bonne secousse au-delà du douze... La cloche sonna. Brielach se dressa brusquement. Ils attrapèrent leurs cartables, les bouclèrent tout en partant, traversèrent à toutes jambes le vestibule, la cour et firent irruption dans la rue. Ils coururent jusqu'au coin où Martin tournait à droite,

Brielach à gauche. Ils avaient tous deux une forte avance sur les autres et galopaient sur la chaussée pour ne pas être gênés par le flot des filles qui se dirigeaient vers l'école en suivant le trottoir.

Brielach arriva le premier au tournant, mais, malgré son impatience, attendit. Au moment de se séparer Martin lui cria :

— Tu viens avec nous à Bietenhahn, on te prend en voiture.

— Faut d'abord que je demande à ma mère.

— Au revoir.

Martin pouvait faire en cinq minutes le trajet qui lui prenait un quart d'heure en temps ordinaire. Il courait vite, respirant maladroitement à force d'impatience ; il remarqua de loin que l'auto d'Albert ne stationnait pas devant la maison, s'assit pour reprendre haleine sur un mur de jardin, jeta un coup d'œil en arrière, dans l'avenue qu'Albert devait emprunter à son retour de chez Bresgote. Il n'avait plus envie de rentrer. Bolda était partie, Glum aussi, et c'était vendredi, un jour dangereux, un jour grand-mère. « Du sang dans les urines » n'avait pas encore retenti, le restaurant *Vohwinkel* offrait aujourd'hui quatre douzaines de poissons variés, et il n'aimait pas le poisson. De cet endroit, il verrait tout de suite Albert apparaître au virage. Il était furieux parce que la voiture n'attendait pas encore devant la porte.

Il se leva, retourna jusqu'au poste d'essence, situé juste en face du bout de l'avenue.

Les écolières qu'il rencontrait d'habitude en train de flâner débouchaient tout juste au coin de l'avenue ; elles traversaient la chaussée, jetaient un coup d'œil à la grande aiguille dorée de l'église, puis partaient au galop. Quelques-unes, l'air fourbu, grimpaient l'avenue. Il en voyait un groupe traîner dans le lointain. Il les connaissait toutes, car celles qui arrivaient en retard aujourd'hui étaient celles qu'il rencontrait lorsque la classe commençait à midi. Quant à celles qui gravissaient la côte, il ne les croisait d'ordinaire qu'au poste d'essence sur le mur duquel il était assis. Aujourd'hui, le rythme était dérangé. Il était furieux d'avoir couru. D'habitude il arrivait bon dernier et ne se trouvait sur le mur du poste d'essence que lorsque s'amenaient les traînardes, celles qui, découragées, ne se hâtaient même plus, vu que cela ne servirait à rien. Au bout de l'avenue, il les voyait sauter par-dessus l'ombre des arbres comme si elles franchissaient une porte; habituellement c'était ici, au poste d'essence, qu'il les croisait et il avait eu le temps de rentrer presque jusque chez lui puis de revenir sur ses pas avant de les trouver. Cheveux au vent, le visage échauffé, celles qui n'avaient pas encore l'habitude d'être en retard passaient en courant. Mais la grande aiguille dorée de l'église touchait le trois, alors à quoi bon courir, puisque de toute façon elles arriveraient trop tard?

L'auto d'oncle Albert restait invisible, Martin ressentait l'attente comme un péché dont Albert se rendait coupable. La bande des lambines traversait la rue, l'horloge sonnait le quart, une heure un quart, et le rythme ancien s'était rétabli. Il avait couru pour rien, s'était dépêché pour rien, puisque tout en était au même point que les autres jours. Les flâneuses riaient, se racontaient des histoires. Il les admirait, elles faisaient partie des *fortes têtes* dont il aurait voulu être. Les *fortes têtes,* c'étaient ceux qui se fichaient de tout, certains dont les parents avaient de l'argent et d'autres dont les parents n'avaient point d'argent. Brielach pouvait se comporter en forte tête, lui, c'était affaire de fierté; on lisait nettement sur sa figure : « Qu'est-ce que vous me voulez? » Fortes têtes, tous ceux dont le directeur disait qu'il les *briserait.* Mot terrible à entendre, comme lorsqu'on fend du bois de chauffage, comme des os qui craquent, et il avait cru longtemps que les fortes têtes brisées étaient ces enfants servis aux cannibales du restaurant *Vohwinkel.* Hewel, de la deuxième année, avait été brisé, puis avait disparu. La police était venue le chercher à l'école, mais il filait tout le temps pendant les récréations. Il avait entraîné Born à se comporter comme lui. Hewel et Born cohabitaient dans l'abri. A ce moment-là, ils avaient déjà fait de l'obscène; quand on les rossait, ils riaient, et le directeur avait annoncé qu'on les *briserait*. Plus tard Hewel et Born disparurent et Martin admettait qu'on les avait brisés puis servis aux goinfres, aux craqueurs d'os qui, chez *Vohwinkel*, donnaient un tas d'argent pour ça.

Bien que par la suite Albert lui eût fourni des explications, l'énigme restait, et l'abri aussi posait une énigme : bloc de béton sans fenêtres où Hewel et Born logeaient entre les jardins Schreber. Brisés, ils avaient disparu *sans laisser de trace dans l'établissement*, comme disait Albert.

Albert n'en finissait pas d'arriver, il n'arriverait jamais. Les paupières mi-closes, Martin gardait les yeux fixés sur les autos roulant dans sa direction, mais celle d'Albert n'en était pas. Nulle part la Mercedes gris souris, antique et vaste, reconnaissable entre toutes.

Guère moyen, nulle envie d'aller chez Brielach en ce moment ; il y trouverait l'oncle Léon qui ne prenait son service qu'à trois heures. Bolda récurait l'église, il était possible d'aller l'y retrouver, de manger une de ses tartines dans la sacristie en buvant le bouillon chaud de son Thermos...

Il regarda une lambine désespérée grimper l'avenue sans se presser le moins du monde. Il connaissait la situation : peu importait d'avoir vingt minutes de retard ou vingt-cinq. La gamine considérait avec un vif intérêt les feuilles tombées des arbres et s'en faisait un bouquet. Grandes feuilles, presque toutes vertes encore, à peine mouchetées de jaune. Maintenant, elle traversait la rue paisiblement, son bouquet de feuilles à la main.

Une nouvelle, cette brunette ébouriffée. Martin admira avec quel calme elle s'arrêtait devant l'*Atrium* pour examiner les affiches du cinéma. Il se laissa glisser de son mur, se rapprocha de l'*Atrium*, situé juste à côté du poste d'essence. Les affiches, il les connaissait déjà, ils les avaient regardées ensemble, lui et Brielach, et avaient décidé d'aller au ciné lundi.

Entre deux peupliers verdoyants s'encadrait la porte de bronze d'un parc de château, l'un des battants était ouvert, dans l'embrasure une femme debout, en robe mauve, bordée dans le haut d'un galon d'or tournant autour du cou comme un col. La dame braquait ses yeux écarquillés sur celui qui lisait l'affiche et, collée en travers du ventre mauve, une bande blanche portait la mention : *Permis à la jeunesse.* Au-dessus du château, dans le ciel et au fond, le titre : *Prisonnière du cœur.* Il n'aimait pas les films dont les affiches n'exhibaient que des femmes. Les femmes en robes fermées jusqu'au menton et la bande *Permis à la jeunesse* ne promettaient que de l'ennui, tandis que les créatures décolletées des affiches portant la bande rouge *Interdit à la jeunesse* promettaient de l'*immoral.* Mais ni l'ennui ni l'immoral ne le tentaient, et les meilleurs films restaient les western et les films à trucages.

Pour la semaine prochaine, on annonçait un film immoral. Il était affiché à côté du *Permis à la jeunesse :* femme aux seins visibles, dans les bras d'un homme dont la cravate avait sérieusement glissé ; ce vilain spectacle ressemblait au mot que la mère de Brielach avait dit au boulanger... Il l'avait entendu, ce mot, quand ils allaient chercher la mère de Brielach, lui, Brielach et Vilma.

Là-bas, dans le sous-sol, odeur chaude et douceâtre. Sur des rayons de bois, des piles de pains sortant du four répandaient leur chaleur ; il aimait le bruit de mastication du pétrin mécanique, et la seringue à crème qui servait au boulanger à écrire *Bonne fête* sur les gâteaux. Avec sa seringue, le boulanger écrivait vite et sans fautes, plus vite que d'autres avec un stylo ; c'était aussi d'une seringue rapide et aisée que la mère de Brielach dessinait des fleurs, des maisons, dont la cheminée crachait de la fumée ; puis elle peignait au pinceau, avec du chocolat, des choses formidables. Quand il allait là-bas avec Brielach, ils passaient derrière la maison, par l'entrée des voitures, longeaient l'endroit où de temps en temps des camions de farine stationnaient, s'arrêtaient devant la porte de métal entrebâillée, et humaient la bonne odeur chaude. Puis ils poussaient la porte tout doucement et se précipitaient en braillant : « Bée, bée ! » Jeu qui arrachait des cris de joie à Vilma, et qui amusait aussi le boulanger et la mère de Brielach.

Il y a huit jours, c'était là qu'ils se trouvaient lorsque,

pendant leurs deux ou trois secondes d'attente avant de pousser la porte, ils avaient entendu, au beau milieu du silence, la mère de Brielach dire dans la cave :

« Non, je ne me laisserai pas... *le mot.* » En ce moment, rien que d'y penser Martin rougissait, le cœur trop serré pour formuler vraiment le mot. Et le boulanger avait dit d'un ton calme et triste : « Non, tu ne peux pas dire ça, non, non. »

Vilma les avait poussés dans l'obscurité, pour les inviter à commencer le jeu de « bée, bée », mais ils restaient tous les deux cloués sur place, frappés de stupeur, comme roués de coups, pendant que le boulanger bégayait des paroles incompréhensibles, obscures, calmantes, affolées et pourtant humbles, interrompues par les rires aigus de la mère de Brielach. Alors Martin avait pensé à ce que son oncle Albert disait du désir qu'ont les hommes de s'unir avec les femmes. Le boulanger paraissait tout à fait fou de la mère de Brielach, on aurait dit qu'il chantait avec des balbutiements incompréhensibles, et lui, Martin, avait poussé un petit peu la porte métallique afin de voir ce qu'il entendait seulement... de voir s'ils s'unissaient pour de bon, mais Brielach furieux l'avait tiré en arrière, pris Vilma dans ses bras, et ils étaient repartis sans se montrer.

Depuis une semaine déjà, Brielach n'était plus retourné à la boulangerie, et Martin essayait de se représenter son chagrin en cherchant à imaginer ce qui lui arriverait à lui, Martin, si sa mère prononçait le mot. Il tenta de se représenter tous ceux qu'il connaissait et de leur mettre le mot dans la bouche, mais le mot ne voulait absolument pas sortir de la bouche d'Albert tandis que — et son cœur précipita ses battements et il comprit la peine de Brielach —, tandis que, pour sa mère, ce n'était pas absolument impossible. Le mot ne franchissait pas du tout les lèvres de Will, ni de Bolda, ni de Glum, ni de la mère d'Albert. Quant à sa grand-mère, pas moyen qu'il lui sortît de la bouche puisqu'il n'y entrait pas. Pour sa mère seulement ce n'était pas tout à fait impossible...

Sur le maître d'école, sur l'aumônier, sur le jeune

homme du café-glacier... il l'essaya sur tout le monde; mais il y avait une certaine bouche à laquelle le mot s'adapta comme le bouchon à l'encrier : celle de l'oncle Léon. Léon prononçait le mot encore plus distinctement que la mère de Brielach.

Martin ne voyait plus la petite lambine. Bientôt deux heures moins le quart; il essaya de se la représenter entrant en classe. Elle sourirait, mentirait et continuerait de sourire pendant qu'on l'attraperait. Celle-là, c'était vraiment une *forte tête.* Elle serait *brisée,* et bien qu'Albert lui eût expliqué depuis belle lurette qu'on ne massacre pas les enfants, il la vit, brisée, prenant le chemin des cuisines *Vohwinkel.* Il le voyait ainsi parce qu'il commençait à détester Albert et voulait le punir, parce qu'il ne savait où aller puisque l'oncle Léon était chez Brielach et qu'il refusait de voir la bouche où le mot s'adaptait si exactement. Et l'église vide, toute vide, où Bolda se trouvait en ce moment, l'angoissait autant que la perspective d'être traîné par sa grand-mère chez *Vohwinkel* où l'on mangeait des *brisés,* où en tout cas il lui faudrait vomir dans les horribles vécés entre les postérieurs des cannibales et des casseurs d'os.

Il approcha encore un peu de l'*Atrium* et sentit la faim. Restait une possibilité : aller à la maison, s'introduire furtivement et se faire chauffer à manger. Il savait les directives par cœur, barbouillage hâtif sur une marge déchirée du journal : « *N'ouvre pas le robinet trop grand. Reste à côté.* » (Ces derniers mots soulignés trois fois.) Mais la vue de la mangeaille froide lui coupait l'appétit. Personne ne paraissait s'en être aperçu : gras figé des sauces, pommes de terre desséchées, soupe grumeleuse... sans compter le danger de voir surgir grand-mère. Quatre douzaines de poissons différents chez *Vohwinkel,* chair de poisson à reflets rougeâtres, bleuâtres, verdâtres... Sacs de graisse grimaçants qui suçotent des tronçons d'anguilles, sauces translucides verdâtres, rougeâtres, bleuâtres, peau de morue bouillie, en miettes, tas de miettes ressemblant à des raclures de gomme.

Albert n'arrivait pas, il n'arriverait jamais. En manière

de vengeance, Martin violenta le mot horrible pour le faire entrer dans la bouche d'Albert.

Triste de penser à Père. Un homme bien trop jeune, tué en pays lointain, et qui souriait, la pipe à la bouche, incapable de dire le mot.

L'aumônier avait sursauté quand il le lui avait dit à confesse. Hésitant, rougissant, pour s'en délivrer, il l'avait prononcé ce mot qui ne l'avait même jamais été entre Brielach et lui. Son visage pâle frémissant, le prêtre s'était courbé en avant, tel un *brisé.* Mortellement triste, il ne secouait pas la tête comme lorsqu'on dit non, mais comme lorsqu'on titube avant de tomber.

Le rideau violet jetait sur le triste aumônier une lueur fantomatique, le baignait dans la couleur du carême ; le prêtre soupirait, mais il se faisait tout raconter. Puis il avait parlé de meules de moulin, des meules de moulin attachées au cou de ceux qui dévoient un enfant, il le congédia en lui recommandant — non en lui imposant comme pénitence —, en lui recommandant de réciter tous les jours trois *pater* et trois *ave* pour se laver du mot. Et Martin, assis sur le mur, entreprit de réciter ses trois *pater* et ses trois *ave,* sans plus prêter attention aux autos — la Mercedes pouvait bien passer. Il priait lentement, les yeux mi-clos, tout en réfléchissant aux meules de moulin. Une meule au cou de Léon, et Léon descendait jusqu'au fond de la mer à travers l'obscurité bleue, l'obscurité verte, en passant à côté de poissons de plus en plus étranges. Épaves de navires, algues, vase, monstres marins, et Léon s'enfonçait, entraîné par le poids de la meule. Ce n'était pas la mère de Brielach qui avait la pierre au cou, mais Léon, ce Léon qui suppliciait Vilma, la menaçait de son outil, lui tapait sur les doigts avec sa lime à ongles, Léon à la bouche duquel le mot s'adaptait si bien.

Après avoir récité son dernier *pater,* son dernier *ave,* il entra à l'*Atrium.* Là il prit peur, la lambine parlementait avec le portier. L'homme disait :

— Tout de suite, tout de suite, mon enfant, encore quelques minutes et on commence. Tu viens de l'école ?

Et sortant de la bouche de cette gamine, le mensonge sonna clair, limpide, extraordinaire à entendre :

— Oui.

— Ne dois-tu pas rentrer chez toi ?

— Non, ma mère est à son travail.

— Et ton père ?

— Tombé à la guerre.

— Montre ta carte.

Elle montra une loque verdâtre... et le *Permis à la jeunesse* en travers du ventre mauve de la femme, dehors, sur l'affiche. La gamine disparut, et Martin approcha. Intimidé, il resta devant la caisse. Une femme brune était en train de lire dans la cage en verre. Elle leva les yeux et lui sourit, mais il ne lui sourit pas. Le sourire de cette caissière ne lui revenait pas, un je ne sais quoi dans son regard devait avoir quelque rapport avec le mot que la mère de Brielach disait au boulanger. La femme baissa les yeux sur son bouquin, il considéra sa raie d'un blanc éblouissant et les reflets bleus de ses cheveux. Elle releva la tête, repoussa l'abattant de verre et s'informa :

— Veux-tu quelque chose ?

Tout bas il demanda :

— Est-ce déjà commencé ?

— A deux heures.

Puis elle se retourna vers l'horloge suspendue au mur derrière elle.

— Dans cinq minutes. Désires-tu entrer ?

— Oui, dit-il.

Et au même moment il se rappela qu'il avait invité Brielach pour ce film-là, lundi prochain. La caissière souriait toujours, et ses doigts tripotaient les rouleaux de tickets jaunes, verts, bleus :

— Quelle place ?

Il ouvrit la fermeture Éclair cousue en biais dans le haut de son pantalon, prit de l'argent, dit 1,10, et trouva que c'était bien fait pour Albert. Qu'il attende, Albert ! Lui, il allait se trouver bien dans le noir, tout seul, et lundi il emmènerait Brielach voir un autre film.

La femme détacha un ticket du rouleau jaune et reçut l'argent.

Le portier l'attendait, l'œil sévère :

— Et toi, tu as déjà été à l'école ?

— Oui.

Et, pour éviter les questions deux et trois, il se hâta d'ajouter :

— Ma mère est en voyage et mon père a été tué à la guerre.

Sans rien ajouter, le portier déchira le coin du ticket jaune, lui remit le reste et le fit entrer. Une fois derrière la portière verte, Martin se dit que cet homme était bien bête. Ignorait-il donc que garçons et filles allaient à l'école séparément, donc que lui et la lambine ne pouvaient pas rentrer ensemble ?

Il faisait tout noir, l'ouvreuse qui contrôlait les billets le prit par la main et le plaça au milieu de la salle. La main de la jeune fille était fraîche et légère. A présent qu'il s'habituait à l'obscurité, il remarquait que le cinéma était presque vide. Quelques spectateurs au fond, quelques-uns sur le devant, lui, seul au milieu. La flâneuse était dans les premiers rangs, entre deux jeunes gens ; sa tête, silhouette noire, ébouriffée, dépassait le dossier de justesse.

Avec attention, il considéra une réclame de cirage : des nains patinaient sur les bottes miroitantes d'un géant, leurs mains tenaient des crosses de hockey, mais, terminées par des brosses, les bottes du géant reluisaient de plus en plus et une voix disait : « Gulliver aurait eu ces chaussures miroitantes s'il avait employé Miroir. »

On passait un autre film publicitaire : des femmes jouaient au tennis, des femmes faisaient du cheval, des femmes pilotaient des avions, des femmes se promenaient dans des jardins, des femmes traversaient à la nage des lacs tranquilles, des femmes faisaient de l'auto, de la bicyclette, de la moto, des femmes faisaient des barres parallèles, du trapèze, lançaient des disques ; toutes souriant à propos de quelque chose ; enfin, bonne dernière, une femme radieuse présentait à tous ceux qui voulaient la voir une petite boîte vert foncé, ornée d'une croix blanche : *Ophélie.*

Au commencement du grand film, Martin s'ennuya. On buvait du vin, célébrait une messe, on ouvrait le portail du parc seigneurial et un homme en veste verte, chapeau vert, guêtres vertes, débouchait dans une clairière sur son coursier. Au fond de la clairière, la dame à la robe mauve, la *Permis à la jeunesse,* avec son col bordé d'or. L'homme saute à terre, embrasse la femme, et la femme dit : « Je vais prier pour toi, sois sur tes gardes. » Encore un baiser et, de ses yeux embués de larmes, la *Permis à la jeunesse* suivait le cavalier qui s'éloignait, insouciant. Cors de chasse à l'arrière-plan, et l'homme au chapeau vert, à la veste verte, aux guêtres vertes, chevauchait à travers une seconde clairière en se silhouettant sur le ciel bleu.

Martin s'assommait, bâillait dans l'obscurité ; malade de faim, il fermait les yeux, disait des *pater* et des *ave,* voyait Léon s'enfoncer dans la mer, la meule au cou à une profondeur infinie. Léon avait une figure qu'il n'avait jamais eue dans la réalité, Léon était triste, et il descendait, descendait de plus en plus dans les ténèbres glauques sous les regards étonnés des monstres marins.

Un cri le réveilla en sursaut et, dans le noir, ne retrouvant que péniblement son assiette, il faillit crier lui-même. Le tableau ne s'éclaire que lentement ; devant lui, l'homme vert se bagarre sur le sol avec un type mal vêtu, le type mal vêtu a le dessus, l'homme en vert reste sur le terrain, l'autre enfourche le cheval, le fouette — ô noble pur-sang ! — et avec un rire sarcastique le mal vêtu s'éloigne sur le coursier qui se cabre.

Dans une chapelle de la forêt, la *Permis à la jeunesse* est agenouillée devant une statue de la Vierge. Soudain, bruit de galop dans le bois. Elle se précipite devant la chapelle : ne connaît-elle pas les hennissements, le galop du cheval, de *son* cheval ? Déjà son œil brille davantage. Revient-il, poussé par l'amour ? Non. Un cri et elle s'affaisse évanouie au seuil de la chapelle forestière car le mal vêtu passe à côté d'elle sur le coursier, avec un rire sardonique, sans ôter son chapeau. Qui rampe là, désemparé, en se tordant comme un serpent sur le sol de la clairière, défiguré par la douleur, incapable de proférer un son ? C'est le vert aux beaux habits. Il se traîne sur un coussin de mousse, râlant, les yeux au ciel.

Et qui fait irruption dans la clairière, robe mauve flottante, regard embué de pleurs, mais courant, courant, appelant, appelant ? C'est la *Permis à la jeunesse.*

Le bien mis l'a entendue. De nouveau la chapelle de la forêt, puis gravissant les marches, la main dans la main, le bien mis et la femme, en vert aussi maintenant. Il porte encore son bras en écharpe, un pansement lui entoure la tête, mais déjà il peut sourire... douloureusement, mais il peut. Chapeau retiré, porte de chapelle ouverte, hennissement du cheval à l'arrière-plan, gazouillis d'oiseaux.

En sortant du cinéma d'un pas incertain, Martin avait mal au cœur. C'était de faim, mais il ne le savait pas. Le soleil brillait ; il s'assit de nouveau sur le mur du poste d'essence, réfléchit : quatre heures passées ; l'oncle Léon avait quitté la maison depuis longtemps, et sa rage contre Albert ne s'était pas encore dissipée, il remonta son cartable sur son épaule, et lentement prit le chemin de chez Brielach.

XIII

Bresgote l'avait prié d'attendre, Albert marchait de long en large dans la pièce vide, il s'arrêtait de temps à autre à la fenêtre et regardait les vendeuses aller des magasins d'en face à la cantine : elles tenaient des couverts à la main, des paquets de sandwiches, et l'une d'elles une pomme. Celles qui s'en revenaient s'arrêtaient un instant près de celles qui, en y allant, traversaient la rue, et il entendait répéter sans cesse ce qu'il savait depuis un bon moment : il y avait des poireaux, des pommes de terre, de la chipolata et un entremets immangeable, une masse de gélatine rougeâtre, arrosée d'une sauce vanille à goût de brûlé, contre laquelle celles qui revenaient mettaient les arrivantes en garde : « Pour l'amour du ciel, ne prenez pas du machin rose, c'est dégoûtant. La saucisse est vraiment bonne, le légume aussi, mais le dessert, oh ! la la ! » Suivait une série de variantes entre *brr* et *pouah.* Les jeunes personnes en blouses noires luisantes ressemblaient vaguement à des religieuses, pas une n'avait le moindre maquillage. Leur tenue exprimait exactement ce qu'il fallait : inélégance caractérisée ; coiffures sans apprêt, simples, du genre connu comme « convenant à la féminité », bas tricotés, souliers de cuir noir solides et sarraux boutonnés jusqu'au menton interdisaient la moindre impression de frivolité. Les chefs de rayons, femmes d'un certain âge, portaient des blouses couleur de mauvais chocolat au lait ; pour elles, le passe-poil des manches était plus large et plus brillant. Quelques gamines, de pâles apprenties qu'on aurait dit renvoyées de l'école n'avaient aucun passepoil d'argent à leurs manches. Les chefs de rayons ne transportaient par leur couvert ; en revanche, certaines apprenties en trimbalaient deux.

Quelques jeunes employées restaient jolies malgré tout, et Albert, qui les examinait inconsciemment, trouvait qu'elles devaient être d'une beauté exceptionnelle pour paraître jolies ainsi fagotées.

Il écoutait leurs voix claires, riant du dessert raté et, comme il avait oublié sa blague à tabac dans la hâte du départ, il alluma sa dernière cigarette et lâcha la boîte rouge, froissée, dans la gouttière qui encadrait la marquise au-dessus de la somptueuse entrée.

Trente, quarante fois, il entendit la mise en garde contre la gélatine rosâtre et la crème brûlée. Puis aucune employée ne sortit plus du magasin, certaines y rentraient, et devant la porte une grande asperge hargneuse, en blouse vert bouteille à manche triplement passe-poilée d'argent, considérait l'horloge en fronçant les sourcils. Tel un doigt menaçant, la grande aiguille se braquait vers midi moins une ; d'une secousse soudaine elle sauta sur le chiffre douze au moment où quelques vendeuses traversaient encore la rue en courant. Elles se firent toutes petites pour passer près de l'asperge et franchirent la porte tournante.

La rue devint déserte, et Albert se retira dans la pièce en bâillant. Il n'avait pas apporté de quoi lire parce que d'ordinaire avec Bresgote il en avait pour un quart d'heure. Il remettait ses dessins, touchait un chèque en règlement des reproductions, demeurait quelques minutes avec le patron puis repassait la porte, suivait le long corridor, prenait l'ascenseur et le cauchemar recommençait qui allait durer huit jours : la peur qu'il ne lui vienne pas une idée pour la semaine d'après ou que les lecteurs de *Week-end au foyer* se mettent un jour à exiger impitoyablement un autre dessinateur humoristique. Carnassiers qui, sursaturés de chair humaine, veulent devenir temporairement végétariens, histoire de changer.

Ce cauchemar s'était dissipé d'ailleurs depuis qu'il avait retrouvé le carton *Sunlight.* Ces dessins que, voici seize ans, il fabriquait dans les *pubs* de Londres, à moitié mort d'inanition, du faible whisky dans l'estomac, quasi abruti par du tabac fort, en manière d'amusement et pour tuer le temps, lui rapportaient maintenant deux cents marks pièce, reproduction non comprise. Bresgote avait été emballé.

— C'est une manière toute nouvelle, mon vieux, c'est toi, mais tout différent, les gens vont être empaumés. Félicitations. Formidable.

Il avait reçu son chèque, son décompte, Bresgote lui avait serré la main, puis au moment où il sortait, lui avait crié :

— Attends-moi dehors, veux-tu ? J'ai des choses urgentes à te dire.

Albert continuait à redouter un peu le patron, et pourtant ils se tutoyaient depuis une quinzaine. Pendant une beuverie, lors d'une fête d'été, ils avaient constaté qu'ils partageaient le même avis sur bien des choses. Mais la crainte demeurait, même à présent que Bresgote s'emballait sur sa nouvelle manière. C'était une frayeur à expulser avant qu'une autre s'installât : celle de tomber dans le panneau Nella.

Il constatait l'autorité qu'il représentait pour les enfants et s'inquiétait de les décevoir, toutefois il comprenait Nella mieux qu'il n'en voulait convenir vis-à-vis d'elle.

Depuis qu'il avait ouvert le carton *Sunlight,* il pensait souvent à sa période londonienne et recommençait à vivre sur le troisième plan : celui de la vie qui aurait pu être vécue mais ne l'avait pas été. Dans la ferme des parents de Leen et dans une petite ville voisine, il esquissait des faire-part de naissance, de décès, des titres pour brochures... Mais parce qu'il recevait tout le temps des lettres où Nella le suppliait de revenir il n'avait pas suivi le conseil de Leen : « Pars pour l'Irlande ! » Il était rentré en Allemagne dessiner des étiquettes pour seaux de marmelade, voir Ray tomber et mourir, impuissant contre la stupidité puissante de l'armée. Il n'aimait pas penser à la mort de Ray. Sa haine de Gaeseler avait disparu au cours des ans et il songeait rarement à lui. Il était absurde de se représenter ce qui serait arrivé si Ray avait survécu à la guerre ; son imagination s'y refusait parce que, pour y avoir assisté, il savait la mort de Ray définitive : étouffé par son propre sang, tendons en pièces, et la main tremblante qui faisait lentement le signe de la croix. Si sa fureur avait suffi pour souffleter Gaeseler, sa haine ne s'était pas attisée, même en prison. Il avait eu seulement peur que Nella ne lui annonce pas la venue de l'enfant.

Il regarda fixement la carte murale : de petits drapeaux rouges y marquaient l'expansion de *Week-end au foyer.* Ils étaient innombrables, les petits drapeaux, si nombreux qu'on ne voyait guère autre chose. Noms de villes, fleuves, régions, montagnes se trouvaient presque totalement masqués par les petits drapeaux rouges portant les mots *Week-end au foyer.*

Nul bruit n'arrivait encore du bureau de Bresgote, et le silence de cette grande maison, habituellement bruyante, déprimait Albert. L'horloge des magasins marquait une heure dix, et au quart Martin sortirait de l'école.

En face, sous la surveillance d'une femme chocolat au lait, des jeunes filles en blouse noire collaient des affiches sur les piliers séparant les vitrines. Toutes les affiches rouges portaient en blanc l'inscription : *Solide.*

Bresgote n'arrivait pas ; Albert devenait enragé parce qu'il s'inquiétait de Martin si distrait, capable d'allumer le gaz sous son déjeuner puis d'aller dans sa chambre, de commencer à lire, de s'endormir dans la bonne chaleur pendant que les légumes se carboniseraient à la cuisine. Ils allaient se carboniser, se réduire en flocons noirâtres, la soupe s'évaporerait, et les nouilles rôties s'agglutineraient en une masse sombre. Sur la table, de vieux numéros de *Week-end au foyer,* au dos couvert de ses dessins humoristiques. Il ouvrit sur le corridor, prêta l'oreille, nul bruit de pas, de porte qu'on ouvre, pas de sonnerie téléphonique, des visages désespérément juvéniles, désespérément hilares, désespérément journalistiques, de ces visages qui vous rappellent de mauvais films de journalistes, au vocabulaire emprunté à de mauvaises pièces radiophoniques de journalistes.

Aujourd'hui la maison était vide. En bas, près du portail, un grand écriteau annonçait : *Fermé pour cause d'excursion du personnel,* et il avait attendu un moment que le concierge voulût bien le faire entrer. Le snobisme spécial au propriétaire de la revue consistait à conserver ostensiblement aux corridors l'aspect de locaux mal entretenus à l'air miteux qui contredisaient de façon flagrante les bénéfices de l'entreprise. Les murs de béton nu de ces couloirs s'ornaient d'affiches et, à des intervalles déterminés, de pancartes dont l'écriture enfantine contrefaite — telle qu'elle est d'usage sur les ardoises des affiches commerciales — avertissait : *Si tu crache sur le planché té un cauchon* ou encore : *Si tu gète des chapo sur le plenché té aussi un cauchon.*

Une porte qui s'ouvrait dans l'obscurité du corridor le fit sursauter, mais ce n'était qu'une jeune fille qui sortait du standard. Elle allait laver son couvert sous le robinet et, par la porte restée ouverte, elle disait ce qu'il avait déjà entendu tant de fois :

— Ne prends pas de dessert surtout ; cette espèce de purée rouge est exécrable et la sauce est brûlée.

Sa collègue répondit de l'intérieur :

— Aujourd'hui, les autres vont mieux croûter que nous, le patron devra forcément nous revaloir ça.

— Nous revaudra, dit celle du robinet ; les dix de la permanence rattraperont la sortie. Ça sera bien plus chic que leur excursion en masse.

— As-tu vu les beaux cars rouges ?

— Bien sûr, j'arrivais juste comme ils démarraient.

Albert attendit la voix de l'autre. Il la connaissait par les nombreux coups de fil qu'il échangeait avec Bresgote. Il lui était arrivé de téléphoner uniquement pour entendre cette voix d'une amabilité obligeante, nonchalante et dont quelques sons curieusement contrastés lui rappelaient celle de Leen.

La jeune fille du robinet fit glisser son couvert dans la poche de son tablier, retira un peigne rouge de ses cheveux et entreprit de les arranger en tirant dessus.

Albert alla la trouver :

— Écoutez, il faut que je téléphone de toute urgence, puis-je le faire d'ici ?

Elle secoua négativement la tête, en bouclant sur son doigt une mèche de cheveux cassants, puis elle ôta son peigne de sa bouche, le repiqua dans son maigre chignon et dit :

— Pas moyen de le faire du standard, allez donc à un appareil public.

— Je ne peux pas bouger d'ici, j'attends Bresgote.

— Il ne va pas tarder, il vient juste de téléphoner qu'il part, cria de l'intérieur la jeune standardiste.

Et il se la représenta d'après sa voix : grande, lourde, démarche lente, rythmée. Il était anxieux de l'apercevoir, cette jeunesse à la voix tendre, riche d'aimable obligeance, elle avait certainement un visage clair, de grands yeux tranquilles... La voix demandait :

— Mais tu dis que la saucisse est bonne.

— De première ! Les légumes aussi. Fais t'en redonner, ils sont vraiment bons. Jusqu'au café qui devient meilleur depuis qu'on a rouspété. A la place de l'entremets, prends donc un gâteau au miel.

— Faudrait réclamer pour l'entremets, ces choses-là ne devraient pas arriver.

Albert ne savait s'il devait rester ou s'en aller : le quart déjà.

— Les filles d'en face l'ont dit aussi.

Elle quitta le miroir, poussa la porte du pied, et il vit l'autre téléphoniste. Il fut effaré de la trouver telle qu'il se la figurait : tendre et blonde, de grands yeux foncés, passionnés de paresse, costume simple : pull vert, jupe marron visible dans l'ouverture du sarrau.

— Ici, *Week-end au foyer*. Non, il n'y a personne aujourdhui. Notre personnel est de sortie, veuillez rappeler demain, s'il vous plaît.

La porte se ferma, il entendit les deux standardistes parler repas jusqu'au moment où elle se rouvrit et où la blonde disparut, son couvert à la main, au fond du couloir obscur.

Bizarre que le souvenir de Leen s'imposât à lui quand il

entendait la voix de cette jeune fille qui lui ressemblait si peu. Au téléphone, Leen lui racontait tout ce que sa pudeur lui interdisait quand ils se trouvaient face à face. Elle déballait toute sa théologie : traités du mariage, péchés prénuptiaux, chuchotés dans un récepteur crasseux de Londres. Leen aurait préféré se poignarder plutôt que devenir sa maîtresse.

La grande fille bien faite qui disparaissait de son allure naturellement élégante au tournant de l'escalier l'émouvait ; il aurait été bon peut-être d'en épouser une de ce genre, aimable déesse, paresseuse avec passion, en apparence tout le contraire de Leen, mais la voix était la même.

Pensif, il gardait obstinément les yeux fixés sur la porte du standard, et l'arrivée en trombe de Bresgote dans le corridor le fit sursauter. Bresgote criait :

— Pardon de t'avoir fait attendre, mais il faut que je te parle de toute urgence, de toute urgence.

Il empoignait Albert par les épaules, le poussait vers l'escalier, revenait sur ses pas en courant, ouvrait la porte du standard, criait à la téléphoniste :

— On peut m'appeler chez moi à partir de cinq heures.

Bresgote revint et ils descendirent ensemble :

— J'espère que tu disposes d'un petit instant.

— Oui, j'ai le temps, mais il faut que je passe voir ce que devient le petit.

— Là-bas, pourrons-nous parler sans être dérangés ?

— Oui.

— Alors allons-y. Qui est ce gosse dont tu dois t'occuper ? Tu as un fils ?

— Non, c'est celui de mon ami mort à la guerre.

Il ouvrit son auto, restée dans la cour à côté de la rampe de chargement de l'imprimerie, monta, ouvrit d'en dedans et fit grimper Bresgote à côté de lui.

— Excuse-moi, je suis terriblement pressé, mais chez moi nous aurons tout notre temps.

Bresgote tira de sa poche des cigarettes qu'ils allumèrent avant de démarrer. Il dit :

— Nous aurons vite fini peut-être.

Albert ne lui répondit pas, il klaxonnait avant de

franchir le portail de l'imprimerie. Ils passèrent devant les grands magasins. Maintenant les piliers séparant les vitrines étaient tout couverts d'affiches rouges et blanches, chacune ne portant qu'un seul mot, et toutes proclamaient : *En automne aussi du Solide.*

— En un mot comme en cent, dit Bresgote, pour moi il s'agit de la femme avec laquelle tu vis.

Albert soupira :

— Je ne vis pas avec une femme. Si c'est de Nella que tu veux parler, nous cohabitons, mais...

— Mais tu ne couches pas avec elle ?

— Non.

Ils gardèrent le silence tandis qu'Albert contournait la place embouteillée. Bresgote respectait la circulation automobile et il ne reprit la parole que lorsqu'ils débouchèrent dans une voie plus calme.

— Mais ce n'est pas ta sœur ?

— Non.

— Tu ne désirerais pas non plus que... tu ne désirerais pas vivre avec elle ?

— Non.

— Depuis combien de temps la connais-tu ?

Albert se tut un moment pour faire le calcul. Il n'avait jamais compté exactement depuis combien de temps il connaissait Nella ; il la connaissait, lui semblait-il, depuis toujours. Il prit une rue animée, en traversa une seconde, s'engagea de nouveau dans une plus calme.

— Minute, dit-il, je la connais depuis si longtemps que je dois réfléchir. (Il accéléra, tira avidement sur sa cigarette.) J'ai fait sa connaissance en 33, l'été, dans un café-glacier... donc cela fait juste vingt ans. Alors c'était une nazie en fleur, une jeunesse en petite veste B.D.M. [1], mais quand Ray lui eut parlé, elle laissa la jaquette au vestiaire, et nous n'avons pas tardé à lui faire passer ça. Ce ne fut pas difficile, parce qu'elle n'est pas bête... Nous sommes bientôt arrivés, je n'ai plus qu'à acheter en vitesse

1. *B.D.M.* : Union des Jeunes Filles allemandes, jeunesses hitlériennes féminines (*N.d.T.*).

quelque chose pour le gamin. Notre déjeuner est prêt, il suffira de le réchauffer, après on fera du café. J'ai jusqu'à six heures. A six heures, j'avais l'intention de partir pour le week-end.

— Bon, dit Bresgote, mais Albert sentit qu'il désirait en savoir plus long sur Nella.

— Du reste Nella n'est pas là.

— Je sais.

Albert le dévisagea avec surprise, mais ne dit rien.

— Quand elle a perdu son mari, elle avait vingt-cinq ans et l'enfant était en route. J'habite avec elle depuis huit ans et je crois la connaître bien.

— Peu m'importe ce que tu me raconteras sur elle, mais j'aimerais tout entendre.

Albert arrêta la voiture et, comme il en faisait le tour, il prit peur en voyant la figure de Bresgote à travers la glace, peur de son expression d'amour désespéré.

Bresgote descendit à son tour.

— Quel âge a l'enfant ?

— Il va sur ses onze ans.

Ils s'arrêtèrent devant la vitrine du magasin, une papeterie qui exposait des jouets parmi le papier, les livres, les pèse-lettres.

Bresgote demanda :

— Que peut-on offrir à un garçon de onze ans ? Je ne connais rien aux gosses, et d'ailleurs ils ne m'intéressent nullement.

— Je l'ai cru aussi jusqu'à l'âge de trente ans ; les enfants ne me disaient rien, je ne savais qu'en faire.

Il entra dans la boutique, Bresgote le suivit.

— Depuis que je connais Martin, la chose a changé du tout au tout.

Il se tut, craignant de dévoiler sa tendresse pour le petit. Il écarta une pile de journaux et regarda une boîte de bâtons de plastiline. Il chérissait Martin et commençait à redouter de le perdre si Bresgote épousait Nella.

Sans penser à rien, Bresgote fouillait dans un tas de petites autos démontables. Bien que la marchande arrivât par la porte du fond, il dit :

— Jamais, de toute ma vie, je n'ai éprouvé de jalousie, mais voilà, maintenant je sais ce que c'est.

— Je ne vois guère de qui tu pourrais être jaloux.

Bresgote prit une raquette de ping-pong, examina l'épaisseur du liège.

— Un tennis de table, serait-ce quelque chose pour ce garçon ?

— Pas mauvaise idée, dit Albert qui, indécis, feuilletait des albums, des livres, se faisait montrer des jouets mécaniques, des objets en bois et mettait de côté un fascicule de Hoppalong Cassidy.

Bresgote paraissait s'y connaître un peu en ping-pong, il se fit présenter différents coffrets, examina les filets, les raquettes, les balles, choisit ce qu'il trouva de plus cher et mit un billet sur le comptoir. Agacé parce que Bresgote le forçait à réfléchir sur ses rapports avec Nella, Albert contemplait des animaux en caoutchouc. La forte odeur d'un crocodile vert l'écœura, et la papetière qui mastiquait apparemment un reste de rôti particulièrement coriace, vestige de son déjeuner, s'efforçait de gonfler l'animal dont sa main s'était emparée. Sa figure était toute rouge, et des gouttelettes de sueur roulaient sur ses joues de dessous ses lunettes. De petites bulles de salive s'étaient installées sur la valve, mais le crocodile ne grossissait que vaguement.

— Merci, dit Albert, je vais réfléchir.

La marchande retira la valve de sa bouche et retourna si malencontreusement le saurien en train de se vider que la vapeur tiède, qui sentait fort le caoutchouc, inonda le visage d'Albert.

— Merci, merci, donnez-moi donc cette chose-là, dit-il, irrité.

Il montrait une panoplie d'outils fixés avec de la ficelle : marteaux, tenailles, burins et, pendant que la marchande faisait le paquet et qu'il prenait de l'argent dans sa poche, il pensa tout à coup que Martin ne saurait que faire de cet attirail : aussi maladroit que son père, il ne montrait aucune disposition pour le bricolage.

Ils sortirent de la boutique, roulèrent deux rues plus

loin, à toute vitesse, sans parler, traversèrent la grande avenue, et Albert ralentit en atteignant la rue aux marronniers.

— Nous y voilà, dit-il en stoppant.

Bresgote descendit, son carton sous le bras, constata :

— C'est beau par ici.

— Oui, splendide.

Albert ouvrit le portail du jardin et, précédant Bresgote, il s'aperçut tout de suite que Martin n'était pas rentré de l'école. En effet, le billet qu'il avait piqué sur la porte le matin y était toujours. On lisait, écrit au crayon rouge : *Attends-moi pour le déjeuner, aujourd'hui je serai à l'heure.* Aujourd'hui souligné trois fois. Il enleva le papier, ouvrit la porte, entra. Ils traversèrent le vestibule tendu de soie verte. L'étoffe intacte avait passé, et les étroites bandes de marbre qui divisaient la tapisserie en panneaux carrés, montraient des taches jaunâtres. Poussière sur le radiateur où Martin avait appuyé tout de travers sa patinette. Albert la redressa, et Bresgote en déplia le fanion : vert-blanc-rouge.

— Entre, s'il te plaît, dit Albert.

Il faisait sombre et silencieux dans ce vestibule ; une grande glace, placée entre deux portes, était occupée tout entière par le portrait d'homme accroché juste en face qui s'y reflétait. Bresgote considéra le tableau, un croquis de la détrempe inachevé et grossièrement dessiné, mais d'un grand charme. On y voyait un jeune homme en gilet de tricot rouge vif et qui, les cils baissés, paraissait lire une chose qu'il venait apparemment d'écrire sur un morceau de carton bleu car il tenait un crayon de l'autre main. Il avait sa pipe à la bouche et, sur le carton bleu, Bresgote put voir ces mots en lettres jaunes : *Pâtes Bamberger aux œufs.*

Albert revint de la cuisine en laissant la porte ouverte, Bresgote constata qu'elle était énorme. Des carreaux de faïence blancs et noirs dessinaient des emblèmes culinaires : cuillers, pots, poêles, broches gigantesques, moules à pâtisserie et, serpentant à travers ces ustensiles, une devise : *L'amour passe par l'estomac.*

Bresgote demanda :

— Est-ce son mari ? Le poète ?

— Oui, mais le portrait se voit mieux d'ici.

Il fit virer Bresgote en le prenant doucement par l'épaule, et ils se trouvèrent vis-à-vis de la glace qui était juste de la même taille que le tableau. Bresgote examina d'un air méditatif le portrait et le carton bleu dont l'inscription se voyait à l'envers ; alors, avec leur visage fatigué, leurs cheveux clairsemés, ils se virent eux aussi dans la glace et devant ce tout jeune homme, ils se regardèrent et se sourirent.

— Viens, on déjeunera aussitôt que le petit sera là. En attendant buvons quelque chose.

La chambre d'Albert était haute et vaste ; sur le devant, près de la fenêtre, son lit ; en face, sa table à dessin, très grande ; entre le lit et la table, il y avait encore assez de place pour un large passage, et devant encore, pour un divan, une armoire, des fauteuils, le téléphone sur une petite table.

Albert prit des verres et un flacon de cognac dans son armoire et les mit sur la table.

Bresgote, assis, fumait déjà. La maison, le jardin, toute l'ambiance respiraient le calme et un silence profond, tels qu'il ne les avait pas goûtés depuis longtemps. Il se sentait à l'aise et se réjouissait à l'idée de parler de Nella. Pendant qu'Albert emplissait les verres, il se leva, alla ouvrir la fenêtre. On entendait des enfants rire au loin et on pouvait deviner à leurs cris qu'ils s'amusaient avec de l'eau. Il revint s'asseoir vis-à-vis d'Albert et but une petite gorgée.

— Je me sens bien ici. Je reste jusqu'à ce que tu me fiches à la porte.

— Mais reste donc !

— Il faudra seulement que je téléphone à la rédaction sur les quatre heures.

— Tu pourras le faire d'ici.

En considérant le visage de Bresgote, Albert s'effraya soudain, il y découvrait cette expression éperdue qu'il avait vue jadis à Scherbruder, celui qui, vingt ans auparavant, s'était tué pour Nella d'un coup de revolver. Nella, qui avait organisé des soirées culturelles pour les B.D.M., s'était liée d'amitié avec le jeune homme qui exerçait une fonction analogue dans les jeunesses hitlériennes. A vingt et un ans, il venait de terminer ses études d'instituteur et avait commencé à enseigner dans un faubourg rural. Il dénicha promptement un chêne géant dans un boqueteau qui entourait un fort démantelé, et s'empressa de défricher la terre en rond autour de l'arbre. Il l'appela *Thingplatz* [1] et vint y jouer et y chanter avec ses élèves. Noir de cheveux, mince, Scherbruder avait presque la mine d'un Tsigane et l'on lisait sur sa figure qu'il donnerait sa main droite pour une chevelure blonde. Nella avait une chevelure blonde, elle ressemblait trait pour trait aux femmes des livres racistes, en moins ennuyeuse seulement. Scherbruder diffama Ray et Albert auprès de la S.A. qui entretenait dans le fort voisin du *Thing* son petit K.Z. pour ainsi dire privé. On les y tint enfermés trois jours, on les questionna, les roua de coups, et il arrivait encore à Albert d'en rêver. Il revoyait les sombres couloirs intérieurs de la casemate où se répercutaient les cris des suppliciés, le sol de béton éclaboussé de soupe et de sang, les S.A. ivres qui le soir en chantant les regardaient peler des pommes de terre. Quand le silence s'établissait pour une minute, ils entendaient les voix des jeunesses de Scherbruder chanter dehors : *Les dragons verts, ils vont à cheval...*

Ils n'étaient restés que trois jours dans ce fort, car le père de Nella, qui fournissait de marmelade des villages de toile des jeunesses hitlériennes, les fit relâcher.

Ils avaient compris que Nella en était la cause, mais elle ne leur parla jamais de ce qui s'était passé entre elle et Scherbruder.

Quant à ce Scherbruder, même après les avoir libérés, il ne renonça pas à Nella et il la rencontra plusieurs fois au *Haehnel*. Albert n'oublia pas l'expression d'amour acharné du S.A., cette expression qu'il retrouvait en ce moment sur le visage de Bresgote.

1. *Thingplatz*, place du *Thing* : assemblée des anciens Germains (*N.d.T.*).

— Encore un petit verre, lui dit-il.

Bresgote se versa du cognac et but.

Scherbruder se fit sauter la cervelle dans la nuit du 21 au 22 juin, là-bas, sur sa place du *Thing*. Deux garçons l'y découvrirent. Ils se rendaient le matin à leur lieu de réunion pour ranimer le feu en utilisant les braises encore rouges et les restes de bois. Le sang avait coulé de la tête trouée sur le blouson bleu de l'uniforme, teignant le drap en violet.

Bresgote se versa une troisième rasade et dit d'une voix enrouée :

— C'est idiot d'être pareillement amoureux à mon âge, mais je le suis et n'y puis rien.

Albert hocha la tête en signe d'assentiment, sa pensée était ailleurs, il se rappelait Absalon Billig torturé à mort quelques mois après le suicide de Scherbruder, il pensait qu'il oubliait beaucoup et n'avait jamais montré au petit le fort obscur où l'on avait torturé son père pendant trois jours. Bresgote dit :

— Parle-moi d'elle.

Albert haussa les épaules. Montrer à Bresgote à quel point Nella était instable, est-ce que cela avait un sens ? Du vivant de Ray, elle se montrait raisonnable, mais à son retour de la guerre il fut épouvanté de la voir aussi désemparée. Pendant plusieurs mois, il lui arrivait de donner dans la dévotion, elle se levait tôt pour aller à la messe, passait ses jours et ses nuits à lire des vies de mystiques, puis soudain elle retombait dans son apathie, somnolait des journées entières ou gaspillait son temps avec des gens qu'elle invitait, heureuse de trouver un cavalier servant un peu sympathique qui l'emmenait au théâtre, au cinéma... Parfois elle disparaissait plusieurs jours avec des hommes et au retour se montrait déprimée, traînait dans sa chambre et pleurait.

Il répondit par une question :

— D'où sais-tu qu'elle est en voyage ?

Bresgote se taisait ; Albert qui l'observait commença à le trouver ennuyeux. Il détestait voir les hommes tomber dans la sentimentalité, faire des confessions, et Bresgote avait cette mine-là. Il ressemblait aux *desperados* des films : *desperado* dans une hutte de la forêt vierge, lianes pendantes ; un singe jette une banane au *desperado ;* le *desperado* lance une bouteille de whisky vide au singe, le singe glapit et s'éloigne en boitillant. Puis le *desperado,* d'une main tremblante, ouvre une nouvelle bouteille de whisky, boit et commence son récit pour le partenaire qui vient d'entrer en scène. Le partenaire est un médecin ou un missionnaire ou un négociant raisonnable qui a invité le *desperado* à entreprendre une « nouvelle vie ». Et maintenant, après avoir englouti une lampée vraiment barbare, le *desperado,* d'une voix de rogomme, y va de son histoire : « Vie nouvelle ? » Rire sarcastique. Suit son aventure avec une femme qui « l'a fait ce qu'il est ». Voix rauque, grand éclairage, médecin étonné, missionnaire étonné, raisonnable négociant étonné. Plus le whisky baisse dans la bouteille et plus la voix du conteur s'enroue et plus le film approche de sa fin. Toutefois, bien qu'enroué et lesté de six cognacs, Bresgote se taisait. Tout à coup il se leva, alla se poster près de la fenêtre ouverte, entre le lit et le bureau ; d'une main il empoigna le double rideau rose et joua avec. Et ce ne fut plus le *desperado,* mais l'homme intelligent aux prises avec une crise sentimentale, tel qu'on le voit dans les films intelligemment écrits, tournés et photographiés, se planter devant une fenêtre pour faire sa confession.

Albert se versa encore un cognac et décida de tout encaisser. Le petit n'était pas encore rentré, et il s'inquiétait. Pour Bresgote, inutile de s'en faire, il représentait l'un des spécimens que Nella « gobait ». Intelligent et viril, un tantinet débraillé, et la crise par laquelle il passait en ce moment serait — on pouvait s'y attendre — bientôt surmontée. Une fois par an à peu près, elle éprouvait une nouvelle nostalgie : érotisme sublime, magie des entretiens religieux au coin de la cheminée, dans des pièces vastes et nettes, avec du bon vin et différentes variétés de gâteaux au fromage, parmi de belles toiles modernes, en compagnie de moines beaux comme le jour, aux yeux de braise, et qui devaient à la robe monastique le privilège de paraître plus intelligents qu'ils ne l'étaient en réalité.

Albert sourit sans le savoir à la pensée qu'il aimait bien Nella et se réjouissait de la revoir. De la fenêtre, Bresgote disait :

— Oui, tu peux sourire, j'en suis malade. Pourtant je me serais contenté d'attendre sans provoquer une rencontre si je ne l'avais aperçue ce matin.

— Tu l'as vue partir ?

— Oui, et avec un type que je hais, que je haïssais déjà avant de la voir avec lui.

— Qui était-ce ? demanda machinalement Albert.

A son avis Bresgote cherchait un partenaire qui lui renvoyât la balle. Et Bresgote éclata :

— Ce Gaeseler. Tu ne le connais pas ?

— Non.

Naguère la simple mention de ce nom aurait réveillé sa haine, mais à ce moment-là il n'éprouva qu'une frayeur légère et comprit les allusions de Nella à son entreprise.

Bresgote s'était rapproché, et Albert put lire sur son visage l'expression que le sien avait dû avoir quand Bresgote avait nommé Gaeseler.

— Donc tu le connais.

— Je n'ai connu qu'une fois un salopard de ce nom-là.

— Salopard, c'en est sûrement un.

— Qu'est-ce qu'il fait ?

— Un de ces veaux catholiques qui donnent dans les questions culturelles. Depuis trois semaines, il est au *Messager*.

— Merci du compliment, moi aussi, je suis catholique.

— Navré... Navré à cause de toi, non de l'avoir dit, mais celui-là, c'est un cochon. Le Gaeseler que tu as connu, qu'est-ce donc qu'il a fait ?

Albert se leva. Maintenant la situation se renversait, c'était lui qui se tenait près de la fenêtre : le *desperado* ou l'homme intelligent du film auquel incombe de faire, dans une belle attitude, un récit digne du grand éclairage. Bresgote, en train de fourgonner dans sa bouche avec une allumette, le désolait, et il s'inquiétait du retard de Martin. Il souffrait d'avoir à raconter une fois de plus une histoire souvent répétée, histoire que son récit sempiternel, lui semblait-il, usait et transformait. Il lui avait fallu le refaire souvent à la mère de Nella, à Nella elle-même et aussi, les premières années, au petit. Mais depuis longtemps le gamin ne le lui demandait plus.

— Vas-y, dit Bresgote.

— Le Gaeseler que j'ai connu a le mari de Nella sur la conscience, de la façon la plus légale, la moins insolite qui soit. Il l'a assassiné à la guerre. Autrefois, j'employais facilement le mot assassiné ; en ce moment, je l'emploie parce qu'il ne m'en vient pas d'autre à l'esprit, mais te raconter la chose est stupide puisque nous ne savons pas s'il s'agit du même.

— Nous le saurons dans une heure. Le *Messager* a publié sa photo dans son numéro de fin de semaine. Il ne doit pas y avoir tellement de salauds du nom de Gaeseler.

— Que t'a-t-il fait, à toi ?

Bresgote ricana :

— Oh ! rien, rien du tout. Ces gaillards-là ne vous font jamais rien.

— Tu es sûr qu'elle est partie avec Gaeseler ?

— Je l'ai vue monter dans sa bagnole.

— Comment est-il ?

— Bah, inutile ! Un coup de fil, et dans une heure nous tenons son portrait.

Albert s'effrayait du Gaeseler réel, il esquissa un geste de dénégation, mais Bresgote, le récepteur en main, formait déjà le numéro. Albert prit le second écouteur et, en entendant à l'autre bout du fil *Week-end au foyer,* il reconnut la voix de la standardiste qui se regardait dans la glace, mais en même temps il perçut celle de l'autre : « Tu avais raison, l'entremets est une infamie ! » Furieux, Bresgote s'exclama :

— Placez donc votre fiche comme il faut, on entend tout ce qui se raconte dans le bureau !

Albert raccrocha.

— Dans une heure, il me faut ici le premier numéro du *Messager.* Envoyez Willy avec sa moto. Non, non, pas chez moi, ici, à l'adresse de M. Muchov (il indiqua la rue) et, jusqu'à nouvel ordre, tous les coups de téléphone ici.

Il raccrocha et s'adressant à Albert :

— Maintenant vas-y, accouche.

Deux heures et demie. Albert pensait au gamin.

— C'était pendant l'été 42. Le matin, nous étions couchés dans les tranchées que nous venions de creuser devant le village de Kalinovka. Un lieutenant nouveau venu faisait la ronde pour voir les hommes de sa section. C'était Gaeseler ; il demeura plus longtemps près de nous que près des autres ; le calme régnait. Il dit : « Je cherche deux garçons intelligents. » Nous nous tûmes ; il répéta : « Il me faut deux garçons intelligents. » Ray répondit : « Nous ne sommes pas intelligents. » Gaeseler rit : « Intelligent tu l'es, c'est précisément la seule chose que tu es. » Ray riposta : « Est-ce que par hasard nous aurions trinqué à l'amitié [1], tous les deux ? »

Albert se tut, il avait l'impression d'absorber la mort à la cuiller. Pourquoi rééditer ce récit, à quoi bon faire réapparaître un nommé Gaeseler, pourquoi fallait-il que ce type connût Nella, suscitât la jalousie de Bresgote ? Il poursuivit péniblement :

— Cette réponse a décidé du destin de Ray. Gaeseler nous désigna pour une patrouille à laquelle nous étions totalement inaptes. Tout le monde fit preuve de bon sens ; l'adjudant, qui nous connaissait, déconseilla la chose à Gaeseler ; le capitaine, qui nous connaissait, intervint et lui démontra combien nous étions peu indiqués pour une entreprise aussi scabreuse, il régnait en effet un tel silence au village que nul ne pouvait savoir s'il s'y trouvait ou non des Russes. Ils essayèrent tous de dissuader Gaeseler qui ne faisait que crier : « Il s'agit de savoir si l'ordre d'un chef doit être exécuté, oui ou non ! » C'était mettre le capitaine en situation difficile ; alors (Albert était trop fatigué pour entrer dans tous les détails), alors le capitaine insista auprès de nous parce qu'il redoutait Gaeseler. Il nous expliqua que nous serions certainement fusillés pour refus

1. Rite de beuverie après lequel le tutoiement est de rigueur (*N.d.T.*).

d'obéissance si Gaeseler remettait l'affaire au bataillon, tandis que, si nous allions en patrouille, nous avions des chances de nous en tirer. Nous y allâmes donc. Nous n'aurions pas dû céder, c'est bien là l'horrible de l'affaire, mais nous le fîmes parce que tous, sous-officiers et soldats, s'étaient montrés tellement gentils, tellement raisonnables ! Ils nous conseillaient et nous, pour la première fois, nous sentions qu'ils nous aimaient bien. Oui, le plus affreux, c'est cela : ils se sont montrés gentils et on a cédé, on y est allé. Ray s'est fait tuer, et une demi-heure après la moitié de la compagnie était abattue ou prisonnière vu que les Russes étaient en nombre dans ce trou. Il y eut une débandade éperdue et je trouvai juste le temps de taper dans la gueule de Gaeseler. Ray était mort, et il me parut absurde d'avoir vengé sa mort par un soufflet. Soufflet assez cher d'ailleurs, car je l'ai payé de six mois de prison. Tu comprends maintenant ce qui est arrivé ?

— Oui, je comprends; c'est du Gaeseler tout craché.

— Nous n'aurions jamais dû céder, et ce qui me rend malade quand j'y pense, c'est que c'était sans rapport avec la guerre. Il s'agissait d'une haine personnelle, parce que Ray s'était rebiffé contre le tutoiement. Quant à Ray, il exécrait Gaeseler. (Albert s'anima davantage.) C'est que nous avions coutume de cataloguer avec précision tous les officiers nouveaux arrivés. Ray s'en chargeait et voici comment il avait caractérisé Gaeseler : « Baccalauréat : mention bien. Catholique. Veut faire son droit, mais a des visées culturelles. Correspond avec des curés de droite. Ambition maladive. »

— Mon vieux, dit Bresgote, on devrait bien lire des vers de temps en temps. Épatant ce portrait ! Et c'est lui, je te le dis, pas besoin de photo.

— Moi aussi, je crois que nous n'en avons plus besoin. Quant aux poèmes de Ray, tu devrais les lire tranquillement. Il n'avait pas compté avec sa mort, il n'avait cédé que parce qu'il voulait vivre; pour lui, mourir a été terrible, et terrible d'avoir cédé à un homme comme Gaeseler... et ces seaux de confiture qui traînaient partout avec ses slogans... et son éloge dans les journaux nazis...

— Quels seaux de confiture ? Que disaient les journaux nazis ?

— En 33, Ray commençait à être connu en Allemagne, toute une bande de gens le poussaient parce qu'on pouvait le patronner impunément : ses vers n'avaient pas de sujet directement politique, mais celui qui s'entendait à les lire, il savait ce qu'il pensait. Schurbigel le découvrit et les nazis purent se faire une superbe réclame avec sa poésie parce que c'était tout autre chose que les petites ordures qui sortaient de leurs officines ; il était possible de les colporter et de faire preuve d'éclectisme. Ce fut ainsi que Ray se trouva dans l'affreuse situation d'être loué par les nazis. Il ne publia plus de vers, n'en écrivit plus guère, et accepta une place dans la fabrique de son beau-père. Tout d'abord il travailla seul à des tableaux statistiques en couleur d'où se pouvait déduire qui mangeait de la marmelade, où, laquelle et en quelle quantité. Il se plongea dans ce boulot, étudia les consommations culinaires des différentes régions, et usa de toutes les nuances de rouge pour tenir à jour, bien en ordre, les renseignements fournis par la section commerciale. Quand le Parti tenait son congrès à Nuremberg, quand une réunion de nazis avait lieu quelque part, un tube de rouge y passait tout entier ; plus tard, après mon retour d'Angleterre, nous fîmes ensemble des affiches, des slogans que nous retrouvâmes au front sur les seaux de confiture. Mais, sans l'avoir voulu, Ray devint célèbre, car ils déballèrent ses vers et les publièrent bien qu'il le leur défendît dans ses lettres. Il en était furieux et malade.

Bresgote demanda :

— Schurbigel, tu le connaissais avant ?

— Oui, pourquoi ?

— Crois-tu possible qu'elle noue des relations avec Gaeseler ?

— Non. Du reste, sait-elle qui c'est ?

— Comment cela ?

— C'est qu'elle a fait de curieuses allusions avant de sortir avec lui.

— Où sont-ils donc allés ?

— A Brernich. Pour un congrès.

— Dieu du ciel ! J'ai bien envie de m'y rendre.

— Laisse-lui la paix, elle fera ce qu'il faut.

— Qu'est-ce qu'elle peut faire ?

— Je l'ignore, mais elle fera ce qu'il faut.

— Une gifle, hein ? Un coup de pied quelque part ? Qu'est-ce que tu peux faire d'autre à un individu pareil ? Le tuer ? C'est ce que je ferais, moi.

— Moi, je suis inquiet du gosse. Je ne puis comprendre où il est. Il savait que je devais l'emmener aujourd'hui. As-tu faim ?

— Oui, fais-nous de quoi manger.

— Viens, dit Albert.

Ils allèrent à la cuisine. Albert mit la marmite de légumes sur le gaz et prit la salade dans le réfrigérateur. Nella avait préparé la pâte des crêpes, coupé de petits lardons, et même moulu du café. Elle était restée trois jours à la maison, calme et paisible, sans visites. Albert regardait fixement la devise du mur : *L'amour passe par l'estomac.*

L'apparition de Gaeseler le gênait. Il avait peur de se retrouver en face du vrai. Facile d'en parler, de penser à lui, mais voilà que Martin, que la mère de Nella allaient être mêlés à cela ! Debout à côté de lui, Bresgote, le visage sombre, furieux, regardait cuire les crêpes et sautiller les lardons prisonniers de la pâte.

Albert prêtait l'oreille à chaque bruit de la rue, il connaissait le pas de Martin, un pas léger, exactement celui de Ray, et il savait comment la porte du jardin grinçait quand c'était le petit qui rentrait. Il ne la poussait que jusqu'à un certain point, alors que Nella l'envoyait heurter la barre d'arrêt d'une brusque secousse. Martin ne l'ouvrait jamais qu'à moitié, puis se glissait dans l'entrebâillement et, quand il la poussait, la porte produisait ce bruit tout spécial qu'Albert attendait en ce moment. Le grésillement des crêpes et le ronflement de la vapeur des légumes qui commençaient à bouillonner l'agaçaient, lui rendaient difficile de percevoir les bruits extérieurs. Il prit la première crêpe terminée, la mit dans une assiette pour Bresgote, lui remplit un plat de salade et dit :

— Excuse-moi, mais je n'y tiens plus ; il faut que je me mette en quête du petit. Il est bientôt trois heures.

— Que veux-tu qu'il lui arrive ?

— Il ne peut être qu'à deux endroits. J'y vais voir. Mange donc et, quand tu auras fini, fais chauffer l'eau pour le café.

Chaque fois que Martin n'était pas à l'heure, l'imagination d'Albert battait la campagne et il était livré sans défense aux tableaux qui l'assaillaient : accidents, sang, civière. Il voyait déjà la terre jetée sur la bière, il entendait chanter la classe de Martin comme naguère les élèves de Leen à son enterrement. Les jeunes Anglaises avaient entonné *Media in vita*... ...Du sang... la mort subite... *Media in vita.* Il se contraignit à rouler posément, traversa l'avenue en lançant un regard derrière des arbres, en s'entêtant à chercher, bien convaincu qu'il ne le découvrirait pas, de même qu'il savait que c'était bien avec Gaeseler que Nella était partie. Il passa devant l'*Atrium,* vira au coin de la Heinrichstrasse où se trouvait l'école. Rue déserte, vide dans le soleil, puis brusquement envahie par le vacarme des écolières sortant en récréation. Des centaines de voix retentissaient tout à coup, des rires, des cris ; un chien effrayé traversa la chaussée, la queue basse.

Il continua son chemin, s'arrêta un instant devant l'enseigne de la menuiserie, donna trois violents coups de klaxon. Henri parut à la fenêtre : jolie figure souriante.

— Martin est-il là ?

Il connaissait d'avance la prompte réponse : « Non, pas encore, il est rentré dare-dare. »

— Non... Viens-tu avec nous tantôt ?

— Faut que je demande à maman.

— On passera voir.

— Oui.

Restait Bolda. Il roulait si lentement que les autres voitures le dépassaient en cornant avec humeur, mais il ne s'en souciait pas, il prit sur la droite, fit le tour de l'église, stoppa devant la sacristie.

Sang et soudaineté de la mort... Certitude que Martin

n'était pas non plus avec Bolda et cette contrainte paralysante d'avoir à descendre de l'auto pour trouver la confirmation de cette certitude... *Media in vita.*

Il poussa la porte entrebâillée, passa devant les armoires froides et nettes, le surplis blanc du sacristain, le manteau de Bolda brun foncé pendu à un clou, le Thermos contenant du bouillon dans la poche gauche, le paquet de tartines dans la droite.

Il ouvrit la porte sur l'église, fit une génuflexion devant l'autel, puis se retourna vers la nef centrale. Il n'y était jamais venu en dehors des offices, et le grand espace vide l'effraya. Silence total. Il vit le seau de lessive à côté du pilier, la brosse appuyée contre une colonne, et n'aperçut Bolda qu'après. Elle époussetait les sculptures gothiques du confessionnal et, en entendant marcher, elle fit demi-tour, poussa un cri et se dirigea vers lui. Ils se rencontrèrent devant le banc de communion et il put lire sur les traits de Bolda l'expression de son propre visage. Elle dit :

— Qu'est-ce qui se passe, mon Dieu ?

— Le petit n'est pas encore rentré de l'école. Il est venu, puis s'est sauvé.

— Rien d'autre ?

L'entendre parler si fort l'irritait, mais sa propre voix qu'inconsciemment il assourdissait retentissait plus que de raison. Il répéta :

— Non, mais n'est-ce pas assez ?

Bolda sourit :

— Il finira bien par rentrer. Rien ne lui est arrivé. Quelquefois ça le fâche de ne trouver personne. Il va certainement arriver.

Puis elle sourit, secoua la tête, dit :

— Sois donc raisonnable.

Albert s'étonnait de lui entendre un ton si cordial, si doux. Il ne la connaissait pas sous ce jour-là et pourtant il habitait avec elle depuis sept ans. Il la trouvait presque belle, et remarquait pour la première fois la petitesse et la finesse de ses mains. Elle tenait un chiffon à poussière, jaune, laineux, tout neuf, avec un corbeau sur l'étiquette encore en place.

Elle souriait, assurait :

— Certainement. Ne te mets donc pas dans des états pareils.

— Tu crois ?

— Bien sûr. Rentre tranquillement. Il arrivera bien. Elle se retourna à moitié, l'encouragea d'un nouveau sourire puis, lui tournant tout à fait le dos, se remit au confessionnal.

— S'il vient ici, renvoie-le-moi tout de suite.

Elle fit signe que oui.

Il partit vers la porte de la sacristie, fit une nouvelle génuflexion devant l'autel. Il ne savait où chercher encore et reprit lentement le chemin par où il était venu. Son calme se rétablissait. La confiance de Bolda déteignait sur lui.

Bresgote avait préparé le café et fait cuire la deuxième crêpe.

— Regarde-moi ça, dit-il, en prenant le journal sur la desserte.

Albert reconnut immédiatement la jolie tête brune de Gaeseler et dit avec lassitude :

— C'est bien lui.

XIV

En payant son taxi, elle vit Gaeseler debout devant la Banque de la Confiance. Jeune, svelte, élégant, il se trouvait entre les deux statues de bronze flanquant l'entrée. A gauche, un homme de bronze avec une serviette, à droite, un homme de bronze avec la truelle du maçon. Les deux hommes avaient l'air de se sourire : sourire de bronze sous un vitrail décoratif éclairé de l'intérieur. Des tubes au néon augmentaient la transparence, mettaient en valeur des fleurs de couleur sombre, des roues, une balance et, entourée de fleurs, de roues, de balances et d'épis, cette inscription : *Banque de la Confiance. Sécurité.* Le mot *Sécurité* trois fois plus grand que le reste. Entre la statue à la serviette et la statue à la truelle, Gaeseler était planté juste sous l'*u* de *Sécurité*.

Il consultait sa montre-bracelet et Nella, en comptant le prix du taxi dans la main de son chauffeur, éprouva soudain la nostalgie de Martin, d'Albert, de Glum, de sa mère et de Bolda ; elle chercha vainement en elle sa haine de Gaeseler et ne trouva qu'une chose, une chose étrangère, froide, inquiétante : l'ennui.

Lumière claire, plate, sur tout le tableau, projecteurs maladroitement braqués sur le jeune premier fastidieux qui commençait une navette entre les types à truelle et à serviette, entre l'*é* et le *t* de *Sécurité*.

— Jeune madame, dit le chauffeur, est-ce que vous descendez ou non ?

Elle effaça d'un sourire la mauvaise humeur inscrite sur sa figure par le mouvement gratuit du petit muscle et aussitôt le chauffeur sauta du taxi pour lui ouvrir la portière et lui tendre sa valise.

En face, Gaeseler regardait l'heure, une fois de plus. Sept minutes de retard, oui, et Nella ferma les yeux pour éviter la lumière crue : film sans demi-jour, film sans atmosphère qui commençait à se dérouler.

— Ah ! chère Nella, enchanté que vous soyez venue.

Poignée de main sans fantaisie, auto flambant neuve, bleue comme un ciel d'été, agréable luxe de l'intérieur. Et tous les effets dévastateurs du sourire.

— Belle voiture, dit-elle.

— Avec laquelle j'ai déjà fait quarante mille kilomètres. Il s'agit simplement de traiter les choses avec un peu d'ordre.

— Bien sûr. L'ordre, c'est la moitié de la vie.

Il lui lança un regard méfiant.

Cendrier, briquet, dont le filament rougissait correctement. Déjà Gaeseler donnait du gaz : « Était-ce ainsi que Judith allait trouver Holopherne ? Avait-elle ces bâillements incoercibles en arpentant le camp à son côté ? »

Conduite d'une sûre élégance, arrêt impeccable aux feux rouges, avantages aussitôt utilisés : s'introduire dans les vides, se faufiler prudemment. Yeux durs, vaguement sentimentaux à y regarder de près, et tout cela dans cette lumière claire et plate. Dans le casier d'avant, à côté du briquet, le dernier numéro du *Messager.* Nella l'ouvrit, chercha les noms des rédacteurs. Feuilleton littéraire : Werner Gaeseler. Jamais Albert n'avait mentionné son prénom, jamais, au cours de toutes ces années, il n'avait parlé de son âge et, quand elle pensait à lui, elle le voyait différent : grand, bellâtre brutal, officier intelligent, taureau du devoir exigeant obéissance. Mais pas ce profil-là, tout au plus propre à un film publicitaire : *Visitez le château de Brernich, la perle du baroque, dans la vallée idyllique de la Brer.*

Faubourg, palissades, roulottes de fête foraine en partance, véhicules multicolores, et au fond les chevaux de bois jouant encore leurs ritournelles et secouant une dernière fois les marmots pendant qu'on roule déjà les bâches pour le transport. Mais les objets les plus pittoresques eux-mêmes perdaient tout leur charme, tout leur relief dans cet éclairage, à côté de ce premier rôle, et la grand-route devenait une grand-route de carte postale illustrée.

Sourire sur sourire décochés dans le visage de l'homme : « Bouffe-les, mon petit, et si c'est toi, crèves-en, et si ce n'est pas toi, le baiser que tu pourras m'appliquer sur la main me demandera un grand effort sur moi-même. Mais c'est toi, mon petit, toi, espèce de bousilleur élu pour couper le film, la voilà bien la figure du destin, ta figure à toi, ni sombre ni horrible, mais barbante. » Tout l'agaçait en lui, jusqu'au calme, à la régularité dont il maintenait l'aiguille du compteur sur soixante. Quand elle était en voiture, elle aimait à la voir trembler autour de cent, la petite aiguille chatouilleuse, plus sensible que la main qui règle sa marche.

Il tourna le visage vers Nella, et elle lui fit don par trois fois de son petit jeu musculaire comme d'un poison mécaniquement versé et payé de reconnaissance.

Bietenhahn : des maisons en colombage disséminées dans la forêt sans plan apparent et pourtant habilement, à la manière dont les lieux d'excursion cultivent le romantisme, un boulet de la guerre de Trente Ans encastré dans la porte de la ville, boulet « suédois » en ciment, sorti tout rugueux et moussu des ateliers Schmitzen.

— Joli coin, dit-il.

— Très joli, dit-elle.

Dans son jardin, la mère d'Albert étendait du linge, Will marchait à côté d'elle et lui passait les pinces ; cet après-midi, Albert viendrait avec le petit et cela ferait un week-end épatant, car Glum arriverait le soir, chanterait, et lundi ils feraient peut-être une grande randonnée en voiture.

Elle allait lui dire de s'arrêter mais ne le fit pas, elle ne put que se retourner dans le virage pour apercevoir Will portant avec patience le sac de pinces à côté de la mère d'Albert qui posait la corbeille à linge par terre pour accrocher une chemise de nuit d'homme, tel un drapeau de la paix là-bas au fond, un accessoire incitant à la mélancolie et qui disparut derrière les arbres.

— Pays ravissant, dit-il.

— Ravissant, dit-elle.

Rendu méfiant peut-être par une intonation de sa voix, il la regarda de nouveau. Elle guérit la méfiance par un nouveau sourire. Baume miraculeux, sans égal, souffle bienfaisant sur le visage d'hommes mal lunés, après quoi, « tout était réparé, tout était réparé ». Il accéléra, fit bondir l'aiguille du compteur jusqu'à soixante-quinze, prit les virages avec une sûre élégance, et le film continua : *Visitez le château de Brernich, la perle du baroque, dans la vallée idyllique de la Brer.*

En bas, la Brer coulait, verte, étroite, maintenue vivante par des artifices. Des conduits de béton dissimulés lui amenaient de l'eau afin qu'elle ne s'endormît pas et demeurât idyllique et fraîche : frais ruisseau entre bois et prairies ; voici l'inévitable moulin dont la roue tourne avec un bruit allègre, musique charmante de la vallée idyllique de la Brer.

— Mon Dieu, que c'est beau, dit-il.

— Beau, dit-elle.

Regard méfiant, sourire curatif ; la mécanique fonctionnait. Par moments, elle oubliait qu'il était Gaeseler, et l'ennui s'abattait sur elle comme une maladie. Elle bâillait et soutenait péniblement la conversation afin de lui dissimuler qu'elle s'assommait. Il croyait l'amuser follement en lui contant combien et quelles sortes d'intrigues il lui avait fallu pour entrer au *Messager*.

Ils traversaient maintenant à une allure modérée une paisible campagne. Des prairies et des baies surgissaient, du bétail se pressait aux barrières et, en cet endroit, à proximité du barrage, la Brer prenait un caractère presque torrentiel. L'éclusier venait sans doute de manœuvrer le levier pour alimenter la rivière en fraîcheur et en idylle. Nella fumait pour combattre l'ennui. Le film en train de se dérouler paraissait tourné par un amateur plein de bonne volonté et de zèle qui, dans un mauvais éclairage gris, aplatissant toute chose, montre des photos qui s'animent petit à petit. Ces albums, il allait falloir les examiner, tous. Mortelle grisaille fixée par un bousilleur appuyant sur le bouton d'une caméra, grisaille qu'elle connaissait par les albums de ses camarades d'école, ennui entassé dans des albums bourrés d'épreuves développées par les marchands de couleurs des villes d'eau, villégiatures d'été entre Flensbourg et Médina, entre Calais et Karlsruhe; ennui trouvé et digne de conversation, ennui par groupes et par unité, ennui 8 × 8 ou 16 × 12, et par-ci, par-là ennui en grande surface : Lolotte 24 × 18 dans le golfe de Médina, vouée à l'immortalité dans l'album n° 12 qui illustrait la vie de Lolotte depuis son examen d'État jusqu'à ses fiançailles. Suivait l'album n° 13 — « Oh non, nous ne sommes pas superstitieux ! » — consacré entièrement au mariage et au voyage de noces ; ennui avec et sans voile, ennui avec et sans innocence : « Tu ne connaissais pas encore le père de Bernard ? » Le père de Bernard était là, avec le sourire, immortalisé, en format 8 × 6. Puis promptement, dans le n° 14 : le bébé — « Un amour, un amour, un amour... » — avec des ombres grises sur le visage, du fait de retouches artistiques...

Il allait sûrement s'arrêter à l'endroit « tellement ravissant » du paysage, il essaierait un baiser et sortirait son Leïca de sa serviette. Collée dans l'album, Nella, à la bifurcation de la route n° 8 d'où vous apercevez la Brer à vos pieds ; sur votre droite, l'écluse de la forêt. Idylle lacustre, idylle forestière. En bas, la petite rivière, le village, son clocher baroque, et la grande hostellerie, de style baroque également. *Au Cochon bleu*. « Oh ! vous ne savez pas encore pourquoi elle s'appelle *Au Cochon bleu* ? — Non. — Alors écoutez. » Suit l'anecdote. Nouveau baiser, descente de voiture, prises de vue : clocher baroque, *Cochon bleu*, baroque aussi... et, miraculeusement, l'ennui standardisé revient de la droguerie.

— N'est-ce pas délicieux ?

— Oui, délicieux.

Jadis, avec Ray, elle avait fait souvent cette promenade, et ces dernières années aussi avec Albert ; elle ne s'était jamais ennuyée. Même le clocher baroque, le *Cochon bleu* ne lui paraissaient pas embêtants, mais en ce moment elle s'assommait tant que son énervement montait graduellement comme le mercure dans le thermomètre les jours de grande chaleur. Tout à coup elle éclata :

— Arrêtez, que je respire un peu.

Il stoppa, elle descendit, entra dans la forêt. Quelques pas, déclic, il était déjà devant la voiture son Leïca pendu sur la poitrine.

Elle revint, dit tout bas :

— Donnez-moi le rouleau.

Il la regarda d'un air ahuri.

— Donnez-moi le rouleau. Sortez-le de l'appareil.

Il fronça les sourcils, ouvrit lentement son Leïca, en sortit le film, le lui tendit, elle déroula la bobine, déchira la bande, puis avec calme :

— J'ai les photos en horreur, n'essayez plus de me prendre.

Elle remonta dans la voiture, l'observa de coin, et s'amusa un instant de son profil offensé, buté, de ses lèvres retroussées.

Il s'empressa d'arrêter à la fourche d'où l'on domine les eaux basses de la Brer, le clocher baroque, le *Cochon bleu* baroque. Il jouait d'un air gamin avec son Leïca qui continuait à se balancer sur sa poitrine et dit ce qu'il devait dire obligatoirement.

— N'est-ce pas ravissant ?

— Oui. Combien de temps vous faut-il encore jusqu'au château ?

— Une demi-heure. Connaissez-vous Brernich ?

— J'y suis allée plusieurs fois.

— Bizarre que je ne vous y aie pas rencontrée. J'y ai été deux fois le mois dernier.

— Moi, je n'y ai pas mis les pieds depuis un an.

— Oh ! moi, je ne suis ici que depuis deux mois seulement.

— Où étiez-vous avant ?

— Étudiant. Tout était à recommencer.

— Vous avez été longtemps soldat ?

— Oui, quatre ans. Après j'ai bûché six ans pour avoir

une profession, à présent j'aimerais me remettre tout doucement à vivre.

— Vivre ? Vous vivez sûrement depuis vingt-huit ans ?

Il sourit :

— Exactement trente-deux. Merci du compliment flatteur.

— Pas question de flatterie, curiosité pure et simple. Je savais que vous diriez votre âge car vous aimeriez paraître plus âgé.

— Pour vous, je voudrais avoir deux ans de plus.

— Pourquoi ? demanda-t-elle froidement et, pleine d'ennui, elle considéra le *Cochon bleu* qui exposait au soleil sa façade crépie et peinte à neuf.

— C'est qu'alors j'aurais quatre ans de plus que vous.

Lasse, elle dit :

— Flatterie compliquée, mais vous vous trompez, j'ai exactement trente-sept ans.

Comportement de commissaire de police interrogeant un petit voleur d'étalage, non de juge d'instruction cherchant à prendre un grand criminel.

Il dit :

— Ma flatterie était tout à fait inconsciente, vous paraissez effectivement plus jeune.

— Je sais.

— Verriez-vous une objection à ce que nous nous remettions en route ?

— Non, mais ne vous arrêtez ni à l'église ni au *Cochon bleu*.

Il la regarda en souriant, elle se tut jusqu'à ce qu'il eût passé le virage en épingle à cheveux et traversé lentement le village.

— Gentille anecdote, dit-il, que celle du *Cochon bleu*.

— Charmante.

Le film publicitaire pour entreprise de voyages continuait : des prés, des vaches et, comme régisseur, cet acteur de huitième ordre, rasé de près, directeur de publicité, ancien cabotin passé metteur en scène... et elle, la vedette achetée pour renforcer l'attraction du projet publicitaire. Le paysage collaborait gratis. A la caméra, un amateur dont les dispositions étaient frappantes. Elle ne réussissait pas le saut sur les autres plans, ni dans le film du souvenir, ni dans l'autre qui s'empoussiérait aux archives et contenait la suite de ce qui, en ce moment, était le souvenir : vie sans lest, des enfants, une rédaction de journal, boissons rafraîchissantes, glacées, variées, et Albert, l'ami infatigable. Film sans Glum et sans Bolda, sans les gosses — jamais conçus, jamais mis au monde —, des rentrées scolaires 1950 à 1953 ; crispée, elle cherchait Ray dans sa mémoire pour attiser sa haine, mais il n'émergeait que de pâles images, des clichés figés, des villages italiens de prospectus, et Ray parmi tout cela en touriste égaré. Son imagination lassée, elle revint au présent qui paralysait tout. Soudain elle sentit le bras de Gaeseler sur son épaule, dit :

— Retirez votre bras.

Il obéit et elle attendit vainement la montée de la haine. Absalon Billig piétiné sur le béton, du sang sur un sol grossier... et Ray offert en sacrifice à un ordre, à un principe, mort pour le prestige, mitraillé... l'irréparable. Ray ne venait pas et le souvenir restait muet. Il ne venait pas de haine, il ne venait que des bâillements, et cette main à nouveau sur son épaule et elle, répétant avec calme : « Retirez votre main », et lui la retirant. Était-ce cela qu'il appelait « commencer à vivre » ? Pelotage au volant, échange de baisers à l'orée d'un bois pendant qu'un chevreuil caché, mais souriant d'aise, contemple la scène ? Petit chevreuil habilement surpris par la caméra d'un amateur.

— Ne recommencez pas, écartez votre main, vous m'ennuyez terriblement ! Racontez-moi donc où vous étiez pendant la guerre.

— Oh ! je n'y pense pas souvent, j'essaie d'oublier et d'ailleurs j'y réussis... C'est le passé.

— Mais vous devez bien savoir encore où vous étiez.

— Presque partout. A l'ouest, à l'est, au sud. Il n'y a que dans le nord que je ne sois jamais allé. A la fin, j'étais dans l'armée d'Erwin.

— De qui ?

— D'Erwin. Ne savez-vous pas qui est Erwin Rommel ?

— Les prénoms des généraux ne m'ont jamais intéressée.

— Oh ! pourquoi êtes-vous fâchée ?

— Fâchée ? Comme lorsque, par bravade, une fillette refuse de tendre la main à sa tante — au coin, la vilaine gamine ! Mais vous ignorez peut-être que mon mari est mort au front ?

— Je le savais. Le père Willibrord me l'a dit, mais je le savais déjà avant. Qui pourrait l'ignorer ? Je vous demande pardon.

— Que voulez-vous que je vous pardonne ? Qu'on ait descendu mon mari ? Kapout, coupée la bande, fini ce qui n'était pas destiné à être rêvé mais vécu. Jeté aux archives... à toi d'en retrouver les morceaux. Alors on ne se montre pas tellement stricte quant aux prénoms des généraux !

Il conduisit un bon bout de chemin en silence, un silence respectueux ; elle voyait à son profil qu'il pensait à la guerre : souvenirs de rudesse, de sentimentalité... et d'Erwin.

— Comment s'intitule votre communication ?

— Ma Communication ? « *Que nous réserve la poésie lyrique actuelle !* »

— Parlerez-vous de mon mari ?

— Oui, personne ne saurait parler de lyrisme sans citer votre mari.

— Mon mari est tombé à Kalinovka.

Elle l'observa, étonnée et déçue de le voir si peu passionné. Gaeseler ne changeait pas de visage.

— Je sais, dit-il. N'est-il pas curieux que moi aussi, je pense y avoir été ? En 42, je me trouvais en Ukraine. Curieux, n'est-ce pas ?

— Oui, dit-elle.

Et elle souhaita que ce ne fût pas lui.

— Tout oublié, disait-il, massacré systématiquement mes souvenirs. Il faut oublier la guerre.

— Oui, et les veuves, les orphelins, et toutes les dégoûtations, édifier un bel avenir bien propre. Jeter la confiance sur la Banque de la Confiance. Oublier la guerre et conserver en mémoire les prénoms des généraux.

— Mon Dieu, dit-il, il peut vous arriver de retomber dans les façons de parler des années écoulées.

— Oui, mais voilà, c'est la façon de parler d'années écoulées.

— Est-ce si mauvais que cela ?

— Mauvais ? On traite de mauvais garçons les galopins qui chipent des pommes. Mais pour moi, vos façons de parler des années de guerre sont bien autre chose que mauvaises. La guerre, mon mari la haïssait, et je ne vous confierai pas de poème pour votre anthologie si vous n'acceptez pas de publier en même temps une lettre de mon choix. Il haïssait la guerre, il haïssait les généraux et tout ce qui est militaire... et moi je devrais vous haïr, vous, mais, chose étrange, vous ne faites que m'ennuyer.

Il sourit et parvint à prêter à sa physionomie et à sa voix l'expression et les intonations douloureuses prescrites dans les théâtres d'amateurs :

— Pourquoi me haïriez-vous ?

— Je vous haïrais si je n'avais pas cessé de vivre lorsque mon mari est mort. Ce que je voulais ? Prendre la suite de sa haine, car lui, s'il vous avait connu, actuellement ou autrefois, il se serait contenté de vous donner une bonne gifle. Continuer ce qu'il aurait fait, continuer à agir, à penser comme lui, et comme il m'avait appris à le faire, voilà ce que j'aurais dû réussir : distribuer des taloches aux gens qui ont oublié la guerre, mais qui prononcent avec une sentimentalité d'écoliers les prénoms des généraux.

Il garda le silence et elle le vit pincer les lèvres. Elle poursuivit :

— Encore si vous étiez honnêtes, si vous célébriez la guerre, si vous meniez jusqu'au bout, loyalement, votre ressentiment de vainqueurs empêchés... Mais l'horrible, c'est que ce soit vous, précisément vous, qui vous croyiez tenus de faire des communications intitulées : « *Que nous réserve la poésie lyrique actuelle ?* »

Gaeseler ralentissait. Entre de grands hêtres, Nella distingua les ouvrages avancés du château de Brernich :

maison de plaisance baroque autour de laquelle tournoyaient des pigeons gavés de tartines par les excursionnistes.

Film de dilettante, mal éclairé, sans *happy end*, car le baiser de rigueur devant la façade baroque du château, ce baiser-là resterait pour compte.

Nella avait la nostalgie du *Haehnel*, du sourire de Luigi, du disque qu'il mettait dès qu'elle entrait, de l'instant où la musique se déclenchait. Elle avait la nostalgie de Martin et d'Albert, du Gaeseler imaginaire, digne de sa haine ; ce n'était pas là l'homme noir, le scélérat, dont sa mère cherchait à graver l'image dans l'esprit de son petit garçon. Vaniteux, pas même bête, il ferait carrière. Elle dit :

— Descendez-moi ici.

Il stoppa sans la regarder. Elle ouvrit la portière :

— Faites porter mes bagages dans ma chambre.

Il fit signe que oui. Elle considérait son profil, attendant une trace de pitié aussi vainement qu'elle avait attendu la haine.

Le père Willibrord accourait, les bras tendus :

— Merveilleux que vous soyez venue, ne trouvez-vous pas ce lieu de réunion merveilleux ?

— Oui, c'est merveilleux. Le congrès a-t-il commencé ?

— Schurbigel vient de parler brillamment et tout le monde attend Gaeseler avec impatience. Ce sont ses débuts dans notre cercle.

— Je désirerais aller dans ma chambre.

— Venez, je vais vous y conduire.

Nella vit Gaeseler gravir les marches du perron avec sa serviette et la mallette, mais, quand elle se fut approchée avec le père Willibrord, il était déjà parti et la mallette attendait devant la loge du concierge.

XV

La casquette du receveur des tramways n'était pas au portemanteau. Le palier sentait le bouillon et la margarine chaude dans laquelle Brielach faisait toujours rissoler ses pommes de terre. Au dernier étage, Mme Borussiak chantait : *Gazon de la tombe paternelle...* Elle chantait joliment, distinctement, et la chanson se déversait dans l'escalier comme d'un arrosoir, en une pluie fine et agréable. Il voyait sur le mur l'endroit où le mot avait été gratté plus de trente fois. Une trace de plâtre toute récente sous le compteur à gaz témoignait encore du conflit muet. De la menuiserie, on entendait le grondement sourd du rabot mécanique, paisible roulement de tonnerre qui faisait sans cesse trembler légèrement les murs de la maison et devenait plus clair, presque crépitant, lorsque la planche avait glissé dans le gosier de la machine ; entre deux roulements, c'était le grincement plus aigu de la fraise. La lampe du vestibule vibrait sans arrêt ; d'en haut, beau et fort, le chant descendait sur lui comme une bénédiction. La fenêtre sur la cour était ouverte. En bas, l'apprenti empilait du bois avec son patron. Le garçon sifflait en sourdine l'air que chantait Mme Borussiak. Au fond, dans la façade incendiée de la maison de derrière, on voyait, par le trou béant de la fenêtre de droite, un avion planer paisiblement dans le ciel bleu. Doux grognard traînant un calicot, il disparut derrière le pan de mur entre les deux fenêtres pour reparaître dans celle de gauche, gris sur le ciel clair. Il voguait de fenêtre en fenêtre, lentement, comme une libellule affligée d'une queue trop lourde. Quand, ayant dépassé la maison en ruine, il tourna lentement au-dessus de l'église, Martin put lire enfin, mot par mot, au gré des oscillations de l'appareil tirant sa queue devant la lumière, ce que le transparent disait : « *Es-tu prêt à tout ?* »

Mme Borussiak continuait à chanter : voix chaude, forte. L'entendre, c'était pour Martin comme s'il l'a voyait : blonde comme sa mère, très blonde, mais plus pleine. Le mot ne s'adaptait pas du tout à sa bouche. Elle aussi, son mari était « tombé ». Jadis elle s'appelait Mme Horn, à présent elle avait un autre mari, le facteur des mandats, et elle était bel et bien mariée avec M. Borussiak, tout comme la mère de Grebhake avec M. Solik. M. Borussiak, aimable comme sa femme, apportait de l'argent à oncle Albert et à sa mère. Mme Borussiak n'avait que des enfants assez grands. L'aîné, Rolf Horn, exerçait les enfants de chœur. Sur la plaque de l'église on lisait : *Petrus Canisius Horn* † 1942. Et dans le haut de cette même plaque, il y avait : *Raymond Bach* † 1942. Le père de Brielach se trouvait sur une autre plaque, à l'église Saint-Paul : *Henri Brielach* † 1941. Il attendit l'arrêt du rabot mécanique pour tendre l'oreille vers la porte de Brielach. C'est que Léon entrait quelquefois avec sa casquette, mais Martin n'entendit rien. Il se détourna de la fenêtre, attendit un moment devant la chambre avant d'ouvrir. Brielach s'écria :

— Oh ! la la ! Oncle Albert te cherche.

Il écrivait, un morceau de papier devant lui sur la table, un crayon à la main. Il releva la tête d'un air important et dit :

— Ou bien es-tu passé chez toi depuis ?

Martin détestait Brielach quand il arborait ses airs importants ; il détestait lui entendre dire : « Tu n'y connais rien. » Il savait qu'alors Brielach pensait à l'argent. Lui, bien sûr, il ne connaissait rien à l'argent mais il n'en détestait pas moins voir Brielach avec son air important, son *air-argent*. Il dit enfin :

— Non, je n'ai pas encore été chez nous.

— Alors vas-y tout de suite, oncle Albert se fait des cheveux.

Sans répondre Martin secoua négativement la tête et se tourna vers Vilma qui, de son coin, rampait vers lui.

— Tu es dégoûtant, dit Brielach. Véritablement dégoûtant !

Il se pencha de nouveau sur son papier et reprit ses écritures. Martin s'assit par terre, entre la porte et le lit, à côté de Vilma qui s'attaquait à son cartable, il la prit sur ses genoux, mais elle se dégagea et attrapa la courroie du cartable qu'elle traîna un peu de côté. Fatigué, il la regarda faire. Elle essayait d'ouvrir le sac et tirait sur le cuir sans l'avoir sorti de la boucle. Il amena son sac à lui, libéra les deux lanières, puis le poussa vers la petite. Cette fois, quand elle se remit à tirer, l'ardillon se dégagea, elle rit de plaisir, s'empressa de tirer sur l'autre, exprima sa joie encore plus fort, et, d'une secousse énergique, ouvrit le cartable. Martin s'appuya, le dos à la cloison, et la regarda faire. Sans lever les yeux, Brielach lui dit :

— Oh ! ce que tu peux être dégoûtant !

Et comme Martin ne réagissait pas, il ajouta :

— Tu vas te salir, tu cochonnes ton pantalon.

Brielach faisait sa figure importante, il prenait son *air-argent.* Martin ne répondit pas, bien qu'il eût sur le bout de la langue de lui décocher : « Et toi, avec ta tête de comptable ! » Il ne le dit pas parce que la galette, c'était un sujet brûlant. Un jour, pour crâner devant les airs de supériorité de son copain, il avait déclaré que tous chez lui, Albert, sa mère, sa grand-mère, avaient toujours de la galette.

Là-dessus, Brielach était resté six semaines sans se montrer, six semaines sans causer avec lui, et Albert avait dû le persuader de revenir. Ces six semaines avaient été affreuses. Donc Martin retint sa langue, releva les jambes, s'entoura les genoux de ses mains et observa Vilma. Affairée, elle vidait le cartable de ses livres, de sa petite trousse en cuir. Elle ouvrit le premier manuel et montra du doigt l'illustration d'un problème d'arithmétique. Oh ! ce gâteau qui pouvait se couper en quatre, en huit, en seize, en trente-deux parts, qui pouvait coûter deux, trois, quatre, cinq, six marks et dont, dans chacune de ces éventualités, il fallait calculer le prix du morceau ! Le gâteau fascinait la petite, elle paraissait comprendre ce que c'était et criait *susucre,* l'un des rares mots qu'elle sût. Mais, pour elle, les bananes d'Afrique aussi étaient *susucre,* ces bananes qui à l'achat valaient tant la tonne — combien de kilos dans une tonne ? —, qui subissaient une augmentation de tant pour cent, de sorte que leur prix de vente montait à tant ; et la grande roue de fromage, le pain, le sac de farine aussi s'appelaient *susucre.* Vilma savait trois mots : *Léon, Papa, susucre. Papa* c'était la photo du mur et tous les hommes qu'elle trouvait sympathiques, *Léon* tous les antipathiques.

Martin demanda :

— Puis-je me faire une tartine de margarine ?

— Volontiers, mais moi, à ta place, je rentrerais. Ton oncle Albert était tout bouleversé, voilà déjà une heure qu'il est passé.

Comme Martin ne disait rien, il éclata :

— Oh ! ce que tu peux être dégoûtant !

Puis plus gentiment :

— Fais-toi une tartine.

Son air d'importance allait croissant, Martin savait qu'il aurait aimé être interrogé, qu'il aurait aimé expliquer quel grave problème on le chargeait de résoudre, mais lui ne poserait la question à aucun prix. Il s'efforçait de chasser la pensée de son oncle Albert, car lentement sa fureur contre lui se changeait en remords de conscience. Idiot d'être allé au cinéma, et il cherchait à rassembler peu à peu sa colère. C'est que de plus en plus Albert devenait un scribouilleur de petits billets, même qu'il les déchirait au bord du journal. Les billets portaient une brève communication, avec le mot important souligné de trois traits. L'invention des trois traits revenait à mère. C'étaient toujours les auxiliaires de mode qu'elle soulignait trois fois : *ne devait, ne fallait, ne pouvait pas.*

— Lève-toi, tu cochonnes tes culottes, fais-toi une tartine.

Martin se leva, tapota son pantalon pour l'épousseter et sourit à Vilma qui, ayant ouvert l'arithmétique à une autre page, montrait le mouton, pesant juste soixante-quatre kilos virgule cinq, que le boucher payait tant le kilo vif et qu'il débitait à tant de plus par livre. Lui aussi avait donné dans le panneau, il n'avait pas réfléchi qu'un kilo fait deux livres, et il avait compté étourdiment soixante-quatre livres virgule cinq, ce qui permit au maître de déclarer triomphalement qu'à ce compte-là les bouchers de la ville étaient tous voués à la faillite. Pourtant, loin de faire faillite, les bouchers faisaient fortune. Ravie du mouton, Vilma criait *susucre*, puis elle dirigea son attention sur la page suivante où une maboule achetait une moto à tempérament. Toujours à sa table, Brielach calculait en plissant le front. Martin voyait maintenant le papier couvert de nombres, de colonnes de chiffres barrées, de résultats soulignés. Il alla au buffet de la cuisine, poussa la coupe de cristal garnie de fruits artificiels, oranges, bananes de verre, et la grappe de raisin qu'il admirait chaque fois tellement elle ressemblait à une vraie... à s'y tromper. Il connaissait la place de tout, la boîte en fer-blanc pour le pain, le beurrier pour la margarine, les couteaux, la boîte de fer-blanc brillant comme de l'argent pour la gelée de pomme. Il coupa une grosse tranche de pain, la tartina de margarine qu'il recouvrit de gelée de pomme, y mordit aussitôt. Il soupira d'aise. Chez lui, à part Bolda et Glum, personne ne voulait comprendre qu'il fût si friand de margarine. Sa grand-mère poussait des cris d'horreur quand il en mangeait et lui décrivait d'une voix sombre un millier de maladies dont la « tébécée [1] » était la pire : « Ça finira par de la tébécée. » Quant à lui, il trouva la margarine délicieuse et, resté près du buffet, se fit immédiatement une autre tartine afin de n'avoir pas à se lever une deuxième fois. Quand il se réinstalla près de Vilma, elle l'accueillit en souriant. En haut, Mme Borussiak chantait *Roses rouges*. Sa voix pleine, si grave, devenait une source de sang. Il avait l'impression nette que des roses, des roses d'un rouge sombre, des roses écrasées jusqu'au sang sortaient de sa bouche, et il se

1. *T.B.C.* : tuberculose (*N.d.T.*).

proposa d'en faire une peinture : dame-blonde-dont-la-bouche-est-la-source-du-sang-rouge-sombre-des-roses.

Vilma en était arrivée à la dernière page de l'arithmétique où, une fois de plus, tout marchait par tonnes : images de bateaux, de wagons, de camions, dépôts de marchandises. Le bébé donnait de petites tapes aux bateliers, cheminots, chauffeurs, coltineurs de sacs, et les classait en *Papas* et en *Léons*. Il y avait plus de *Léons* que de *Papas*, vu que presque tous ces hommes avaient un visage ténébreux : *Léon, Léon, Papa, Léon, Léon, Léon, Papa.* Tous les ouvriers sortant du hall d'une usine reçurent le nom général de *Léon*. Le catéchisme la déçut parce qu'il ne contenait pas d'images ; quelques vignettes seulement, grappes de raisin et guirlandes, furent baptisées *susucre* et elle mit le catéchisme de côté. Le livre de lecture fut une mine de *Papas* bien plus que de *Léons :* saint Nicolas, saint Martin, enfants dansant des rondes, rien que des *Papas*.

Martin prit Vilma sur ses genoux, cassa des petits bouts de sa tartine et lui donna la becquée. La grosse figure pâle de la petite était rayonnante ; après chaque bouchée, elle déclara solennellement *susucre,* puis, s'excitant, elle glapit *susucre* dix, vingt fois de suite.

— Zut de zut ! s'exclama Brielach. Tâche de l'amuser un peu plus tranquillement.

Vilma prit peur, elle plissa le front et posa gravement le doigt sur ses lèvres.

Mme Borussiak ne chantait plus. Le silence régnait à la menuiserie. Tout à coup les cloches sonnèrent, et Vilma, les yeux fermés, essaya de les imiter en criant *dong-dong-dong*. Involontairement, Martin lui aussi ferma les yeux, cessa de mastiquer et, derrière ses paupières, les sons se transformèrent en impressions visuelles. Dans l'air, les cloches dessinaient des anneaux qui allaient en s'élargissant, puis se défaisaient ; carrés, hachures comme celles que le râteau du jardinier traçait dans les allées, figures bizarres avec des tas d'angles, creusées en clair dans un fond gris foncé, motifs estampés dans du métal, fleurs ; tels de petits marteaux, les *dong-dong* aigus de Vilma creusaient des trous blancs, minuscules dans l'immense grisaille. Des couleurs s'y mêlaient : rouge comme le sang, rouge sombre des roses, bouches toutes rouges ouvertes en forme d'anneaux, ondulations jaunes et une énorme tache toute verte au moment où la sonnerie s'arrêta sur un coup violent, vert doux s'insinuant, clair et lent, avec les dernières vibrations.

Vilma, les yeux toujours fermés, continuait ses *dong-dong*.

Martin attrapa la deuxième tartine en réserve sur le lit, en émietta un bout et le fourra dans la bouche du bébé qui rouvrit les yeux, rit et cessa ses *dong*. Puis, de sa main libre, il tira vers lui la boîte à joujoux casée sous le lit. On y lisait le mot *Sunlight* en grands caractères rouille. Des cartons vides, des bouts de bois, des autos démolies la remplissaient.

Vilma quitta ses genoux, puis d'un air important déballa les trésors, l'un après l'autre. Regardant Martin avec le plus grand sérieux, elle leur appliquait le seul mot qu'elle connût pour les objets, *susucre*. Mais elle le prononçait tout bas, en plissant le front, les yeux sur Henri toujours plongé dans ses comptes.

Martin désirait que Mme Borussiak se remît à chanter et il lorgnait Brielach, assis à sa table, avec ses airs importants. Tout à coup il eut pitié et lui demanda :

— Faut-il que tu refasses ton budget ?

Brielach, le visage détendu, répondit aussitôt :

— Mon vieux, je peux bien te le dire, c'est à vomir. Vingt marks qu'il faut que j'économise par mois, parce que ma mère va avoir des dents neuves.

— Oh, les dents, c'est cher !

— Cher ! (Brielach se mit à rire.) Cher n'est pas le mot. Inabordables, mon vieux, qu'elles sont, les dents. Mais imagine voir ce que j'ai découvert.

— Quoi donc ?

— Voilà deux ans qu'oncle Léon triche sur la galette qu'il nous donne. C'est pas à trente pfennings de moyenne, comme on l'a évalué, qu'il revient le repas de midi, nous arrivons presque à quarante. Et le petit déjeuner... dégueulasse, mon vieux, nous avons estimé sa margarine à vingt grammes, mais il en bouffe au moins quarante, et en plus il emporte des tartines ; et la confiture, pas comptée du tout ; et l'œuf à vingt pfennigs... Tu sais, toi, où le dégoter, un œuf à vingt pfennigs, tu le sais ?

A force de révolte, la voix de Brielach s'enrouait.

— Non, je ne sais pas où il y en a, des œufs si bon marché.

— Eh bien, moi non plus. Si je le savais j'y courrais, pour que nous aussi on puisse en manger une fois.

Vilma ne paraissait pas faire grand cas des œufs, elle interrompit le recensement de ses trésors, fit la grimace, dit *Léon, Léon,* puis *œuf ;* alors son visage rayonna soudain, parce que *œuf,* cela signifiait un enrichissement de son vocabulaire.

— D'ailleurs pourquoi lui faut-il un œuf le matin ?

D'un ton incertain, Martin répondit :

— Tous les pères et tous les oncles mangent un œuf à leur petit déjeuner.

Mais, comme il ignorait si c'était bien exact, il s'empressa de corriger :

— Enfin, presque tous.

L'œuf du petit déjeuner lui était toujours apparu comme le signe distinctif des pères et des oncles, mais l'idée lui venait qu'on n'en donnait pas au père de Behrendt.

— Je n'en vois pas la nécessité, dit Brielach avec un violent coup de crayon sur son papier, comme pour supprimer l'œuf de Léon.

Il était pâle de fureur :

— Maintenant, fais le calcul de ce qu'il nous a volé : sept pfennigs de margarine en plus, à condition que ce ne soit pas davantage, car le soir il s'en fait encore une tartine, dix pfennigs pour le midi, et j'en ajoute encore un pour la gelée ; maintenant mets trois pfennigs de plus pour son œuf, faut compter au moins trois pfennigs de plus, ça fait vingt pfennigs, multipliés par mille jours qu'il mange déjà chez nous, égale deux cents marks, mon bon. Continuons. Le pain n'est pas compté parce qu'on nous en fait cadeau : deux ans qu'on ne lui compte pas son pain ! Mais moi, je te le demande : ce qu'on nous fait cadeau à nous, est-ce que c'est cadeau pour lui ?

— Non, dit Martin accablé.

Soudain sa tartine ne lui parut plus bonne.

— Bon. Alors, pour ce goinfre, tu peux tranquillement compter tes quarante pfennigs de pain, et puis ajoute tranquillement cinq pfennigs de courant qu'il nous vole aussi, alors cinq pfennigs par jour, pour mille jours, ça te fait cinquante marks ; plus quarante pfennigs pour sept cent trente jours... sais-tu que ça va chercher encore dans les trois cents marks ?

— Non, dit Martin.

Brielach se tut de nouveau et se remit à son papier.

Œuf, criait triomphalement Vilma, *Léon, œuf.* Elle venait de découvrir dans le livre de lecture des individus tout noirs, des mineurs de fond, sombres et sérieux de visage : *Léon, Léon, Léon, œuf, œuf.*

— Tu n'as pas encore fini ?

— Non. Faut que ma mère ait ses dents neuves, et moi, faut que je calcule combien on peut économiser par mois ; mais prends les cinq cents marks dont Léon nous a refaits et voilà les dents de ma mère à moitié payées.

Martin désirait réentendre chanter Mme Borussiak ou sonner les cloches. Il ferma les yeux, pensa au film, à son rêve du cinéma : Léon descendant au fond de la mer, à travers l'obscurité verdâtre, une pierre de meule au cou... et les balbutiements de Vilma entraient dans ses rêveries : *Léon, susucre, Papa, œuf, Léon.* Et quand Mme Borussiak entonna *Dans la forêt au bord du sentier... où fleurit le myosotis...*, quand elle commença, et que sa voix lui arriva de nouveau, il leva les yeux et demanda :

— Pourquoi nos mères ne se remarient-elles pas ?

Brielach parut trouver la question assez importante pour interrompre ses calculs. Il jeta son crayon de l'air d'un homme qui a conscience d'avoir mérité un peu de repos, appuya ses coudes sur la table et dit :

— Tu ne le sais pas, toi ? Vraiment ?

— Non.

— A cause de leur pension, voyons. Si ma mère se remarie, elle ne touche plus sa pension.

— Alors Mme Borussiak ne touche pas de pension ?

— Non, mais son mari gagne bien...

— Malgré ça... (Martin réfléchit et sourit à Vilma. Elle avait découvert saint Joseph dans le livre de lecture et, radieuse, le déclarait son *Papa.*) Malgré ça elle toucherait la pension si M. Borussiak n'était pas son mari et si elle s'appelait toujours Horn ?

— Bien sûr, mais elle ne le ferait pas, parce qu'elle est pieuse et que c'est immoral.

— Ta mère n'est pas pieuse ?

— Non. Et la tienne ?

— Sais pas. Quelquefois oui ; possible qu'elle le soit.

— Et l'oncle Albert ?

— Je crois que oui.

Brielach avança ses coudes sur la table et appuya la tête sur ses poings renversés.

— Pour ta mère, bien sûr, la question de la pension, c'est pas pareil. Elle, c'est pas à cause de l'argent.

— Tu crois ?

— Oui.

— Crois-tu, penses-tu...

Il hésita puis se lança, dit très vite :

— Crois-tu que ma mère aussi s'unit avec des hommes ?

Brielach rougit et se tut. Léon avait clabaudé sur la mère de Martin et déclaré qu'elle faisait « le mot » avec les hommes, mais il ne voulait pas le dire parce que, pour Martin, ce serait plus pénible que pour lui de savoir que sa mère s'unissait avec des hommes. Donc il répondit :

— Non, je ne crois pas.

Il mentait sciemment car il le croyait bien, et vite il ajouta :

— Mais s'agit pas seulement de la pension, s'agit aussi de l'impôt sur les salaires. Ils en parlent tout le temps, et le receveur du tram aussi, qui vient souvent voir Léon avec Mme Hundag. Mais je sais encore autre chose.

— Quoi ?

— Que, pour les femmes, cette histoire de pension

serait moins importante que pour les hommes. Elles disent qu'on pourrait bien s'en tirer sans ça, que d'autres femmes s'en tirent bien, mais les hommes disent que non. Léon est furieux quand ma mère parle de se marier avec lui.

— Moi, c'est ma mère qui est furieuse quand Albert parle de se marier avec elle.

— Ah ? Brielach dressa l'oreille.

Non, il ne voulait pas qu'Albert se marie avec la mère de Martin.

— Ah, reprit-il, tu en es sûr ?

— Oui, j'ai entendu, ma mère ne veut plus se marier.

— C'est drôle, c'est très drôle, les femmes que je connais aimeraient toutes se marier.

— Ta mère aussi ?

— Je te crois. Elle dit souvent qu'elle en a marre. D'ailleurs c'est immoral.

Martin fut ennuyé d'être forcé de lui donner raison. Immorale, il souhaita un instant avoir la preuve que sa mère l'était, afin de se trouver à égalité avec Brielach au moins sur ce point-là et, pour le consoler, il avança :

— Immorale, peut-être que ma mère l'est aussi, qu'est-ce que tu en penses ?

Brielach le savait bien qu'elle l'était aussi, mais il ne voulait pas en convenir. En tant que source, Léon ne lui paraissait pas digne de foi. Il dit vaguement :

— Peut-être que oui, mais je ne crois pas.

— C'est embêtant de ne pas savoir quelque chose exactement. Quand ma mère rentre tard, grand-mère dit souvent : « Où vadrouilles-tu tout le temps comme ça ? » Est-ce que c'est immoral ?

— Non.

Brielach était content de pouvoir répondre par un non catégorique sur ce point-là :

— Mme Borussiak aussi le dit à sa fille : « Où vadrouilles-tu tout le temps comme ça ? » Elle veut parler de la rue, du square, du cinéma. Je ne crois pas que « vadrouiller » est immoral.

— Mais à l'entendre on penserait que oui. Et après elles font des messes basses.

— A mon avis, ça *peut* l'être.

Martin reprit Vilma sur ses genoux, elle se mit à téter son pouce, la tête sur la poitrine du petit garçon.

— La question, c'est de savoir si ma mère s'unit avec des hommes. Ce serait immoral puisqu'elle n'est pas mariée... ce serait contre le sixième commandement.

Brielach se déroba :

— Oui, si des hommes et des femmes s'unissent hors mariage, ils commettent un péché, alors c'est immoral.

Brielach se sentait soulagé, la fente de la glace s'était creusée, et l'eau était moins profonde qu'il l'avait craint. Quoi qu'il en fût, il était bizarre d'apprendre que la mère de Martin ne voulait pas être épousée. Cela contredisait ses expériences. Mme Hundag voulait être épousée par le receveur ami de Léon, quelquefois sa mère touchait prudemment un mot de la question à Léon, et il savait que souvent la mère de Behrendt pleurait parce qu'elle n'était pas mariée avec l'oncle de Behrendt. La femme de la crèmerie aussi avait eu un enfant sans être mariée. Et Léon avait remarqué : « Hugo ne va pas donner dans le panneau ! Il ne l'épousera jamais. »

La glace était fendue au bord et la profondeur de l'eau n'avait rien d'inquiétant : immoral, cela existait au-dessus et au-dessous de la glace. Pour Brielach, il y avait trois mondes : l'école et tout ce qui se disait en classe et au cours d'instruction religieuse qui contredisait le monde *Léon* où il vivait ; mais le monde *Martin* en différait aussi : monde du réfrigérateur, monde où les femmes ne voulaient pas être épousées, monde où *l'argent* ne jouait pas de rôle. Trois mondes, mais il ne voulait vivre que dans un seul, le sien. Tout haut il dit à Martin qui tenait dans ses bras Vilma endormie :

— Moi, je ne le trouve pas si grave que ça, le mot que ma mère a dit au boulanger.

Il le trouvait *évidemment* grave, mais il désirait amener une décision :

— On le voit aussi en bas, dans l'entrée, ne l'as-tu jamais lu ?

Martin l'avait lu et trouvé encore plus grave écrit

qu'oral. Mais il évitait de le voir, de même qu'il évitait de voir les quartiers de veau sanglants que les bouchers transportaient des camions souillés de sang dans leurs boutiques, de même qu'il détournait les yeux du « sang dans l'urine » quand on le lui tenait sous le nez, de même qu'il n'avait pas bien regardé lorsqu'il avait surpris Grebhake et Wolkers dans les buissons — visages tout rouges, braguettes déboutonnées, âcre odeur de verdure fraîche. Il serra Vilma endormie contre sa poitrine et ne répondit pas à la question. Endormie, la petite fille était chaude et lourde.

— Tu te rends compte, hein ? disait Brielach. Chez nous, ces mots-là, on les écrit sur les murs, chez nous, ces mots-là, on les parle, et pas chez vous, voilà tout.

Mais, parce qu'il mentait, la couche de glace durcissait, car bien qu'il trouvât *évidemment* « le mot » grave, il venait de dire qu'il ne le trouvait pas grave. La pensée de saint Joseph lui traversa l'esprit : doux homme au visage blanc : « *Prenez modèle sur lui.* » Doux homme au visage blanc, où te rencontres-tu avec l'oncle Léon ? Et moi, où vais-je te rencontrer ? Il se trouvait tout au fond, saint Joseph, très loin sous la couverture de glace ; personnage animé pour quelques instants, il remontait péniblement et tentait en vain de traverser la glace. Mais pourrait-on le sortir de là si la surface glacée se trouait ? N'allait-il pas s'effondrer ou s'enfoncer définitivement dans l'eau avec des gestes d'appel désespérés, impuissants contre Léon ? Saint Henri, son patron, avait ce même visage doux mais sévère, sculpté dans la pierre, sur la photographie que l'aumônier lui avait donnée : « *Prends modèle sur lui.* »

Rudement, il dit à Martin :

— C'est Léon qui écrit le mot sur le mur, maintenant je le sais.

Gueule écarlate sentant le savon à barbe, et qui parodiait drôlement les cantiques. Brielach ne comprenait pas ces singeries, mais elles étaient sûrement grossières, car chaque fois sa mère se mettait en colère et disait : « Pas de ça. »

Martin ne répondit pas. Tout était désespéré. Brielach

aussi se tut. Il allait refuser de se joindre à l'excursion projetée. A quoi menaient ces enfantillages avec la glace ? Toujours cette étrange impression que les choses tourneraient mal. Oncle Will et la mère d'Albert et les heures de football... Albert était quelquefois de la partie, lui aussi, quand ils jouaient, pêchaient ou se promenaient dans la vallée de la Brer jusqu'à l'écluse : soleil, insouciance, mais toujours le sentiment que cela irait de travers. Angoisse de l'instant décisif : à Pâques, Martin irait au collège... Vilma balbutiait en rêvant, ses jouets épars sur le plancher, le livre de lecture était resté ouvert au saint Martin à cheval dans la neige et le vent. Épée d'or coupant le manteau en deux, aspect vraiment pitoyable du mendiant : corps nu, petit homme squelettique dans la neige.

— A présent, mon vieux, faut t'en aller. Oncle Albert va devenir fou de peur.

Martin se taisait. Il s'était à moitié endormi lui-même. Fatigué, affamé, il craignait de rentrer, non parce qu'il redoutait Albert mais parce qu'il savait sa conduite dégoûtante.

— Oh ! dit Brielach (et sa voix, ni étrangère ni importante, triste seulement, pénétrait dans la somnolence de Martin), oh, ce que tu me dégoûtes ! Moi, si j'avais un oncle comme Albert, je...

Il n'acheva pas, les larmes l'étouffaient presque, et il ne voulait pas pleurer. Il essayait seulement de se figurer comment ce serait si Albert était son oncle. Albert arrivait en receveur du tram, l'uniforme lui allait bien, et Albert prenait tous les traits sympathiques de Gert, de Karl, ajoutés aux siens propres et le mot *merde* hérité de Gert franchissait les lèvres d'Albert, bon, seyant, doux. *Merde*, ce n'était pas un mot typique pour Albert, mais quand il sortait de sa bouche, sa résonance n'avait rien de choquant.

Silence. Dehors l'avion qui tirait sa queue dans le ciel passait en bourdonnant agréablement. « *Es-tu prêt à tout ?* » Et voilà que soudain le chant de Mme Borussiak recommençait. Elle chantait son air favori, doux, lent, et grave : *O Marie, aide...* Voix de miel, gouttes de miel qui tombent doucement, héroïne qui a sacrifié sa pension afin de ne pas être immorale, blonde, belle et ronde, ancrée au port, toujours des bonbons dans sa poche, des bonbons au miel. *Vallée des larmes* qu'elle chantait ! *En cette vallée de larmes...* L'avion ne s'entendait plus qu'au loin. Sans rouvrir les yeux, Martin dit :

— Lundi on va au ciné. D'accord, hein ? Si ta mère n'a pas congé, Bolda pourra garder la petite pendant ce temps-là.

— D'accord.

Il aurait voulu se dédire pour l'excursion, mais les mots refusaient de franchir ses lèvres. C'était trop beau, là-bas, à Bietenhahn, et pourtant l'angoisse l'y prendrait, un sentiment qu'il n'éprouvait jamais ici, angoisse de ce troisième monde qui était trop pour lui. Le monde de l'école et son propre monde, il y avait moyen de vivre entre les deux, comme il y avait moyen aussi de vivre, même à présent, entre son monde et l'église. Il n'était pas encore immoral, il n'avait encore rien fait d'obscène. Son angoisse à l'église était d'un autre genre : certitude que cela non plus n'irait pas bien, trop de choses au-dessus de la glace, trop de choses au-dessous. La *Vallée des larmes,* c'était bon. Mme Borussiak chantait.

— On n'ira pas à l'*Atrium,* le film était crétin.

— Comme tu voudras.

— Comment est-ce au *Monte-Carlo ?*

— Interdit à la jeunesse, dit Brielach.

Opulente beauté blonde qui aurait pu être une Mme Borussiak insuffisamment vêtue. Un aventurier au teint basané l'embrasse trop violemmment : Gardez-vous des blondes. Sous la poitrine, la bande rouge *Interdit à la jeunesse,* telle une écharpe dangereuse qui entourait en même temps l'aventurier basané.

— Au *Boccace,* peut-être ?

— On verra. Le programme est affiché à la boulangerie.

Silence. Le flot régulier des autos fait légèrement vibrer la maison, les fenêtres tremblent quand un poids lourd passe, ou le 34. Et la voix de Mme Borussiak : *En cette vallée de larmes...*

— A présent, faut rentrer, voyons, sois pas si dégoûtant.

Martin se sentait dégoûtant, éreinté, malheureux, et il n'ouvrait pas les yeux.

— Je vais chercher maman ; alors viens avec moi, on verra ce qui se donne au *Boccace*.

— Vilma dort.

— Réveille-la, sans cela elle ne s'endormira pas ce soir.

Martin rouvrit les yeux sur le livre. Saint Martin à cheval dans la neige et le vent, et déjà l'épée d'or avait presque coupé le manteau en deux... *En notre grande détresse...*, chantait Mme Borussiak.

Brielach savait que Léon ne paierait pas, mais il lui présenterait le décompte et tirerait vengeance des « détournements » ; vingt marks de plus par mois qu'il faudrait que Léon verse, il économiserait dix marks en plus et le dentiste se contenterait de mensualités de trente marks. Restait l'acompte : trois cents marks, montagne inexorable, sommet inaccessible ; mais le miracle se produirait, il le fallait, car sa mère pleurait à cause de ses dents. Sûr que Léon ne donnerait pas un pfennig de plus et qu'on allait se disputer. Si pas mèche d'avoir un autre père, alors au moins avoir un autre oncle. Tous les oncles étaient meilleurs que Léon.

— Réveille Vilma, faut partir.

Martin secoua l'enfant avec précaution jusqu'à ce qu'elle ouvrît les yeux et il dit tout bas :

— Maman... Viens, tu vas chez maman.

— Et toi, dit Brielach, tu rentres chez toi. Ne sois pas dégueulasse.

— Laisse-moi.

Sa mère était en voyage. Bolda fourbissait l'église ; Albert... Albert méritait une punition. Albert avait peur quand il ne rentrait pas à l'heure, tant pis pour Albert. Les mieux, c'étaient encore Glum et Bolda. Il leur ferait un cadeau. Pour Glum des couleurs de peintre, pour Bolda un livre de messe neuf, en cuir rouge, et un portefeuille en toile bleue pour classer ses programmes de cinéma. Rien pour mère, rien pour Albert, ces scribouilleurs de petits billets avec verbes auxiliaires soulignés de trois traits : falloir, pouvoir, ne pas pouvoir.

— Grouille-toi, faut que je ferme.

— Non, je reste ici.

— Alors je peux te laisser Vilma.

— Non, emmène-la.

— Comme tu voudras. Si tu t'en vas, mets la clef sous le paillasson, mais tu me dégoûtes, oh...

Il refaisait sa tête importante, sa tête-argent. Martin ne dit mot. Il laissa partir Brielach, resta par terre. Dans l'escalier, Mme Borussiak parla à Vilma, puis à Brielach, et ils descendirent tous ensemble. Maintenant il était seul, il ne l'entendrait plus chanter. Mais elle n'allait peut-être que jusqu'à la crèmerie chercher du yogourt, son mari en mangeait toujours.

D'autres garçons étaient mieux en point que lui : Poske trouvait toujours sa mère à la maison quand il revenait de l'école. La soupe prête, les pommes de terre cuites, il y avait même du dessert. Des pulls qu'elle tricotait, Mme Poske, des chaussettes avec de beaux motifs ! Elle faisait des culottes et des costumes, et au mur il y avait un *agrandissement* de la photo du père. Elle était très agrandie, presque aussi grande que le portrait de père dans le vestibule. Le père de Poske avait été caporal : caporal riant sur sa photo, décoration sur la poitrine. L'oncle de Behrendt et le nouveau père de Grebhake, et l'oncle de Welzkam, tous étaient bons, pas comme Léon. On dirait de vrais pères. Léon était le plus vulgaire des oncles, et Albert était un vrai oncle, pas un qui s'unissait avec sa mère. Brielach était le plus mal loti de tous, encore plus mal loti que lui. Il lui fallait tout le temps faire des comptes et il avait un mauvais oncle. Martin désespéré pria : « Faites que ça aille mieux pour Brielach ! » Il avait honte de s'être si mal conduit avec Brielach, d'être entré sans lui poser de questions : « Faites que ça aille mieux pour Brielach ! » Trop dur pour lui : sa mère était immorale, mais c'était sans profit pour lui. *Immoral,* cela valait au moins de bons oncles à Behrendt et à Welzkam, de la régularité : œuf-du-petit-déjeuner, pantoufles, journal. Mais à Brielach, *immoral* ne rapportait rien de rien, il devait encore payer du supplément. Martin pria : « Faites que ça aille mieux pour Brielach, bien mieux ; c'est trop dur pour lui. » Compter, recompter, et Léon qui ne payait pas sa margarine, qui ne payait pas son œuf du matin, qui ne donnait rien pour le pain ; et le repas de midi trop bon marché... Brielach était bien mal loti. Important, ce que Brielach faisait, des plus importants ; alors, puisqu'il faisait des choses vraiment importantes, n'avait-il pas le droit de prendre des airs d'importance ? Martin avait grande envie d'une tartine de plus, mais il se sentait soudain gêné d'en avoir mangé. « Faites que ça aille mieux pour Brielach ! » Il songea à ce que sa grand-mère dépensait quand elle l'emmenait au *Vohwinkel.* Un jour il avait lu la note : 18,70. Il se leva, prit le papier de Brielach, lut à droite,

DENTISTE........................ 900 deutschmarks,

à gauche :

ASSISTANCE	150 ?
SÉCURITÉ SOCIALE	100 ?
AVANCE..........................	???
RESTE...........................	???

Chiffres embrouillés, empiétant les uns sur les autres, petites divisions barrées 100 : 500, 40 fois (margarine). Pain, vinaigre, griffonnage confus, mais là d'une écriture bien nette : par semaine 28 deutschmarks. Prochainement ?

Martin se rassit. 18,70, sa grand-mère avait donné 18,70 au garçon, petit bruit du chèque que l'on détache... Son cœur se serrait parce que *l'argent* approchait de lui, prenait des formes visibles pour les yeux. 28 deutschmarks pour une semaine et 18,70 deustchmarks pour un déjeuner : « Faites que ça aille mieux pour Brielach ! »

Une voiture entrait dans la cour de la menuiserie, il reconnut aussitôt que c'était celle d'Albert et tout de suite après l'appel monta : « Martin ! »

Mme Borussiak gravissait l'escalier. Donc elle n'avait

été qu'à la crèmerie. Du yogourt pour M. Borussiak et des bonbons pour les gosses.

A nouveau la voix d'Albert dans la cour, appel pas fort mais anxieux, presque timide et qui l'inquiéta plus que ne l'aurait effrayé un appel violent.

« *O Marie, aide...* » Gouttes de miel dans la voix, bonne et chaude et douce.

Martin se leva, gagna prudemment la fenêtre, l'entrebâilla. Le visage d'Albert l'effraya. Teint gris, air vieux et très triste. Le menuisier se tenait à côté de lui. Il ouvrit la fenêtre en grand.

— Martin, descends, veux-tu ?

Le visage d'Albert se métamorphosa, sourit, se colora, et Martin cria :

— Je viens, mais je viens.

Par la fenêtre ouverte il entendait la voix de Mme Borussiak : *Vert, le pays de mon enfance...* Et il vit vert : vert Albert, vert le menuisier, vertes l'auto et la cour, vert le ciel. *Vert, le pays de mon enfance...*

— Viens, mon enfant, dit Albert.

Il remit les livres dans son cartable, ouvrit la porte, la referma du dehors, cacha la clef sous le paillasson. L'avion recommençait sa navette d'une fenêtre à l'autre, il disparaissait derrière les pans de mur noircis par les flammes, virait au-dessus de l'église, traînait sa queue devant le ciel vert, et Martin lut : « *Es-tu prêt à tout ?* » En même temps la voix de Mme Borussiak chantait : *Vert, le pays de mon enfance...*

Il descendit en soupirant, sortit dans la cour, entendit le menuisier qui disait : « Ce type-là, c'est une honte ! »

— Viens, lui dit Albert, il nous reste une heure avant de prendre Henri, l'emmenons-nous ?

— Je crois que oui.

Albert serra la main du menuisier qui leur fit un signe de tête pendant qu'ils montaient en voiture.

Avant de démarrer, Albert mit la main sur celle de Martin. Il ne dit rien, et Martin continua d'avoir peur. Pas peur d'Albert, non, mais d'autre chose qu'il ne comprenait pas : Albert n'était pas comme d'habitude.

XVI

Lorsque l'apprenti fut parti, le boulanger remit sa main sur celle de Mme Brielach. Debout en face d'elle, il poussait dans sa direction les rouleaux en pâte d'amandes moulés qu'elle devait enduire de chocolat et, comme elle avançait la main, il y posa le sienne et l'y laissa. Avant, elle s'en débarrassait en riant et disait : « Cessez donc, à quoi bon ? » Mais en ce moment elle laissait faire, effrayée de l'effet produit par cette petite faveur. Le visage pâle, non enfariné, de l'homme rougit ; une étrange fixité immobilisa ses yeux gris qui tout à coup se mirent à briller. Prise de peur, elle voulut retirer sa main, mais le boulanger la tenait solidement. Elle n'avait jamais vu des yeux humains s'enflammer de cette façon : un feu vert semblait remplir les pupilles habituellement ternes, et la figure de l'homme devenait couleur de cacao. Elle, qui tenait le mot passion pour ridicule, comprit brusquement ce que c'était, et sut qu'il était trop tard.

Était-elle si jolie, vraiment ? Tous les hommes l'avaient trouvée jolie, et elle savait qu'elle l'était encore malgré ses dents qui commençaient à branler. Toutefois jamais une flamme ne s'était allumée aussi subitement dans les yeux d'un homme et jamais un flot couleur de cacao n'était monté ainsi, du dedans, dans un visage d'homme. Le boulanger se pencha sur sa main et la couvrit de baisers. Baisers secs, touchants, enfantins et qu'il accompagnait d'un murmure incompréhensible, litanie sourde, fascinante, rythmée, de mots insaisissables, dont un seul se dégagea lentement : « heureux ».

Mon Dieu, était-il vraiment heureux de pouvoir tenir

sa main ? Baisers secs et cette main lourde, chaude. Balancement rythmé comme les hymnes qu'il chantait à l'amour... et elle se dit qu'elle n'allait plus pouvoir lui demander une avance maintenant. Douze cents marks, et ce teint cacao ! Il lui embrassait le bras, aussi haut qu'il pouvait, par-dessus la table, puis tout à coup, il la lâcha :

— Fini le boulot !

— Non, non.

Elle attrapa un rouleau de pâte d'amandes, se mit à y peindre les ornements : guirlande coquette et chape de chocolat.

— Pourquoi ? dit-il.

Et elle fut étonnée de lui trouver en cet instant un ton de voix si peu humble.

— Pourquoi ? On peut bien sortir.

Les yeux du boulanger étincelaient, et soudain il rit et dit :

— Oh, toi !

— Non, le travail continue.

Elle refusait cet amour-là, il lui faisait peur. Pas une fois Gert n'avait parlé amour, son mari lui-même — le caporal rieur, le sous-officier rieur, l'adjudant rieur, carbonisé entre Zaporojié et Dniépropétrovsk —, son mari lui-même ne parlait jamais d'amour, tout au plus un mot par-ci par-là dans une lettre, mais écrire, c'est autre chose, écrire, c'est possible. Dans le vocabulaire de Léon, ce mot-là n'existait pas, et c'était tant mieux. De l'amour, il y en a dans les films, dans les romans, à la radio, dans les chansons. Des hommes dont les yeux s'allument tout à coup, et dont la passion décolore le visage, leur donne un teint pâle ou cacao, bon pour le cinéma, mais rien pour elle.

— Non, non, en ce moment, on travaille.

Il la regarda timidement, lui reprit la main, et elle la lui laissa. Comme si un circuit se rétablissait, les yeux du boulanger se rallumèrent, ses joues se réinjectèrent de cacao, il se remit à lui embrasser la main, à lui embrasser les bras en psalmodiant bien en mesure, sur la main, sur le bras, des choses incompréhensibles dont elle ne saisissait que « main... main... heureux... ».

Elle secoua la tête et sourit : les choses se passaient comme dans les films, dans les chansons. Figure pâle, bouffie, cheveux clairsemés, passion couleur cacao, bonheur verdâtre... et odeur douce-amère du chocolat fondu qui devait rester lié pour obéir au pinceau.

Le boulanger lui lâcha la main et ils continuèrent à travailler un moment. Ce qu'elle préférait, c'étaient les galettes grandes comme la paume de la main qui offraient de la surface au pinceau. Pâte couleur de sable, sortant du four et où elle pouvait peindre des fleurs, des arbustes, des bêtes, des poissons, pâte exactement couleur des nouilles Bamberger, jaunes et si propres... paquets bleus, bons écarlates pour chromos.

Et c'était cela aussi qui déchaînait l'admiration du patron, sa façon d'inventer, à main levée, une jolie décoration : ballons de chocolat, légers, bien ronds, petites fenêtres à rideaux, sur la pâte jaune.

— Oh, quelle artiste tu es !

La chambre du haut restait vide depuis que le mitron avait pris la clef des champs. Grande pièce, eau sur le palier, belle toilette propre, carrelée de neuf, sur le toit, jardin bordé de fleurs, pas de voisinage, Rhin à proximité, cheminées de bateaux, bruit excitant des sirènes, pavillons multicolores voltigeant à l'horizon.

Les mains de l'homme tremblaient en découpant la grande galette croquante : losanges de sable attendant leur bordure de chocolat avant d'être emplis de crème et superposés. Elle y peignit des maisonnettes, des cheminées fumantes, des persiennes, et une barrière de jardin.

— Oh, ravissant ! s'écria-t-il, et ses yeux brillèrent.

Élégants rideaux, antennes arquées, fils téléphoniques, moineaux, nuages, un avion.

— Oh ! tu es une artiste.

Elle n'aurait qu'un petit loyer à payer, pas du tout peut-être, juste à côté, il y avait un débarras bourré de bric-à-brac que l'on pourrait déménager pour le gamin : boîtes à biscuits, découpages publicitaires en carton, garçon bleu ciel des biscottes et matou argenté buvant du cacao. Des sacs à farine traînaient un peu partout, et des boîtes à bonbons en fer-blanc. De la fenêtre toute petite — elle y voyait déjà de jolis rideaux —, on avait la vue sur le jardin public et sur le Rhin.

Nouveaux murmures sanglotants, murmures de bonheur sur sa main. Mais il aimait les enfants, désirerait en avoir et elle, elle n'en voulait plus : des marmots pâles et humbles peupleraient le jardin sur le toit, gosses aux mains lourdes, blanches, caressantes... et, dans trois ans d'ici, Henri en apprenti. Elle le voyait revenir du « travail », tout enfariné ; le matin il se mettrait en route avec la corbeille, poserait devant les villas les petits pains croustillants dans leurs sacs de papier, ou les fourrerait en les comptant dans les sacs de toile accrochés aux portes.

Le boulanger prit des petits fours, les mit sur la feuille de papier blanc, les recouvrit d'une cuillerée de crème jaune, épaisse, posa dessus la moitié déjà peinte, les regarda dans la lumière :

— Tu aurais fait une véritable artiste !

Dents neuves, treize dents blanches comme de la neige, et qui ne branleraient pas.

Il ajouta tout bas :

— Ma femme ne voit pas d'inconvénient à ce que tu occupes la chambre, je lui en ai parlé.

— Et les enfants ?

— Les enfants ne l'emballent pas, elle s'y fera.

Cavalière au dur sourire : veste de duvetine marron, et la chanson du jeune tambour qui marchait en tête... Des pensées simples l'avaient amenée à consentir : une fois dans la maison, la pépée continuerait à toucher sa pension, pourrait se charger de la cuisine. On lui fournirait gratis la chambre et la pitance, plus un mince salaire. Quant à elle, elle serait définitivement quitte des embêtements du mariage. Déjà son mari la menaçait du divorce : refus du devoir conjugal. Mais elle souriait froidement quand il parlait de divorce. Elle était propriétaire de la maison, lui, du fonds de commerce, et il connaissait bien son métier.

Pourquoi ne pas laisser les choses en l'état et nous rendre mutuellement notre liberté ?

Évidemment, si la petite poupée emménageait, on perdrait la clientèle du couvent, un autre fournirait les fêtes ecclésiastiques de miches, gâteaux et petits pains. Mais la pépée ne faisait-elle pas des galettes ensorcelantes, de la peinture au chocolat gratuite et rapide que les enfants s'arrachaient ? Galettes et livres d'images réunis sans augmentation de prix.

— Nous avons le champ libre, dit le boulanger, et sans contact la lueur verte se ralluma dans ses yeux.

Verres de soleil et chaise longue sur la toiture de plomb et, le soir, la baignade de la plage. Elle restait rêveuse, son pinceau chocolaté à la main. Tout à coup l'électricité s'éteignit, par les soupiraux deux ronds de lumière tombaient d'en haut, telles des plaques d'or aérien clouées sous le plafond, mais en bas tout se noyait dans un demi-jour gris, riche d'ombre. Elle aperçut le boulanger près du commutateur, tablier gris sous les rais de clarté jaune, visage gris, yeux luisants : petits points verdâtres qui, en ce moment, approchaient d'elle lentement.

— Allume, dit-elle.

Il approchait, jambes minces, vigoureuses, et visage bouffi.

— Allume, le petit doit venir.

Il s'arrêta.

— Entendu, je prends la chambre, mais rallume.

Humblement, il dit :

— *Un seul baiser.* Bonheur... main... *un seul* baiser.

Hymne balbutié, le cou plié... cantique mutilé, à la louange de l'amour.

— Encore un baiser.

— Pas aujourd'hui. Rallume...

D'un ton humble, il proposa :

— Ce soir.

De guerre lasse elle consentit :

— Oui, rallume.

Il courut au commutateur, la lumière revint, atténuant l'éclat des ronds de soleil, et les couleurs émergèrent à nouveau de la gamme grise et noire de l'ombre : jaune cru des citrons sur le rayon du fond, rouge du plat de cerises.

— Donc ce soir neuf heures, au café, en bas, au bord du Rhin.

Lampions de couleur dans l'obscurité, bateaux illuminés, chants sur la rive du fleuve où des bandes de gamins défilaient avec des guitares et des banjos. Chanson de Harry Lime, dans la verte pénombre... Johnny. Glace froide, glaciale, dans des coupes d'argent à pied élancé, glace couronnée de cerises et de crème fouettée.

— Oui, j'y serai à neuf heures.

— Oh, chérie !

Il se remit au travail, découpa des losanges dans la grande galette, et elle les peignit : chocolat sur jaune sable, lampions suspendus à des chaînes, arbres, chaises, coupes de glace...

En haut il y avait aussi une salle de bains, à carreaux de faïence roses, douche, veilleuse allumée en permanence, propreté sans frais, chaleur en hiver... Et treize dents blanches comme neige, toutes neuves.

Il garnit la tarte à l'ananas pour l'anniversaire Andermann, emplit la seringue de crème et la lui passa : baisers sur la main, le bras. Elle le repoussa en secouant la tête, et dessina sur les gâteaux un 50 dans une couronne de laurier, des guirlandes et le nom de Hugo en blanc sur les cerises. Fleurs sur le sable, rose, tulipe, marguerite, marguerite, rose.

— Ravissant, s'écria-t-il.

Il monta les gâteaux au magasin, et elle l'entendit rire, entendit la cavalière recevoir les galettes décorées :

— Davantage, dit-elle, il m'en faut davantage, on me les arrache des mains.

Timbre de la caisse automatique.

Il réapparut tout souriant, découpa des losanges, les lui passa. Des murmures venaient de la boutique, sonnette, voix de la cavalière qui chantait presque ses « au revoir ».

La porte de métal résonna et elle entendit Vilma qui, follement enthousiasmée, vociférait : *susucre, susucre.* Elle jeta son pinceau, se précipita. Sacs de farine dans le clair-obscur, une brouette, des cartons. Elle se saisit de la fillette, l'embrassa, lui fourra dans le bec la pâte d'amandes qu'elle avait en poche. Mais Vilma lui échappa, se précipita sur le boulanger, et lui cria ce qu'elle ne lui avait jamais crié : « *Papa !* » Alors il la prit dans ses bras, l'embrassa, la promena autour du laboratoire.

A l'entrée, le joli visage pâle, mortellement grave, esquissait un sourire hésitant : visage du caporal rieur, du sous-officier rieur, de l'adjudant rieur.

— Pourquoi pleures-tu ? dit le boulanger qui arrivait du fond, les mains pleines de pâtisserie.

— Pourquoi je pleure ? Tu ne comprends donc pas ?

Humblement, il fit signe que oui, alla au petit, le prit par la main, le tira près de lui :

— Maintenant tout va changer.

— Peut-être, dit-elle.

XVII

La porte de l'établissement de bains était fermée, et l'on pouvait encore lire sur l'ardoise la dernière température de l'eau remontant à trois jours : « 12-IX : 15°. » Nella frappa, mais rien ne bougea, bien qu'elle entendît des hommes parler entre eux. Elle fit le tour de la rangée de cabines, monta par-dessus la palissade et s'arrêta dans l'ombre de la dernière cabine. Le maître baigneur, assis sur le devant de la véranda, observait les ouvriers occupés à réparer les claies de bois des douches. Ils arrachaient les clous du bois détrempé, et des lattes fraîchement rabotées attendaient sur la marche de ciment qui conduisait à la véranda. Le gardien entassait ses réserves dans une valise : pots de crème pour la peau, flacons d'huile solaire, animaux en caoutchouc et balles de toutes les couleurs, bonnets de bain qu'il pliait soigneusement et enveloppait dans du papier de soie. A côté de lui, un monceau de ceintures de liège. Il avait l'air d'un ancien professeur de gymnastique ; son visage d'une mélancolie simiesque et ses mouvements lents et hésitants évoquaient ceux d'un singe qui sait que ce qu'il fait est stupide. Un petit tas de boîtes de crème lui échappa, roula et s'éparpilla par terre ; il se courba avec difficulté. Sa calvitie plana au bord de la table, disparut et reparut, puis il se redressa en soufflant, les boîtes dans sa main.

Les hommes remplaçaient les lattes usées par des neuves, tournaient des vis à reflets bleutés, une odeur d'eau croupie montait des vieux bois.

L'eau était verte, le soleil luisait. Nella passa de l'ombre de la cabine dans la lumière et vit le maître baigneur sursauter. Puis il sourit, ouvrit la fenêtre, l'attendit. Sans lui laisser le temps de parler, il secoua la tête négativement :

— L'eau est vraiment trop froide.

— Combien de degrés a-t-elle donc ?

— Sais pas, prends plus la température. Il ne vient plus un chat.

— Mais moi, j'aimerais essayer ; prenez-la donc, s'il vous plaît.

Il hésitait, mais elle fit donner son sourire et il retira aussitôt les bras du rebord de la fenêtre, farfouilla dans son tiroir, à la recherche du thermomètre. Les deux ouvriers qui raccommodaient les claies des douches levèrent le nez un instant, puis ils se baissèrent de nouveau, et se remirent à gratter avec leur burin la vase noire des rainures : pourriture gluante, sueur, saletés, sédiments des joyeuses baignades de l'été.

Nella partit vers le bassin avec le maître baigneur. Le niveau de l'eau avait baissé en laissant une trace verte le long du mur de béton.

L'homme avança sur la planche, jeta dans l'eau le thermomètre au bout de sa ficelle, se tourna vers Nella avec un sourire indulgent.

— Il me faut aussi un maillot et une serviette.

Il consentit, refit demi-tour, regarda le thermomètre tourner doucement dans l'eau. Il avait des épaules et des muscles de professeur de gymnastique, mais le cou mince.

En face, à la terrasse du café, des consommateurs étaient attablés. Cafetières blanches entre des branches vertes, couche blanche de la crème fouettée sur le jaune clair de la pâtisserie. Une fillette enjamba la barrière qui longeait la terrasse. Elle traversa la pelouse, se dirigea vers Nella, et, de l'autre côté une femme cria :

— Ne va pas au bord.

Nella sursauta, elle observa l'enfant qui ralentissait et approchait en hésitant.

La mère criait :

— Es-tu sourde ? Ne va pas au bord.

— Quinze degrés, dit le maître baigneur.

— Bah ! Ça peut encore aller.

— Comme vous voudrez.

Ils s'en retournèrent lentement vers la maison. Un homme vint à eux avec la clef de la cabine numéro neuf.

— Faut des fiches neuves, dit-il.

— Bon.

Ils entrèrent, le maître baigneur remit à Nella un maillot orange, un bonnet de caoutchouc blanc et un peignoir de bain. Elle lui confia son sac et entra dans une cabine. Tout était silencieux et elle avait peur. Le rêve ne réussissait plus. Ray ne revenait plus ou revenait autre qu'elle l'aurait aimé. Les chambres du rêve se vidaient. Les rues cessaient d'exister où elle avait vécu avec ses songes. La bande était coupée et les images aplaties se perdaient, aspirées par l'horizon... comme l'eau du bain disparaît dans l'écoulement : un gargouillis comme le dernier cri d'un être qui se noie... un dernier soupir, et la matière dont elle modelait ses rêves avait disparu, coulé au fond. Quelque chose en restait qui ressemblait à l'odeur de la salle de bains, une moiteur qui sentait un peu le moisi, un arôme de savon fortement parfumé, les dernières traces du gaz brûlé, un blaireau traité sans égard sur la tablette de verre ; il était temps d'ouvrir la fenêtre. Au-dehors, c'était la lumière fastidieuse d'un film publicitaire sans atmosphère, sans nuances : des meurtriers devenus des arrivistes appointés y prononçaient des conférences sur la poésie, et avaient oublié la guerre. « Ne va pas au bord. Es-tu sourde ? » Nella devinait à la voix de la mère qu'elle criait la bouche pleine. Le gâteau à la crème fouettée faisait obstacle aux vibrations maternelles : bouchée agglutinée composée de crème fouettée et de stratifications de biscuit jaune. Maintenant la voix libérée devenait aiguë : « Attention ! Fais donc attention ! »

Quelque chose montait en Nella comme le renvoi de l'eau qui disparaît dans l'écoulement. Arrière-goût de souvenir factice... puis la voix de Gaeseler, sa main, l'ennui mortel de sa présence. Voilà donc quel air ont les assassins ! Pelotage au volant, gaillardise de mess d'officiers tout en conduisant d'une main dégagée ! Les bouts de gâteaux à la crème définitivement avalés, la mère criait : « Ne sois pas si diable ! »

Le gazon n'avait pas encore été balayé, partout les capsules rouillées des bouteilles de limonade avec leur bord denté aplati. Nella revint sur ses pas, enfila ses chaussures, alla vers le bassin en courant pour se réchauffer. La petite fille se tenait entre la terrasse et le bord et, de l'autre côté, sa mère, grosse masse en robe fleurie, penchée par-dessus la balustrade, veillait.

Les marches qui menaient à l'eau étaient glissantes et moussues. Au loin, dominant les arbres, derrière le café, Nella apercevait les toits du château de Brernich surmontés de la bannière de l'Union culturelle chrétienne : épée dorée, livre rouge, croix bleue sur fond blanc. Le vent soufflait du sud et le drapeau frissonnait sur le bleu clair du ciel.

Elle se déchaussa, lança ses souliers dans l'herbe derrière elle, descendit lentement, mouilla ses pieds, prit de l'eau dans ses deux mains et s'aspergea systématiquement. C'était moins froid qu'elle ne s'y attendait et cela faisait du bien. Elle prit plus d'eau, s'enfonça davantage, jusqu'aux genoux, jusqu'à la taille, le maillot s'imbibait tout à fait d'eau, entre la peau et le tissu la fraîcheur lui ruissela le long du corps. Elle se courba en avant, sauta, s'éloigna à la nage, en brasses lentes et vigoureuses. Elle rit de bien-être, éprouva du plaisir à fendre la surface calme et verte. Debout sur la planche du bassin, le maître baigneur, la main en visière, la regardait. Arrivée de l'autre côté, elle se retourna, le salua de la main et il répondit par le même geste. Dans la prairie, la fillette avait à peine avancé d'un demi-pas que déjà la masse fleurie criait : « Ne va pas au bord ! » Couchée sur le dos, Nella nageait moins vite. L'enfant ramena docilement son pied droit en arrière. Nella se mit sur le dos et ralentit. Elle avait assez chaud. Le costume de location sentait un peu le varech. Au ciel, un avion invisible traînait une queue blanche : sillage flou, détrempé, qui s'étalait, se dissolvait. On n'apercevait pas l'appareil. Nella essaya de se représenter le pilote — casque protecteur, visage mince, tristement acharné —, elle se mit à sa place : en bas, lac minuscule, grand comme une tête d'épingle, un ongle ou une montre-bracelet, espace vert ondulant entre des forêts sombres. La voyait-il ? Avec lenteur, apparemment avec peine, il tirait derrière lui sa lourde traîne : queue crème, effilochée, sur le ciel bleu clair. Péniblement, il creusait sa voie à travers la rude monotonie du ciel clair, puis il disparut derrière les arbres. Sa trace s'effaça de plus en plus là-haut, et au fond, au-dessus du château de Brernich où il avait croisé, le ciel retrouvait déjà sa limpidité. Seul l'étendard s'y dressait, ferme et dur, ne frissonnant qu'un peu au vent : épée dorée, livre rouge, croix bleue sur fond blanc, intelligemment entrelacés en un symbole séduisant.

En ce moment les participants au congrès prenaient le café après le déjeuner, ils s'entretenaient de la communication Gaeseler avec des hochements de tête admiratifs et arrêtaient les décisions à prendre :

Tout n'est pas encore perdu.

Une fois encore, Nella repartit lentement sur le dos, elle sentait l'amertume des gouttes d'eau corrompue roulant de son bonnet dans sa bouche, et elle rit involontairement parce que l'eau lui faisait du bien. La trompette de l'auto postale retentit dans la forêt, sons de trompe de la poste qui, à la façon d'un cor de postillon, s'écrasaient en circulant à travers de nombreuses spires. Elle retourna vers la rive en riant tout bas, sortit de l'eau, suivit des yeux le sillage de l'avion qui piquait tout à coup et se perdait derrière les bois. Le maître baigneur lui fit une moue de connaisseur au moment où elle passait devant la véranda pour regagner la cabine. Odeur d'été en décomposition dans les planches humides, moisissure blanche dans les rainures feutrée de vert à la partie inférieure où l'humidité s'accumule. Le vernis jaune s'écaillait sur les cloisons ; à un endroit intact, grand comme la paume de la main, elle lut cette inscription : « Aimer une femme est plus beau... pour une femme. » Écriture intelligente, dominatrice, prometteuse de rudesse et de tendresse, écriture d'une personne qui annote de ses « insuffisant » ou « bien » ou

« tout juste passable » des dissertations scolaires sur Guillaume Tell.

Libérée du gâteau à la crème, la voix clamait : « Ne va pas trop près. Je te l'ai dit mille fois ! »

Nella paya le maître baigneur, lui décocha son sourire et, en grimaçant un sourire, il reçut le maillot, le bonnet, le peignoir mouillés.

L'auto postale sonnait du cor, faux et allégrement ; de loin Nella fit signe au chauffeur et courut.

Le conducteur attendit, son porte-tickets ouvert.

— Brunn, dit-elle.

— Centre ?

— Non, Ringstrasse.

— Trente et un.

Elle lui donna une pièce de cinquante, dit « Ça va ». Il ferma la portière, appuya sur le bouton du volant et lança encore un dernier coup de trompette avant de démarrer.

XVIII

Tout cela va changer, dit Albert.

Il parut attendre une réponse, regarda l'enfant qui ne bronchait pas. Le changement de physionomie d'Albert inquiétait Martin parce qu'il ignorait si c'était la conséquence de sa fugue, et si la phrase d'Albert s'y rapportait.

— Tout, disait Albert, tout va changer.

Et comme il attendait visiblement une réponse, Martin demanda timidement :

— Quoi ?

Mais Albert s'arrêtait à l'église ; il descendit et dit :

— Nous pouvons prendre Bolda.

Martin savait que ses retards rendaient Albert malade, et maintenant la pensée de l'avoir fait se morfondre et chercher quatre heures durant le rendait malade à son tour. Il sentait son pouvoir sur Albert et, au lieu de le rendre heureux, la conscience qu'il en avait le mettait mal à l'aise. Pour les copains qui avaient des pères, c'était différent. Les pères ne se faisaient pas de bile, n'avaient pas l'air malade quand les garçons rentraient en retard ; ils les accueillaient par le silence, leur flanquaient une volée et les envoyaient coucher sans manger : dur mais concevable. Seulement Martin n'attendait pas une raclée d'Albert, il en attendait autre chose, quelque chose qu'il ne pouvait exprimer, ni même formuler en pensée. Il y avait des mots, en apparence obscurs, qui évoquaient un complexe clair de représentations et d'idées. Quand il pensait le mot *immoral*, par exemple, une porte s'ouvrait et, dans la pièce qui se découvrait à ses yeux, il voyait toutes les femmes de sa connaissance, les immorales et les morales, rangées les unes à côté des autres. Mme Brielach tenait la tête de la file immorale, et Mme Borussiak se trouvait au bout, à l'endroit précis où moral était représenté en sa qualité supérieure, à côté de la mère de Poske flanquée de Mme Niedermeyer ; quelque part vers le milieu, il apercevait sa mère dont le classement n'était pas fixé. Elle changeait de place, oscillait entre Mme Borussiak et Mme Brielach, comme certains personnages de films truqués. Il regarda vers la porte de la sacristie, tout en examinant si le mot « paternel » s'appliquait à Albert ; mais non, il ne lui allait pas. L'instituteur, le menuisier étaient paternels, et Glum presque. Frère ne convenait pas non plus, oncle se rapprochait davantage de l'idée, mais ce n'était pas non plus tout à fait ça.

Il allait être cinq heures, et Martin était quasi mort de faim. Ils devaient partir pour Bietenhahn à six heures, et il savait qu'en ce moment Will sortait les lignes, les passait soigneusement en revue, tenait les amorces prêtes et rapiéçait les filets dans le jardin, derrière les buts improvisés de football. Il rattachait les mailles avec des nœuds en fil de fer puis, rayonnant de plaisir, courait au village inviter les gosses à une partie de football ; ainsi ils se mesuraient à cinq contre cinq.

Albert sortit de la sacristie avec Bolda, Martin alla s'asseoir au fond pour libérer la place de devant. En s'asseyant, Bolda l'attrapa par le cou, lui caressa les joues et il sentit la fraîcheur et l'humidité de sa main qui fleurait la lessive : petite main rougie et attendrie par l'eau du nettoyage, avec des fossettes blanchâtres au bout des doigts.

— Bon, te voilà, te revoilà. Faut pas s'émouvoir ; une petite fessée seulement, ça lui fera du bien.

Elle riait. Albert secoua la tête et dit :

— Tout ça va changer.

— Quoi ? demanda timidement Martin.

— Tu vas t'installer à Bietenhahn, tu iras à l'école là-bas et plus tard au lycée de Brernich. Moi aussi, j'irai y habiter.

Bolda, émue, s'agita sur son siège :

— A quoi bon, dit-elle, à quoi bon ? J'ai la frousse rien que de penser à la maison sans le petit et... sans toi. Ou alors emmène-moi, laisse-moi aller avec vous. Je m'y entends un peu en bétail.

Albert garda le silence. Il traversa prudemment l'avenue, s'engagea dans la rue Hoelderlin, mais passa devant l'église et prit la rue Novalis. Puis il fit le tour du parc, traversa le boulevard, roula entre des champs moissonnés, des baraquements, et se dirigea vers un boqueteau à l'orée duquel il stoppa.

— Attendez-moi ici, dans la voiture.

Il sortit de l'auto, dévala un bout du chemin qui, pénétrant obliquement dans le sol, aboutissait à la porte de la casemate ; il gravit le remblai gazonné et disparut dans les buissons. Par-dessus les arbustes, Martin vit la tête d'Albert s'éloigner vers la place où l'on avait défriché la terre en rond autour du grand chêne. Albert s'arrêta au fond, près de l'arbre, s'en détacha, alla vers la casemate et revint en descendant le talus plus escarpé à cet endroit.

Sans se retourner, Bolda disait tout bas :

— Ne t'en va pas, ou emmène-moi.

Et Martin eut peur parce qu'elle paraissait près des larmes.

— Ce sera difficile pour tout le monde, pour ta mémée aussi, ne lui fais pas cela.

Martin ne lui répondit pas, il regardait Albert sortir de terre par le sentier oblique et revenir vers la voiture.

— Viens, lui dit Albert, viens. Il faut que je te montre quelque chose. Bolda, tu peux rester si tu veux.

Mais elle descendit, et côte à côte ils s'engagèrent dans le chemin asphalté de la casemate. Martin ne se sentait pas dans son assiette, il était venu plusieurs fois par ici avec Brielach et les autres, et c'était justement dans ces buissons-là que Grebhake et Wolkers s'étaient mal conduits. On n'était qu'à une demi-heure de la maison et l'on pouvait s'amuser épatamment dans le fossé à sec qui entourait le fort, de là on distinguait les cheminées et les pavillons des bateaux du Rhin, mais pas le fleuve lui-même, il fallait monter sur le toit pour l'apercevoir, avec son pont bombardé dont le garde-fou déchiqueté dominait sauvagement l'eau. Devant, le rouge des courts de tennis, les costumes blancs des joueurs. De temps en temps, un rire fusait, on entendait l'arbitre parler du haut de sa tourelle blanche. Martin ne venait pas souvent dans ces parages parce que Albert n'était pas tranquille quand il s'éloignait de la maison et, en ce moment, il le regardait avec inquiétude poursuivre sans nul doute un but précis. Tant qu'ils s'étaient trouvés dans la cavée, le silence avait régné, mais en ce moment, d'en bas, devant l'entrée de la casemate, il entendait des enfants jouer sur le toit et le cri d'une maman : « N'approche pas du bord ! »

A côté de la grande porte métallique peinte en foncé, des marches bien cimentées conduisaient à la partie supérieure où se trouvaient le jet d'eau, la roseraie et les deux terrasses où poussaient les tilleuls ; c'était de ce mur d'enceinte que l'on voyait si bien le Rhin.

Martin monta l'escalier mais, de la porte, Albert le rappela.

L'enfant regarda Bolda qui dit soudain :

— Décidément j'aime mieux retourner dans l'auto. Tu vas acheter des champignons ?

— Non, je veux montrer à Martin où son père est resté trois jours prisonnier.

— Ici ? C'était ici ? dit Bolda.

Albert fit signe que oui, Bolda parut frissonner de froid et, sans mot dire, elle reprit le passage asphalté.

Albert tambourina sur la porte de métal et, en lettres noires sur une enseigne jaune, Martin lut : *Georges Ballaumain. Champignonnière.*

Albert dit :

— C'est ici qu'on a assassiné Absalon Billig, le peintre qui a fait le portrait de ton père.

Martin avait peur. Une odeur lourde venait de l'intérieur : odeur de crottin, de cave, odeur des lieux privés de lumière. Enfin on ouvrit, une jeune fille se montra, les mains sales, un brin de paille à la bouche. En découvrant Albert, elle dit d'un ton désappointé : « Oh ! moi qui croyais que c'était le fumier. »

Les meurtres, ça n'arrive qu'au cinéma, dans les fascicules de *Fantômas* et dans la Bible. Caïn tua Abel, David abattit Goliath. Martin redoutait de suivre Albert, mais Albert lui prit la main et le tira derrière lui. Pénombre : des galeries vitrées se répandait un crépuscule égal, de faibles ampoules, masquées par des abat-jour en carton, éclairaient de hautes plates-bandes stratifiées, aplanies en biseau, dont les différentes couches se voyaient comme celles d'un gâteau. En dessous, un mélange de terre et de fumier, puis du crottin pur, d'un jaune vert, puis encore de la terre, mais plus foncée, presque noire et enfin ici et là on voyait sortir des têtes de champignons d'une blancheur maladive, recouvertes de terre émiettée. Les plates-bandes ressemblaient presque à des pupitres, à des buffets d'orgues mystérieux d'où sortaient de vilaines touches, semblables aux boutons des registres, boutons qui paraissaient servir à des fins ténébreuses. Des meurtres s'étaient commis ici, on y avait battu, piétiné son père et aussi Albert. Ceux qui l'avaient fait étaient des *nazis :* mot qui n'évoquait pas d'idée claire, mot qu'Albert interprétait autrement qu'à l'école. A l'école, *immoral* passait pour terrible. Pourtant lui-même ne trouvait pas la mère de Brielach tellement terrible, seul était terrible le mot qu'elle avait dit au boulanger. Albert trouvait les *nazis* abominables, mais à l'école on vous les présentait comme *pas si mauvais que cela.* D'autres terreurs y éclipsaient les nazis *pas si mauvais que cela* : les Russes.

La jeune personne au brin d'herbe dans la bouche s'était retirée, un homme sortait d'une cabine et venait à la rencontre d'Albert. Il portait une blouse grise de magasinier, une casquette ballon sur la tête, et de sa face ronde, aimable, la fumée sinueuse d'une cigarette s'éloignait. Il dit :

— Si vous pouviez me fournir du fumier, si vous... à peine si on peut se procurer du crottin de cheval.

— Non, je ne désire que jeter un coup d'œil par ici, j'y ai été emprisonné avec le père de ce garçon... et l'un de nos amis y a été tué... par les nazis.

L'homme recula, la cigarette trembla dans sa bouche,

d'une petite secousse il enfonça davantage sa casquette sur son front et poussa un petit cri : « *Mon Dieu*[1] ! »

Albert jeta un regard à droite et à gauche dans les galeries. Murs suintants, sombres, avec des creux noirs, et partout ces couches en forme de pupitres, pupitres d'orgues où poussaient des touches maladives. Une vapeur légère en descendait, onduleuse, torturée, et il semblait à Martin que, partant de ces claviers, des fils menaient dans la terre et pouvaient par sortilège faire monter le meurtre de profondeurs indéterminées.

Des blouses grises pendaient à un clou ; au fond, la jeune fille aux mains sales triait des champignons dont elle emplissait un panier. Derrière la porte vitrée d'une cabine, une femme, des bigoudis dans les cheveux, faisait des factures et, avec un crayon-encre, mettait des chiffres et des mots sur de petits coupons.

En haut, un gamin tambourinait avec des bâtons sur la couverture en verre de la galerie et le son s'y engouffrait comme par un entonnoir. Sur le toit, une femme criait : « Attention ! fais donc attention ! » Albert dit :

— Tué à coups de bottes. On n'a jamais retrouvé le cadavre.

Brusquement il saisit le bras de Martin et s'engagea dans un couloir contigu en le traînant derrière lui puis, montrant du doigt un espace où les pupitres se serraient étroitement les uns contre les autres avec une abondance de touches maladives, il dit tout bas :

— Et ici, ici, on a battu ton père, on l'a piétiné... ainsi que moi... ne l'oublie pas.

— *Mon Dieu !* soupira l'homme en blouse grise.

« Ne fais pas le diable ! » vociférait une mère dans les hauteurs.

Albert tendit la main à l'homme en disant :

— Merci, pardonnez-moi.

Et il emmena Martin vers la porte ouverte. Le fournisseur d'engrais si impatiemment attendu se trouvait là. L'homme à la blouse grise se précipita vers lui en souriant.

1. En français dans le texte (*N.d.T.*).

Ses doigts s'activèrent autour de la chaîne qui reliait la remorque à la petite auto, et tous les deux entreprirent de pousser cette remorque débordant de crottin fumant dans la casemate. Le fournisseur dit :

— J'ai eu du mal à l'avoir, faut être à l'affût, il y a un type qui veut nous faire débarquer par le manège.

Ils s'engloutirent avec le chargement dans la pénombre à l'odeur lourde et en s'éloignant Martin et Albert entendaient encore des bribes de leurs propos : « Manège... sur ses gardes... concurrence... » La jeune fille au brin d'herbe sortit de la galerie du milieu et ferma la porte.

Martin aurait aimé grimper sur le toit de la casemate, près des massifs de roses, du jet d'eau, sur les terre-pleins d'où l'on voyait le Rhin. Il aurait aimé traverser l'ancienne douve semée de débris de béton moussu, couronnée d'une bordure de vieux chênes et de peupliers. Mais Albert le tirait dans le raidillon qui longeait les buissons. Assise sur le talus gazonné, près de l'auto, Bolda leur fit signe de loin.

Au-dessus d'eux, dans le jardin, une mère cria : « Ne sois pas si diable ! » Et une autre : « Attention ! Fais attention, voyons ! » Et une autre encore : « N'approche pas du bord ! »

Ils montèrent en voiture sans parler. Cette fois ce fut Bolda qui s'assit au fond, et elle sentait toujours la propreté : eau fraîche, lessive, alcali...

Martin, installé à côté d'Albert, s'effraya en le regardant de côté. Il paraissait vieux, subitement vieilli en l'espace d'un seul après-midi. Il faisait vieux, aussi vieux que l'instituteur, aussi vieux que le menuisier, et Martin soupçonnait que c'était en relation avec les *nazis*, et il eut honte que ce mot n'évoquât pour lui que des notions vagues. Albert ne mentait jamais, donc les nazis avaient été abominables puisqu'il le disait, mais sur ce point Albert se trouvait seul contre ceux, si nombreux, qui soutenaient que les nazis *n'étaient pas si mauvais que cela.*

Albert lui empoigna le bras si fort qu'il lui fit mal et dit :

— Ne l'oublie pas... Si jamais tu l'oublies, toi, toi...

Et Martin se hâta de le rassurer :

— Non, non, je ne l'oublierai pas.

Son bras lui faisait encore mal à l'endroit où Albert l'avait empoigné, et il se sentit pénétré par le souvenir : odeur lourde de la lumière crépusculaire, fumier de cheval, buffets d'orgues d'un genre singulier, avec des touches comme des registres, et qui menaient dans les profondeurs de la terre. Des meurtres avaient été commis là. Et tout cela entrait en lui de la même façon que le souvenir du restaurant *Vohwinkel.*

Derrière eux, Bolda parla :

— Ne nous enlève pas le petit. Ne fais pas cela. Je ferai tout ce que tu voudras et je le ferai comme il faudra. Mais laisse-le ici.

Et Martin, timidement :

— Oui. Est-ce que Brielach viendra à Bietenhahn avec nous ?

Il le voyait déjà loin de son oncle Léon, déchargé de son lourd fardeau du moment, il le voyait près du beurrier que Will poussait toujours de son côté et remplissait en souriant toutes les fois qu'il se vidait. Martin insista :

— Vient-il avec nous, ou vais-je être tout seul là-bas ?

— Je serai avec toi, j'habiterai là, Henri viendra te voir tant qu'il voudra. Je l'amènerai en auto puisque j'aurai toujours mes affaires en ville. Il n'y a pas assez de place pour loger en permanence deux garçons. Et sa mère ne voudrait pas. Elle a besoin de lui.

— Il faudra prendre Vilma quand tu amèneras Henri, dit Martin anxieux.

Il se voyait dans une école inconnue, avec des inconnus dont quelques-uns seulement étaient connus de lui par le football.

— Pourquoi faut-il que Vilma vienne aussi ?

— Léon la bat quand il n'y a personne. Elle pleure quand elle est seule avec lui.

— Ça ne va pas, dit Albert, je ne peux pas amener trois enfants à ma mère. Tu ne pourras tout de même pas rester éternellement avec Henri.

Albert se tut, démarra, fit le tour de l'église évangélique

et, quand il reprit la parole, ce fut du ton d'un employé aux renseignements. Il débita de la sagesse sans emphase, ainsi qu'un renseignement gratuit dont les termes sont arrêtés une fois pour toutes, et qui ne demande pas de nuance personnelle dans la voix.

— Il faudra bien te séparer quelque jour de moi, de ta mère, de nous tous, d'Henri aussi... et Bietenhahn n'est pas hors du monde, hein ? Pour toi, mieux vaut être là-bas.

— Passons-nous prendre Henri maintenant ?

— Plus tard. Maintenant on va chercher tes affaires, on va emballer tout de suite ce qu'il te faut pour les semaines qui viennent.

Puis s'adressant violemment à Bolda :

— Allons, toi, ne pleure pas.

Mais Bolda pleurait et Martin avait peur. Peur des larmes de Bolda. Ils roulèrent en silence. On n'entendit plus que les sanglots de Bolda.

XIX

Nella ferma les yeux, les ouvrit, les referma, les rouvrit, mais l'image restait là : des joueurs de tennis dévalaient l'avenue, par groupes de deux, de trois, de quatre. Jeunes héros en blanc, ils venaient comme sur convocation du metteur en scène, munis de l'instruction de *ne pas* sortir l'argent de leur porte-monnaie, à l'ombre de l'église. Longues tiges marchant avec entrain, avançant dans le crépuscule vert de l'avenue, procession d'asperges qui suivait le chemin prescrit : tourner autour de l'église, disparaître vers le parc en traversant la rue. Était-elle folle, ou bien le club de tennis donnait-il une *party* pour messieurs ? Y avait-il un match ? Elle entendait les balles tambouriner violemment comme les jours de compétition. Appels, rouge ardent des courts, cliquetis des bouteilles de limonade à l'arrière-plan... et les flammes multicolores des bateaux invisibles qu'une main invisible tirait dans la coulisse et qui s'évanouissaient à l'horizon en crachant des volutes de fumée noire. Elle essaya de compter les asperges, mais, assommée, s'arrêta à vingt. Il en arrivait de plus en plus. Intemporels, élancés, blancs, ils descendaient l'avenue. Des rires tintaient à son oreille, et il en venait toujours davantage. Asperges de serre, allègres, et qui se ressemblaient toutes par la taille, la blancheur, la sveltesse. Les héros, souriant, descendaient de la maison Nadolte... impossible de se dire qu'elle rêvait ou qu'elle était folle. Rien ne l'aidait à détruire la vision. La voiture d'Albert n'arrivait pas, et le rêve de Ray, qui avait si souvent réussi, ne réussissait plus : le voir venir de l'arrêt du tram ; grisaille tendre des troncs d'acacias rayés de vert vif, avec des taches couleur de mousse dans les creux où la pluie s'accumule, stries aussi noires que du goudron frais... et le vert-gris du feuillage, et Ray arrivant du tramway. Il arrivait fatigué, désespéré, mais il arrivait.

Le rêve ne réussissait plus. C'étaient des asperges qui venaient, mais les asperges étaient réelles : procession intemporelle qui prouva sa réalité en prenant fin. L'avenue resta vide, cette avenue par laquelle Ray n'arriverait plus ; pour se raccrocher, il ne restait que l'embrasse en brocart d'or et la cigarette. Et Nella, sous-produit de la fabrique de veuves, pas même coupable de coucher avec d'autres hommes, avait l'impression d'entendre l'écho qui démasquait le mensonge lui jeter à la face ses *ührer, olk, aterland,* comme une malédiction.

La fumée s'accumulait entre le rideau et la fenêtre, Nella avait faim, mais l'idée d'aller à la cuisine l'écœurait. Vaisselle pas faite, partout les indices d'un repas hâtif, assiettes sales, tasses, casseroles avec des restes durcis, pots à moitié vidés, mégots nageant dans des fonds de café. Et Albert n'arrivait pas. Maison déserte et silencieuse où sa mère elle-même ne se faisait pas entendre.

A Bietenhahn, la voiture d'Albert ne stationnait pas devant la porte. Will, des clous dans la bouche, un marteau à la main, y bricolait dans le jardin, autour des buts improvisés du football, et la lessive avait déjà séché. Un vent frais soufflait de la vallée idyllique de la Brer. Devant la maison, on voyait des caisses vertes pleines de bouteilles de bière et la mère d'Albert, souriante, recevait des jambons rouges de la main de l'apprenti boucher ; la figure du garçon reflétait l'importance du pourboire.

Au cours du trajet, l'auto postale n'avait pas croisé la voiture grise d'Albert, pas même quand, imitant le cor du postillon, elle approchait joyeusement de la ville.

Les bruits d'une époque préhistorique tintaient de nouveau à son oreille : *ührer, olk, aterland,* mensonge décapité, jeté sur elle comme une malédiction et qui — lui semblait-il — remontait à mille ans. Des générations, depuis longtemps poussière, sacrifiaient à de telles idoles.

Brûlées, piétinées, gazées, mitraillées... pour six syllabes boiteuses.

Une nouvelle fournée d'asperges, issue de la villa Nadolte, se répandait dans l'avenue déserte. Arrière-garde de l'entrain, cinq longues tiges toutes pareilles, blanches et sveltes, réserve du match, tournaient autour de l'église, traversaient la rue, disparaissaient en direction du parc.

C'était gentil d'aller de temps en temps faire une visite au père Willibrord, d'entendre les commentaires tomber suavement de ses lèvres, de se faire calmer par le timbre de cette voix qui alimentait son rêve... Et Schurbigel, lui aussi, s'avérait parfois apaisant. Compresses de consolation, bonheur dispensé par la main bien intentionnée du coiffeur. Plus agréable que la mélopée monotone des religieuses, au regard sans cesse fixé sur le crucifix. Prières sempiternelles qu'Albert rendait possibles en soulageant les sœurs de tout ce qui n'était pas oraison : comptabilité, calculs. En échange de son travail, il recevait des cadeaux touchants : café de nonnes, gâteaux de nonnes, fleurs de leur jardin, œufs de Pâques coloriés et pains d'anis pour Noël. Lumière terne, oppressante de la chapelle latérale où les sœurs priaient. Rideau bleu où la grille se dessinait en noir.

Elle ne parvenait plus à associer Willibrord à une idée d'agrément, et la pensée d'être condamnée une fois de plus à entendre Schurbigel lui causait du malaise. Fini le clair-obscur parfumé, il ne restait plus que la lumière crue qui avait éclairé le profil de Gaeseler. Confection intelligente et interchangeable. Les meurtriers ne sont pas horrifiants, ne sont pas terrifiants, ne donnent pas matière au rêve, aux films d'atmosphère ; ils peuplent les films publicitaires, la lumière plate leur appartient, ce ne sont que peloteurs au volant. De nouveau l'écho tintait à son oreille, l'écho démasqué par l'acoustique de la chapelle baptismale qui se réservait les consonnes intiales, un F et deux V [1], comme tribut du mensonge, et ne renvoyait que des mots décapités.

1. *F. V. V. :* initiales de *Führer, Volk, Vaterland* (*N.d.T.*).

Un enfant jouait dans l'avenue. Patinette rouge et garçonnet blond qui se déplaçaient d'arbre en arbre en serpentant. Nulle autre asperge à l'horizon.

Nella sursauta. On frappait à la porte, elle dit oui machinalement.

En voyant le visage de Bresgote, elle sut ce qui allait arriver. La mort s'y inscrivait comme jadis dans les traits de Scherbruder. Puis le visage lui renvoya l'effet de son sourire.

— Oui, fit-elle, oui, oui.

— Bresgote, dit l'homme. J'attendais Albert à côté.

Elle se rappela l'avoir vu :

— Nous nous connaissons, je crois ?

— Oui, dit-il, à la fête de l'été.

Il approchait, et la mort durcissait sur sa figure. Le sourire avait fait mouche.

— Un mot de vous et je descends Gaeseler.

— Vous feriez cela ?

— Je le ferais, et immédiatement.

— Gaeseler ? A quoi bon ?

Les *desperados* doivent-ils forcément n'être point rasés ? Des poils de barbe s'enfonçaient dans le cou de Nella, elle essaya de lui épargner une déception, mais ne réussit pas à retenir ses larmes. Il l'embrassait furieusement, la poussait vers le lit et, comme désemparée, elle faisait un geste de côté, sa main attrapa le bouton du ventilateur et le souffle tendre, murmurant, du moulin à air couvrit l'étrange sanglot de Bresgote. Dans des garages démolis, des enfants essayaient ainsi de se délivrer de l'angoisse et de la mort... sans jamais appeler cette chose-là de l'amour.

— Veuillez vous en aller, dit-elle.

Il lui demanda en sanglotant :

— Ne pourrai-je vous revoir ?

— Je n'y vois pas d'inconvénient, mais plus tard.

Les yeux fermés, elle l'entendit partir, chercha le bouton à tâtons, arrêta le ventilateur. Mais le silence la gênait et elle le remit en marche. L'odeur de Bresgote lui collait à la joue : émanation salée mêlée de tabac et de cognac. Sous-produit de la fabrique de veuves, elle avait promis de délivrer définitivement de la mort un *desperado* mal rasé.

Dehors, l'auto d'Albert stoppait devant la porte et jamais comme en ce moment la voix de Martin n'avait paru à sa mère aussi aiguë, aussi étrangère. Il se précipita dans la chambre d'Albert, Bolda rit, Bresgote parla, puis Albert arriva. Il y eut quelques instants de silence, après quoi elle entendit Bresgote dire ce qu'Albert avait déjà lu sur son visage :

— Mme Bach... Nella est rentrée.

On essaya des balles de ping-pong : chocs clairs, tremblotements sur le plancher.

Martin cria :

— Des chemises, faut que j'emporte des chemises, et mes affaires d'école.

Albert intervint :

— Ne t'en fais pas, je t'apporterai tout ça.

Nouveaux chocs de balles par terre, tapotements contre les portes, voix furieuse d'Albert :

— Reste ici, n'entre pas, laisse ta mère dormir, elle nous rejoindra.

— Sûrement ?

— Oui, elle viendra nous retrouver.

Des balles remuèrent dans un carton, secouées de-ci de-là entre le couvercle et le fond, puis les bruits s'éloignèrent le long du vestibule, les voix arrivèrent du jardin. Bresgote disait à Albert :

— Alors tu ne veux rien entreprendre ?

— Non, dit Albert.

Il fit avancer la voiture, s'éloigna en abandonnant le silence derrière lui. Nella lui fut reconnaissante d'être parti et de ne pas avoir laissé Martin avec elle. De légers tintements venaient de la cuisine, Bolda rassemblait la vaisselle sale dans la bassine. En travaillant elle chantait, en sourdine, mais affreusement faux : *Terre délivrée de la mort...*

Un bruit d'eau domina le chant, puis un fracas de vaisselle, mais la voix de Bolda perça de nouveau : *Remets tout au Seigneur...*

Des portes d'armoire grincèrent sur leurs charnières, on retournait des plats ; traînant la savate, Bolda monta lentement l'escalier et se retira dans sa chambre.

Alors seulement Nella perçut les pas de sa mère qui arpentait sa chambre comme une prisonnière, puis le doux murmure du ventilateur lui parvint à nouveau. Elle l'arrêta et ses larmes redoublèrent de violence, arrachées, lui sembla-t-il, par le silence.

XX

Le rendez-vous au jardin du café avait été annulé, le déménagement décidé soudain.

Le camion envoyé par les transports rapides s'avérait nettement trop grand. A peine si un quart de sa surface était requis pour voiturer chez le boulanger les biens de Mme Brielach. Son mobilier drapé avec des bouts de tissu, déguisé avec du papier décoratif, « faisait tout à fait gentil » dans sa chambre, mais il ne tenait pas le coup aux yeux critiques des voisins qui assistaient, le regard soupçonneux, au départ improvisé : une caisse à margarine bourrée de jouets, le lit d'Henri : porte clouée sur des billes de bois, couverte de vieux matelas en varech, et garnie d'un restant de rideau ; deux chaises, la table où Gert, Karl et Léon avait appuyé leurs bras. En guise d'armoire à vêtements, on utilisait une planche coincée entre le buffet de cuisine et le mur, munie de portemanteaux et qu'un bout de moleskine avait protégée jusque-là des éclaboussures et de la poussière. Les seules choses convenables, c'étaient le lit de Vilma, cadeau de Mme Borussiak — qui n'attendait plus d'enfants — et le buffet de cuisine façon acajou, vieux de deux ans seulement. La TSF se trouvait de l'autre côté, chez Léon, et Léon avait fermé sa porte à clef. Cette chambre servait de logement depuis huit ans, on l'avait nettoyée, badigeonnée, peinte, réparée bien des fois, mais en ce moment elle dévoilait sa pauvreté, et Henri s'effrayait : arrachés à leur ordre habituel, les objets faisaient l'effet d'un bric-à-brac de hasard qui ne valait guère le transport. Le boulanger présidait à l'opération, l'œil sur les déménageurs qui retenaient avec peine leurs quolibets.

Au moment où l'un d'eux soulevait une caisse de tasses et d'assiettes, le boulanger lui cria : « Attention! Fragile! », mais le doute se lisait sur sa figure, et il paraissait se demander s'il ne payait pas un prix trop élevé. Déménagement brusqué, deux gosses, et l'humiliation de transporter pareille brocante dans sa belle maison.

Henri était chargé de calmer Vilma qui n'arrêtait pas de brailler depuis que des inconnus avaient emporté ses joujoux. Sa main gauche tenait fermement l'enfant et sa main droite toutes ses richesses. Il avait pu les abriter facilement dans son cartable parmi ses livres, son paroissien, les pochettes de cuir et les cahiers; il y avait la brochure paternelle : *Ce que le candidat mécanicien en automobiles doit savoir pour entrer dans les auxiliaires,* le portrait de son père, huit fascicules illustrés : *Fantômas, Tarzan, Till Eulenspiegel, Blondi,* et la photo de la dame qui pesait deux quintaux autrefois, *Villa Elisabeth,* grotte de lave, homme fumant sa pipe à la fenêtre, vignes à l'arrière-plan. Ce qui faisait peur à Henri, ce n'était pas seulement la pauvreté révélée par le déplacement des meubles, l'emballage des objets, mais encore la rapidité avec laquelle la pièce se vidait. En quarante minutes ce fut fait, il ne resta plus que des traces sur les murs, les endroits dont le papier peint n'avait pas pâli, celui où pendait la photo de son père, où se trouvaient le buffet et le placard de fortune — fragments de tenture jaune foncé dans une légère auréole poussiéreuse. Sa mère balayait les détritus : des tessons, bouts de papier, et un certain quelque chose noirâtre qui paraissait sourdre des rainures du plancher. D'un air méfiant, le boulanger examinait l'âge des bordures de poussière autour des parties sombres de la tenture. Tout à coup Mme Brielach éclata en sanglots, jeta sa pelle, et les bras du boulanger qui, pour la calmer, se mirent à lui tapoter les épaules et le cou ne lui parurent pas convaincants. Elle ramassa la pelle, leva sa balayette en l'air, et Vilma continua de réclamer à cor et à cris sa caisse de jouets disparue. Le boulanger dit à Henri :

— Pars devant avec elle, prends sa petite voiture.

Il montrait un visage inquiet et incertain, comme s'il

s'effrayait lui-même de sa brusquerie à organiser ce déménagement. A quatre heures et demie, il avait pu lui baiser les mains et un bout du bras, et maintenant, un peu avant sept heures, l'opération était presque achevée. En bas, accroupis sur le marchepied de l'auto emplie seulement au cinquième, les déménageurs sifflaient le départ.

De vagues souvenirs du seul déménagement qu'il se rappelait revenaient à la mémoire d'Henri : froid, pluie, une voiture d'enfant, mains de sa mère coupant du pain, fourgons militaires crasseux, boule de son tombant comme par hasard d'une voiture fourragère. Ce dont il se souvenait le plus nettement, c'était d'une gamelle de l'armée, une gamelle vert clair que Gert oublia par la suite dans un chantier, et de sa frayeur à la vue du pain des Américains, aussi blanc que le papier. Ils habitaient ici depuis sept ans déjà, et Henri connaissait tous les endroits traîtres du plancher, ceux où il fallait prendre garde en essuyant par crainte de déchirer son chiffon aux échardes ; il connaissait les endroits pailleux où l'encaustique qu'on étalait à la demande de Léon s'absorbait, ceux où elle prenait bien et qui n'exigeaient qu'une couche mince. La tache au mur marquait l'emplacement du portrait de son père.

— Ouste ! cria le boulanger, partiras-tu à la fin !

Henri fit quelques pas dans le vestibule, mais il revint et dit :

— N'oublie pas que Léon a l'appareil de TSF, la tasse, la cafetière et l'ouvre-boîtes.

— Non, non, dit sa mère.

Mais à son ton il comprit que radio, cafetière, tasse, ouvre-boîtes devaient être considérés comme perdus, de même que le peignoir maternel resté accroché chez Léon : des fleurs sauvages roses sur fond noir.

Dans l'escalier, Mme Borussiak pleurait, elle embrassa Henri, le serra dans ses bras, embrassa Vilma, la serra dans ses bras et sanglota doucement :

— Mon cher petit, j'espère que tu seras heureux.

A côté d'elle, le menuisier dit en hochant la tête :

— D'un péché dans l'autre.

Derrière la porte fermée, Mme Brielach cria :

— C'est toi qui l'as voulu, toi, pas moi.

Et la voix sourde du boulanger répliqua quelque chose d'incompréhensible dans le détail, mais dont le ton n'était guère persuasif. Dehors les déménageurs sifflèrent plus fort. Henri alla se mettre à la fenêtre donnant sur le devant, son regard plongea dans la voiture comme dans un ventre ouvert, le ventre d'un monstre affreux qui aurait englouti la boutique d'un brocanteur : choses malpropres, déchirées, cabossées, bric-à-brac jeté pêle-mêle et, au sommet, son lit tourné à l'envers avec sa porte grise dont l'origine ne se révélait au grand jour qu'en ce moment : *Administration des finances, chambre 547.* Gert l'avait apportée un soir avec les quatre billes de bois taillées dans des solives. En même temps il apportait des clous et un marteau. En cinq minutes le lit fut fait : « Épatant, hein ? Couche-toi là-dessus. » Henri s'était couché dessus, et tout à l'heure encore il le trouvait magnifique.

Accroupis sur le marchepied, les déménageurs fumaient, sifflaient vers la fenêtre. Le menuisier venait de dire : « D'un péché dans l'autre », et Henri pensa au mot que voilà quinze jours sa mère disait au boulanger, ce même mot que l'on voyait sur le mur de l'allée, et il souriait sarcastiquement à l'idée que cela aussi on pouvait le nommer *union*. Sa mère sortait de leur chambre, la pelle à la main, et pour la première fois il remarqua sur sa figure des taches rondes, violacées, que jusqu'à présent il n'avait vues qu'aux autres femmes ; ses cheveux noirs, si lisses d'habitude, étaient tout ébouriffés. Plus trace de colère sur la figure du boulanger debout à côté du menuisier, il avait incontestablement repris sa mine débonnaire.

Henri avait peur des gens débonnaires, ils ressemblaient à ces instituteurs accueillants auxquels on ne peut se fier. D'abord ils se montrent bienveillants, mais pas longtemps ; ils deviennent vite irascibles puis se demandent que faire. Balançant entre la colère et la bienveillance, ils ressemblent alors à des acteurs qui ont des défaillances de mémoire. Le boulanger cria :

— Sacré galopin, t'en-vas-tu, oui ou non ? Prends la voiture de la gosse et grouille.

— Pourquoi lui cries-tu après ? s'écria sa mère qui s'abattit en sanglotant sur la poitrine de Mme Borussiak.

Le menuisier prit le boulanger à part et Mme Brielach dit avec douceur :

— Va, Henri, va donc.

Mais il avait peur de descendre. En bas, ils étaient tous plantés dans le vestibule. Il y avait les Bresgens qui s'étaient répandus en commentaires hargneux sur le mobilier. Le proverbe : « Tel maître, tel valet » avait couru de leur porte à la porte de la crémerie, et de là jusqu'à celle du coursier retraité de la Caisse d'épargne, dans la bouche duquel il avait pris la forme définitive d'un verdict. En ce moment, ils chuchotaient d'un air narquois et lui, il redoutait de passer à côté d'eux. Au temps où il allait au marché noir pour lui, le coursier de la Caisse d'épargne se montrait toujours gentil, mais il y avait belle lurette qu'il ne saluait plus sa mère, tout comme Karl d'ailleurs. Avec ça, la crémière aussi était *immorale* et, au dire du menuisier, leur propriétaire, les Bresgens étaient des salopards.

Son père seul pourrait lui venir en aide en ce moment. Il le prendrait par le bras, descendrait avec lui, ils passeraient tous les deux devant la crémière, le coursier de la Caisse d'épargne et les salopards. Il pensait à son père comme s'il l'avait connu, et il avait du mal à retenir ses larmes. Il entendait parler le type de la Caisse d'épargne :

— Oui, oui, les vérités anciennes reparaissent et se vérifient : « Tel maître, tel valet. »

Henri les haïssait tous et il se moquait d'eux ; mais ni la haine ni la raillerie n'avaient assez de force pour le préserver des larmes, et, pleurer, c'était juste ce qu'il voulait le moins. Il ne passerait pas devant eux en pleurant. Il croyait voir le bric-à-brac enlaidir à vue d'œil dans le camion découvert. Le soleil luisait, des passants se rassemblaient et, parmi les caisses et les vieilleries, on lisait distinctement sur la porte grise : *Administration des finances, chambre 547.* Au moins Vilma avait cessé de crier, mais, dans la rue, les déménageurs sifflaient, crachaient sur leurs mégots, et il se faisait l'effet d'un damné, à la fenêtre, entre les deux femmes éplorées, la couardise du boulanger, et les entrailles de la misère à nu dans la voiture. Difficile de refouler ses pleurs, mais il les refoulait, et le temps s'arrêtait ainsi que pour les damnés. En bas, les salopards chuchotaient avec la crémière ; derrière lui, le menuisier chapitrait le boulanger ; on entendait à sa voix qu'il hochait la tête, et soudain on distingua un mot : *immoral.* Enfin, la glace allait se briser, et c'était bien.

Le klaxon d'Albert, résonnant parmi les bruits de la rue, le fit sursauter : la vieille Mercedes grise entrait dans la cour. Il voyait la chose mais n'y croyait pas, elle cheminait en deçà du seuil de sa conscience. *Damné,* il était *damné,* entre les salopards en bas et la figure tachetée de sa mère en haut. Des déménageurs fulminaient ; installé dans la cabine, le chauffeur cornait, cornait violemment ; il avait apparemment fourré une allumette dans le bouton du klaxon qui fonctionnait sans interruption. Signal *perpétuel* de la *damnation,* et ces salopards ricanant dans le corridor...

Albert montait l'escalier quatre à quatre. Henri reconnaissait son pas, il reconnaissait aussi la voix de Martin qui criait : « Henri, Henri, qu'est-ce qui se passe ? » Mais il ne se retourna pas, retint Vilma qui voulait se dégager pour courir au-devant de Martin. Il ne bougea pas quand Albert lui toucha l'épaule. Il ne pouvait pas croire qu'il ne descendrait pas l'escalier tout seul. Il parvint à retenir ses larmes, fit vivement demi-tour ; d'abord ses yeux cherchèrent Albert et il vit tout de suite à son visage que l'oncle Albert *comprenait,* lui, le seul capable de comprendre ces choses-là. Puis il jeta un regard perçant à Martin qui regardait le camion par la fenêtre et il vit clairement que son camarade enregistrait la révélation soudaine et définitive de leur misère. Il fut étonné et soulagé de constater que Martin *ne comprenait pas,* que c'était un enfant, un de ceux dont il est dit *Si vous ne devenez pas comme eux...* Et c'était tant mieux que Martin ne comprenne pas, c'était tant mieux qu'Albert comprenne. Martin, surpris, demandait :

— Est-ce que vous déménagez ?

— Oui, on va loger chez le boulanger, et aujourd'hui même.

Alors Martin comprit et tous les deux pensèrent au mot. Ils regardèrent Albert parler avec Mme Brielach, le boulanger, Mme Borussiak, le menuisier, et ne trouvèrent pas comique de voir la mère d'Henri pleurer contre la poitrine d'Albert. Puis elle se ressaisit et bras dessus bras dessous ils descendirent l'escalier ensemble.

— Allons, dit Henri, partons devant.

Martin le déchargea de son cartable, Henri prit sa petite sœur dans ses bras et, en descendant à pas lents, de marche en marche, il dévisagea la crémière, planta un regard ferme dans ses yeux sombres et narquois, lorgna même ces quatre salauds de Bresgens, debout côte à côte, faces rondes, adipeuses, qui se mouvaient en mâchonnant silencieusement ; derrière l'épaule de la crémière, il aperçut celui avec lequel elle se conduisait de manière *immorale,* Hugo qu'il se nommait, et Hugo qui remuait les mâchoires à l'arrière-plan était juste en train de s'extraire une queue de sprat de la bouche. Les salopards baissèrent les yeux, la crémière tint le coup et le coursier de la Caisse d'épargne dit même à voix basse :

— Tu ne veux pas me dire adieu, Henri ?

Mais il ne répondit pas, et derrière lui il entendit les pas des participants au défilé triomphal : Albert qui avait l'air de rire avec sa mère, Mme Borussiak avec le menuisier, le boulanger fermant la marche, et la crémière ricana :

— Parole ! On dirait une noce.

Hugo, muet, mastiquait bruyamment et l'on aperçut l'éclair doré d'un deuxième sprat qui prenait le chemin de sa bouche.

Déjà Henri voyait la claire lumière tomber par la porte ouverte. Il sentait qu'en pensée il n'était pas tout à fait avec ce cortège de triomphe mais encore là-haut, *damné,* entre les salopards et la couardise du boulanger. Le souvenir de son regard dans la voiture de déménagement resterait inoubliable, et aussi son sentiment de *damnation* au moment où le chauffeur avait mis le klaxon sur continu. Plusieurs fois déjà Martin lui avait posé une question, mais il l'avait laissée sans réponse parce qu'il était bien loin de là ; il se tenait en haut, à la fenêtre, sachant seulement qu'Albert avait *compris*, Martin aussi, et chacun d'eux ce qu'il fallait comprendre. Cet éclair dans les yeux d'Albert, ce millième de seconde, et la compréhension de Martin, juste au moment voulu, l'avaient sauvé de la damnation.

Martin s'énervait :

— Eh bien, dis-le donc, allez-vous chez le boulanger pour toujours ?

— Oui, pour toujours. On emménage, voyons !

Les déménageurs continuaient de siffler, et la voix du boulanger avait repris courage. Courage et confiance. Il leur cria :

— Oui, oui, on y va.

Derrière Henri, Albert disait :

— Viens. Viens dans la cour, tu pars avec nous, et Vilma aussi.

Surpris, il se tourna vers sa mère, mais elle lui sourit :

— Oui, cela vaut mieux, vous reviendrez dimanche soir avec M. Muchov. D'ici là tout sera installé... Je vous remercie beaucoup, dit-elle à Albert.

Mais il se contenta de hocher la tête en la regardant d'un air singulier.

Alors une lueur d'espoir brilla dans le regard de sa mère. *Promesse :* ce mot-là aussi s'inscrivit un instant dans les yeux d'Albert et dans les yeux de sa mère, et pendant un millième de seconde, une entente parut s'établir entre eux. Millième de seconde d'une surprenante découverte. Et il serra la main de sa mère, et sa mère embrassa Vilma, et il suivit Albert dans la cour. En apercevant la voiture grise, Vilma glapit de plaisir.

XXI

En prenant la clef des champs, le mitron n'avait pas laissé grand-chose derrière lui : au mur un portrait de diva, deux paires de chaussettes trouées, des lames de rasoir rouillées, un tube de dentifrice à moitié vide, des brûlures de cigarette au bord de la table de nuit en laqué blanc, des journaux du soir archivieux dans les tiroirs, et une vignette de cigarettes : *l'Afrique telle qu'elle est en réalité,* zèbres à la pâture dans des steppes, girafes broutant des arbres, indigènes peints en blanc accroupis dans la brousse à l'affût des lions.

Le boulanger ordonna de laisser le lit d'Henri dans la cour, quatre billes de bois avec la porte clouée dessus : *Administration des finances, chambre 547.*

— Il pourra prendre celui du garçon.

— Et moi ?

— Tu n'as pas de lit ?

— Non.

— Alors, où couchais-tu ?

— Chez Léon, naturellement.

— Et avant ?

— Dans le mien qu'on a brûlé. Il tombait en morceaux.

Donc on monta quand même le lit d'Henri et promit celui du mitron à Mme Brielach : lit de fer laqué blanc, presque tout neuf.

Pendant que les déménageurs entassaient son avoir dans sa chambre, elle vida la petite pièce qui servait de débarras. Des gâteaux secs en farine de maïs, vieux comme les rues, dansaient tels des cailloux dans les boîtes de fer-blanc. Elle emporta tout au grenier : les biscuits en miettes qu'on entendait gratter contre les cartons pendant le transport, les sacs à farine percés, les sujets d'étalage en carton distribués par des chocolateries en faillite depuis longtemps et dont les noms étaient rayés de temps immémorial des registres du commerce ; les énormes tablettes de chocolat, les boules de la taille de ballons de football pétries avec des bouts de papier d'argent, les cuisiniers en carton blanc, souriants, qui appellent le passant avec des cuillers énormes et portent le nom d'une fabrique de poudre à entremets ; l'Indienne en métal repoussé offrant des pralines avec le sourire : (la bonne, la fine praline Sorbet) ; les cerises écarlates taillées dans du contre-plaqué, les bonbons fondants en papier vert, et la boîte de métal verte, géante et fleurant encore l'eucalyptus qui lui rappelait les nuits de toux de son enfance. A côté, son père sacrait, et plus il sacrait, plus elle toussait. Enfin ces deux-là : le garçon des biscottes habillé de bleu ciel et le chat d'argent qui boit du cacao.

Dans la chambre, les déménageurs empilaient ses biens. Elle entendait leurs rires, les remarques timides du boulanger et elle sursauta en sentant sur son épaule une main légère quoique ferme : main qui d'habitude tenait comme un gouvernail la manette de la caisse automatique.

La boulangère souriait ; elle chercha vainement une arrière-pensée dans ce sourire.

— Installez-vous bien à votre aise. C'est ici que couchera le petit ?

— Oui.

— Bonne idée. Fourrez-moi tout ce fourbi-là au grenier. Mais vos enfants aimeraient peut-être jouer avec, n'est-ce pas ?

— Oh, sûrement, pour jouer ce serait joli !

La boulangère tenait en l'air une tablette de chocolat énorme ; elle amena dans la lumière une camionnette en carton qui portait le nom d'un moulin, et montra en souriant l'Indienne de fer-blanc.

— Ça plairait sûrement aux enfants.

— Oh, oui, pour eux, ce serait magnifique.

— Alors prenez.

— Oh, merci.

— Pas de quoi.

De nouveau la main légère sur son épaule et une cordiale pression de bonne camaraderie.

— Organisez-vous comme il faut.

— Merci.

— J'espère que vous vous trouverez bien chez nous.

— Oh, certainement.

— J'en serais ravie. Au revoir.

— Au revoir.

Elle mit des cartons en tas, roula des sacs, monta le tout par paquets au grenier en pensant à l'oncle du copain d'Henri. Elle s'était jetée dans les bras de cet étranger tout à coup, par peur du boulanger, par fureur contre lui, mais sans penser à rien de spécial ; au moment où elle allait reculer, effrayée de son audace, elle avait senti le bras de l'homme la serrer un peu et sa joue reposer un instant sur son cou. Et en bas, dans le vestibule, pendant qu'il s'éloignait avec les enfants, il l'avait regardée comme on ne regarde pas toute femme.

Elle sourit, écarta un paravent déchiré, tressaillit : ce qu'elle voyait là était couvert de toiles d'araignée, mais les couleurs vives se distinguaient nettement. Elle passa la main dessus et débarrassa de leurs toiles d'araignée les personnages en contre-plaqué. Peints des mêmes couleurs que les chromos de naguère, ils étaient tous là, les héros du *Trésor des légendes germaniques*. Avant la guerre, Bamberger ne donnait ces panneaux publicitaires qu'à ses meilleurs clients. Siegfried y était avec sa chevelure de beurre, sa tunique verte, verte ; son javelot à la main, il visait le dragon vert, vert, et on l'aurait presque pris pour saint Georges. A côté de lui, la radieuse Kriemhilde, Volker, Hagen, et Giselher, le petit mignon… tous cloués en rang d'oignons sur une traverse large et brune avec cette inscription en grandes lettres jaune d'œuf :*Pâtes Bamberger aux œufs*.

Elle n'avait pas entendu entrer le boulanger qui, debout derrière elle, lui touchait l'épaule.

— Tout est fait, viens voir. Bon Dieu, pourquoi pleures-tu de nouveau ?

Elle leva les épaules sans dire un mot, prit la large planche avec les personnages en contre-plaqué et, passant à côté du boulanger, l'emporta dans la chambre du mitron.

Il la suivit :

— Qu'est-ce que tu veux en faire ?

— L'accrocher, répondit-elle en sanglotant.

— Ce truc-là ? Je t'achèterai de plus beaux tableaux, dit-il timidement, des lacs, des chapelles dans les bois, des chevreuils... je t'achèterai tout, mais ne suspends pas une horreur pareille.

— Laisse-moi... J'aimerais l'avoir ici.

Ses vêtements se trouvaient déjà dans l'armoire du garçon, sa vaisselle était rangée dans les tiroirs de la commode, le carton des jouets de Vilma casé sous le lit. Le lit de la fillette aussi avait déjà sa place. Tout paraissait bien en ordre.

— L'enfant couchera-t-elle là ?

— Où veux-tu qu'elle couche ?

— Je ne sais pas, dit-il avec hésitation.

Et, comme elle déballait son sac à provisions, il se détourna.

D'abord une photo de son mari qu'elle accrocha au chevet du lit, à un clou orphelin qui portait encore, telle une couronne, le petit anneau en laiton d'une ancienne gravure.

— Là ?

— Oui, il restera là.

Un briquet sorti du sac fut posé brutalement sur la commode, puis une montre avec son bracelet en cuir tout râpé ; elle fouilla hâtivement dans les joujoux de Vilma, prit la housse de toile bleue qui avait revêtu la gamelle de Karl et la plaça près de la montre.

— Où est mon panier à ouvrage ?

— Voilà.

Il ouvrit un tiroir et le lui tendit. Elle le lui arracha, chercha la lime à ongles de Léon, la mit à côté de la housse en toile de Karl, puis elle dit doucement :

— Va, laisse-moi seule.

— Je voulais te montrer la salle de bains, et voici la clef de la terrasse.

— Mon Dieu, laisse-moi donc une minute seule.

— Garderas-tu tout ce fouillis ? Je t'achèterai un bracelet-montre neuf, ce briquet-là est rouillé, bon à rien.

— Mon Dieu ! Va-t'en, veux-tu ?

Il gagna la porte à reculons. Elle tira les doubles rideaux, se jeta sur le lit, la tête aux pieds de manière à voir l'adjudant rire au chevet. A droite, éclatant de couleur dans le demi-jour rayonnait *le Trésor des légendes germaniques ;* ses yeux cherchèrent son chouchou, Volker à la brune chevelure, Volker viril mais tendre, qui en petite cape rouge, avec sa lyre verte, se dressait juste à côté de Hagen. Elle ne pensait pas du tout à Léon, elle ne pensait pas à son mari, elle pensait à cet autre dont la joue avait reposé un instant sur son cou, et elle savait qu'elle lui plaisait et qu'il pensait à elle... Il avait compris, il l'avait aidée, et elle l'aimait comme elle n'en avait jamais aimé aucun. Il l'avait retenue dans ses bras plus longtemps qu'il n'est d'usage en ce genre d'étreinte spontanée. Il allait revenir, lui ramener les enfants, et elle le verrait... et comme le boulanger entrait sans frapper, elle pesta :

— Ne peux-tu pas frapper ? Laisse-moi seule.

Il se retira timidement et, à la porte, murmura vaguement quelque chose comme salle de bains, toit de plomb...

Elle se leva, mit le verrou. Trop jeune, l'adjudant rieur, un gosse, un gringalet ; presque inconvenant d'avoir couché avec lui : odeur de goudron au bord des champs de manœuvres, et le caporal penché sur elle avec un sérieux mortel parmi les buissons, et qui faisait *l'autre chose* pour la première fois de sa vie.

En bas, rire aigu de la boulangère et, dans le couloir, voix du boulanger menaçante, presque énergique ; il montait l'escalier en ronchonnant, il tripota le loquet, cria :

— Ouvre !

Elle ne lui répondit pas, elle pensait à l'autre dont elle ne savait pas le prénom : Erich et Gert, Karl et Léon disparaissaient à l'horizon et elle ne pouvait plus se représenter la figure du boulanger bien qu'il fût derrière la porte.

— Ouvriras-tu ? vociférait-il.

Elle trouva ridicule qu'il mît de la menace dans sa voix. Elle dit doucement :

— Va-t'en, je n'ouvrirai pas.

Et il s'en alla, redescendit l'escalier en murmurant des menaces.

Elle songeait à l'autre, et elle savait qu'il reviendrait.

XXII

Ils jouèrent tout d'abord avec les gosses que Will avait invités au village. La pelouse était tondue, les buts raccommodés, ils jouèrent avec ardeur jusqu'au moment où Henri s'écria : « J'en ai assez ! » Il sortit brusquement du jeu, courut s'asseoir à côté d'Albert qui buvait de la bière sur la terrasse en lisant les journaux, mais il repartit bientôt, fit le tour de la maison, se dirigea vers le hangar et s'assit sur le billot contre lequel Will avait appuyé sa hache.

Là il se trouva seul, Will était parti se confesser au village, et Albert resterait le nez dans ses journaux pendant des heures. Vilma s'amusait dans la maison avec la mère d'Albert, qui faisait de la pâtisserie en murmurant gentiment de vieux adages : « Qui veut faire de bonnes galettes doit avoir sept choses prêtes. » Elle prononçait lentement et Vilma devait répéter, mais tout ce que la petite réussissait à dire c'était *œuf,* c'était *susucre,* et la mère d'Albert riait de bon cœur. Bonne odeur chaude et sucrée comme à la boulangerie, et une tôle couverte de petits gâteaux jaunes déjà mis à refroidir au bord de la fenêtre.

Puis Henri entendit Martin s'écrier : « J'en ai assez ! » Les gamins du village continuèrent à jouer quelques minutes avant de s'en retourner. Alors il entendit Albert donner une leçon de ping-pong à Martin. On fixait le filet, on approchait la table du mur et Albert disait : « Attention. Comme ça... C'est comme ça qu'il faut s'y prendre », et le tintement régulier des balles se mêlait aux recettes en vers énoncées à la cuisine : « De la graisse et un œuf, du sel, et du beurr' tout neuf. » Et Vilma criait *susucre*, criait *œuf* et la mère d'Albert riait.

Que tout était beau, le choc tintant des balles, la voix joyeuse de Vilma, la voix pleine de bonté de la mère d'Albert ! Et Will était bon, et Albert aussi. Bonté, beauté, et chaleur dans « le safran qui rend le gâteau odorant ». Safran, mot agréable au goût, fleurant bon. Mais tout cela c'étaient des trucs pour les *enfants*. Lui, pas mèche de lui en faire accroire. Quelque chose ne collait pas. Il le savait bien, le boulanger n'était pas aussi bon qu'il le paraissait avant. Quand sa mère lui avait dit qu'ils allaient demeurer chez son patron, il avait trouvé cela *merveilleux*, mais il savait maintenant que ce *ne serait pas merveilleux*. Le boulanger ressemblait aux instituteurs bonasses qui, aux moments décisifs, deviennent méchants, plus méchants que les autres. Le boulanger n'était pas aussi mauvais que Léon, et une chose était sûre : ils auraient plus d'argent, pas de loyer à payer, et tout ça...

Dans son souvenir, la lime à ongles de Léon rejoignait déjà le briquet d'Erich, la montre-bracelet de Gert, la housse en toile de la gamelle de Karl. Elle avait atterri par accident dans la corbeille à ouvrage maternelle. Aux odeurs d'Erich, de Gert, de Karl venait s'en ajouter une quatrième, l'odeur-Léon : savon à barbe et encaustique. Des rires fusaient, accompagnés de nouvelles sentences, telles des incantations émanant d'un monde amical : « Le gros pouce cueille les prunes, celui-ci les ramasse, celui-là les porte cheux nous, et le p'tit coquin mang' tout. »

Will revenait ; il jeta un coup d'œil dans son coin puis alla trouver Albert, et Henri comprit qu'ils parlaient de lui.

Will dit :

— Qu'a donc le petit ?

Et Albert répondit à voix basse, pas tout à fait assez bas toutefois :

— Fiche-lui la paix.

— Ne peut-on rien pour lui ?

— Si, bien sûr, mais pour le moment, laisse-le ; toi, tu n'y peux rien.

Les cloches du village carillonnaient, leur son arrivait jusqu'ici, chaud et grave, et il sut pourquoi les gamins avaient cessé de jouer. On célébrait un grand office où ils servaient comme enfants de chœur.

Will cria à Martin :

— Tu m'accompagnes ?

Martin répondit oui et le choc clair des balles de ping-pong cessa aussitôt. Et Will recommença à parler de lui et Albert dit :

— Pour l'instant laisse-le... Laisse-le donc. Moi, je reste là.

Grave et beau, le son des cloches. Dans la maison, Vilma poussait des cris de joie parce qu'on lui faisait manger un œuf à la coque. Tout était beau et lisse et rond, mais pour lui ça ne collait pas. Bonnes aussi, les odeurs, bois, pâtisserie chaude, pâte fraîchement pétrie, mais elles ne collaient pas non plus.

Il se leva, s'appuya contre la remise d'où, par la fenêtre ouverte, le regard plongeait dans le restaurant. Des gens attablés buvaient de la bière, mangeaient de minces tranches de jambon, et la jeune servante allait de la salle à la cuisine, coupait du pain, mettait du jambon dans les assiettes. Elle en fourra un petit bout dans la bouche de Vilma qui l'essaya en plissant le front. C'était drôle de voir sa petite bouche grimacer avec sérieux pour apprécier le goût ; puis son visage se dérida, prit un air approbateur et rayonnant, elle mastiqua le jambon et l'avala. Vraiment c'était trop drôle, la mère d'Albert éclata de rire, la bonne l'imita, et Henri sourit lui-même de la drôlerie de sa sœur, mais d'un sourire las ; il souriait avec lassitude comme les grandes personnes qui, en proie à des soucis, sont forcées de sourire *malgré leurs soucis*.

Ce fut à ce moment-là que le taxi s'arrêta ; Henri s'effraya parce qu'il sentit tout de suite qu'il était arrivé quelque chose ou que quelque chose se préparait. La grand-mère de Martin descendit, suivie de la mère de Martin et, tout en courant vers la maison, la grand-mère cria au chauffeur : « Attendez ! mon brave. » Le visage rouge de colère, elle appelait : « Albert ! Albert ! » Les consommateurs se précipitèrent aux fenêtres, la mère d'Albert et la bonne parurent à la fenêtre de la cuisine, Albert, son journal à la main, accourut de derrière la maison. Il le plia lentement et, le sourcil froncé, alla trouver la grand-mère. A l'écart, la mère de Martin causait tranquillement avec la mère d'Albert, comme si rien de tout cela ne la concernait.

La grand-mère claironna :

— Alors tu ne veux rien entreprendre ? (Et elle secoua rageusement en l'air la cendre de sa cigarette.) Mais moi, j'y vais, je le tue. Viens-tu, oui ou non ?

— Soit, dit Albert excédé, si tu en attends quelque chose…

— Juste ce que vous pouvez vous imaginer. Viens, monte.

— Soit, dit Albert.

Il posa son journal sur la banquette de la fenêtre, entra dans le taxi, aida la grand-mère à monter.

— Alors tu restes ici ? cria-t-elle.

La mère de Martin répondit :

— Oui, je vous attendrai. Rapportez-moi ma valise. Vous entendez !

Déjà le taxi démarrait, roulait vers le village. Les cloches s'étaient tues ; la mère d'Albert dit à Nella :

— Veuillez entrer.

Mais elle hocha la tête, demanda :

— Passez-moi donc la petite.

Et Henri fut bien étonné de voir la mère de Martin prendre Vilma par la main, lui sourire et s'en aller derrière la maison avec elle.

Il entendit l'enfant rire, il entendit le choc clair des balles… tout était bon, beau, mais pas pour lui.

A l'intérieur les clients chantaient : *Forêt allemande, forêt allemande, nulle au monde ne te ressemble.* La servante transportait les chopes de bière. A la cuisine, la mère d'Albert remuait la salade de pommes de terre et ouvrait la grande boîte aux saucisses. Vilma riait, la mère de Martin riait, et avec surprise Martin constata qu'elle lui paraissait bonne aussi. Bons, tous l'étaient, bon, tout l'était, mais lui, il savait qu'en ce moment sa mère s'unissait avec le boulanger. Après Léon, on gagnait au change, mais cela n'en restait pas moins abominable.

Le car jaune de la poste arrivait. Glum en sortit, il aida Bolda à descendre et elle se précipita vers la fenêtre de la cuisine en criant :

— Pourvu qu'il n'arrive rien !

Et la mère d'Albert demanda en souriant :

— Que voulez-vous qu'il arrive ?... Mais où allez-vous coucher, vous tous ?

— Je n'étais pas tranquille, dit Bolda. Oh ! je me contenterai du vieux canapé.

En riant, Glum bredouilla lentement : « Par terre. Paille. » Puis tous deux s'en furent chercher Will et Martin à l'église.

Les clients chantaient : *Forêt allemande, forêt allemande, nulle au monde ne te ressemble,* et la mère d'Albert pêchait de petites saucisses roses dans la boîte en fer-blanc.

De la terrasse, la mère de Martin cria :

— Ne va pas trop près !

Henri sursauta en entendant aussitôt après un rire strident, un rire terrifiant ; il se précipita derrière la maison, vit que l'enfant avait couru vers la mare aux canards, mais faisait déjà demi-tour. La mère de Martin la prit par la main, puis s'adressant à lui :

— Sais-tu jouer au tennis de table ?

— Pas bien, j'y ai joué un peu.

— Viens, je vais te montrer. Tu aimes ça ?

— Oui, dit-il, bien qu'il ne fût pas emballé.

Elle se leva, écarta la table du mur, replaça le filet et ramassa les raquettes tombées à terre.

— Viens, viens ici.

Et elle lui montra comment il faut lancer la balle en tapant dessus de telle manière qu'elle rase lentement le filet et qu'on puisse la renvoyer facilement.

Accroupie par terre, Vilma glissait de tous côtés en poussant des cris de ravissement, ramassait la balle quand elle tombait, la rapportait, non pas à lui mais à la mère de Martin.

Pendant tout ce temps-là, il se disait que sa mère était en train de s'unir avec le boulanger, ce qui lui paraissait plus, bien plus *immoral* encore qu'avec Léon.

Les cloches recommençaient leur carillon solennel, il sut que l'on donnait la bénédiction sacramentale avec l'encens, le *Tantum ergo,* et il regretta de ne pas être assis dans l'ombre de l'église, entre le confessionnal et le portail.

Il apprit bien vite qu'il fallait lancer la balle d'un coup sec et dur par-dessus le filet, et la mère de Martin riait quand il réussissait à la lui envoyer de façon qu'elle ne pût parer. Alors elle se mit à jouer sérieusement en comptant les points et son visage s'anima.

Difficile de prêter attention aux balles et de les renvoyer quand on a sa pensée ailleurs, quand on pense à son père, à ses oncles, au boulanger en train de s'unir avec sa mère. La mère de Martin était belle, grande et blonde. Elle lui plaisait en ce moment où il pouvait observer comment, tout en jouant, elle s'adressait à Vilma, lui souriait, et combien son sourire faisait rayonner Vilma. Il était beau, le sourire, beau comme l'odeur de la pâte, le son des cloches, et il ne *coûtait rien,* et le son des cloches non plus *ne coûtait rien...* Néanmoins ces choses-là n'étaient pas pour lui. C'étaient les odeurs-Léon qui pénétraient dans son souvenir : savon à barbe, encaustique... et la lime à ongles devait être restée dans la corbeille à ouvrage de sa mère.

Il jouait avec ardeur, attention, lançait les balles aussi durement, aussi près du filet que possible, et la mère de Martin se passionnait tant que son visage se colorait. Elle dit :

— Mon petit bonhomme, mais c'est qu'avec toi il faut se garder !

Force fut de s'arrêter, tout le monde revenait de l'église. Martin embrassa sa mère, Glum rapprocha les tables, Bolda apporta une grande nappe verte et une pile d'assiettes. Le beurre avait des reflets humides et frais dans son pot et Will dit :

— Apporte-nous encore de ta compote de prunes, les gosses aiment tellement ça.

Et la mère d'Albert dit :

— Oui, j'en apporte ; toi, tu aimes ça autant que les gosses.

Will rougit, Glum lui tapa dans le dos et en gargouillant il parvint à extraire de sa bouche grimaçante : « Camarade. » Tout le monde pouffa de rire. On permit à Vilma de rester et, après le repas, on discuta la question de savoir avec qui elle allait coucher. Tous déclarèrent : « Avec moi », tous, sauf la mère de Martin, mais comme on lui demandait à elle-même : « Avec qui veux-tu coucher ! » elle courut à Henri, et il rougit de plaisir.

D'autres clients, entrés dans la salle, appelaient la servante. Bolda repoussa sa chaise, rassembla les assiettes sales et dit :

— Je vais leur donner un coup de main.

Glum se rendit à l'écurie pour bourrer sa paillasse, Will, en sueur, courut dans toute la maison à la recherche de couvertures.

Henri et Martin montèrent ensemble dans la petite chambre dont ils devaient se partager le grand lit. Vilma coucherait entre eux deux.

La nuit tombait. En bas, dans la cuisine, Bolda et la bonne riaient en lavant la vaisselle, et la mère d'Albert plaisantait avec la clientèle. Le rougeoiement de leurs pipes révélait la présence de Will et de Glum, assis devant l'écurie.

La mère de Martin resta seule sur la terrasse en regardant dans l'obscurité. Elle cria aux deux petits :

— Pressez le mouvement, déshabillez-vous et couchez-vous.

Ce fut alors seulement que Martin s'inquiéta de l'oncle Albert. Il demanda d'en haut :

— Où est oncle Albert ?

— Il revient tout de suite, il a dû sortir avec grand-mère.

— Où sont-ils partis ?

— Au château.

— Quoi faire ?

Nella resta muette un instant, puis elle lui cria :

— Gaeseler y est... Albert avait à lui parler.

Martin se tut. Appuyé à la fenêtre ouverte, il entendit Henri grimper dans le lit puis éteindre l'électricité. Il demanda dans l'obscurité :

— Gaeseler ? Il vit donc ?

Mais sa mère ne répondit pas et Martin s'étonna de ne pas avoir envie de reposer la question. Il n'avait jamais parlé de la mort de son père à Henri, parce que les circonstances lui en paraissaient trop peu claires. Tout comme la sagesse de sa grand-mère, l'histoire Gaeseler lui semblait insolite : un mot, un nom jetés en lui, trop souvent et avec trop de violence, et qu'on lui extrayait ensuite afin de redoubler son effroi. Bien pire, bien plus proche de lui, bien plus distincte, cette autre chose qui s'était passée là-bas où des champignons poussaient : l'assassinat de celui qui avait peint le portrait de son père. C'était là que *les nazis* avaient battu et torturé son père et Albert, ces *nazis* obscurs et lointains et *pas si mauvais que ça* peut-être... mais le lieu du supplice était bien réel : pupitres où poussaient des touches maladives, caves puantes, et le visage d'Albert, et la certitude qu'il ne mentait pas. Quant à Gaeseler, Albert n'avait parlé de lui que rarement.

En bas les clients chantaient : *Dans la cabane au bord du bois, toujours le soir mon cœur s'envole, là-bas où paissent les chevreuils, dans la cabane au bord du bois, oui, c'est là-bas que je suis né.*

Il se détacha de la fenêtre, grimpa doucement dans le lit, sentit l'haleine de Vilma sur son épaule. Il demanda tout bas a Henri :

— Dors-tu ?

Et Henri lui répondit tout bas mais distinctement :

— Non.

C'est la que je suis né, que je suis né, chantaient les dîneurs.

Une auto s'arrêta devant la maison. Voix d'Albert, très forte et angoissée : « Nella ! Nella ! » et sa mère repoussant sa chaise si vite qu'elle culbuta, et Bolda subitement muette à la cuisine, et la mère d'Albert s'adressant d'un ton persuasif à ses hôtes dont la chanson s'arrêtait court, et ce silence soudain dans toute la maison. Henri chuchota :

— Il est arrivé quelque chose.

Pleurs bruyants gravissant l'escalier. Alors Martin se leva, ouvrit la porte, jeta un regard dans l'étroit corridor éclairé.

Soutenue par Albert et Bolda, sa grand-mère montait, et la voir si *vieille* lui fit peur. C'était la première fois qu'elle lui paraissait *vieille* et jamais il ne l'avait vue en larmes. Suspendue mollement à l'épaule d'Albert, elle n'avait plus le teint rose mais gris, et elle gémissait :

— Une piqûre, il me faut une piqûre.

Et Albert disait :

— Oui, Nella parle déjà au docteur.

— Oui, une piqûre, ça fait du bien.

La figure anxieuse de Will émergeait derrière Bolda, Glum se faufilait en avant, se glissait à la place de Bolda, soutenait grand-mère, et ils la traînaient dans le couloir vers la grande chambre du bout. Martin vit sa mère monter l'escalier en courant, elle cria :

— Hurweber accourt, je lui ai parlé, il sera là tout de suite.

— Tu entends, dit Albert, il arrive.

Mais déjà la porte se fermait et le corridor était désert. Dans le silence, Martin garda les yeux sur la porte derrière laquelle on ne parlait plus.

Glum sortit le premier, puis Will, puis sa mère avec Albert. Bolda seule resta dans la pièce. De son lit Henri rappela Martin, étouffant sa voix :

— Reviens, tu vas t'enrhumer.

Martin referma la porte sans bruit, et se recoucha dans le noir.

En sourdine les dîneurs recommençaient à chanter : *Dans la cabane au bord du bois...*

Oncle Albert et mère s'étaient installés sur la terrasse, mais ils parlaient si bas que Martin ne les comprenait pas.

Il sentait Henri éveillé aussi, il aurait bien voulu causer avec lui, mais ne savait par où commencer.

Les consommateurs ne chantaient plus, il les entendit remuer les chaises, rire avec la bonne en réglant l'addition, et il demanda doucement à Henri :

— Faut-il laisser la fenêtre ouverte ?

— Oui, s'il ne fait pas trop froid pour toi.

— Non, je n'ai pas froid.

— Alors, laisse-la ouverte.

Le silence d'Henri lui rappelait tout ce qui s'était passé : le déménagement et ce que la mère d'Henri avait dit au boulanger :

« Non, je ne me laisserai pas... »

Brusquement il sut à quoi Brielach pensait, et pourquoi il s'était sauvé du football. Est-ce que, en ce moment même, la mère d'Henri disait au boulanger : « Oui, je me laisse... »

Idée monstrueuse. Il se sentit très triste, prêt à pleurer, mais il se retint, bien qu'il fût dans le noir. Tout était *immoral,* et que grand-mère réclamât une piqûre, comme ça, simplement, sans la représentation du « sang dans les urines », le remplissait d'effroi. Avant, elle donnait la représentation une fois tous les trois mois, mais voilà que, quatre jours après seulement, elle voulait une autre piqûre. *Vieille,* elle était devenue *vieille,* et elle avait pleuré : deux choses nouvelles pour lui, et terrifiantes; mais le plus grave, c'était qu'au bout de quatre jours seulement il lui fallait ce rien blanc, incolore, sans avoir joue le jeu. Quelque chose était fini, il ignorait encore quoi, mais savait que c'était fini, quelque chose qui se rapportait à Gaeseler.

Une fois encore, il demanda tout bas à Henri :

— Dors-tu ?

— Non.

Il crut sentir dans ce non un ton inamical de rebuffade et crut comprendre ce qui mettait Henri de si triste humeur : le changement d'*immoral.* Léon était Léon, mais avec lui *immoral* avait eu une certaine stabilité. Le fait que la mère d'Henri puisse passer si vite de Léon au boulanger lui paraissait aussi grave que le fait d'entendre sa grand-mère demander une piqûre sans la représentation du « sang dans les urines ».

— Non, non, dit soudain Albert à haute et intelligible voix, dans l'ombre de la terrasse. Non, non, mieux vaut renoncer à nous marier.

Puis sa mère parla, mais trop bas. Bolda se joignit à eux, Glum et Will arrivèrent aussi, puis Albert haussa encore le ton :

— ... voulait le rosser, oui, et elle écartait tous ceux qui essayaient de s'interposer, Schurbigel a reçu quelques bonnes claques, et le père Willibrord un coup de poing dans l'estomac. (Albert rit, mais son rire n'était pas joli.) Alors, que me restait-il à faire, sinon lui prêter main-forte et j'y suis allé carrément. En tout cas, il m'a reconnu.

— Gaeseler ? demandait sa mère.

— Oui, il m'a reconnu et je suis sûr qu'il nous ménagera. Impossible de tenir le coup contre eux.

— Naturellement, dit Glum avec lenteur et solennité.

Sa mère rit et son rire n'était pas bien joli non plus.

Le silence régna en bas, puis on entendit un bruit de moteur. D'abord Martin crut que c'était l'auto du médecin, mais le bruit retentissait du côté du jardin et descendait du ciel. C'était le bourdonnement tranquille d'un avion qui flânait dans les hauteurs. Martin poussa un cri de surprise : l'appareil qui apparaissait dans l'échancrure sombre de la fenêtre traînait derrière ses feux de position rouges une queue dont les caractères phosphorescents se lisaient distinctement sur le ciel : *Sot qui fait encore ses confitures chez soi...* L'inscription glissa plus vite qu'il ne s'y attendait, mais un second avion suivait, tirant son slogan le long du firmament obscur : *...Holstege les fait pour toi.*

Surexcité, il dit à Henri :

— Regarde un peu, c'est la fabrique de mémée.

Mais, bien qu'éveillé, Brielach garda le silence.

Sur la terrasse, mère pleurait et Albert n'arrêtait pas de jurer :

— Cochons... Espèce de cochons...

Le bourdonnement des avions s'éloigna vers le château de Brernich.

Le silence se rétablit, Martin n'entendait plus que les sanglots de sa mère et parfois le tintement d'un verre, il avait le cœur serré parce que Henri restait muet, bien qu'il ne dormît pas.

Il essaya de penser à Hoppalong Cassidy, au canard Donald, mais trouva que c'était crétin. Il pensa à *Seigneur, si des péchés voulez vous souvenir...*, puis la terrible question du catéchisme se présenta : *Pourquoi sommes-nous sur terre ?* Automatiquement il répondit en pensée : *Pour servir Dieu, l'aimer, et ainsi gagner le ciel.* Mais servir Dieu, l'aimer, gagner le ciel, ces mots-là ne disaient pas tout. La réponse ne lui paraissait pas proportionnée à la question. Pour la première fois il faisait consciemment l'expérience du doute, et il sentait clairement que quelque chose était fini. Quoi ? Il l'ignorait, mais quelque chose était fini. Il en aurait pleuré, sangloté, comme sa mère sur la terrasse, mais il s'en abstint parce que Brielach restait éveillé, et qu'il croyait connaître ses pensées : sa mère... le boulanger... et le mot que sa mère avait dit au boulanger..

Pourtant Henri ne pensait pas à cela én ce moment. Il pensait à cet espoir qui avait lui *un instant* sur le visage de sa mère : *un seul instant,* mais il savait qu'un instant, c'est beaucoup.

IMPRIMERIE BUSSIÈRE À SAINT-AMAND (CHER)
DÉPÔT LÉGAL MARS 1989. N° 10642 (6854)

Collection Points

SÉRIE ROMAN

DERNIERS TITRES PARUS

R34. Les Buddenbrook, *par Thomas Mann*
R35. Grand Reportage, *par Michèle Manceaux*
R36. Isaac le mystérieux (Le ver et le solitaire) *par Jerome Charyn*
R37. Le Passage, *par Jean Reverzy*
R38. Chesapeake, *par James A. Michener*
R39. Le Testament d'un poète juif assassiné *par Elie Wiesel*
R40. Candido, *par Leonardo Sciascia*
R41. Le Voyage à Paimpol, *par Dorothée Letessier*
R42. L'Honneur perdu de Katharina Blum *par Heinrich Böll*
R43. Le Pays sous l'écorce, *par Jacques Lacarrière*
R44. Le Monde selon Garp, *par John Irving*
R45. Les Trois Jours du cavalier, *par Nicole Ciravégna*
R46. Nécropolis, *par Herbert Lieberman*
R47. Fort Saganne, *par Louis Gardel*
R48. La Ligne 12, *par Raymond Jean*
R49. Les Années de chien, *par Günter Grass*
R50. La Réclusion solitaire, *par Tahar Ben Jelloun*
R51. Senilità, *par Italo Svevo*
R52. Trente Mille Jours, *par Maurice Genevoix*
R53. Cabinet Portrait, *par Jean-Luc Benoziglio*
R54. Saison violente, *par Emmanuel Roblès*
R55. Une comédie française, *par Erik Orsenna*
R56. Le Pain nu, *par Mohamed Choukri*
R57. Sarah et le Lieutenant français, *par John Fowles*
R58. Le Dernier Viking, *par Patrick Grainville*
R59. La Mort de la phalène, *par Virginia Woolf*
R60. L'Homme sans qualités, tome 1, *par Robert Musil*
R61. L'Homme sans qualités, tome 2, *par Robert Musil*
R62. L'Enfant de la mer de Chine, *par Didier Decoin*
R63. Le Professeur et la Sirène *par Giuseppe Tomasi di Lampedusa*
R64. Le Grand Hiver, *par Ismaïl Kadaré*
R65. Le Cœur du voyage, *par Pierre Moustiers*
R66. Le Tunnel, *par Ernesto Sabato*
R67. Kamouraska, *par Anne Hébert*
R68. Machenka, *par Vladimir Nabokov*
R69. Le Fils du pauvre, *par Mouloud Feraoun*
R70. Cités à la dérive, *par Stratis Tsirkas*
R71. Place des Angoisses, *par Jean Reverzy*

R116. Trois Femmes, *suivi de* Noces, *par Robert Musil*
R117. Les Enfants du sabbat, *par Anne Hébert*
R118. La Palmeraie, *par François-Régis Bastide*
R119. Maria Republica, *par Agustin Gomez-Arcos*
R120. La Joie, *par Georges Bernanos*
R121. Incognito, *par Petru Dumitriu*
R122. Les Forteresses noires, *par Patrick Grainville*
R123. L'Ange des ténèbres, *par Ernesto Sabato*
R124. La Fiera, *par Marie Susini*
R125. La Marche de Radetzky, *par Joseph Roth*
R126. Le vent souffle où il veut, *par Paul-André Lesort*
R127. Si j'étais vous..., *par Julien Green*
R128. Le Mendiant de Jérusalem, *par Elie Wiesel*
R129. Mortelle, *par Christopher Frank*
R130. La France m'épuise, *par Jean-Louis Curtis*
R131. Le Chevalier inexistant, *par Italo Calvino*
R132. Dialogues des Carmélites, *par Georges Bernanos*
R133. L'Étrusque, *par Mika Waltari*
R134. La Rencontre des hommes, *par Benigno Cacérès*
R135. Le Petit Monde de Don Camillo, *par Giovanni Guareschi*
R136. Le Masque de Dimitrios, *par Eric Ambler*
R137. L'Ami de Vincent, *par Jean-Marc Roberts*
R138. Un homme au singulier, *par Christopher Isherwood*
R139. La Maison du désir, *par France Huser*
R140. Moi et ma cheminée, *par Herman Melville*
R141. Les Fous de Bassan, *par Anne Hébert*
R142. Les Stigmates, *par Luc Estang*
R143. Le Chat et la Souris, *par Günter Grass*
R144. Loïca, *par Dorothée Letessier*
R145. Paradiso, *par José Lezama Lima*
R146. Passage de Milan, *par Michel Butor*
R147. Anonymus, *par Michèle Manceaux*
R148. La Femme du dimanche
par Carlo Fruttero et Franco Lucentini
R149. L'Amour monstre, *par Louis Pauwels*
R150. L'Arbre à soleils, *par Henri Gougaud*
R151. Traité du zen et de l'entretien des motocyclettes
par Robert M. Pirsig
R152. L'Enfant du cinquième Nord, *par Pierre Billon*
R153. N'envoyez plus de roses, *par Eric Ambler*
R154. Les Trois Vies de Babe Ozouf, *par Didier Decoin*
R155. Le Vert Paradis, *par André Brincourt*
R156. Varouna, *par Julien Green*
R157. L'Incendie de Los Angeles, *par Nathanaël West*
R158. Les Belles de Tunis, *par Nine Moati*
R159. Vertes Demeures, *par William Henry Hudson*
R160. Les Grandes Vacances, *par Francis Ambrière*
R161. Ceux de 14, *par Maurice Genevoix*
R162. Les Villes invisibles, *par Italo Calvino*

R163. L'Agent secret, *par Graham Greene*
R164. La Lézarde, *par Édouard Glissant*
R165. Le Grand Escroc, *par Herman Melville*
R166. Lettre à un ami perdu, *par Patrick Besson*
R167. Evaristo Carriego, *par Jorge Luis Borges*
R168. La Guitare, *par Michel del Castillo*
R169. Épitaphe pour un espion, *par Eric Ambler*
R170. Fin de saison au Palazzo Pedrotti, *par Frédéric Vitoux*
R171. Jeunes Années. Autobiographie 1, *par Julien Green*
R172. Jeunes Années. Autobiographie 2, *par Julien Green*
R173. Les Égarés, *par Frédérick Tristan*
R174. Une affaire de famille, *par Christian Giudicelli*
R175. Le Testament amoureux, *par Rezvani*
R176. C'était cela notre amour, *par Marie Susini*
R177. Souvenirs du triangle d'or, *par Alain Robbe-Grillet*
R178. Les Lauriers du lac de Constance, *par Marie Chaix*
R179. Plan B, *par Chester Himes*
R180. Le Sommeil agité, *par Jean-Marc Roberts*
R181. Roman Roi, *par Renaud Camus*
R182. Vingt Ans et des poussières, *par Didier van Cauwelaert*
R183. Le Château des destins croisés, *par Italo Calvino*
R184. Le Vent de la nuit, *par Michel del Castillo*
R185. Une curieuse solitude, *par Philippe Sollers*
R186. Les Trafiquants d'armes, *par Eric Ambler*
R187. Un printemps froid, *par Danièle Sallenave*
R188. Mickey l'Ange, *par Geneviève Dormann*
R189. Histoire de la mer, *par Jean Cayrol*
R190. Senso, *par Camillo Boito*
R191. Sous le soleil de Satan, *par Georges Bernanos*
R192. Niembsch ou l'immobilité, *par Peter Härtling*
R193. Prends garde à la douceur des choses
par Raphaële Billetdoux
R194. L'Agneau carnivore, *par Agustin Gomez-Arcos*
R195. L'Imposture, *par Georges Bernanos*
R196. Ararat, *par D. M. Thomas*
R197. La Croisière de l'angoisse, *par Eric Ambler*
R198. Léviathan, *par Julien Green*
R199. Sarnia, *par Gerald Basil Edwards*
R200. Le Colleur d'affiches, *par Michel del Castillo*
R201. Un mariage poids moyen, *par John Irving*
R202. John l'Enfer, *par Didier Decoin*
R203. Les Chambres de bois, *par Anne Hébert*
R204. Mémoires d'un jeune homme rangé
par Tristan Bernard
R205. Le Sourire du Chat, *par François Maspero*
R206. L'Inquisiteur, *par Henri Gougaud*
R207. La Nuit américaine, *par Christopher Frank*
R208. Jeunesse dans une ville normande
par Jacques-Pierre Amette

R209. Fantôme d'une puce, *par Michel Braudeau*
R210. L'Avenir radieux, *par Alexandre Zinoviev*
R211. Constance D., *par Christian Combaz*
R212. Épaves, *par Julien Green*
R213. La Leçon du maître, *par Henry James*
R214. Récit des temps perdus, *par Aris Fakinos*
R215. La Fosse aux chiens, *par John Cowper Powys*
R216. Les Portes de la forêt, *par Elie Wiesel*
R217. L'Affaire Deltchev, *par Eric Ambler*
R218. Les amandiers sont morts de leurs blessures *par Tahar Ben Jelloun*
R219. L'Admiroir, *par Anny Duperey*
R220. Les Grands Cimetières sous la lune, *par Georges Bernanos*
R221. La Créature, *par Étienne Barilier*
R222. Un Anglais sous les tropiques, *par William Boyd*
R223. La Gloire de Dina, *par Michel del Castillo*
R224. Poisson d'amour, *par Didier van Cauwelaert*
R225. Les Yeux fermés, *par Marie Susini*
R226. Cobra, *par Severo Sarduy*
R227. Cavalerie rouge, *par Isaac Babel*
R228. Tous les soleils, *par Bertrand Visage*
R229. Pétersbourg, *par Andréi Biély*
R230. Récits d'un jeune médecin, *par Mikhaïl Boulgakov*
R231. La Maison des prophètes, *par Nicolas Saudray*
R232. Trois Heures du matin à New York *par Herbert Lieberman*
R233. La Mère du printemps, *par Driss Chraïbi*
R234. Adrienne Mesurat, *par Julien Green*
R235. Jusqu'à la mort, *par Amos Oz*
R236. Les Envoûtés, *par Witold Gombrowicz*
R237. Frontière des ténèbres, *par Eric Ambler*
R238. Les Deux Sacrements, *par Heinrich Böll*
R239. Cherchant qui dévorer, *par Luc Estang*
R240. Le Tournant, *par Klaus Mann*
R241. Aurélia, *par France Huser*
R242. Le Sixième Hiver, *par Douglas Orgill et John Gribbin*
R243. Naissance d'un spectre, *par Frédérick Tristan*
R244. Lorelei, *par Maurice Genevoix*
R245. Le Bois de la nuit, *par Djuna Barnes*
R246. La Caverne céleste, *par Patrick Grainville*
R247. L'Alliance, tome 1, *par James A. Michener*
R248. L'Alliance, tome 2, *par James A. Michener*
R249. Juliette, chemin des Cerisiers, *par Marie Chaix*
R250. Le Baiser de la femme-araignée, *par Manuel Puig*
R251. Le Vésuve, *par Emmanuel Roblès*
R252. Comme neige au soleil, *par William Boyd*
R253. Palomar, *par Italo Calvino*
R254. Le Visionnaire, *par Julien Green*
R255. La Revanche, *par Henry James*

R256. Les Années-lumière, *par Rezvani*
R257. La Crypte des capucins, *par Joseph Roth*
R258. La Femme publique, *par Dominique Garnier*
R259. Maggie Cassidy, *par Jack Kerouac*
R260. Mélancolie Nord, *par Michel Rio*
R261. Énergie du désespoir, *par Eric Ambler*
R262. L'Aube, *par Elie Wiesel*
R263. Le Paradis des orages, *par Patrick Grainville*
R264. L'Ouverture des bras de l'homme
par Raphaële Billetdoux
R265. Méchant, *par Jean-Marc Roberts*
R266. Un policeman, *par Didier Decoin*
R267. Les Corps étrangers, *par Jean Cayrol*
R268. Naissance d'une passion, *par Michel Braudeau*
R269. Dara, *par Patrick Besson*
R270. Parias, *par Pascal Bruckner*
R271. Le Soleil et la Roue, *par Rose Vincent*
R272. Le Malfaiteur, *par Julien Green*
R273. Scarlett, si possible, *par Katherine Pancol*
R274. Journal d'une fille de Harlem, *par Julius Horwitz*
R275. Le Nez de Mazarin, *par Anny Duperey*
R276. La Chasse à la licorne, *par Emmanuel Roblès*
R277. Red Fox, *par Anthony Hyde*
R278. Minuit, *par Julien Green*
R279. L'Enfer, *par René Belletto*
R280. Et si on parlait d'amour, *par Claire Gallois*
R281. Pologne, *par James A. Michener*
R282. Notre homme, *par Louis Gardel*
R283. La Nuit du solstice, *par Herbert Lieberman*
R284. Place de Sienne, côté ombre
par Carlo Fruttero et Franco Lucentini
R285. Meurtre au comité central
par Manuel Vázquez Montalbán
R286. L'Isolé soleil, *par Daniel Maximin*
R287. Samedi soir, dimanche matin, *par Alan Sillitoe*
R288. Petit Louis, dit XIV, *par Claude Duneton*
R289. Le Perchoir du perroquet, *par Michel Rio*
R290. L'Enfant pain, *par Agustin Gomez-Arcos*
R291. Les Années Lula, *par Rezvani*
R292. Michael K, sa vie, son temps, *par J. M. Coetzee*
R293. La Connaissance de la douleur, *par Carlo Emilio Gadda*
R294. Complot à Genève, *par Eric Ambler*
R295. Serena, *par Giovanni Arpino*
R296. L'Enfant de sable, *par Tahar Ben Jelloun*
R297. Le Premier Regard, *par Marie Susini*
R298. Regardez-moi, *par Anita Brookner*
R299. La Vie fantôme, *par Danièle Sallenave*
R300. L'Enchanteur, *par Vladimir Nabokov*
R301. L'Ile atlantique, *par Tony Duvert*

R302. Le Grand Cahier, *par Agota Kristof*
R303. Le Manège espagnol, *par Michel del Castillo*
R304. Le Berceau du chat, *par Kurt Vonnegut*
R305. Une histoire américaine, *par Jacques Godbout*
R306. Les Fontaines du grand abîme, *par Luc Estang*
R307. Le Mauvais Lieu, *par Julien Green*
R308. Aventures dans le commerce des peaux en Alaska *par John Hawkes*
R309. La Vie et demie, *par Sony Labou Tansi*
R310. Jeune Fille en silence, *par Raphaële Billetdoux*
R311. La Maison près du marais, *par Herbert Lieberman*
R312. Godelureaux, *par Éric Ollivier*
R313. La Chambre ouverte, *par France Huser*
R314. L'Œuvre de Dieu, la part du Diable, *par John Irving*
R315. Les Silences ou la vie d'une femme, *par Marie Chaix*
R316. Les Vacances du fantôme, *par Didier van Cauwelaert*
R317. Le Levantin, *par Eric Ambler*
R318. Béno s'en va-t-en guerre, *par Jean-Luc Benoziglio*
R319. Miss Lonelyhearts, *par Nathanaël West*
R320. Cosmicomics, *par Italo Calvino*
R321. Un été à Jérusalem, *par Chochana Boukhobza*
R322. Liaisons étrangères, *par Alison Lurie*
R323. L'Amazone, *par Michel Braudeau*
R324. Le Mystère de la crypte ensorcelée, *par Eduardo Mendoza*
R325. Le Cri, *par Chochana Boukhobza*
R326. Femmes devant un paysage fluvial, *par Heinrich Böll*
R327. La Grotte, *par Georges Buis*
R328. Bar des flots noirs, *par Olivier Rolin*
R329. Le Stade de Wimbledon, *par Daniele Del Giudice*
R330. Le Bruit du temps, *par Ossip E. Mandelstam*
R331. La Diane rousse, *par Patrick Grainville*
R332. Les Éblouissements, *par Pierre Mertens*
R333. Talgo, *par Vassilis Alexakis*
R334. La Vie trop brève d'Edwin Mullhouse *par Steven Millhauser*
R335. Les Enfants pillards, *par Jean Cayrol*
R336. Les Mystères de Buenos Aires, *par Manuel Puig*
R337. Le Démon de l'oubli, *par Michel del Castillo*
R338. Christophe Colomb, *par Stephen Marlowe*
R339. Le Chevalier et la Reine, *par Christopher Frank*
R340. Autobiographie de tout le monde, *par Gertrude Stein*
R341. Archipel, *par Michel Rio*
R342. Texas, tome 1, *par James A. Michener*
R343. Texas, tome 2, *par James A. Michener*
R344. Loyola's blues, *par Erik Orsenna*
R345. L'Arbre aux trésors, *par Henri Gougaud*
R346. Les Enfants des morts, *par Heinrich Böll*
R347. Les Cent Premières Années de Niño Cochise *par A. Kinney Griffith et Niño Cochise*